WITHDRAWN

BENITO PÉREZ GALDÓS

DOÑA PERFECTA

ARIS & PHILLIPS HISPANIC CLASSICS

Benito Pérez Galdós

DOÑA PERFECTA

Translated with an Introduction by

Graham Whittaker

Oxford and Oakville

Aris & Phillips Hispanic Classics
are published by
Oxbow Books, Oxford

ISBN   978-0-85668-894-2 cloth
ISBN   978-0-85668-893-5 paper

A CIP record for this book is available from the British Library

Library of Congress Cataloging-in-Publication Data

Pérez Galdós, Benito, 1843-1920.
[Doña Perfecta. English]
 Doña Perfecta / Benito Pérez Galdós ; translated with an introduction by
Graham Whittaker.
    p. cm. -- (Aris & phillips Hispanic classics)
 Includes bibliographical references.
 ISBN 978-0-85668-894-2 (cloth) -- ISBN 978-0-85668-893-5 (pbk.)
 1. Religion and politics--Spain--History--19th century--Fiction. 2. Liberalism-
-Spain--History--19th century--Fiction. 3.   Social conflict--Spain--History-
-19th century--Fiction. I. Whittaker, Graham. II. Title. PQ6555.D7E513 2009
 863'.5--dc22
                                  2009019313

Printed and bound by
Short Run Press, Exeter

CONTENTS

ACKNOWLEDGEMENTS

I would like to express my gratitude to Jonathan Thacker for his continued support and his judicious comments throughout the preparation of this volume. My thanks are also due to Lindsay Hopkinson for proofreading the Spanish text.

INTRODUCTION

*Galdós [...] no daba, en suma, ni a los más entusiastas de su obra, esa
impresión del destello genial que nos imaginamos en los grandes hombres.*
[In short, Galdós [...] did not give, even to those most enthusiastic about his
work, that impression of genius which we imagine in great men.][1]

Benito Pérez Galdós was born on May 10, 1843, in the city of Las Palmas
in the Canary Islands, which had been colonised by Spain shortly before
the discovery of America. The last of ten children in a comfortable, middle-
class family, he received his early education at the 'Migas' school and later
the Colegio de San Agustín, where he learned both English and French. At
the age of nineteen he went to Madrid to study law, but soon abandoned his
formal university studies for cafés and the theatre and, instead of pursuing
the legal profession for which he had prepared himself, became a fledgling
journalist.

He made his first trip to Paris in 1867, discovered Balzac, and, as he says
in his *Memorias de un desmemoriado* published in 1916, breakfasted on
the novels of *La comédie humaine*.[2] Seeing himself as a writer rather than
a lawyer, he turned to fiction and, devoting his life to writing, was elected
to the Real Academia Española in 1897. Galdós was a prolific reader,
another source of inspiration being the Russian and the English novel. In an
interview with Isaak Pavlovskii, Galdós acknowledged his debt to Turgenev
– '*fue mi gran maestro; conozco todas sus obras*' [he was my great master;
I know all his works][3] – and *La Nación* published his essay praising Dickens
(March 9, 1868) as well as his translation of *Pickwick Papers*. Influenced
by Balzac, Galdós conceived his plan of the *Episodios nacionales*, a series
of historical novels painting, rather than the isolated episodes suggested by
the title, a cohesive picture of the Spanish nation during its recent history.
They begin with the Peninsular Wars (1808–1815), the moment when all
Spain was united in a common cause against the French invaders. With the
defeat of Napoleon's troops and the restoration to the throne of the legitimate

[1] Gregorio Marañón, 'Efemérides y comentarios', *Obras completas, tomo ix* (Madrid:
Espasa-Calpe, 1973), p. 599.
[2] '*me desayuné del gran novelador francés*', *Obras completas* (Madrid: Aguilar, 1951),
vol. vi, p. 1656.
[3] D. M. Rogers (ed.), *Benito Pérez Galdós* (Madrid: Taurus, 1973), p. 231.

sovereign, Ferdinand VII, the irreconcilable forces of reaction and progress turned Spain into the theatre of civil conflict until the establishment of the constitutional monarchy in 1870.

While Galdós was at work on the first of his five series of *Episodios nacionales*, published between 1873 and 1875, he also wrote four novels: *Doña Perfecta* (1876), *Gloria* (1877), *La familia de León Roch* (1878), and *Marianela* (1878). Despite his vast literary output, Galdós has still not achieved as much recognition with general readers of the European novel as he deserves. Originally, this was probably because, although he was a shy and unassuming person who united '*la gravedad castellana y la flema británica*' [Castilian seriousness and British phlegm],[4] the likes of *Doña Perfecta* provoked indignation in reactionary circles, and was prohibited during the early decades of the Franco regime. Consequently, his novels were rarely judged objectively, as Menéndez y Pelayo's speech welcoming Galdós on his election to the Spanish Academy recognises:

> *Aquellas novelas no fueron juzgadas en cuanto a su valor artístico: fueron exaltadas o maldecidas con igual furor y encarnizamiento, por los que andaban metidos en la batalla de ideas de que ambos libros eran trasunto.*
> [Those novels were not judged with regard to their artistic value: they were exalted or cursed with equal frenzy and rage, by those who were involved in the battle of ideas of which both books were a carbon copy].[5]

There are, however, other reasons for the neglect: Galdós wrote about the world he knew best, and in doing so went against the widespread view that the middle class in Spain had neither the vitality of the seventeenth century to serve as a model for great theatre, nor sufficient originality to engender a literary period like that of the modern English novel.[6] As such, there were very few critics of any note who, from 1900, approached Galdós with a mind free of preconception,[7] and many agreed with Miguel de Unamuno

---

[4]　M. Romera-Navarro, *Historia de la literatura española* (D.C. Heath y compañía: USA, 1928), p. 575.

[5]　'Don Benito Pérez Galdós', *Discursos* (Alicante: Biblioteca Virtual Miguel de Cervantes, 1999), <http://www.cervantesvirtual.com/ [accessed 12 February 2008] (para 24 of 35).

[6]　'*Hay quien dice que la clase media en España [...] no tiene hoy la vitalidad necesaria para servir de modelo a un gran teatro como el del siglo XVII, ni es suficientemente original para engendrar un período literario como el de la moderna novela inglesa.*' Benito Pérez Galdós, 'Observaciones sobre la novela contemporánea en España', *Ensayos de crítica literaria*, ed. L. Bonet (Barcelona: Península, 1972), p.123.

[7]　'*Raros fueron los críticos de algún valor que, a partir del año mil novecientos, se*

that the world he depicted was '*un mundo de una pequeñez abrumadora*' [a world of overwhelming pettiness][8] and dismissed the simple, direct and colloquial language as vulgar or even unreadable. Even Leopoldo Alas, the redoubtable Krausist-influenced critic who was normally favourable to Galdós, condemned the kind of lingering enjoyment with which '*el autor se detiene a describir y narrar ciertos objetos y acontecimientos que importan poco y no añaden elemento alguno de belleza, ni siquiera de curiosidad*' [the author stops to describe and narrate things and events of little importance and which add nothing by way of beauty or interest'].[9]

The disparaging label '*don Benito el Garbancero*' [Don Benito the Chickpea Seller][10] uttered by Dorio de Gadex in *Luces de Bohemia* took a long time to shake off and there was, until relatively recently, too few good translations of a sufficiently representative selection of Galdós' works to give him a substantial presence on the international scene. Another consequence of the indifference previous generations had shown towards Galdós was the absence of authoritative editions of his works and, prior to C. A. Jones's discovery in 1959, nobody realised that *Doña Perfecta* exists in more than one version. This novel first appeared in the Spring of 1876 in five consecutive instalments, at two-week intervals, in the *Revista de España*, Nos. 194–198. Galdós finished it in April, writing it as it was published. Leopoldo Alas said that Galdós had informed him that he had begun *Doña Perfecta* at the request of Fernando León y Castillo without knowing how he would develop the subject ('Doña Perfecta *la escribí para la* Revista de España, *por encargo de León y Castillo, y la comencé sin saber cómo había de desarrollar el asunto*').[11] However, in spite of Galdós' uncertainties when he began to write, *Doña Perfecta* is compact and, apart from the 'crude and melodramatic effect' of the original ending,[12] – '*una aberración producida*

---

acercaron a Galdós con mente limpia de prejuicios.' [Ángel del Río, *Estudios galdosianos* (Zaragoza: Biblioteca del Hispanista, 1953), p. 9].

[8]   *Obras completas*, vol. 5 (Madrid: 1952), p. 368.

[9]   Leopoldo Alas, *Galdós* (Madrid: Renacimiento, 1912), pp. 170–71.

[10]   Ramón María del Valle-Inclán, Obras completas, tomo 1 (Madrid: Editorial Plenitud, 1947), p. 908.

[11]   D. M. Rogers (ed.), *op. cit.*, p. 34.

[12]   C.A. Jones, 'Galdós' Second Thoughts on *Doña Perfecta*', *Modern Language Review*, 54 (1959), p. 572. The ending is as follows: after Pepe's death and Rosario's committal to a mental asylum, Doña Perfecta is about to marry Jacinto, twenty-two years her junior, thereby fulfilling María Remedios's ambition. But while the meat is being prepared for the Easter celebrations, Jacinto slips on a piece of offal in Doña Perfecta's kitchen and dies impaled on a knife held by his mother.

por la prisa y por la fatiga' [an aberration produced by haste and fatigue][13] – not illogical or inconsistent in its development or conclusion. In fact, this carefully structured novel is often considered the most classical of Galdós' works and S.H. Eoff describes it as 'an intense drama held within narrow limits of time, place, and personal motivations'.[14]

The action is slow to develop but the drama accelerates with the gradual disclosure of the real motives behind the conflict, and there is an inevitability about the catastrophe which has many elements of Greek tragedy, especially the hero's tragic flaw – the pride that manifests itself as a lack of sensitivity[15] – and the *perpeteia* in his fortunes and actions. It is also steeped in classical erudition, from the resemblance of the brutish mail carrier Caballuco to the mythological centaur, the unkind comparison of Don Juan Tafetán to Antinous, and the similarities between the three Troya sisters and Hecuba, Andromache, and Polyxena in Euripedes's *The Trojan Women*, to Pepe's transposition of the Pantheon into nineteenth-century equivalents, Don Cayetano's antiquarian lore and the myriad references to Virgil, Horace, Lucretius, Ovid, Cicero and Livy. Stephen Gilman suggests that Balzac's *Les Paysans* may have inspired Galdós to use classical imagery and perfection as a means of revealing the 'vital imperfection that transforms the human complex called Orbajosa into a collective assassin' whilst, at the same time, defining Pepe by his 'positive relation to a classical model'.[16]

Themes

'*De la España de Galdós, como de cada una de sus novelas, podría decirse —
¡y con cuánta más razón! — lo que de la Francia de su tiempo decía De Vogüé
en* Les morts qui parlent: *«il n'y a qu'une question, la question religieuse ...*

---

[13]   José F. Montesinos, *Galdós* (Madrid: Castalia, 1968), Vol. 1, p. 178.
[14]   *The Novels of Pérez Galdós* (Saint Louis: Washington University Studies, 1954), p. 7.
[15]   See Rodolfo Cardona (ed.), *Doña Perfecta* (Madrid: Catedra, 1984), p. 30. But see also A.N. Zahareas, 'Galdós' *Doña Perfecta*: Fiction, History and Ideology', *Anales Galdosianos*, 11 (1976), p. 34: 'catastrophe without the proper awareness of its dimension and without consolidation, at least in Western Literature, has not been tragic; the disaster in *Doña Perfecta* becomes, for lack of a better term, «tragimelodramatic». A false consciousness of history within the novel undercuts tragedy and enhances melodrama. Errors are more important than virtues. Blunders cause the fall, not tragic flaws. Melodrama plays a key role in the structure of the novel by focusing on the false consciousness of nostalgic people (Cayetano), progressives (Pepe) or innocents (Rosario).'
[16]   *Galdós and the Art of the European Novel: 1867–1887* (Princeton: Princeton University Press, 1981), pp. 386–387.

le problème insoluble de notre vie nationale».' [It could be said about Galdós' Spain, as of any of his novels – and with how much more reason! – what de Vogüé said in *Les morts qui parlent* about the France of his time: 'there is only one question, the religious question … the insoluble problem of our national life.']¹⁷

Doña Perfecta is the first of Galdós' twenty-five novels on contemporary Spain and the first of his so-called *'novelas de tesis'* [thesis novels]. Vernon A. Chamberlin sees the premise of this novel as being that 'clerical interference in family life is pernicious and that, in addition, the Church's financial self-interest had brought it into alliance with the feudal landowners, political bosses, and guerrilla leaders who instigated the civil wars that so continually wracked Spain in the nineteenth century.'¹⁸ A novel in which Galdós, a man with a 'deeply religious nature',¹⁹ embarks on *'una decidida campaña contra el fanaticismo religioso'* [a determined campaign against religious fanaticism],²⁰ it is the story of Pepe Rey, a young engineer who leaves Madrid for the small provincial city of Orbajosa. Wishing to repay services rendered by her brother Juan, Doña Perfecta Rey de Polentinos conceives the plan of offering the hand of her daughter, Rosario, to Juan's son, Pepe Rey. Doña Perfecta is eager to welcome her nephew into the family, but no sooner does Pepe arrive in Orbajosa than troubles begin. Every time he opens his mouth he offends somebody and, although the two cousins fall in love, the family's spiritual adviser, Don Inocencio, manipulates Pepe in such a way that the fanatically religious Doña Perfecta becomes convinced that her nephew is an atheist and therefore an unsuitable partner for her daughter. With her sphere of influence beginning at home, extending throughout Orbajosa and reaching as far as Madrid via her connections, she contrives to put a number of obstacles in his way, namely lawsuits over his land holdings, town gossip and shunning in public places, and the termination of his government assignment, each of these actions fuelled by the persecutory animosity of her spiritual adviser. Pepe decides to leave but, receiving a note from Rosario in which her feelings are all too clear – *'Dicen que te vas. Yo me muero'* [They

---

¹⁷   Ángel del Río, *op. cit.*, p. 15.
¹⁸   *'Doña Perfecta*: Galdós' reply to *Pepita Jiménez'*, *Anales Galdosianos*, 15 (1980), pp. 11–21.
¹⁹   H.C. Berkowitz, *Pérez Galdós, Spanish Liberal Crusader* (Madison: University of Wisconsin Press, 1948), p. 73.
²⁰   Stephen Scatori, *La idea religiosa en la obra de Benito Pérez Galdós* (Toulouse: Privat, 1926), p. 48.

say you're leaving. I shall die] – he changes his mind. After a surreptitious meeting in which the two cousins recognise themselves as betrothed, Pepe, convinced that Rosario is being deliberately shut away, tells his aunt that he shall marry Rosario irrespective of any opposition.

At the same time an army attachment arrives to quell a possible uprising in the reactionary, Carlist town of Orbajosa. Pinzón, an old friend of Pepe, is billeted in Doña Perfecta's house and the two friends plan to kidnap Rosario. Doña Perfecta mocks and taunts Caballuco, inciting him to break his word given to the Governor of the province and head the local rebellion. The real reason for Don Inocencio's hostility is disclosed, and his niece, María Remedios, desperate to see her son Jacinto and Rosario married, suggests giving Pepe Rey '*un susto*' [a fright]. Doña Perfecta and Don Inocencio refuse to comply but she asks Caballuco to accompany her one evening, and while he tracks Pepe in the garden she reveals the danger to Doña Perfecta, who shouts an order to kill Pepe. The novel ends with two last chapters: 32 is an epilogue made up of a series of letters telling the story of what is believed in Orbajosa to have happened, and 33 is the narrator's conclusion: '*Esto se acabó. Es cuanto por ahora podemos decir de las personas que parecen buenas y no lo son.*' [This is finished. It is all we can say for the present about people who seem to be good and are not.].

In many respects Galdós' moral tag summarises the essence of the novel: the gulf between appearance (what people and things look like on the outside) and reality (what they really are deep down). A device exploited by the narrator to highlight the Orbajosans' propensity to think and say different things is the frequent juxtaposition of an unexpressed idea with an uttered thought. An early example occurs in chapter 8 with Doña Perfecta's comment to herself about Pepe's neglect of her parrot (an obvious representation of the limited conversational repertoire of the Orbajosans) followed by the question she asks Don Cayetano. Direct discourse is the most unmediated and, therefore, the most mimetic form of dialogue. Its predominance in *Doña Perfecta* enables the narrator – who can hide to a greater or lesser degree, but never disappear[21] – to draw our attention to his own voice as well as the falsity of the statement being made at that moment. As Chad C. Wright shows,[22] Galdós' mediation is achieved primarily through a plethora

---

[21]   Galdós, 'Prólogo a «El abuelo»': *...el artista podrá estar más o menos oculto; pero no desaparece nunca*' (L. Bonet, *op cit.*, pp. 205–206).

[22]   'La conversación de la gente de Orbajosa: direct discourse, turn ancillaries, and the narrator in Galdós' *Doña Perfecta*.'

of pejorative epithets, such as '*el abogadejo*' and '*el abogadillo*' [the little lawyer], '*el legislador lacedemonio*' [the Lacedaemonian legislator] and '*el formidable jinete*' [the formidable horseman], combined with distancing words such as 'seem', 'appear', 'resemble', 'look like' or 'affect' (in the sense of 'affecting a pose'). The reader begins to discern false emotions in the speeches of both Don Inocencio – '*hombre muy experto en el disimulo*' [an expert … in dissimulation] – and the eponymous heroine, of whom the narrator says, '*nadie la igualó en el arte de hablar el lenguaje que mejor cuadraba a cada oreja.*' [no one could equal her in the art of speaking the language best suited to each listener].

Whilst Doña Perfecta speaks of Don Inocencio's capacity to crush her nephew at will, Pepe Rey compares his aunt's language to receiving a '*bofetón a la luz del día*' [blow in the light of day] or being '*acuchillado en las tinieblas*' [stabbed in the dark], highly significant in view of what happens to him as a result of the order she fires out in the garden at night. Rosario warns her cousin about the peculiar hermeticism of Orbajosan discourse – '*no es fácil que te acostumbres a la conversación ni a las ideas de la gente de Orbajosa*' [it won't be easy for you to get used to the conversation or ideas of the people of Orbajosa] – and Pepe, unlike Don Inocencio and Doña Perfecta who are both frequently caught in the very act of acting, shows himself increasingly incapable, as the narrator tells us in chapter 10, of adapting to a society so little to his taste. In fact, his rejection of '*las perfidias y acomodamientos de lenguaje para simular la concordia cuando no existía*' [the duplicities and compromises of language which simulate harmony when it did not exist] points to the defects in Pepe's character, adumbrated in chapter 3, which will ultimately bring about his downfall: his lack of tact and judgement. Rather than presenting the young engineer as an innocent victim, Galdós stresses this defect and Pepe proves to be as intolerant and self-satisfied as the Orbajosans to whom he initially seems diametrically opposed.

An essential corollary of this duplicity of language can be seen in the twin perspectives arising out of the contradiction between idealism and realism: what Rubén Benítez terms '*la visión mitológico y la visión científica*' [the mythological vision and the scientific vision].[23] For the Orbajosans el tío Licurgo is a wise lawgiver, Caballuco is a local hero, Doña Perfecta really is perfect and Don Inocencio is innocence personified; for Pepe Rey, however, the same people are respectively an unscrupulous litigant, a brigand

---

[23] *Cervantes en Galdós* (Murcia: Secretariado de Publicaciones, 1990), p.53.

embodying the brutality of the region, a schemer who is far from perfect, and a relentless predator whose innocence is a sham. Inversely, while the Troya sisters are victims of the narrow-minded prejudices of the Orbajosans, they are the only citizens who befriend Pepe. The same principle can be seen in the two points of view concerning the town itself: for the inhabitants it is either the historical *urbs augusta* or the comically popular '*Orb ajosa*'; for Pepe it is nothing more than '*un gran muladar*' [a big dunghill].[24] This dichotomy even extends to the opposing panoramas from Pepe's room – of the orchard and the cathedral – which foreshadow conflict, especially when Rosario warns Pepe not to open both windows at the same time because the draughts can be very bad.

This contrary set of notions is equally relevant to the character of Pepe Rey, whose very name signals an internal contradiction: Rey, meaning King, suggests both Christ and Greek tragedy,[25] whilst Pepe is familiar and affective. Although we know that, in theory, he is a well-educated, intelligent and thoughtful young man, in reality he proves to be an insensitive and gullible person whose pride blinds him to the necessity of sparing others' feelings. A remark, almost straight out of the universe of the '*folletín*', placed in his mouth – '*Se necesitan amigos poderosos, listos, de iniciativa, de gran experiencia en los lances difíciles, de gran astucia y valor*' [I'm in need of powerful, clever friends with initiative, a lot of experience in difficult times, shrewdness and courage] – pinpoints the fact that the forces of reaction, rather than simply wicked people, are more realistic and decisive than Pepe, who is ingenuous and indecisive. Indeed, as Richard A. Cardwell

---

[24]   See A.N. Zahareas, 'Galdós' *Doña Perfecta*: Fiction, History and Ideology', *Anales Galdosianos*, 11 (1976), p. 44: 'Throughout the narrative, the narrator deliberately counters both the idealistic apologia of Cayetano and the grotesque distortion of Pepe. Orbajosa emerges for what it is: a province in the dry part of Spain with a hierarchical system of social relations; a strong church influence; a type of agriculture known as «dry farming»; spaced out harvests and minimum returns; a preserved, old-fashioned agrarian system; old habits which still persisted; an inadequate transportation system; a low level of technology; with rather small landed estates which provided minimal employment; with many poor and beggars; finally, a lack of social mobility. Such areas needed technology and a renovation of their economic structure, but people were distrustful. Since capital could come only from outside it interfered with a society that was highly structured. As represented by Galdós, the peasants' distrust of outsiders is not all that unreasonable, especially if we consider Pepe's sarcasm about their condition.'

[25]   Rodolfo Cardona compares the inhabitants of Orbjosa, who are blind because they do not want to see, with Pepe who, like Oedipus, is incapable of seeing until it is too late. (*Op. cit.*, pp. 42–43).

has pointed out, Pepe frequently ends the statement of his views with '*Yo soy así*' [I'm like that], suggesting a reluctance to learn from experience and linking him with the equally inflexible Caballuco who proclaims '*Yo soy quien soy*' [I am who I am].[26] Thus, if Pepe is undoubtedly a victim of the Orbajosans' duplicitous language, he is also deliberately characterised with ambivalence and ambiguity. Although initially predisposed towards a handsome and intelligent man, thwarted in love by the treachery of a woman who owes her position to the generosity of his father, we are simultaneously alienated by the engineer's immaturity, arrogance, presumptuousness and obtuseness.

Characters

> Of all Galdos' novels, *Doña Perfecta* is the most like those of Dickens. It leans heavily on caricature. [...] But these caricatures are not a defect of the book; they are its greatest asset.[27]

The setting and characters of *Doña Perfecta* are often seen as abstractions devised to illustrate the nineteenth-century conflict between those who saw every attempt to liberalise Spain as an attack on religion, and those who, in their enthusiasm for progress and change, were dismissive of traditional values and past achievements. Galdós uses the techniques of caricature for symbolic purposes and many of the characters are typical representatives of their socio-economic classes. Whilst the author eschews complex psychology in order to emphasise the values or attitudes that their class represents, as the novel develops and all the motivational veils are gradually removed, we discover that the protagonists are more than just over-simplified incarnations of an idea.[28] Even Caballuco, the local Carlist who embodies the twisted values of the Orbajosans as well as their parochialism (Licurgo is amazed that Pepe has not heard of the exploits and fame of this son and grandson of men who had taken part in the struggle against the French and the brutal civil wars of the early part of the century), has been given a human side with his love for one of the Troya girls.

Much as she is '*una intrigante, una comedianta, una arpía hipócrita*' [a

---

[26] 'Galdós' *Doña Perfecta*: Art or argument?' *Anales Galdosianos*, 7 (1972), p. 33.

[27] M. Nimetz, *Humor in Galdós* (New Haven: Yale University Press, 1968), p. 144.

[28] '*Los personajes alcanzan categoría de símbolos sin perder su contenido humano.*' [The characters reach the category of symbol without losing their human content], Ángel del Río, *op cit.*, p. 108.

schemer, an actress, a hypocritical harpy], Doña Perfecta is also a victim of the joint ambitions of María Remedios and Don Inocencio. Only in chapter 26 do we learn that Doña Perfecta had once employed María Remedios as a laundress and that, by seeing her son married to the landholding family of Doña Perfecta, Don Inocencio's niece aspires to rise above her station. Thus, in the same way that the proposed marriage is '*un proyecto*' [a project] related more to financial considerations than to any idealistic meeting of souls, Pepe's murder can be seen to be motivated not so much by religious intolerance as economic causes, the '*fuerza catalítica*' [catalyst][29] being María Remedios' obsession with her son moving up the social ladder. This revelation not only serves to make Don Inocencio even more invidious, but it also exemplifies the depth of human psychology that has ensured the popularity of *Doña Perfecta* both in and beyond Spain. Rather than being one-dimensional symbols motivated by ideological, religious or political ideas, Galdós' characters display a rich cocktail of human weaknesses – selfishness, hypocrisy, ruthlessness, anger, hatred, envy, jealousy – as well as a capacity to manipulate or be manipulated by others. Comparing the original, serialised version with the second first-edition that became the standard, C.A. Jones argues that the changes instigated by Galdós reveal an intention to attenuate the villainy of Rey's antagonists, especially María Remedios.[30]

Many of the characters in *Doña Perfecta* are reflections of real life models. León y Castillo said Juan Tafetán and the Troya sisters were drawn from recognisable persons in the Canaries,[31] and H.C. Berkowitz states that Doña Perfecta 'immortalizes his mother, though only in part'.[32] Walter T. Pattison points out similarities between Don Cayetano and Galdós' friend Amós de Escalante, described as a 'great lover of solitude and of nature, equally enamored of his native province and with the glorious Spain of the sixteenth century'.[33] This caricature of a provincial bookworm may at first

---

[29] Luis and Antolín González del Valle, 'El personaje María Remedios en *Doña Perfecta* de Galdós', *Yelmo*, 20 (Oct.–Dec. 1974), p. 33.

[30] *Op. cit.*, pp. 570–573.

[31] 'Don Benito Pérez Galdós: Recuerdos de su infancia en las Palmas', *La Lectura*, vol. 20, no. 228, 1919, p. 337.

[32] *Op. cit.*, p. 19. Cf. Ricardo Gullón, *Galdós, novelista moderno* (Madrid: Taurus,1960), p. 63: '*Al crearla, Galdós probablemente evocó el recuerdo de su propia madre, cuyo autoritarismo le pesara durante los veinte primeros años de vida.*' [When he created her, Galdós probably evoked the memory of his own mother, whose authoritarianism had weighed on him during the first twenty years of his life.].

[33] Walter T. Pattison, *Benito Pérez Galdós and the Creative Process* (Minneapolis:

appear a harmless eccentric, a 'well-intentioned but hapless individual',[34] who enjoys the calm haven of his library, but Don Cayetano's concern with trivia from the past rather than important issues in the present (as seen in his reaction to the heated discussion between Pepe and the canon in chapter 7) has darker implications, with the imminent publication of his book, *Linajes de Orbajosa,* threatening to perpetuate historical misinterpretation. In the same way that the town is living on past glories in agriculture, Don Cayetano is 'the historical projection of the myth' that all is 'sobriety, wisdom, high thinking and moral ideals' in Orbajosa.[35] He is also, according to Lee Fontanella,[36] the 'vehicle by which Galdós means to imply questions of narrative mode in *Doña Perfecta*' and, hence, the last chapter is a frame arrangement whereby Galdós rejects Don Cayetano as valid historiographer. The significance of Pepe Rey's arrival and murder escapes Galdós' erroneous historian, thereby reinforcing the unpalatable fact that Spain will not progress until it faces historical reality. Don Cayetano's letters in chapter 32 betray his skewed priorities, showing him to be more concerned about a musty sixteenth-century volume[37] and his own book than Pepe Rey's death or Spain's civil dissent. No sooner does he refer to Pepe's burial than he feels obliged to mention that the place was the same general site of his archaeological discoveries, and when he mentions Rosario's dementia he again comes around to himself, declaring without a hint of irony that he is the only family member to have succeeded in keeping his sanity.

Don Inocencio's name, which Doña Perfecta deems so appropriate, associates him immediately with the popes of the same name and, as Patricia McDermott points out,[38] the first close-up of the canon at the beginning of chapter 4 – '*sosteniendo el manteo con ambas manos cruzadas sobre el abdomen, fija la vista en el suelo, los anteojos de oro deslizándose suavemente hacia la punta de la nariz*' [holding his cloak with both hands crossed over his abdomen, his gaze fixed on the ground, his gold-rimmed spectacles slipping gently towards the end of his nose] – brings to mind Velázquez's famous portrait of Pope Innocent X. His first words – '*Vamos,*

University of Minnesota Press, 1954), p. 33.

[34]   Stephen Gilman, *op. cit.*, p. 384.

[35]   J.E. Varey, *Pérez Galdós*: Doña Perfecta (London: Grant and Cutler, 1971), p. 44.

[36]   '*Doña Perfecta* as Histiographic Lesson', *Anales Galdosianos*, 11 (1976), p. 60.

[37]   This echoes his disappointment when Pepe arrives in Orbajosa without 'the 1527 edition'.

[38]   '*Doña Perfecta*: ¿El caso de un tío inocente?' (Alicante: Biblioteca Virtual Miguel de Cervantes, 2000), p. 552.

ya está ahí ese prodigio' [So, here's the prodigy, then] – imply that he has already made up his mind about Pepe, and this is reinforced by our first real sight of the canon. As Pepe and his aunt are talking, Don Inocencio makes his appearance. The detail of *'una larga opacidad negra'* [a long, black opaque shape] makes it clear that the priest 'whose rôle in life should be to create light produces exactly the opposite effect'[39] and the potential for a harmonious relationship between Pepe, Doña Perfecta and Rosario will be undermined by his 'tenebrous' shadow, in much the same way that the *'negro muro carcomido'* [dark and time-corroded walls] of the *'pavorosa catedral'* [the imposing mass of the cathedral] casts a dark shadow over the entire town. From the very beginning the priest's tone is ironic, but if the Orbajosans are unanimous in considering the capital a den of thieves set on the destruction of traditional religious and moral values, the reader does not at this stage know why Don Inocencio seems so intent on antagonising the Madrilenian engineer.

As Pepe is the main character and the novel is essentially seen through his eyes, he is the one whose fortunes engage our sympathies. It is, however, Doña Perfecta who is the titular protagonist and she is much more vividly drawn than the tragic hero: *'Pepe [...] pierde algo en comparación con la tía Perfecta, porque resulta limitado, más o menos, a un símbolo de tendencia doctrinaria'* [Pepe ... loses something in comparison with Aunt Perfecta, because he is limited, more or less, to a symbol of doctrinaire tendency].[40] The two main definitions of the adjective *'perfecto'* in the twenty-second edition of the *Diccionario de la lengua española* produced by the Real Academia Española in 2001 are: *'Que tiene el mayor grado posible de bondad'* [Which has the greatest degree of goodness] and *'Que posee el grado máximo de una determinada cualidad o defecto'* [Which possesses the maximum degree of a given quality or defect]. If Doña Perfecta's name seems, in common with that of most of the protagonists, to exemplify what Nimetz calls 'denotive

[39]   Jennifer Lowe, 'Theme, Imagery and Dramatic Irony in *Doña Perfecta*', *Anales Galdosianos*, 4 (1969), p. 51.

[40]   Jaroslav Rosendorfsky, 'Algunas observaciones sobre *Doña Perfecta* de B. Pérez Galdós y *La casa de Bernarda Alba* de F. García Lorca'. Joaquín Casalduero, *Vida y obra de Galdós* (1843–1920), (Madrid: Gredos, 1961) believes that Galdós was unaware of this imbalance: *'Galdós, poseído como estaba por el tema y la figura de Doña Perfecta, no se dio cuenta de este desequilibrio, en el cual Pepe Rey pierde todo relieve.'* [Galdós, possessed as he was by the theme and figure of Doña Perfecta, did not realise this imbalance in which Pepe Rey loses all prominence.] (p. 54).

irony',[41] it nevertheless illustrates both of these definitions. She is a model of virtue with the potential to be extremely kind, but her flaw – the defect she possesses to excess – is a religious fanaticism which manifests itself in her conviction that she is always right and an intolerance of anything she sees as a threat to her faith.

Pepe Rey was originally called Pepe Novo, or new man,[42] and one of the first things we discover is that he has visited Germany and England. This detail is important in presenting Pepe as someone who, unlike the Orbajosans with whom he will soon come into conflict, has been exposed to other, more enlightened societies. He is *'el hombre del siglo'*, an intelligent man who respects science as an enemy of falsehood and superstition. However, if he is primarily a symbol, this does not mean that there is no development in his character. At first he is enthusiastic and friendly, if unquestionably precipitate and inconsiderate in his manner, but his aunt's behaviour brings about a change in him and the enlightened enemy of violence ultimately proves no better than his 'Trojan antagonist',[43] the reactionary local bravo, when both succumb to passion. Pepe's frankness is curiously wanting in the face of Don Inocencio's aggressive assumption that he is an atheist and, despite his supposed intelligence, it is not until chapter twenty-eight that he confesses, in a letter to his father, that he has allowed himself to be dragged down to the level of his opponents. Such inconsistencies and contradictions, in conjunction with the fact that, although privy to many more of his thoughts and acts than are Doña Perfecta and her allies, we still cannot be entirely sure of the engineer's beliefs and ideas, do not so much detract from Pepe's characterisation as strengthen the portrayal of the Orbajosans as irrational, inflexible and obdurate in their collective response to outside influences.

Although the title *Doña Perfecta* is written clearly at the beginning of

---

[41] *Op. cit.*, p. 103: '[Denotive irony] is very close to sarcasm and occurs when the author uses a word to describe its exact opposite.'

[42] Rodolfo Cardona, op. cit., p. 20: '*Curiosamente Henry James bautizó con el nombre de Christopher Newman al protagonista de una de sus primeras novelas*, The American, *novela que en muchos sentidos presenta una situación muy similar a la de* Doña Perfecta.' [Curiously Henry James baptised with the name of Chistopher Newman the protagonist of one of his first novels, *The American*, a novel which in many senses presents a situation similar to that of *Doña Perfecta*].

[43] This expression suggests, as Vernon A. Chamberlin points out, that the local centaur-like *cacique* – as different from the warrior heroes of old as the mule is from the horse – is as dangerous and treacherous, as well as hollow morally and intellectually, as the Trojan horse of antiquity (*op. cit.*, p. 18 and endnote 21).

even the first manuscript, and many critics agree with Ricardo Gullón that Galdós' intentions were always '*escribir sobre una persona ... novelar esa persona*' [to write about a person ... make a novel out of that person],[44] the real interest of the novel lies in a complex set of oppositions – Madrid (urban) / the provinces (rural), Orbajosa as the Horatian '*locus amoenus*' eulogised by Juan Rey and Don Cayetano / the mummified reality of '*este fondo sepulcral' [this sepulchral background]*,[45] Cathedral (spiritualism) / casino (materialism), progress / tradition, liberalism / Carlism, enlightened progressive thought / reactionary obscurantism, scientific knowledge / religious faith, truth / hypocrisy, good / evil, light / darkness, illusion / reality, freedom / enclosure, male / female, prosperity and life ('*prosperidad y vida*') / ruin and death ('*ruina y muerte*') – which all converge in the conflict between Pepe and his aunt. In order to emphasise this contrast Galdós makes the liberal champion of science – perceived by his enemies as an atheist – a Christ-like martyr in their self-proclaimed bastion of traditional religious values.

The story of an attractive outsider from the capital wooing a repressed small-town girl and provoking inimical local reactions has been seen as an adaptation from *Eugénie Grandet*, as if Galdós were presenting the '*problema religioso*' [religious problem] he announced in his *Observaciones sobre la novela contemporánea en España* of 1870, rather than avarice, as the characteristic vice of provincial Spain.[46] The problem of religious hypocrisy is highlighted by the numerous Biblical parallels throughout the novel, and the pattern of Pepe's experiences in Orbajosa is in numerous respects very similar to the pattern of Christ's life upon Earth.[47] From the opening page of the novel it is obvious that Pepe is special. His arrival at the deserted station in Villahorrenda in the early hours of the morning, where he learns that there are no hotels in the town, induces the reader to see the darkness in which he arrives as symbolic as well as literal. In introducing the young engineer, the narrator employs a manner reminiscent of the heroes of romances, the epic, or Biblical narrative – '*el caballero, que era joven y de muy buen ver, habló de este modo...*' [the gentleman, who was young and very good-looking, spoke in this way...] – and thus, identifying with Pepe from the very beginning, we instinctively reject the Orbajosans and their values.

---

[44]   '*Doña Perfecta*, invención y mito', *Técnicas de Galdós* (Madrid: Taurus, 1970), p. 23.

[45] Gustavo Correa, *El simbolismo religioso en Pérez Galdós* (Madrid: Gredos, 1962), p. 40.

[46]   S. Gilman, 'Novel and Society: *Doña Perfecta*', *Anales Galdosianos*, 11 (1976), p. 16.

[47]   See J.B. Hall, 'Galdós' use of the Christ-symbol in *Doña Perfecta*', *Anales Galdosianos*, 8 (1973), pp. 95–98.

Pepe Rey is fair and bearded as Christ is conventionally represented in religious art; and, as we are told that '*frisaba la edad de este excelente joven en los treinta y cuatro años*' [This excellent young man was approaching the age of thirty-four], he must be thirty-three, the same age as Christ is supposed to have been when He was crucified. The significance of this number is mirrored in the thirty-three chapters (also the number of cantos in all three parts of Dante's *La Divina Commedia*). In chapter 17, significantly entitled *Luz a oscuras* [Light in the darkness], Rosario says to Pepe that '*en esta oscuridad, donde no podemos vernos las caras, una luz inefable sale de ti y me inunda el alma*' [in this darkness, where we can't see each other's faces, an indescribable light comes from you and overwhelms my soul]. Galdós consistently equates Pepe with light and his opponents with darkness, especially Don Inocencio, whose surname Tinieblas recalls the Holy Week office of Tenebrae and the darkness that covered the land from the sixth to the ninth hour on the first Good Friday.

For Rosario, Pepe seems to have miraculous powers of healing and his words '*Levántate y sígueme*' [Get up and follow me] – recalling the stories of both Lazarus and Jairus' daughter – seem immediately to resuscitate the feverish girl. This also forms an interesting contrast with the scene just before Pepe's murder. Doña Perfecta angrily orders Rosario to get up, but shortly afterwards we are told that the girl followed her on her knees ('*la siguió de rodillas*'), implying that the religiously fanatical aunt lacks the aforementioned powers of her 'godless' nephew. When the lovers meet in the family chapel, Pepe is tempted, like Jesus in the wilderness, more than once. To begin with, his carnal instincts are checked by the crucifix itself and then, as Rosario asseverates their love before Christ, he is tempted to avenge himself by seducing his cousin. Like Christ, Pepe arrives in a poor community that longs to throw off the yoke of a hated external authority (in this case the 'pagan' government of Madrid). Coming to prospect for minerals in the region, this potential 'saviour' falls foul of the local religious and legal authorities, is condemned for planning to '*derribar la Catedral*' [demolish the Cathedral], and is murdered by the Barabbas-like figure of Caballuco after Don Inocencio, a modern Pontius Pilate, has washed his hands of all responsibility and allowed the nineteenth-century Son of Man to go to his death. If the Troya sisters are like Doña Perfecta insofar as they are from a well-to-do family that has come down in the world, their friendship with Pepe recalls Christ's associations with sinners. However, while the 'perfect' Christian – praised not for what she is but for what she purports to

be – shouts out the instruction that will destroy her Christ-like nephew, the three outcasts – ostracised not for what they actually are but for what they may become – visit Pepe's graveside in the same way that Mary Magdalene, Mary the mother of James, and Salome went to Christ's sepulchre.

In view of the fact that the novel ends in tragedy, the purpose of all these analogies is not explicit, although Galdós is possibly suggesting that the hero's reactionary opponents are fundamentally enemies of the true message of Christianity. Whilst the hero of *Doña Perfecta* has many flaws, in many ways he incarnates Galdós, that being the way he saw himself (*'así se veía a sí mismo'*), and the values he upholds. He may have little in common with the hero of *L'Etranger* – they are products of a totally different set of circumstances – but both are condemned for a frankness that is incompatible with the hypocrisy of the society in which they live. Perhaps, ultimately, Pepe was for Galdós, as Meursault would be for Camus: *'le seul Christ que nous meritions'* [the only Christ we deserve].[48]

Galdós and the contemporary novel

> *'Dickens y Balzac son sus modelos, Taine y Comte sus guías; Zola el fermento vital, Cervantes su maestro indiscutible.'* [Dickens and Balzac are his models, Taine and Comte his guides; Zola the vital ferment, Cervantes his indisputable master].[49]

Galdós, in his *Observaciones sobre la novela contemporánea en España*, declared that Spain needed to recapture the talent for accurate observation of both Cervantes – *'la más grande personalidad producida por esta tierra'* [the greatest personality produced by this land] – and Velázquez – *'el pintor que mejor ha visto y ha expresado mejor la naturaleza'* [the painter who has best seen and expressed Nature][50] – and produce a real novel. He saw the retarded development of the Spanish realist novel as a consequence of a reading public that preferred what he christened the *'peste nacida en Francia'* [plague born in France] of facile, serialised romance and salon fiction modelled on writers like Dumas and Soulié:

> *El público ha dicho: "Quiero traidores pálidos y de mirada siniestra, modistas angelicales, meretrices con aureola, duquesas averiadas, jorobados*

---

[48] Albert Camus, *Avant-propos*, *L'Etranger* (London : Routledge, 1988), p. vii.
[49] J. Casalduero, *op. cit.*, p.69.
[50] L. Bonet (ed.), *op. cit.*, pp. 116–117.

románticos, adulterios, extremos de amor y odio", y le han dado todo esto.
[The public said: 'I want pale traitors with a sinister look, angelic seamstresses, whores with a heart of gold, wayward duchesses, romantic hunchbacks, adulterers, extremes of love and hate', and they gave them all this.][51]

In his prologue to *La Regenta*, Galdós tackles the absence of a modern Spanish equivalent of the wonderful works of art that Cervantes had produced and Charles Dickens was doing then from a slightly different angle. Spain had exported the tradition of Cervantes and the picaresque to England and France, the two countries which best represented nineteenth-century realism. What this double model lost in charm and wit, it gained in analytical strength and in scope, resulting in a 'product' which took on another label and in which '*la sangre nuestra y el aliento del alma española*' [our blood and the breath of the Spanish soul] were barely recognisable. Thus, Galdós concluded, it was up to Spanish novelists to reinstate the exported model, '*restaurando el Naturalismo y devolviéndole lo que le habían quitado, el humorismo, y empleando este en las formas narrativa y descriptiva conforme a la tradición cervantesca*' [restoring what had been removed, namely its humour, and using it in a narrative and descriptive form in accordance with Cervantes' tradition].[52]

If every literary creation 'is realistic in some respects and unrealistic in others'[53], it is essentially the nineteenth-century novel, with its 'objective representation of contemporary social reality',[54] where the 'realism of presentation' and 'realism of content' referred to by C.S. Lewis[55] are found together. Harry Levin, describing the realist novel as the 'novel of disillusionment' chronicling the hero's loss of innocence, finds a stylistic and thematic prototype in Don Quijote. Indeed, Galdós repeatedly used Cervantes' paradigm, and like Gloria, León Roch, Máximo Manso, Ramón Villaamil, Ángel Guerra and Nazarín, Pepe Rey is an idealist who clashes with harsh reality. According to Joaquín Casalduero, Galdós interprets

---

[51]   *Ibid.*, p. 118.
[52]   Leopoldo Alas, *La Regenta* (Alicante: Biblioteca Virtual Miguel de Cervantes, 2000), prólogo de Benito Pérez Galdós, p. xi.
[53]   Harry Levin, *The Gates of Horn* (New York: Oxford University Press, 1966), p. 65.
[54]   René Wellek, 'The Concept of Realism in Literary Scholarship', *Concepts of Criticism* (ed.) Stephen G. Nichols, Jr. (New Haven and London: Yale University Press, 1963), p. 236.
[55]   *An Experiment in Criticism* (Cambridge: Cambridge University Press, 1965), pp. 57–59.

Cervantes' world '*con sus propios ideales, pues quiere que España deje de soñar y entre en el mundo de la realidad ... que en lugar de pensar en Dulcineas se piense en las necesidades cotidianas.*' [with his own ideals, since he wants Spain to stop dreaming and enter the real world ... for people to think about their daily needs instead of dreaming about Dulcineas.].[56]

In the first few chapters of *Doña Perfecta*, Galdós seems to make a conscious decision to imitate Cervantes and present Rey as a modern Quijote. However, if Cervantes' knight tries to impose his world on the real world, in *Doña Perfecta* it is the people of Orbajosa who '*vive con la imaginación*' [live in their imagination]. Towards the end of chapter 1, Pepe and Uncle Licurgo are referred to as '*señor y escudero*' as if they were Don Quijote and Sancho Panza. Their trip from the station to the town is like Cervantes' knight-errant's first sally and they represent the idealism of the knight and the realistic cunning of the peasant with his Sancho-esque '*refranes*'. Pepe, endeavouring to right a wrong in Quixotic style, wants to '*prestar auxilio a los infelices viajeros [...] y poner las peras a cuarto a los* caballeros' [to lend a hand to the unlucky travellers ... and teach the 'gentlemen' a lesson or two] but the earthy Licurgo replies that '*los robados, robados estaban, y quizás muertos, y en situación de no necesitar auxilio de nadie*' [those who had been robbed were robbed and maybe dead, and in no state to need anyone's assistance]. Similarly, just as Don Quijote's head is turned by reading romances of chivalry, Pepe Rey's brains, according to his aunt, have been addled reading those trashy books which say we have monkeys or parrots for ancestors ('*Las lecturas de esos libracos en que se dice que tenemos por abuelos a los monos o a las cotorras te han trastornado la cabeza*').

Bernard Bergonzi remarks that *Don Quijote* contains a 'high percentage of literary-critical reflection', offering a running commentary on its own procedures.[57] Despite the view of many critics that *Doña Perfecta* is an immature work lacking subtlety and ambiguity, it is a complex, self-referential novel which, informing us at the very beginning that the name Villahorrenda is '*propiedad del autor*' [copyrighted by the author], plunges us immediately into the universe of fiction. The playful, ironic narrator is sometimes omniscient – entering characters' minds and dreams – and at other times limited, lacking the benefit of hindsight and pleading ignorance of characters' thoughts and intentions. The combination of this shifting perspective and the 'competing

---

[56] *Op. cit.*, p. 71.
[57] *The Situation of the Novel* (Middlesex: Pelican, 1972), p. 222.

fictive shapes'[58] involving the whole of Orbajosa makes us wary of the reliability of what is referred, in Cervantine manner, to '*la composición de esta historia*' [the composition of this story], burying the notion of a single, objective 'truth' amidst the machinations of Doña Perfecta and Don Inocencio, the irrelevant investigations of Don Cayetano, and the idyllic vision of a Virgilian retreat conjured up by Juan Rey.

Translation

Admirers of Galdós find it shocking that an author, comparable to Balzac, Dickens, and Tolstoy, whom most critics 'would place [...] second only to Cervantes in the world of Spanish letters',[59] and whose work gives the deepest, truest, most comprehensive realities of Spain, should be virtually unknown in the English-speaking world. If this neglect is attributable to a dearth of good translations, there is, according to Michael McGaha, a valid reason for this shortage: Galdós' novels, he argues, pose formidable problems for the translator because 'even the cultured Spanish reader has difficulty in understanding many passages'.[60] Whilst I am not conscious of having had major difficulties understanding any parts of *Doña Perfecta*, this does not mean that it has never been problematic trying to come up with *le mot juste* and provide an accurate and convincing English equivalent. Only the individual reader can judge the level of success of this particular translation.

Communication across different languages will always involve choice and compromise. When it comes to foreign language films the dilemma is simple: they can either be dubbed or subtitled. While each of these options enables people throughout the world to enjoy films which would otherwise be inaccessible, they both have specific drawbacks, and most viewers cannot help feeling that they are missing something, either linguistically or visually. Many people experience a comparable sense of frustration with foreign novels, and David Baddiel recently wrote an article on the shortcomings of great literature in translation.[61] Although I agree that any translation will

---

[58]   B.J. Dendle, 'Orbajosa revisited, or the complexities of interpretation', *Anales Galdosianos*, 27–28 (1992–93), p. 54.

[59]   Walter T. Pattison, *Benito Pérez Galdós and the creative process* (Minneapolis, University of Minnesota, 1954), p. 3.

[60]   'Traduttore, tradittore', *Anales Galdosianos*, 10 (1975), p. 135.

[61]   'However great the translation, I always think I'm missing something', *The Times, Books*, 02/02/08, p. 3.

be an inferior version of the original, there are only four options as far as foreign literature is concerned:

1. Read in the original.
2. Read in translation.
3. Do not read it.
4. Read only works written in French by Samuel Beckett and translated by him into English.

The first option is only viable if one has a very high standard of linguistic competence in the language concerned. No matter how much the English version, if indeed one exists, may fall short of the original, in any situation where the reader's linguistic limitations fail to do justice to the text, even a mediocre translation is preferable to struggling with the language and missing out on all the subtleties. Unfortunately, when it comes to the second option, many of us have memories of reading translations that just do not ring true. Obviously the fault here has to lie with the translator, but occasionally there seems to be no completely satisfactory way of conveying something that sounds right in one language into another. The third option, for anyone interested in world literature, is a non-starter because, whatever the shortcomings of a translation, it has to be preferable to the alternative of never discovering foreign greats like Goethe, Ibsen or Tolstoy.

Much as I admire Beckett – both as a writer and translator – the fourth option is obviously not a serious suggestion. And this leaves one final proposal, arguably the best all-round solution: that of a bilingual parallel text. Although it may not be feasible for a very long novel like *Fortunata y Jacinta*, it means that whenever we share Mr Baddiel's feeling that 'the English is trembling' and we are missing something, we can compare the translation with the original. If we agree that a bilingual text has the potential, for many readers, to be the most rewarding way of discovering foreign literature, the next set of choices concerns the translation itself. Although it is essential to be accurate and faithful to the original text, too literal a translation risks sounding cumbersome and awkward in the target language; a freer approach which attempts to penetrate the real meaning by interpreting the sense rather than the words will often be more natural, but it can easily stray too far from the original and reflect the translator's personality and style more than that of the writer.

A translator is continually faced with a huge number of decisions and, in making each choice, is intuitively or consciously following a coherent

theory of translation. If the most important thing is to capture the essence of what makes the book worth reading, a balance needs to be achieved between accuracy and naturalness. In this translation I have endeavoured to be as faithful to Galdós' text as much as possible without resorting to 'translation English'. The time to abandon a literal version is when it sounds stilted or is unequivocally inexact. A successful translation will inevitably be a trade-off between literal precision and readability, between 'formal equivalence' in expression and 'functional equivalence' in communication. Within this framework I have sought to be neither too modern and casual nor too old-fashioned and formal. In short, I aimed for a translation that avoids extremes and achieves a balance that will appeal to the most people for the longest period of time. However, translating is a never-ending task and as long as English remains a living language it will continue to change, and therefore new renderings of classic literature will constantly be needed.

The last set of choices in a work of this kind relates to the inclusion of explanatory footnotes and endnotes. I work on the principle that, whilst a translator's frequent intrusions can sometimes be irrelevant and even extremely irritating, the reader is free to choose whether he or she wants to follow up the explanation. As there are many references in *Doña Perfecta* to classical culture, Spanish history, European literature, philosophy and music, I have endeavoured to restrict myself to comments where they can add to an understanding of a text which, in my opinion and that of the reader, I hope, is well worth the effort.

CHRONOLOGY: GALDÓS AND HIS EPOCH

1843:   Galdós born in Las Palmas.

1862:   Goes to Madrid to study law.

1865:   Starts to write for the press.

1867:   Galdós visits Paris and buys Balzac's *Eugénie Grandet* in a bookstall by the Seine.

1868:   Second visit to France. Translates Dickens's *Pickwick Papers* (from P. Grolier's *Aventures de Monsieur Pickwick*). September Revolution overthrows Isabel II.

1870:   Amadeo of Savoy elected King. Prim assassinated. Third Carlist War starts.

1871:   Zola starts *Rougon-Macquart* series.

1873:   Galdós starts first series of *Episodios nacionales*. Amadeo abdicates. First Republic declared.

1874:   Pavía's coup. First governments of Cánovas and Sagasta. Restoration of monarchy.

1875:   Alfonso XII installed as King. Cánovas back in power. Third Carlist War ends.

1876:   *Doña Perfecta*. Krausist Institución Libre de Enseñanza founded.

1878:   Galdós discovers Zola. Attempted assassination of Alfonso XII.

1879:   Spanish Socialist Party founded.

1881:   Sagasta returns to power. Start of 'peaceful rota' with Cánovas.

1885:   Alfonso XII dies. Regency declared.

1886:   Galdós is appointed liberal member of parliament.

1889–90:   Has an affair with Pardo Bazán.

1893:   Anarchist attacks in Barcelona.

1897:   Galdós is elected to the Real Academia Española. Sues his publisher.

1898:   Spain loses Cuba, Puerto Rico and the Philippines in war with USA.

1902:   Alfonso XIII becomes King. End of Sagasta Government.

1907:   Galdós becomes a Republican member of parliament. Starts losing his sight.

1910:   Becomes co-president of Republican-Socialist Alliance.

1912:   Goes blind. Abandons fifth series of *Episodios nacionales*.

1920:   Galdós dies.

BIBLIOGRAPHICAL NOTE

There are various editions of *Doña Perfecta*, both in print and on the Internet. The Spanish text for this edition has been refenced against both the 2003 Alianza Editorial libro de bolsillo edition and the one produced by Rodolfo Cardona (Madrid: Ediciones Cátedra, 1984).

BIBLIOGRAPHY

Leopoldo Alas, *Galdós* (Madrid: Renacimiento, 1912).

Leopoldo Alas, *La Regenta* (Alicante: Biblioteca Virtual Miguel de Cervantes, 2000), <http://www.cervantesvirtual.com/ [accessed 12 February 2008] (prólogo de Benito Pérez Galdós, pp. v–xix).

Rubén Benítez, *Cervantes en Galdós* (Murcia: Secretariado de Publicaciones, 1990).

Bernard Bergonzi, *The Situation of the Novel* (Middlesex: Pelican, 1972).

H. Chonon Berkowitz, *Pérez Galdós, Spanish Liberal Crusader* (Madison: University of Wisconsin Press, 1948).

L. Bonet, *Introduction to Benito Pérez Galdós, Ensayos de crítica literaria.* (Barcelona: Ediciones Península, 1971).

Peter A. Bly, *Galdós's Novel of the Historical Imagination* (Liverpool: Francis Cairos, 1983).

Donald C. Buck, 'Geographical places, architectural spaces, and gender in *Doña Perfecta*.' <http://tell.fll.purdue.edu/RLA-Archive/1994/spanish.html [accessed January 28, 2008].

R. Cardona (ed.), *Doña Perfecta* (Madrid: Catedra, 1984).

R. Cardona, 'El manuscrito de *Doña Perfecta*: una descripción preliminar', *Anales Galdosianos*, 11 (1976), pp. 9–11.

R. Cardona and A. Zahareas (ed.), *The Christ Figure in the Novels of Pérez Galdós* (New York: Las Americas, 1967).

Richard A. Cardwell, 'Galdós' *Doña Perfecta*: Art or argument?' *Anales Galdosianos*, 7 (1972), pp. 29–45.

Joaquín Casalduero, *Vida y obra de Galdós (1843–1920)*, (Madrid: Gredos, 1961).

Miguel de Cervantes Saavedra, *Don Quijote de la Mancha*, edición de Juan Alcina Franch (Bruguera: Barcelona, 1971).

Vernon A. Chamberlin, '*Doña Perfecta*: Galdós' reply to Pepita Jiménez', *Anales Galdosianos*, 15 (980), pp. 11–21.

Vernon A. Chamberlin and Jack Weiner, '*Doña Perfecta*, de Galdós, y *Padres e hijos*, de Turgueneff: dos interpretaciones del conflicto entre generaciones' (*PMLA*, 86, 1, 1971), pp. 231–243.

A.H. Clarke and E. J. Rodgers (ed.), *Galdós' House of Fiction* (Llangrannog: Dolphin, 1991).

Gustavo Correa, *El simbolismo religioso en las novelas de Pérez Galdós* (Madrid: Gredos, 1962).

B.J. Dendle, 'Orbajosa revisited, or the complexities of interpretation', *Anales Galdosianos*, 27–28 (1992–93), pp. 51–67.

S.H. Eoff, *The Novels of Pérez Galdós* (Saint Louis: Washington University Studies, 1954).

Lee Fontanella, '*Doña Perfecta* as Histiographic Lesson', *Anales Galdosianos*, 11 (1976), pp. 59–69.

S. Gilman, *Galdós and the Art of the European Novel: 1867–1887* (Princeton: Princeton University Press, 1981).

S. Gilman, 'Novel and Society: *Doña Perfecta*', *Anales Galdosianos*, 11 (1976), pp. 16–25.

Luis and Antolín González del Valle, 'El personaje María Remedios en *Doña Perfecta* de Galdós', *Yelmo*, 20 (Oct.–Dec. 1974), 32–33.

Ricardo Gullón, *Galdós, novelista moderno* (Madrid: Taurus,1960).

J.B. Hall, 'Galdós's use of the Christ-symbol in *Doña Perfecta*', *Anales Galdosianos*, 8 (1973), pp. 95–98.

C.A. Jones, 'Galdós' Second Thoughts on *Doña Perfecta*', *Modern Language Review*, 54 (1959), pp. 570–573.

A.H. Krappe, 'The Sources of Benito Pérez Galdós' *Doña Perfecta*', *Philological Quarterly*, 7, 3 (1928), pp. 303–306.

J. Labanyi (ed.), *Galdós* (London: Longman, 1993).

Harry Levin, *The Gates of Horn* (New York: Oxford University Press, 1966).

C.S. Lewis, *An Experiment in Criticism* (Cambridge: Cambridge University Press, 1965).

Jennifer Lowe, 'Theme, Imagery and Dramatic Irony in *Doña Perfecta*', *Anales Galdosianos*, 4 (1969), pp. 50–53.

G. Marañón, *Elogio y Nostalgia de Toledo*, *Obras completas, tomo ix* (Madrid: Espasa-Calpe, 1973).

G. Marañón, *Efemérides y comentarios*, *Obras completas, tomo ix* (Madrid: Espasa-Calpe, 1973).

Patricia McDermott, '*Doña Perfecta*: ¿El caso de un tío inocente?' (Alicante: Biblioteca Virtual Miguel de Cervantes, 2000), pp. 548– 556.

Michael McGaha, 'Traduttore, traditore', *Anales Galdosianos*, 10 (1975), pp. 135–138.

Marcelino Menéndez y Pelayo, 'Don Benito Pérez Galdós', *Discursos* (Alicante:

Biblioteca Virtual Miguel de Cervantes, 1999), <http://www.cervantesvirtual. com/ [accessed 12 February 2008].

C.A. Montaner, *Galdós, humorista y otos ensayos* (Madrid: Partenón,1969).

José F. Montesinos, *Galdós, 3 vols.* (Madrid: Castalia, 1968).

Stephen G. Nichols, Jr. (ed.), *Concepts of Criticism* (New Haven and London: Yale University Press, 1963).

M. Nimetz, *Humor in Galdós: A Study of the 'Novelas Contemporáneas'* (New Haven: Yale University Press, 1968).

W.T. Pattison, *Benito Pérez Galdós and the Creative Process* (Minneapolis: University of Minnesota Press, 1954).

Arnold M. Peñuel, 'The problem of ambiguity in Galdós' *Doña Perfecta*', *Anales Galdosianos*, 11 (1976), pp. 71–88.

Benito Pérez Galdós, *Ensayos de crítica literaria*, ed L. Bonet (Barcelona, Península, 1972).

Wifredo de Ràfols, 'The House of Doña Perfecta', *Anales Galdosianos*, 34 (1999), pp. 41–60.

Ángel del Río, *Estudios galdosianos* (Zaragoza: Biblioteca del Hispanista, 1953).

Eamonn Rodgers, *From Enlightenment to Realism: The Novels of Galdós 1870–1887* (Dublin: Jack Hade & Company, 1987), pp. 51–62.

D. M. Rogers (ed.), *Benito Pérez Galdós* (Madrid: Taurus, 1973).

M. Romera-Navarro, *Historia de la literatura española* (D.C. Heath y compañía: USA, 1928).

Jaroslav Rosendorfsky, 'Algunas observaciones sobre *Doña Perfecta* de B. Pérez Galdós y *La casa de Bernarda Alba* de F. García Lorca', *Etudes romanes de Brno*, 2, 114 (1966), pp.181–210.

Stephen Scatori, *La idea religioso en la obra de Benito Pérez Galdós* (Toulouse: Privat, 1926).

William H. Shoemaker, *The Novelistic Art of Galdós*, volume II (Valencia: Albatros, 1980), pp. 49–65.

William H. Shoemaker, *God's Role and his religion in Galdós' Novels: 1876–1888* (Valencia: Albatros, 1988).

Gonzalo Sobejano, 'Razón y suceso de la dramática galdosiana', *Anales Galdosianas*, 5 (1970), pp. 39–54.

Emma Susana Speratti Piñero, 'Paralelo entre *Doña Perfecta* y *La casa de Bernarda Alba*', *Revista de la Universidad de Buenos Aires*, 4 (1959), pp. 369–78.

Juana Truel, 'La huella de *Eugénie Grandet* en *Dona Perfecta*', *Sin Nombre*, 1976, 7 (3), pp. 105–15.

Harriet S Turner, 'The Shape of Deception in *Doña Perfecta*', *Kentucky Romance Quarterly* 31.2 (1984), pp. 125–34.

Ramón María del Valle-Inclán, *Obras completas, tomo 1* (Madrid: Editorial Plenitud, 1947).

J.E. Varey, *Pérez Galdós*: Doña Perfecta (London: Grant and Cutler, 1971).

L. B. Walton, *Pérez Galdós and the Spanish Novel of the Nineteenth Century* (New York: J.M. Dent and Sons, 1927).

Chad C. Wright, '"Un millón de ojos": visión, vigilancia y encierro en *Doña Perfecta*,' *Texto y contextos de Galdós* (ed. John W. Kronik and Harriet S. Turner), pp. 151–156.

Chad C. Wright, 'La conversación de la gente de Orbajosa: direct discourse, turn ancillaries, and the narrator in Galdós' *Doña Perfecta*.' <http://tell.fll.purdue.edu/RLA- Archive/1989/ spanish.html [accessed January 5, 2008].

A.N. Zahareas, 'Galdós' *Doña Perfecta*: Fiction, History and Ideology', *Anales Galdosianos*, 11 (1976), pp. 30–51.

DOÑA PERFECTA

1. *¡Villahorrenda! ... ¡Cinco minutos!*

Cuando el tren mixto descendente número 65 (no es preciso nombrar la línea) se detuvo en la pequeña estación situada entre los kilómetros 171 y 172, casi todos los viajeros de segunda y tercera clase se quedaron durmiendo o bostezando dentro de los coches, porque el frío penetrante de la madrugada no convidaba a pasear por el desamparado andén. El único viajero de primera que en el tren venía bajó apresuradamente y, dirigiéndose a los empleados, preguntóles si aquél era el apeadero de Villahorrenda. (Este nombre, como otros muchos que después se verán, es propiedad del autor.)

–En Villahorrenda estamos –repuso el conductor, cuya voz se confundió con el cacarear de las gallinas que en aquel momento eran subidas al furgón –. Se me había olvidado llamarle a usted, señor de Rey. Creo que ahí le esperan con las caballerías.

–¡Pero hace aquí un frío de tres mil demonios! –dijo el viajero envolviéndose en su manta–. ¿No hay en el apeadero algún sitio donde descansar y reponerse antes de emprender un viaje a caballo por este país de hielo?

No había concluido de hablar cuando el conductor, llamado por las apremiantes obligaciones de su oficio, marchóse, dejando a nuestro desconocido caballero con la palabra en la boca. Vio éste que se acercaba otro empleado con un farol pendiente de la derecha mano, el cual movíase al compás de la marcha, proyectando geométricas series de ondulaciones luminosas. La luz caía sobre el piso del andén, formando un zigzag semejante al que describe la lluvia de una regadera.

–¿Hay fonda o dormitorio en la estación de Villahorrenda? –preguntó el viajero al del farol.

–Aquí no hay nada –respondió éste secamente, corriendo hacia los que cargaban y echándoles tal rociada de votos, juramentos, blasfemias y atroces invocaciones que hasta las gallinas, escandalizadas de tan grosera brutalidad, murmuraron dentro de sus cestas.

–Lo mejor será salir de aquí a toda prisa –dijo el caballero para su capote–. El conductor me anunció que ahí estaban las caballerías.

Esto pensaba cuando sintió que una sutil y respetuosa mano le tiraba suavemente del abrigo. Volvióse y vio una oscura masa de paño pardo sobre sí misma revuelta y por cuyo principal pliegue asomaba el avellanado rostro astuto de un labriego castellano. Fijóse en la desgarbada estatura, que recordaba al chopo entre los vegetales; vio los sagaces ojos que bajo el ala

1. Villahorrenda! ... Five minutes!

When the southbound passenger and goods train Number 65 – there's no need to name the line – stopped at the little station between kilometres 171 and 172,[1] almost all the second and third-class passengers remained in the carriages, sleeping or yawning, because the piercing cold of the early morning was not conducive to a stroll along the exposed platform. The only first-class passenger on the train got off quickly and, going up to the railway staff, asked if this was the Villahorrenda stop. (This name, like many that will appear later, is copyrighted by the author.)

'We're in Villahorrenda,' answered the conductor, whose voice mingled with the cackling of the hens which at that moment were being lifted into the goods van. 'I forgot to call you, Señor de Rey. I think they're waiting for you here with the horses.'

'But it's as cold as hell here!' said the traveller, wrapping his cloak around him. 'Is there nowhere in this stopping place to rest and recover before setting out on horseback through this frozen country?'

Before he had finished speaking, the conductor, called away by the urgent duties of his position, walked off, leaving our unknown gentleman with his question unanswered. He saw another rail employee coming towards him, holding in his right hand a lantern that swung back and forth in rhythm with his walk, casting waves of light in geometric patterns. The light fell on the surface of the platform in a zigzag like the one formed by the shower from a watering can.

'Is there anywhere to eat or sleep at the Villahorrenda station?' the traveller asked the man with the lantern.

'There's nothing here,' answered the latter brusquely, running towards the men who were loading the freight and spraying them with such a volley of curses, oaths, blasphemies and abusive language that even the chickens, scandalised by such coarse brutality, grumbled in their baskets.

'The best thing will be to leave here as quickly as possible,' said the gentleman to himself. 'The conductor said the horses were here.'

This is what he was thinking when he felt a light, respectful hand pulling gently at his cloak. He turned round and saw a dark mass of grey-brown cloth wrapped about itself, through the main fold of which poked the wrinkled, astute face of a Castilian peasant. He stared at the ungainly figure, which brought to mind a black poplar amongst vegetables, and saw the shrewd

de ancho sombrero de terciopelo raído resplandecían; vio la mano morena y acerada que empuñaba una vara verde, y el ancho pie, que, al moverse, hacía sonajear el hierro de la espuela.

–¿Es usted el señor don José de Rey? –preguntó, echando mano al sombrero.

–Sí; y usted –repuso el caballero con alegría– será el criado de doña Perfecta, que viene a buscarme a este apeadero para conducirme a Orbajosa.

–El mismo. Cuando usted guste marchar… La jaca corre como el viento. Me parece que el señor don José ha de ser buen jinete. Verdad es que a quien de casta le viene…

–¿Por dónde se sale? –dijo el viajero con impaciencia–. Vamos, vámonos de aquí, señor… ¿Cómo se llama usted?

–Me llamo Pedro Lucas –respondió el del paño pardo, repitiendo la intención de quitarse el sombrero–; pero me llaman el tío Licurgo. ¿En dónde está el equipaje del señorito?

–Allí bajo el reloj lo veo. Son tres bultos. Dos maletas y un mundo de libros para el señor don Cayetano. Tome usted el talón.

Un momento después, señor y escudero hallábanse a espaldas de la barraca llamada estación, frente a un caminejo que, partiendo de allí, se perdía en las vecinas lomas desnudas, donde confusamente se distinguía el miserable caserío de Villahorrenda. Tres caballerías debían transportar todo: hombres y mundos. Una jaca de no mala estampa era destinada al caballero. El tío Licurgo oprimiría los lomos de un cuartago venerable, algo desvencijado, aunque seguro, y el macho, cuyo freno debía regir un joven zagal de piernas listas y fogosa sangre, cargaría el equipaje.

Antes de que la caravana se pusiese en movimiento partió el tren, que se iba escurriendo por la vía con la parsimoniosa cachaza de un tren mixto. Sus pasos, retumbando cada vez más lejanos, producían ecos profundos bajo tierra. Al entrar en el túnel del kilómetro 172 lanzó el vapor por el silbato, y un aullido estrepitoso resonó en los aires. El túnel, echando por su negra boca un hálito blanquecino, clamoreaba como una trompeta; al oír su enorme voz despertaban aldeas, villas, ciudades, provincias. Aquí cantaba un gallo, más allá otro. Principiaba a amanecer.

eyes shining beneath the wide brim of the frayed velvet hat, the hard, brown hand clasping a green staff, and the broad feet which, as they moved, made the iron spur jingle.

'Are you Señor Don José de Rey?' asked the peasant, touching his hat.

'Yes. And you,' replied the traveller joyfully, 'must be Doña Perfecta's servant, come to meet me at this stop and take me to Orbajosa.'

'The same. When you're ready to go … The pony runs like the wind. I think Señor Don José must be a good rider. For what's in the blood …'

'Which is the way out?' said the traveller impatiently. 'Come on, let's get out of here, Señor … What's your name?'

'My name's Pedro Lucas,' answered the man in the grey-brown cloak, again making to take off his hat, 'but they call me Uncle Licurgo. Where's the young gentleman's baggage?'

'I can see it there under the clock. There are three pieces of luggage – two cases and a large trunk of books for Señor Don Cayetano. Here's the receipt.'

A moment later, gentleman and servant found themselves with their backs to the shed called a station, facing a trail which, starting at this point, disappeared among the neighbouring, naked hills, on whose slopes could be vaguely distinguished the miserable hamlet of Villahorrenda. Three horses had to carry everything – men and luggage. A not ill-looking pony was destined for the gentleman. Uncle Licurgo would weigh down the back of a venerable nag, somewhat broken-down but sure-footed, and the mule, which was to be led by a young and sprightly hot-blooded lad, would carry the luggage.

Before the cavalcade had started to move, the train set off, creeping along the tracks with the unhurried pace of a passenger and goods train. The more and more distant rumble produced deep, subterranean echoes. As it entered the tunnel at kilometre 172, the steam shot out from the whistle and a loud screech resounded through the air. The tunnel, emitting a whitish breath from its black mouth, clamoured like a trumpet; and on hearing its stentorian voice hamlets, villages, cities, provinces awakened. Here a cock crowed, further on another. It was beginning to dawn.

2. Un viaje por el corazón de España

Cuando empezada la caminata dejaron a un lado las casuchas de Villahorrenda, el caballero, que era joven y de muy buen ver, habló de este modo:

–Dígame usted, señor Solón…

–Licurgo, para servir a usted …

–Eso es, señor Licurgo. Bien decía yo que era usted un sabio legislador de la antigüedad. Perdone usted la equivocación. Pero vamos al caso. Dígame usted, ¿cómo está mi señora tía?

–Siempre tan guapa –repuso el labriego, adelantando algunos pasos su caballería –. Parece que no pasan años por la señora doña Perfecta. Bien dicen que al bueno Dios le da larga vida. Así viviera mil años ese ángel del Señor. Si las bendiciones que le echan en la tierra fueran plumas, la señora no necesitaría más alas para subir al cielo.

–¿Y mi prima, la señorita Rosario?

–¡Bien haya quien a los suyos parece! ¿Qué he de decirle de doña Rosarito, sino que es el vivo retrato de su madre? Buena prenda se lleva usted, caballero don José, si es verdad, como dicen, que ha venido para casarse con ella. Tal para cual, y la niña no tiene tampoco por qué quejarse. Poco va de Pedro a Pedro.

–¿Y el señor don Cayetano?

–Siempre metidillo en la faena de sus libros. Tiene una biblioteca más grande que la catedral, y también escarba la tierra para buscar piedras llenas de unos demonches de garabatos que dicen escribieron los moros.

–¿En cuánto tiempo llegaremos a Orbajosa?

–A las nueve, si Dios quiere. Poco contenta se va a poner la señora cuando vea a su sobrino… Y la señorita Rosarito, que estaba ayer disponiendo el cuarto en que usted ha de vivir… Como no le han visto nunca, la madre y la hija están que no viven, pensando en cómo será este señor don José. Ya llegó el tiempo de que callen cartas y hablen barbas. La prima verá al primo y todo será fiesta y gloria. Amanecerá Dios y medraremos.

–Como mi tía y mi prima no me conocen todavía –dijo sonriendo el caballero–, no es prudente hacer proyectos.

–Verdad es; por eso se dijo que uno piensa el bayo y otro el que lo ensilla –repuso el labriego–. Pero la cara no engaña… ¡Qué alhaja se lleva usted! ¡Y qué buen mozo ella!

El caballero no oyó las últimas palabras del tío Licurgo, porque iba

2. *A journey through the heart of Spain*

When they had started their long walk and left behind the hovels of Villahorrenda, the gentleman, who was young and very good-looking, spoke in this way:

'Tell me, Señor Solon ...'[2]

'Licurgo, at your service ...'

'Señor Licurgo, I mean. I was right in saying you were a wise legislator of antiquity. Forgive the mistake. But to come to the point. Tell me, how's my aunt?'

'Beautiful as ever,' answered the peasant, moving his mount forward a few paces. 'The years don't seem to pass for Señora Doña Perfecta. They rightly say God gives long life to the good, so that angel of the Lord ought to live a thousand years. If the blessings showered on her in this world were feathers, the señora would need no more wings to go up to heaven.'

'And my cousin, Señorita Rosario?'

'The señora over again! What can I tell you of Doña Rosarito but that she's the living image of her mother? You're getting a treasure, Señor Don José, if what they say is true and you've come to marry her. A fine match, and the young lady won't have anything to complain of either. You're both as good as each other.'

'And Señor Don Cayetano?'

'Always buried in his books. He has a library bigger than the cathedral, and he's also scouring the earth for stones covered with devilish scrawls which pepole say were written by the Moors.'

'How long till we get to Orbajosa?'

'By nine o'clock, God willing. How delighted the señora will be when she sees her nephew ... And Señorita Rosarito, who yesterday was preparing the room you are to have ... As they've never seen you, both mother and daughter think of nothing else but what this Señor Don José will be like. The time has now come for letters to be silent and chins to wag. The young lady will see her cousin and all will be joy and merry-making. God will come again and we'll thrive.'

'As my aunt and cousin don't know me yet,' said the gentleman smiling, 'it isn't wise to make plans.'

'Very true. That's why it was said that the bay horse is of one mind and he who saddles him of another,' responded the peasant. 'But the face doesn't lie ... What a jewel you're getting! And she, what a fine young man!'

The young man did not hear Uncle Licurgo's last words, for he had become

distraído y algo meditabundo. Llegaban a un recodo del camino cuando el labriego, torciendo la dirección a las caballerías, dijo:

–Ahora tenemos que echar por esta vereda. El puente está roto y no se puede vadear el río sino por el Cerrillo de los Lirios.

–¡El Cerrillo de los Lirios! –observó el caballero, saliendo de su meditación–. ¡Cómo abundan los nombres poéticos en estos sitios tan feos! Desde que viajo por estas tierras me sorprende la horrible ironía de los nombres. Tal sitio que se distingue por su árido aspecto y la desolada tristeza del negro paisaje se llama Valleameno. Tal villorrio de adobes, que miserablemente se extiende sobre un llano estéril y que de diversos modos pregona su pobreza, tiene la insolencia de nombrarse Villarrica; y hay un barranco pedregoso y polvoriento, donde ni los cardos encuentran jugo, y que, sin embargo, se llama Valdeflores. ¿Eso que tenemos delante es el Cerrillo de los Lirios? Pero ¿dónde están esos lirios, hombre de Dios? Yo no veo más que piedras y hierba descolorida. Llamen a eso el Cerrillo de la Desolación, y hablarán a derechas. Exceptuando Villahorrenda, que parece ha recibido al mismo tiempo el nombre y la hechura, todo aquí es ironía. Palabras hermosas, realidad prosaica y miserable. Los ciegos serían felices en este país, que para la lengua es paraíso y para los ojos infierno.

El señor Licurgo, o no entendió las palabras del caballero Rey o no hizo caso de ellas. Cuando vadearon el río, que turbio y revuelto corría con impaciente precipitación, como si huyera de sus propias orillas, el labriego extendió el brazo hacia unas tierras que a la siniestra mano en grande y desnuda extensión se veían, y dijo:

–Éstos son los Alamillos de Bustamante.

–¡Mis tierras! –exclamó con júbilo el caballero, tendiendo la vista por el triste campo que alumbraban las primeras luces de la mañana–. Es la primera vez que veo el patrimonio que heredé de mi madre. La pobre hacía tales ponderaciones de este país y me contaba tantas maravillas de él que yo, siendo niño, creía que estar aquí era estar en la gloria. Frutas, flores, caza mayor y menor, montes, lagos, ríos, poéticos arroyos, oteros pastoriles, todo lo había en los Alamillos de Bustamante, en esta tierra bendita, la mejor y más hermosa de todas las tierras… ¡Qué demonio! La gente de este país vive con la imaginación. Si en mi niñez, y cuando vivía con las ideas y con el entusiasmo de mi buena madre, me hubieran traído aquí, también me habrían parecido encantadores estos desnudos cerros, estos llanos polvorientos o encharcados, estas vetustas casas de labor, estas norias desvencijadas, cuyos cangilones lagrimean lo bastante para regar media docena de coles, esta desolación miserable y perezosa que estoy mirando.

distracted and somewhat thoughtful. They came to a bend in the road when the peasant, turning the horses in another direction, said:

'We must follow this path now. The bridge is broken and the river can only be forded at the Hill of the Lilies.'

'The Hill of the Lilies,' said the young man, emerging from his reverie. 'How abundant the poetic names are in these ugly places! Since I've been travelling in this part of the country the terrible irony of the names has surprised me. A place that stands out for its barrenness and the desolate sadness of the black landscape is called Pleasant Valley. Some wretched, mud-walled village, stretching out across a sterile plain and proclaiming its poverty in diverse ways, has the impudence to call itself Richtown; and there's an arid and stony ravine, where not even the thistles can find nourishment, which is nevertheless called Vale of Flowers. Is what we have before us the Hill of the Lilies? But where in Heaven's name are the lilies? I see nothing but stones and withered grass. Call it the Hill of Desolation, and you'll be right. With the exception of Villahorrenda, whose appearance seems to correspond with its name, all is irony here. Beautiful words, a prosaic and mean reality. The blind would be happy in this country, which is paradise for the tongue and hell for the eyes.'

Señor Licurgo either did not hear the young Rey's words or he paid no attention to them. When they had forded the turbid and impetuous river which hurried on with impatient haste, as if fleeing its own banks, the peasant pointed an outstretched arm towards some barren and extensive fields that could be seen to their left, and said:

'Those are the Poplars of Bustamante.'

'My lands!' exclaimed the traveller joyfully, gazing at the melancholy fields illuminated by the early morning light. 'It's the first time I've seen what I inherited from my mother. The poor woman used to praise this country so extravagantly and tell me so many marvellous things about it that, as a child, I thought that to be here was to be in heaven. Fruits, flowers, large and small game, mountains, lakes, rivers, romantic streams, pastoral hills – there was everything in the Poplars of Bustamante, in this blessed land, the best and most beautiful of all lands ... What the devil? The people of this place live in their imagination. If they'd brought me here in my childhood, when I was growing up with the ideas and enthusiasm of my good mother, I too would have been enchanted with these bare hills, these arid or marshy plains, these dilapidated farmhouses, these rickety waterwheels whose buckets drip enough to sprinkle half a dozen cabbages; this wretched and barren desolation that surrounds me.'

–Es la mejor tierra del país –dijo el señor Licurgo–, y para el garbanzo es de lo que no hay.

–Pues lo celebro, porque desde que las heredé no me han producido un cuarto estas célebres tierras.

El sabio legislador espartano se rascó la oreja y dio un suspiro.

–Pero me han dicho –continuó el caballero– que algunos propietarios colindantes han metido su arado en estos grandes estados míos, y poco a poco me los van cercenando. Aquí no hay mojones, ni linderos, ni verdadera propiedad, señor Licurgo.

El labriego, después de una pausa, durante la cual parecía ocupar su sutil espíritu en profundas disquisiciones, se expresó de este modo:

–El tío Pasolargo, a quien llamamos el *Filósofo* por su mucha trastienda, metió el arado en los Alamillos por encima de la ermita, y roe que roe, se ha zampado seis fanegadas.

–¡Qué incomparable escuela! –exclamó riendo el caballero–. Apostaré que no ha sido ése el único… filósofo.

–Bien dijo el otro, que quien las sabe las tañe, y si al palomar no le falta cebo, no le faltarán palomas… Pero usted, señor don José, puede decir aquello de que el ojo del amo engorda la vaca, y ahora que está aquí vea de recobrar su finca.

–Quizás no sea tan fácil, señor Licurgo –repuso el caballero, a punto que entraban por una senda a cuyos lados se veían hermosos trigos que con su lozanía y temprana madurez recreaban la vista–. Este campo parece mejor cultivado. Veo que no todo es tristeza y miseria en los Alamillos.

El labriego puso cara de lástima, y afectando cierto desdén hacia los campos elogiados por el viajero, dijo en tono humildísimo:

–Señor, esto es mío.

–Perdone usted –replicó vivamente el caballero–, ya quería yo meter mi hoz en los estados de usted. Por lo visto, la filosofía aquí es contagiosa.

Bajaron inmediatamente a una cañada, que era lecho de pobre y estancado arroyo, y, pasado éste, entraron en un campo lleno de piedras, sin la más ligera muestra de vegetación.

–Esta tierra es muy mala –dijo el caballero, volviendo el rostro para mirar a su guía y compañero, que se había quedado un poco atrás–. Difícilmente podrá usted sacar partido de ella, porque todo es fango y arena.

Licurgo, lleno de mansedumbre, contestó:

–Esto… es de usted.

–Veo que aquí todo lo malo es mío –afirmó el caballero, riendo jovialmente.

'It's the best land in the region,' said Señor Licurgo. 'And there's nothing like it for chickpeas.'

'I'm delighted to hear it, because ever since I inherited them these noted lands haven't brought me a penny.'

The wise Spartan legislator scratched his ear and sighed.

'But I've been told,' continued the young man, 'that some of the neighbouring proprietors have put their ploughs in these estates of mine, and little by little they're filching them from me. Here there are neither landmarks nor boundaries, nor real ownership, Señor Licurgo.'

The peasant, after a pause during which his subtle intellect seemed to be occupied in profound disquisitions, expressed himself as follows:

'Uncle Pasolargo, whom we call *the Philosopher* for his great cunning, set his plough in the Poplars above the hermitage, and bit by bit he has gobbled up six *fanegas*.'[3]

'What an incomparable school!' exclaimed the young man laughing. 'I'll bet that one hasn't been the only … philosopher.'

'It's a true saying that one should talk only about what one knows, and that if the dovecote doesn't lack feed, it won't lack doves … But you, Señor Don José, can say that thing about the eye of the master fattening the cow, and now that you're here see about getting your property back.'

'Perhaps it won't be so easy, Señor Licurgo,' replied the young man, just as they were entering a path bordered on either side by beautiful wheat fields whose luxuriance and early ripeness were a sight for sore eyes. 'This field seems better cultivated. I see that not all's doom and gloom in the Poplars.'

The peasant pulled a sorry face and, affecting a certain disdain for the fields praised by the traveller, said in the humblest of tones:

'Señor, this is mine.'

'I beg your pardon,' replied the gentleman quickly. 'I was going to put my sickle in your estates. Philosophy is obviously contagious here.'

They descended at once into a gulley, which formed the bed of a shallow, stagnant brook, and, crossing it, entered a countryside full of stones and without the slightest trace of vegetation.

'This land is very bad,' said the young man, turning round to look at his companion and guide, who had remained a little behind. 'You'll have difficulty making any profit from it, for it's all mud and sand.'

Licurgo, full of humility, answered:

'This … is yours.'

'I see that everything bad here is mine,' declared the young man, laughing good-humouredly.

Cuando esto hablaban tomaron de nuevo el camino real. Ya la luz del día, entrando en alegre irrupción por todas las ventanas y claraboyas del hispano horizonte, inundaba de esplendorosa claridad los campos. El inmenso cielo sin nubes parecía agrandarse más y alejarse de la tierra para verla y en su contemplación recrearse desde más alto. La desolada tierra sin árboles, pajiza a trechos, a trechos de color gredoso, dividida toda en triángulos y cuadriláteros amarillos o negruzcos, pardos o ligeramente verdegueados, semejaba en cierto modo a la capa del harapiento que se pone al sol. Sobre aquella capa miserable, el cristianismo y el islamismo habían trabado épicas batallas. Gloriosos campos, sí; pero los combates de antaño los habían dejado horribles.

–Me parece que hoy picará el sol, señor Licurgo –dijo el caballero, desembarazándose un poco del abrigo en que se envolvía–. ¡Qué triste camino! No se ve ni un solo árbol en todo lo que alcanza la vista. Aquí todo es al revés. La ironía no cesa. ¿Por qué, si no hay aquí álamos grandes ni chicos, se ha de llamar esto los Alamillos?

El tío Licurgo no contestó a la pregunta, porque con toda su alma atendía a lejanos ruidos que de improviso se oyeron, y con ademán intranquilo detuvo su cabalgadura, mientras exploraba el camino y los cerros lejanos con sombría mirada.

–¿Qué hay? –preguntó el viajero, deteniéndose también.

–¿Trae usted armas, don José?

–Un revólver… ¡Ah!, ya comprendo. ¿Hay ladrones?

–Puede… –repuso Licurgo con mucho recelo–. Me parece que sonó un tiro.

–Allá lo veremos… ¡Adelante! –dijo el caballero picando su jaca–. No serán tan temibles.

–¡Calma, señor don José! –exclamó el campesino deteniéndole–. Esa gente es más mala que Satanás. El otro día asesinaron a dos caballeros que iban a tomar el tren… Dejémonos de fiestas. Gasparón el Fuerte, Pepito Chispillas, Merengue y Ahorca-Suegras no me verán la cara en mis días. Echemos por la vereda.

–Adelante, señor Licurgo.

–Atrás, señor don José –replicó el labriego con afligido acento–. Usted no sabe bien qué gente es ésa. Ellos fueron los que el mes pasado robaron de la iglesia del Carmen el copón, la corona de la Virgen y dos candeleros; ellos fueron los que hace dos años saquearon el tren que iba para Madrid.

As they were thus conversing, they took the highroad again. The morning sun, breaking joyously through all the windows and skylights of the Spanish horizon, had now bathed the fields in brilliant light. The immense, cloudless sky seemed to grow wider and to recede further from the earth, in order to see it and rejoice in the contemplation, from a greater height. The desolate, treeless land – the colour of straw here and chalk there, all divided into yellow or black, grey or pale green triangles and quadrilaterals – somehow resembled a beggar's cloak spread out in the sun. On that miserable cloak Christianity and Islam had fought epic battles.[4] Glorious fields, indeed, but the combats of the past had left them hideous!

'I think the sun will be strong today, Señor Licurgo,' said the young man, loosening a little the cloak in which he was wrapped. 'What a dreary road! Not a single tree as far as the eye can see. Everything here is back to front. There's no end to the irony. Why, if there are no large or small poplars here, does it have to be called The Poplars?'

Uncle Licurgo did not answer this question because he was listening with his whole being to distant sounds which could suddenly be heard, and with an uneasy air he stopped his horse, while he scanned the road and the distant hills with a gloomy look.

'What's the matter?' asked the traveller, also stopping.

'Are you armed, Don José?'

'A revolver … ah! now I understand. Are there robbers about?'

'Perhaps,' answered Licurgo with visible apprehension. 'I thought I heard a shot.'

'We'll soon see. Forward!' said the young man, spurring his horse. 'They won't be all that fearsome.'

'Easy, Señor Don José,' exclaimed the peasant, stopping him. 'Those people are more evil than Satan. The other day they murdered two gentlemen who were going to catch the train … Let's stop joking. Gasparón el Fuerte, Pepito Chispillas, Merengue and Ahorca Suegras won't see my face as long as I live. Let's take the path.'

'Forward, Señor Licurgo!'

'Back, Señor Don José,' replied the peasant in a distressed tone. 'You don't know what kind of people they are. They're the ones who last month robbed the church of Carmen of the chalice, the Virgin's crown and two candlesticks; the ones who two years ago held up the train that was going to Madrid.'

Don José, al oír tan lamentables antecedentes, sintió que aflojaba un poco su intrepidez.

–¿Ve usted aquel cerro grande y empinado que hay allá lejos? Pues allí se esconden esos pícaros en unas cuevas que llaman la Estancia de los Caballeros.

–¡De los caballeros!

–Sí, señor. Bajan al camino real cuando la Guardia Civil se descuida, y roban lo que pueden. ¿No ve usted más allá de la vuelta del camino una cruz, que se puso en memoria de la muerte que dieron al alcalde de Villahorrenda cuando las elecciones?

–Sí, veo la cruz.

–Allí hay una casa vieja, en la cual se esconden para aguardar a los trajineros.

Aquel sitio se llama las Delicias.

–¡Las Delicias!

–Si todos los que han sido muertos y robados al pasar por ahí resucitaran, podría formarse con ellos un ejército.

Cuando esto decían, oyéronse más de cerca los tiros, lo que turbó un poco el esforzado corazón de los viajantes, pero no el del zagalillo, que, retozando de alegría, pidió al señor Licurgo licencia para adelantarse y ver la batalla que tan cerca se había trabado. Observando la decisión del muchacho, avergonzóse don José de haber sentido miedo o, cuando menos, un poco de respeto a los ladrones, y gritó espoleando la jaca:

–¡Pues allá iremos todos! Quizás podamos prestar auxilio a los infelices viajeros que en tan gran aprieto se ven y poner las peras a cuarto a los *caballeros*.

Esforzábase Licurgo en convencer al joven de la temeridad de sus propósitos, así como de lo inútil de su generosa idea, porque los robados, robados estaban, y quizás muertos, y en situación de no necesitar auxilio de nadie. Insistía el señor, sordo a estas sesudas advertencias; contestaba el aldeano, oponiendo resistencia muy viva, cuando el paso de unos carromateros que por el camino abajo tranquilamente venían conduciendo una galera puso fin a la cuestión. No debía de ser grande el peligro cuando tan sin cuidado venían aquéllos, cantando alegres coplas; y así fue, en efecto, porque los tiros, según dijeron, no eran disparados por los ladrones, sino por la Guardia Civil, que de este modo quería cortar el vuelo a media docena de cacos que, ensartados, conducía a la cárcel de la villa.

–Ya, ya sé lo que ha sido –dijo Licurgo, señalando leve humareda que a

As he heard about this shameful history, Don José felt his courage weaken a little.

'Do you see that big, steep hill way over yonder? Well, the rascals hide there in some caves they call the Estate of Gentlemen.'

'Of Gentlemen?'

'Yes, señor. They come down to the high road when the Civil Guards aren't on the look-out, and steal what they can. Can you see a cross beyond the bend in the road? It was put up in memory of the mayor of Villahorrenda, done to death during the elections.'

'Yes, I can see the cross.'

'There's an old house there, where they lie in wait for the carriers. That place is called the Delights.'

'The Delights!'

'If all those who've been murdered and robbed as they passed this way were to rise from the dead, they could form an army.'

While they were talking closer shots were heard; this made the valiant hearts of the travellers quake a little, but not that of the young shepherd who, jumping about for joy, asked Señor Licurgo's permission to go ahead and see the battle which had started up so near. Noticing the boy's determination, Don José was ashamed of having felt fear, or at least a modicum of respect for the robbers, and putting spurs to his pony cried:

'We'll all go, then. Perhaps we'll be able to lend a hand to the unlucky travellers who're in so perilous a situation, and teach the "gentlemen" a lesson or two.'

Licurgo endeavoured to convince the young man of the rashness of his purpose, as well as of the futility of his generous design, since those who had been robbed were robbed and maybe dead, and in no state to need anyone's assistance. The gentleman, deaf to this sensible advice, was insistent, and the villager was resisting strongly, when the appearance of two or three carters, coming quietly down the road driving a wagon, put an end to the question. The danger could not be very great when those men were coming along so unconcernedly, singing merry songs; and such was in fact the case, for the shots, according to what they said, had not been fired by the robbers but by the Civil Guards, who wanted in this way to prevent the escape of half a dozen thieves trussed together whom they were taking to the town jail.

'Yes, I know now what it was,' said Licurgo, pointing to a light cloud

mano derecha del camino y a regular distancia se descubría–. Allí les han escabechado. Esto pasa un día sí y otro no.

El caballero no comprendía.

–Yo le aseguro al señor don José –añadió con energía el legislador lacedemonio– que está muy requetebién hecho, porque de nada sirve formar causa a esos pillos. El juez les marea un poco y después les suelta. Si al cabo de seis años de causa alguno va a presidio, a lo mejor se escapa o le indultan, y vuelve a la Estancia de los Caballeros. Lo mejor es esto: ¡fuego!, y adivina quién te dio. Se les lleva a la cárcel, y cuando se pasa por un lugar a propósito…: «¡Ah!, perro, que te quieres escapar…» ¡Pum, pum…!

Ya está hecha la sumaria, requeridos los testigos, celebrada la vista, dada la sentencia… Todo en un minuto. Bien dicen que si mucho sabe la zorra, más sabe el que la toma.

–Pues adelante, y apretemos el paso, que este camino, a más de largo, no tiene nada de ameno –dijo Rey.

Al pasar junto a las Delicias vieron a poca distancia del camino a los guardias que minutos antes habían ejecutado la extraña sentencia que el lector sabe. Mucha pena causó al zagalillo que no le permitieran ir a contemplar de cerca los palpitantes cadáveres de los ladrones, que en horroroso grupo se distinguían a lo lejos, y siguieron todos adelante. Pero no habían andado veinte pasos cuando sintieron el galopar de un caballo que tras ellos venía con tanta rapidez que por momentos les alcanzaba. Volvióse nuestro viajero y vio un hombre, mejor dicho, un centauro, pues no podía concebirse más perfecta armonía entre caballo y jinete, el cual era de complexión recia y sanguínea, ojos grandes, ardientes, cabeza ruda, negros bigotes, mediana edad y el aspecto en general brusco y provocativo, con indicios de fuerza en toda su persona. Montaba un soberbio caballo de pecho carnoso, semejante a los del Partenón, enjaezado según el modo pintoresco del país, y sobre la grupa llevaba una gran valija de cuero, en cuya tapa se veía en letras gordas la palabra «Correo».

–Hola, buenos días, señor Caballuco –dijo Licurgo, saludando al jinete cuando estuvo cerca –. ¡Cómo le hemos tomado la delantera! Pero usted llegará antes si a ello se pone.

–Descansemos un poco –repuso el señor Caballuco, poniendo su cabalgadura al paso de la de nuestros viajeros y observando atentamente al principal de los tres–. Puesto que hay tan buena compaña…

–El señor –dijo Licurgo sonriendo– es el sobrino de doña Perfecta.

of smoke which was to be seen some distance off, to the right of the road. 'They've done them in there. That happens every other day.'

The young man did not understand.

'I assure you, Señor Don José,' added the Lacedaemonian legislator forcefully, 'that it was very well done, because it's pointless trying those rascals. The judge cross-questions them a little and then lets them go. If at the end of six years of lawsuits one of them goes to jail, he'll probably escape or be pardoned and return to the Estate of Gentlemen. The best thing to do is this: shoot and then ask questions. Take them to prison, and when you're passing a suitable place – "Ah, dog, so you were trying to escape ...?" Bang! Bang! The indictment is drawn up, the witnesses summoned, the hearing ended, the sentence pronounced ... All in a minute. It's a true saying that if the vixen is cunning, he who catches her is even more so.'

'Forward, then, and let's ride faster, for this road, as well as being a long one, isn't at all pleasant,' said Rey.

As they passed The Delights they saw, a short distance from the road, the guards who a few minutes before had carried out the strange sentence which the reader knows about. The shepherd boy was inconsolable because they rode on and did not let him go and view at close range the robbers' palpitating bodies which stood out in a gruesome heap in the distance. But they had not gone twenty paces when they heard a galloping horse coming after them at such a rapid pace that it was catching up with them every moment. Our traveller turned round and saw a man, or rather a centaur, for it was impossible to imagine more perfect harmony between horse and rider, the latter having a robust and ruddy complexion, large fiery eyes, rugged features and a black moustache. He was middle-aged and generally brusque and provocative in appearance, with signs of strength in his whole person. He was riding a magnificent horse with a muscular chest, like those on the Parthenon, harnessed in the picturesque fashion of the region, and carrying on the crupper a large leather bag with the word 'Mail' in big letters on the cover.

'Hello! Good day, Señor Caballuco,' said Licurgo, greeting the horseman when the latter had drawn near. 'We beat you to it. But you'll arrive before us if you set your mind to it.'

'Let's rest a little,' answered Señor Caballuco, slowing his horse to our travellers' pace and closely observing the most distinguished of the three. 'Being as there's such good company.'

'The gentleman,' said Licurgo smiling, 'is Doña Perfecta's nephew.'

–¡Ah!…, por muchos años…, muy señor mío y mi dueño…

Ambos personajes se saludaron, siendo de notar que Caballuco hizo sus urbanidades con una expresión de altanería y superioridad que revelaba, cuando menos, la conciencia de un gran valer o de una alta posición en la comarca. Cuando el orgulloso jinete se apartó y por breve momento se detuvo hablando con dos guardias civiles que llegaron al camino, el viajero preguntó a su guía:

–¿Quién es este pájaro?

–¿Quién ha de ser? Caballuco.

–¿Y quién es Caballuco?

–¡Toma!… ¿Pero no le ha oído usted nombrar? –dijo el labriego, asombrado de la ignorancia supina del sobrino de doña Perfecta–. Es un hombre muy bravo, gran jinete y el primer caballista de todas estas tierras a la redonda. En Orbajosa le queremos mucho, pues él es…, dicho sea en verdad…, tan bueno como la bendición de Dios… Ahí donde le ve, es un cacique tremendo, y el gobernador de la provincia se le quita el sombrero.

–Cuando hay elecciones…

–Y el Gobierno de Madrid le escribe oficios con mucha vuecencia en el *rétulo*… Tira a la barra como un San Cristóbal, y todas las armas las maneja como manejamos nosotros nuestros propios dedos. Cuando había fielato no podían con él, y todas las noches sonaban tiros en las puertas de la ciudad… Tiene una gente que vale cualquier dinero, porque lo mismo es para un fregado que para un barrido… Favorece a los pobres, y el que venga de fuera y se atreva a tentar el pelo de la ropa a un hijo de Orbajosa, ya puede verse con él… Aquí no vienen casi nunca soldados de los Madriles. Cuando han estado, todos los días corría la sangre, porque Caballuco les buscaba camorra por un no y por un sí… Ahora parece que vive en la pobreza y se ha quedado con la conducción del correo; pero está metiendo fuego en el Ayuntamiento para que haya otra vez fielato y rematarlo él. No sé cómo no le ha oído usted nombrar en Madrid, porque es hijo de un famoso Caballuco que estuvo en la facción, el cual Caballuco padre era hijo de otro Caballuco abuelo, que también estuvo en la facción de más allá… Y como ahora andan diciendo que vuelve a haber facción, porque todo está torcido y revuelto, tememos que Caballuco se nos vaya también a ella, poniendo fin de esta manera a las hazañas de su padre y abuelo, que por gloria nuestra nacieron en esta ciudad.

Sorprendido quedó nuestro viajero al ver la especie de caballería andante que aún subsistía en los lugares que visitaba; pero no tuvo ocasión de hacer

'Ah ... for many years ... my lord and master.'

The two men greeted each other, it being noticeable that Caballuco paid his respects with an expression of haughtiness and superiority that revealed at least an awareness of great importance or a high standing in the district. When the proud horseman rode aside to stop and talk for a moment with two Civil Guards who passed them on the road, the traveller asked his guide:

'Who's that odd character?'

'Who do you think? Caballuco.'

'And who's Caballuco?'

'What! Have you never heard of him?' said the countryman, amazed at the sheer ignorance of Doña Perfecta's nephew. 'He's a very brave man, a fine rider and the greatest expert on horses in all the surrounding country. We love him dearly in Orbajosa because he's ... if truth be known ... as good as a blessing from God ... Right here where you see him, he's a political power, and the governor of the province takes his hat off to him.'

'When there's an election ...'

'And the Government in Madrid writes official letters to him with many titles in the address ... He throws the bar like a St Christopher and uses all weapons as we use our own fingers.[5] When there was market inspection here, they could do nothing with him, and every night shots were heard at the city gates ... He's got men worth any money, for they can turn their hand to anything. He helps out the poor, and any outsider who dares to lay a finger on any native of Orbajosa will have him to reckon with ... Soldiers from Madrid seldom come here; when they have been here, not a day passed without blood being shed, because Caballuco would pick a quarrel with them for one thing or another. It seems he lives in poverty now and he's employed to deliver the mail; but he's pulling out all the stops in local government to restore the post of inspector and to put him in charge of it. I don't know how you've never heard his name in Madrid, for he's the son of a famous Caballuco who was in the last uprising and himself the son of another Caballuco, who was also in the earlier uprising. And since they're now saying there's going to be another insurrection – because everything's twisted and upside down – we're afraid that Caballuco will leave us for it too, putting an end to the deeds of his father and his grandfather, who to our glory were born in this city.'[6]

Our traveller was surprised to see the kind of knight-errantry that still existed in the places he was visiting; but he had no opportunity to ask new

nuevas preguntas, porque el mismo que era objeto de ellas se les incorporó, diciendo de mal talante:

–La Guardia Civil ha despachado a tres. Ya le he dicho al cabo que se ande con cuidado. Mañana hablaremos el gobernador de la provincia y yo...

–¿Va usted a X? ... –No; que el gobernador viene acá, señor Licurgo; sepa usted que nos van a meter en Orbajosa un par de regimientos.

–Sí –dijo vivamente Pepe Rey, sonriendo–. En Madrid oí decir que había temor de que se levantaran en este país algunas partidillas... Bueno es prevenirse.

–En Madrid no dicen más que desatinos... –manifestó violentamente el centauro, acompañando su afirmación de una retahíla de vocablos de esos que levantan ampolla –. En Madrid no hay más que pillería... ¿A qué nos mandan soldados? ¿Para sacarnos más contribuciones y un par de quintas seguidas? ¡Por vida de!... que si no hay facción, debería haberla. ¿Conque usted –añadió, mirando socarronamente al caballero –, conque usted es el sobrino de doña Perfecta?

Esta salida de tono y el insolente mirar del bravo enfadaron al joven.

– Sí, señor. ¿Se le ofrece a usted algo?

–Soy amigo de la señora y la quiero como a las niñas de mis ojos –dijo Caballuco–. Puesto que usted va a Orbajosa, allá nos veremos.

Y sin decir más picó espuelas a su corcel, el cual, partiendo a escape, desapareció entre una nube de polvo.

Después de media hora de camino, durante la cual el señor don José no se mostró muy comunicativo, ni el señor Licurgo tampoco, apareció a los ojos de entrambos apiñado y viejo caserío asentado en una loma, del cual se destacaban algunas negras torres y la ruinosa fábrica de un despedazado castillo en lo más alto. Un amasijo de paredes deformes, de casuchas de tierra pardas y polvorosas como el suelo, formaba la base, con algunos fragmentos de almenadas murallas a cuyo amparo mil chozas humildes alzaban sus miserables frontispicios de adobes, semejantes a caras anémicas y hambrientas que pedían una limosna al pasajero. Pobrísimo río ceñía, como un cinturón de hojalata, el pueblo, refrescando al pasar algunas huertas, única frondosidad que alegraba la vista. Entraba y salía la gente en caballerías o a pie, y el movimiento humano, aunque escaso, daba cierta apariencia vital a aquella gran morada, cuyo aspecto arquitectónico era más bien de ruina y muerte que de prosperidad y vida. Los repugnantes

questions, for the person who was the object of them joined the group, saying ill-humouredly:

'The Civil Guard has got rid of three. I've already told the commander to watch his step. Tomorrow we'll have a word, the governor of the province and I …'

'Are you going to X …?'

'No, but the governor is coming here, Señor Licurgo. You should know that they're going to station a couple of regiments in Orbajosa.'

'Yes,' said the traveller quickly, with a smile. 'I heard in Madrid there was fear of an uprising by some small bands in these parts. It's as well to take precautions.'

'They talk nothing but nonsense in Madrid,' exclaimed the centaur violently, accompanying his affirmation with a string of tongue-blistering words. 'In Madrid there's nothing but scoundrels. Why do they send us soldiers? To squeeze more taxes out of us and a couple of conscriptions one after the other. I'll be …! If there isn't an uprising there ought to be. So you,' he added, looking slyly at the young man, 'so you are Doña Perfecta's nephew?'

This abrupt question and the arrogant fellow's insolent stare annoyed the young man.

'Yes, señor. Can I do anything for you?'

'I'm a friend of the señora, and I love her as I do the apple of my eye,' said Caballuco. 'As you're going to Orbajosa, we'll see each other there.'

And without another word he put spurs to his horse which, setting off at full speed, disappeared in a cloud of dust.

After half an hour's ride, during which neither Señor Don José nor Señor Licurgo proved very communicative, there appeared before their eyes an old, tightly-packed village seated on the slope of a hill, from the midst of which arose several dark towers, along with the ruins of a dilapidated castle at the top. A hotchpotch of deformed walls, of mud hovels, brown and dusty as the soil, formed its base, together with some fragments of turreted walls, in whose shelter a thousand humble huts raised their miserable adobe fronts like anaemic and hungry faces begging alms from the passer-by. A shallow river surrounded the village like a tin belt, refreshing in its course some gardens, the only vegetation that cheered the eye. People went in and out on horseback or on foot, and this human movement, although slight, gave some appearance of life to that concentration of dwellings whose architectural aspect was more one of ruin and death than of prosperity and life. The repulsive beggars who dragged

mendigos que se arrastraban a un lado y otro del camino, pidiendo el óbolo del pasajero, ofrecían lastimoso espectáculo. No podían verse existencias que mejor encajaran en las grietas de aquel sepulcro, donde una ciudad estaba no sólo enterrada, sino también podrida. Cuando nuestros viajeros se acercaban, algunas campanas, tocando desacordemente, indicaron con su expresivo son que aquella momia tenía todavía un alma.

Llamábase Orbajosa, ciudad que no en geografía caldea o copta, sino en la de España, figura con 7.324 habitantes, Ayuntamiento, sede episcopal, juzgado, seminario, depósito de caballos sementales, instituto de segunda enseñanza y otras prerrogativas oficiales.

–Están tocando a misa mayor en la catedral –dijo el tío Licurgo–. Llegamos antes de lo que pensé.

–El aspecto de su patria de usted –dijo el caballero examinando el panorama que delante tenía – no puede ser más desagradable. La histórica ciudad de Orbajosa, cuyo nombre es, sin duda, corrupción de *Urbs augusta*, parece un gran muladar.

–Es que de aquí no se ven más que los arrabales –afirmó con disgusto el guía–. Cuando entre usted en la calle Real y en la del Condestable, verá fábricas tan hermosas como la de la catedral.

–No quiero hablar mal de Orbajosa antes de conocerla –declaró el caballero–. Lo que he dicho no es tampoco señal de desprecio; que humilde y miserable, lo mismo que hermosa y soberbia, esa ciudad será siempre para mí muy querida, no sólo por ser patria de mi madre, sino porque en ella viven personas a quienes amo ya sin conocerlas. Entremos, pues, en la ciudad *augusta*.

Subían ya por una calzada próxima a las primeras calles, e iban tocando las tapias de las huertas.

–¿Ve usted aquella gran casa que está al fin de esta gran huerta por cuyo bardal pasamos ahora? –dijo el tío Licurgo señalando el enorme paredón de la única vivienda que tenía aspecto de habitabilidad cómoda y alegre.

–Ya… ¿Aquélla es la vivienda de mi tía?

–Justo y cabal. Lo que vemos es la parte trasera de la casa. El frontis da a la calle del Condestable, y tiene cinco balcones de hierro que parecen cinco castillos. Esta hermosa huerta que hay tras la tapia es la de la señora, y si usted se alza sobre los estribos la verá toda desde aquí.

–Pues estamos ya en casa –dijo el caballero–. ¿No se puede entrar por aquí?

–Hay una puertecilla, pero la señora la mandó tapiar.

themselves along one side of the road or the other, asking the passer-by for a small contribution, presented a pitiful spectacle. It would be impossible to see beings more in harmony with or better suited to the fissures of that sepulchre in which a city was not only buried but also gone to decay. When our travellers approached, a discordant peal of bells indicated with their expressive sound that the mummy still had a soul.

It was called Orbajosa, a city that figures not in Chaldean or Coptic geography, but in that of Spain, with its 7,324 inhabitants, town hall, episcopal see, court house, seminary, stud farm, secondary school and other official prerogatives.

'The bell's ringing for high mass in the cathedral,' said Uncle Licurgo. 'We arrived sooner than I expected.'

'The appearance of this country of yours,' said the young man, examining the panorama spread out before him, 'could not be more disagreeable. The historic city of Orbajosa, whose name is no doubt a corruption of *urbs augusta*, looks like a big dunghill.'

'That's because only the poor suburbs can be seen from here,' declared the guide with displeasure. 'When you enter the calle Real and the calle del Condestable, you'll see buildings as beautiful as the cathedral.'

'I don't want to speak ill of Orbajosa before getting to know it,' said the young man. 'What I've said isn't a mark of contempt; whether humble and mean, or beautiful and handsome, this city will always be very dear to me, not only as my mother's home town, but because there are persons living in it whom I already love without knowing them. Let's enter the august city, then.'

They were now ascending a road on the outskirts of the town, and passing close to the walls of the gardens.

'Do you see that big house at the end of this large garden whose wall we are now passing?' said Uncle Licurgo, pointing to a massive, whitewashed wall belonging to the only dwelling which had the appearance of cheerful and comfortable habitability.

'Yes ... is that my aunt's house?'

'Exactly so! What we can see is the rear of the house. The front faces the calle del Condestable, and it has five iron balconies that look like five castles. This fine orchard behind the wall belongs to the house, and if you rise up in your stirrups you'll be able to see it all from here.'

'So we're at the house already,' said the young man. 'Can't we enter through here?'

'There's a little door, but the señora had it bricked up.'

Alzóse el caballero sobre los estribos y, alargando cuanto pudo su cabeza, miró por encima de las bardas.

–Veo la huerta toda –indicó–. Allí, bajo aquellos árboles, está una mujer, una chiquilla…, una señorita…

–Es la señorita Rosario –repuso Licurgo.

Y al instante se alzó también sobre los estribos para mirar.

–Eh, señorita Rosario! –gritó, haciendo con la derecha mano gestos muy significativos–. Ya estamos aquí; aquí le traigo a su primo.

–Nos ha visto –dijo el caballero, estirando el pescuezo hasta el último grado–. Pero si no me engaño, al lado de ella está un clérigo…, un señor sacerdote.

–Es el señor penitenciario –repuso con naturalidad el labriego.

–Mi prima nos ve…, deja solo al clérigo y echa a correr hacia la casa… Es bonita…

–Como un sol.

–Se ha puesto más encarnada que una cereza. Vamos, vamos, señor Licurgo.

3. Pepe Rey

Antes de pasar adelante conviene decir quién era Pepe Rey y qué asuntos le llevaban a Orbajosa.

Cuando el brigadier Rey murió, en 1841, sus dos hijos, Juan y Perfecta, acababan de casarse: ésta con el más rico propietario de Orbajosa; aquél con una joven de la misma ciudad. Llamábase el esposo de Perfecta don Manuel María José de Polentinos, y la mujer de Juan, María Polentinos; pero a pesar de la igualdad de apellido, su parentesco era un poco lejano y de aquellos que no coge un galgo. Juan Rey era insigne jurisconsulto graduado en Sevilla, y ejerció la abogacía en esta misma ciudad durante treinta años, con tanta gloria como provecho. En 1845 era ya viudo y tenía un hijo que empezaba a hacer diabluras; solía tener por entretenimiento el construir con tierra, en el patio de la casa, viaductos, malecones, estanques, presas, acequias, soltando después el agua para que entre aquellas frágiles obras corriese. El padre le dejaba hacer y decía: «Tú serás ingeniero».

Perfecta y Juan dejaron de verse desde que uno y otro se casaron, porque ella se fue a vivir a Madrid con el opulentísimo Polentinos, que tenía tanta hacienda como buena mano para gastarla. El juego y las mujeres cautivaban de tal modo el corazón de Manuel María José que habría dado en tierra con

The young man raised himself in his stirrups and, stretching his neck as far as he could, looked over the wall.

'I can see the whole orchard,' he pointed out. 'There, under those trees, is a woman, a girl ... a young lady.'

'That's Señorita Rosario,' answered Licurgo.

And at the same time he also raised himself in his stirrups to have a look. 'Hey, Señorita Rosario!' he cried, making meaningful gestures with his right hand. 'We're here; I'm bringing your cousin to you.'

'She's seen us,' said the young man, stretching his neck as far as possible. 'But, if I'm not mistaken, there's a clergyman next to her ... a priest.'

'That's the confessor,' answered the peasant in an ordinary voice.

'My cousin can see us ... she's left the priest and started running towards the house ... She's pretty ...'

'Like the sun!'

'She's turned redder than a cherry. Come on, let's go, Señor Licurgo.'

3. Pepe Rey

Before proceeding any further, it would be best to say who Pepe Rey was and what business brought him to Orbajosa.

When Brigadier Rey died in 1841, his two children, Juan and Perfecta, had just got married: she to the richest landowner in Orbajosa, he to a young girl from the same city. Perfecta's husband was called Don Manuel María José de Polentinos and Juan's wife María Polentinos; but despite the same surname, their relationship was somewhat distant and difficult to make out. Juan Rey was a distinguished jurisconsult who had graduated in Seville and practised law in that city for thirty years with as much honour as profit. By 1845 he was already a widower with a son old enough to get into mischief; the boy would sometimes amuse himself by constructing viaducts, mounds, ponds, dams and ditches in the patio of the house, then turning on the water so that it ran among those fragile works. His father let him do so, saying: 'You'll be an engineer.'

Perfecta and Juan stopped seeing each other after they were both married, because she went to live in Madrid with the wealthy Polentinos, who was as rich as he was extravagant. Gambling and women so captivated Manuel María José's heart that he would have dissipated all his fortune if death had

toda su fortuna si más pronto que él para derrocharla no estuviera la muerte para llevársele a él. En una noche de orgía acabaron de súbito los días de aquel ricacho provinciano, tan vorazmente chupado por las sanguijuelas de la corte y por el insaciable vampiro del juego. Su única heredera era una niña de pocos meses. Con la muerte del esposo de Perfecta se acabaron los sustos en la familia, pero empezó el gran conflicto. La casa de Polentinos estaba arruinada; las fincas, en peligro de ser arrebatadas por los prestamistas; todo en desorden; enormes deudas, lamentable administración en Orbajosa, descrédito y ruina en Madrid.

Perfecta llamó a su hermano, el cual, acudiendo en auxilio de la pobre viuda, mostró tanta diligencia y tino que al poco tiempo la mayor parte de los peligros habían sido conjurados. Principió por obligar a su hermana a residir en Orbajosa, administrando por sí misma sus vastas tierras, mientras él hacía frente en Madrid al formidable empuje de los acreedores. Poco a poco fue descargándose la casa del enorme fardo de sus deudas, porque el bueno de don Juan Rey, que tenía la mejor mano del mundo para tales asuntos, lidió con la curia, hizo contratos con los principales acreedores, estableció plazos para el pago, resultando de este hábil trabajo que el riquísimo patrimonio de Polentinos saliese a flote y pudiera seguir dando por luengos años esplendor y gloria a la ilustre familia.

La gratitud de Perfecta era tan viva que al escribir a su hermano desde Orbajosa, donde resolvió residir hasta que creciera su hija, le decía, entre otras ternezas: «Has sido más que hermano para mí, y para mi hija más que su propio padre. ¿Cómo te pagaremos ella y yo tan grandes beneficios? ¡Ay, querido hermano! Desde que mi hija sepa discurrir y pronunciar un nombre, yo le enseñaré a bendecir el tuyo. Mi agradecimiento durará toda mi vida. Tu hermana indigna siente no encontrar ocasión de mostrarte lo mucho que te ama y de recompensarte de un modo apropiado a la grandeza de tu alma y a la inmensa bondad de tu corazón».

Cuando esto se escribía, Rosarito tenía dos años. Pepe Rey, encerrado en un colegio de Sevilla, hacía rayas en un papel, ocupándose en probar que *la suma de los ángulos interiores de un polígono vale tantas veces dos rectos como lados tiene menos dos*. Estas enfadosas perogrulladas le traían muy atareado. Pasaron años y más años. El muchacho crecía y no cesaba de hacer rayas. Por último, hizo una que se llama *De Tarragona a Montblanch*. Su primer juguete formal fue el puente de 120 metros sobre el río Francolí.

Durante mucho tiempo doña Perfecta siguió viviendo en Orbajosa. Como su hermano no salió de Sevilla, pasaron unos pocos años sin que uno y otro

not carried him off before he could squander it. In a night of orgy the days of that rich provincial, so voraciously bled by the leeches of the capital and the insatiable vampire of gambling, came to a sudden end. His sole heiress was a girl a few months old. With the death of Perfecta's husband the family alarms came to an end, but a great struggle began. The house of Polentinos was ruined, the estates in danger of being seized by the moneylenders; all was in confusion: enormous debts, lamentable management in Orbajosa, discredit and ruin in Madrid.

Perfecta sent for her brother, who, coming to the poor widow's assistance, displayed such diligence and skill that in a short time most of the dangers had disappeared. He began by obliging his sister to reside in Orbajosa, administrating her vast estates herself, while he faced the formidable pressures of the creditors in Madrid. Little by little the house freed itself from the enormous burden of its debts, for the good Don Juan Rey, who had the best way in the world for such matters, argued with the court, drew up contracts with the principal creditors and arranged to pay off in instalments, the result of this skilful management being that the rich patrimony of Polentinos got back on its feet and could continue for many years to bestow splendour and glory on the illustrious family.

Perfecta's gratitude was so keen that in writing to her brother from Orbajosa, where she determined to reside until her daughter was grown up, she said to him, among other affectionate things: 'You have been more than a brother to me, and more than her own father to my daughter. How will she and I ever repay you for such great services? Ah, my dear brother, from the moment my daughter can reason and pronounce a name, I will teach her to bless yours. My gratitude will last all my life. Your unworthy sister regrets that she can find no opportunity to show you how much she loves you and to recompense you in a manner suited to the greatness of your soul and the immense goodness of your heart.'

Rosarito was two years old when this was written. Pepe Rey, shut in a school in Seville, was drawing lines on paper, busily proving that *the sum of the interior angles of a polygon is equal to as many times two right angles, as the sides minus two*. These annoying commonplaces kept him very busy. Year after year passed. The boy grew up and did not stop drawing lines. At last, he did one called 'From Tarragona to Montblanch.' His first serious toy was the 120–metre bridge over the River Francolí.

For a long time Doña Perfecta carried on living in Orbajosa. As her brother never left Seville, several years passed without their seeing each

se vieran. Una carta trimestral, tan puntualmente escrita como puntualmente contestada, ponía en comunicación aquellos dos corazones, cuya ternura ni el tiempo ni la distancia podían enfriar. En 1870, cuando don Juan Rey, satisfecho de haber desempeñado bien su misión en la sociedad, se retiró a vivir en su hermosa casa de Puerto Real, Pepe, que ya había trabajado algunos años en las obras de varias poderosas compañías constructoras, emprendió un viaje de estudio a Alemania e Inglaterra. La fortuna de su padre (tan grande como puede serlo en España la que sólo tiene por origen un honrado bufete) le permitía librarse en breves períodos del yugo del trabajo material. Hombre de elevadas ideas y de inmenso amor a la ciencia, hallaba su más puro goce en la observación y estudio de los prodigios con que el genio del siglo sabe cooperar a la cultura y bienestar físico y perfeccionamiento moral del hombre.

Al regresar del viaje, su padre le anunció la revelación de un importante proyecto; y como Pepe creyera que se trataba de un puente, dársena o cuando menos saneamiento de marismas, sacóle de tal error don Juan manifestándole su pensamiento en estos términos:

–Estamos en marzo y la carta trimestral de Perfecta no podía faltar. Querido hijo, léela, y si estás conforme con lo que en ella manifiesta esa santa y ejemplar mujer, mi querida hermana, me darás la mayor felicidad que en mi vejez puedo desear. Si no te gustase el proyecto, deséchalo sin reparo, aunque tu negativa me entristezca; que en él no hay ni sombra de imposición por parte mía. Sería indigno de mí y de ti que esto se realizase por coacción de un padre terco. Eres libre de aceptar o no, y si hay en tu voluntad la más ligera resistencia, originada en ley del corazón o en otra causa, no quiero que te violentes por mí.

Pepe dejó la carta sobre la mesa, después de pasar la vista por ella, y tranquilamente dijo:

–Mi tía quiere que me case con Rosario.

–Ella contesta aceptando con gozo mi idea –dijo el padre muy conmovido–. Porque la idea fue mía…, sí; hace tiempo, hace tiempo que la concebí…, pero no había querido decirte nada antes de conocer el pensamiento de mi hermana. Como ves, Perfecta acoge con júbilo mi plan; dice que también había pensado en lo mismo, pero que no se atrevía a manifestármelo por ser tú…, ¿no ves lo que dice?, «por ser tú un joven de singularísimo mérito, y su hija, una joven aldeana, educada sin brillantez

other. A letter every three months, as punctually written as it was answered, maintained communication between these two hearts, whose affection neither time nor distance could cool. In 1870,[7] when Don Juan Rey, satisfied with having fulfilled his mission in society, retired to live in his beautiful house in Puerto Real, Pepe, who had already worked some years on the projects of several important construction companies, set out on a study trip to Germany and England. His father's fortune, (as large as it is possible in Spain for one which has only an honest law-office for its source), enabled him to free himself for brief periods from the yoke of material labour. A man of exalted ideas and an immense love of science, he found his purest enjoyment in the observation and study of the wonders with which the genius of the century is able to contribute to the culture and physical well-being and moral perfection of man.

On returning from his trip, his father announced that he had an important project to disclose to him; and if Pepe were to think it concerned a bridge, dockyard, or at least draining marshes, Don Juan soon dispelled any such error, expressing his ideas in these terms:

'We're in March and Perfecta's quarterly letter has not failed to come. Read it, my dear boy, and if you agree to what that holy and exemplary woman, my dear sister, says in it, you'll give me the greatest happiness I could wish for in my old age. Should the plan not please you, reject it without hesitation, even if your refusal saddens me, for there isn't even a shadow of pressure on my part in it. It would be unworthy of us both if it came about through the coercion of an obstinate father. You're free to accept it or not, and if there's the slightest resistance in your mind, arising either from the law of the heart or any other cause, I don't want you to force yourself on my account.'

After he had glanced through it, Pepe laid the letter on the table and said quietly:

'My aunt wants me to marry Rosario.'

'She answers by accepting my idea with joy,' said his father, greatly moved. 'For the idea was mine ... yes, it's a long time, a very long time since it occurred to me ... but I didn't want to say anything to you until I knew what my sister thought. As you can see, Perfecta welcomes my plan with joy; she says that she too had thought of the same thing, but hadn't dared to mention it to me, because you're ... you see what she says? Because you're "a young man of exceptional merit" and her daughter "a young village girl, brought up without either brilliance or worldly attractions." That's what it

ni mundanales atractivos...» Así mismo lo dice... ¡Pobre hermana mía! ¡Qué buena es!... Veo que no te enfadas; veo que no te parece absurdo este proyecto mío, algo parecido a la previsión oficiosa de los padres de antaño, que casaban a sus hijos sin consultárselo, y las más veces haciendo uniones disparatadas y prematuras... Dios quiera que ésta sea o prometa ser de las más felices. Es verdad que no conoces a mi sobrina; pero tú y yo tenemos noticias de su virtud, de su discreción, de su modestia y noble sencillez. Para que nada le falte, hasta es bonita... Mi opinión –añadió festivamente –es que te pongas en camino y pises el suelo de esa recóndita ciudad episcopal, de esa *Urbs augusta*, y allí, en presencia de mi hermana y de su graciosa Rosarito, resuelvas si ésta ha de ser algo más que mi sobrina.

Pepe volvió a tomar la carta y la leyó con cuidado. Su semblante no expresaba alegría ni pesadumbre. Parecía estar examinando un proyecto de empalme de dos vías férreas.

–Por cierto –decía don Juan–, que en esa remota Orbajosa, donde, entre paréntesis, tienes fincas que puedes examinar ahora, se pasa la vida con la tranquilidad y dulzura de un idilio. ¡Qué patriarcales costumbres! ¡Qué nobleza en aquella sencillez! ¡Qué rústica paz virgiliana! Si en vez de ser matemático fueras latinista, repetirías al entrar allí el *ergo tua rura manebunt*. ¡Qué admirable lugar para dedicarse a la contemplación de nuestra propia alma y prepararse a las buenas obras! Allí todo es bondad, honradez; allí no se conocen la mentira y la farsa, como en nuestras grandes ciudades; allí renacen las santas inclinaciones que el bullicio de la moderna vida ahoga; allí despierta la dormida fe y se siente vivo impulso indefinible dentro del pecho, al modo de pueril impaciencia, que en el fondo de nuestra alma grita: «¡Quiero vivir!»

Pocos días después de esta conferencia, Pepe salió de Puerto Real. Había rehusado meses antes una comisión del Gobierno para examinar, bajo el punto de vista minero, la cuenca del río Nahara, en el valle de Orbajosa; pero los proyectos a que dio lugar la conferencia referida le hicieron decir: «Conviene aprovechar el tiempo. Sabe Dios lo que durará ese noviazgo y el aburrimiento que traerá consigo». Dirigióse a Madrid, solicitó la comisión de explorar la cuenca del Nahara, se la dieron sin dificultad, a pesar de no pertenecer oficialmente al Cuerpo de Minas; púsose luego en marcha, y después de transbordar un par de veces, el tren mixto número 65 le llevó, como se ha visto, a los amorosos brazos del tío Licurgo.

Frisaba la edad de este excelente joven en los treinta y cuatro años. Era de complexión fuerte y un tanto hercúlea, con rara perfección formado, y tan

says … My poor sister! How good she is! … I see you're not angry; I see that this project of mine, a bit like the officious foresight of fathers in years gone by who married off their children without consulting them, and in most cases bringing about foolish and premature marriages, doesn't seem absurd to you … God grant that this may be, or promise to be, one of the happiest. It's true you don't know my niece; but you and I have heard about her virtue, her discretion, her modesty and her noble simplicity. To top it all, she's even pretty … My opinion,' he added jovially, 'is that you should set off and tread the ground of this remote cathedral city, this *Urbs augusta*, and there, in the presence of my sister and her charming Rosarito, decide whether the latter is to be something more than my niece.'

Pepe took up the letter again and read it carefully. His face expressed neither joy nor sorrow. He seemed to be examining a plan for the junction of two railroads.

'Surely,' said Don Juan, 'in remote Orbajosa, where, by the way, you've land that you can look at now, life passes by with the tranquillity and the sweetness of an idyll. What patriarchal customs! What nobility in such simplicity! What rustic, Virgilian peace! If, instead of being a mathematician, you were a Latinist, you would recite the *ergo tua rura manebunt* as you entered. What an admirable place to dedicate oneself to the contemplation of the soul and prepare oneself for good works! Everything is goodness and honour there; the deceit and hypocrisy of our great cities are unknown there; the holy inclinations, drowned in the turmoil of modern life, are reborn there; dormant faith awakens there and a strong, indefinable impulse is felt in the heart, like the impatience of youth crying out from the depths of our soul: "I want to live!"'

A few days after this conversation, Pepe left Puerto Real. Some months before he had refused a government commission to examine, from a mining perspective, the basin of the River Nahara in the valley of Orbajosa; but the plans to which the above conversation gave rise, caused him to say: 'It will be as well to make use of the time. God knows how long this courtship will last and the boredom it will bring with it.' He went to Madrid, solicited the commission to explore the bed of the Nahara, which he was given without difficulty, despite not belonging officially to the mining corps. Then he set out and, after changing trains twice, the passenger and goods train Number 65 took him, as we have seen, to the loving arms of Uncle Licurgo.

This excellent young man was approaching the age of thirty-four. He was of a robust and somewhat Herculean constitution, with a rare perfection

arrogante que si llevara uniforme militar ofrecería el más guerrero aspecto y talle que puede imaginarse. Rubios el cabello y la barba, no tenía en su rostro la flemática imperturbabilidad de los sajones, sino, por el contrario, una viveza tal que sus ojos parecían negros sin serlo. Su persona bien podía pasar por un hermoso y acabado símbolo, y si fuera estatua, el escultor habría grabado en el pedestal estas palabras: «Inteligencia, fuerza». Si no en caracteres visibles, llevábalas él expresadas vagamente en la luz de su mirar, en el poderoso atractivo que era don propio de su persona y en las simpatías a que su trato cariñosamente convidaba.

No era de los más habladores: sólo los entendimientos de ideas inseguras y de movedizo criterio propenden a la verbosidad. El profundo sentido moral de aquel insigne joven le hacía muy sobrio de palabras en las disputas que constantemente traban sobre diversos asuntos los hombres del día; pero en la conversación urbana sabía mostrar una elocuencia picante y discreta, emanada siempre del buen sentido y de la apreciación mesurada y justa de las cosas del mundo. No admitía falsedades y mixtificaciones, ni esos retruécanos del pensamiento con que se divierten algunas inteligencias impregnadas del gongorismo; y para volver por los fueros de la realidad, Pepe Rey solía emplear a veces, no siempre con comedimiento, las armas de la burla. Esto casi era un defecto a los ojos de gran número de personas que le estimaban, porque aparecía un poco irrespetuoso en presencia de multitud de hechos comunes en el mundo y admitidos por todos. Fuerza es decirlo, aunque su prestigio se amengüe: Rey no conocía la dulce tolerancia del condescendiente siglo que ha inventado singulares velos de lenguaje y de hechos para cubrir lo que a los vulgares ojos pudiera ser desagradable.

Así, y no de otra manera, por más que digan calumniadoras lenguas, era el hombre a quien el tío Licurgo introdujo en Orbajosa en la hora y punto en que la campana de la catedral tocaba a misa mayor. Luego que uno y otro, atisbando por encima de los bardales, vieron a la niña y al penitenciario, y la veloz corrida de aquélla hacia la casa, picaron sus caballerías para entrar en la calle Real, donde gran número de vagos se detenían para mirar al viajero como extraño huésped intruso de la patriarcal ciudad. Torciendo luego a la derecha, en dirección a la catedral, cuya corpulenta fábrica dominaba todo el pueblo, tomaron la calle del Condestable, en la cual, por ser estrecha y empedrada, retumbaban con estridente sonsonete las herraduras, alarmando al vecindario que por ventanas y balcones se mostraba para satisfacer su curiosidad. Abríanse con singular chasquido las celosías, y caras diversas, casi todas de hembra, asomaban arriba y abajo. Cuando Pepe Rey llegó al

of form, and so arrogant-looking that if he had worn a military uniform he would have cut the most war-like figure imaginable. Whilst his hair and beard were fair, his face had none of the phlegmatic imperturbability of the Anglo-Saxons, but, on the contrary, such liveliness that his eyes, without being so, looked black. His figure could well have served as a perfect and beautiful symbol and, if he were a statue, the sculptor would have engraved on the pedestal these words: *Intelligence, strength.* If not in visible letters, he bore them vaguely expressed in the brightness of his gaze, in the strong attraction which was special to his personality, and in the sympathy which his cordial manner invited.

He was not the most talkative of people: only those of unsure ideas and unstable judgement are prone to verbosity. The profound moral sense of that outstanding young man made him sparing of words in the disputes which the men of the day constantly start on various subjects; but in polite conversation he could display a witty and intelligent eloquence, always emanating from good sense and a measured and just appreciation of the things of this world. He did not tolerate falseness and obfuscation, nor those quibbles of the understanding with which some intellectuals, imbued with Gongorism,[8] amuse themselves; and to get back to reality, Pepe Rey was sometimes wont to use, not always with moderation, the weapon of ridicule. This was almost a defect in the eyes of many people who esteemed him, for he thus appeared a little disrespectful towards a multitude of things commonly accepted and believed. It must be acknowledged, although it may lessen him in the opinion of many, that Rey did not share the mild toleration of the compliant age which has invented strange disguises of words and acts to conceal what to the general eye might be disagreeable.

Such was the man, whatever slanderous tongues may say, whom Uncle Licurgo introduced into Orbajosa at the very moment the cathedral bell was ringing for high mass. When, looking over the garden wall, they both saw the young girl and the confessor, and the swift flight of the former towards the house, they spurred their horses and entered the calle Real, where a great many idlers stood still to gaze at the traveller as a stranger and intruder in the patriarchal city. Turning then to the right, in the direction of the cathedral, whose massive bulk dominated the whole town, they entered the calle del Condestable where, being narrow and paved, the horses' hoofs clattered noisily, alarming the neighbours who appeared at the windows and balconies to satisfy their curiosity. Shutters opened with a grating sound and various faces, almost all women's, peeped out above and below. By the time Pepe

arquitectónico umbral de la casa de Polentinos, ya se habían hecho multitud de comentarios diversos sobre su figura.

4. La llegada del primo

El señor penitenciario, cuando Rosarito se separó bruscamente de él, miró a los bardales, y viendo las cabezas del tío Licurgo y de su compañero de viaje, dijo para sí: «Vamos, ya está ahí ese prodigio».

Quedóse un rato meditabundo, sosteniendo el manteo con ambas manos cruzadas sobre el abdomen, fija la vista en el suelo, los anteojos de oro deslizándose suavemente hacia la punta de la nariz, saliente y húmedo el labio inferior, y un poco fruncidas las blanquinegras cejas. Era un santo varón piadoso y de no común saber, de intachables costumbres clericales, algo más de sexagenario, de afable trato, fino y comedido, gran repartidor de consejos y advertencias a hombres y mujeres. Desde luengos años era maestro de latinidad y retórica en el instituto, cuya noble profesión diole gran caudal de citas horacianas y de floridos tropos, que empleaba con gracia y oportunidad. Nada más conviene añadir acerca de este personaje, sino que cuando sintió el trote largo de las cabalgaduras que corrían hacia la calle del Condestable, se arregló el manteo, enderezó el sombrero, que no estaba del todo bien ajustado en la venerable cabeza y, marchando hacia la casa, murmuró:

—Vamos a conocer a ese prodigio.

En tanto, Pepe bajaba de la jaca, y en el mismo portal le recibía en sus amantes brazos doña Perfecta, anegado en lágrimas el rostro y sin poder pronunciar sino palabras breves y balbucientes, expresión sincera de su cariño.

—¡Pepe…, pero qué grande estás!… ¡Y con barbas! Me parece que fue ayer cuando te ponía sobre mis rodillas… Ya estás hecho un hombre, todo un hombre… ¡Cómo pasan los años!… ¡Jesús! Aquí tienes a mi hija Rosario.

Diciendo esto habían llegado a la sala baja, ordinariamente destinada a recibir, y doña Perfecta presentóle su hija.

Era Rosarito una muchacha de apariencia delicada y débil, que anunciaba inclinaciones a lo que los portugueses llaman *saudades*. En su rostro fino y puro se observaba la pastosidad nacarada que la mayor parte de los poetas atribuyen a sus heroínas, y sin cuyo barniz sentimental parece que ninguna Enriqueta y ninguna Julia pueden ser interesantes. Tenía Rosario tal expresión de dulzura y modestia que al verla no se echaban de menos las perfecciones

Rey reached the ornate threshold of the Polentinos house, numerous and varied comments had already been made about his person.

4. The arrival of the cousin

When Rosarito took abrupt leave of him, the Father Confessor looked at the garden wall and, seeing the faces of Uncle Licurgo and his travelling companion, said to himself: 'So, here's the prodigy, then.'

He remained thoughtful for a moment, holding his cloak with both hands crossed over his abdomen, his gaze fixed on the ground, his gold-rimmed spectacles slipping gently towards the end of his nose, his lower lip protruberant and moist, and his salt-and-pepper eyebrows frowning slightly. He was a saintly, pious man of uncommon learning and irreproachable clerical habits, a little over sixty, with an affable manner, refined and courteous, a great giver of advice and counsel to men and women. For many years he had been master of Latin and Rhetoric in the Institute, a noble profession which had given him a wealth of quotations from Horace and flowery metaphors which he employed wittily and appropriately. Nothing more need be added about this personage, but that when he heard the trot of the horses hastening towards the calle del Condestable, he arranged his cloak, straightened his hat, which was not at all well placed upon his venerable head, and, walking towards the house, murmured:

'Let's meet this prodigy.'

Meanwhile, Pepe dismounted and was received right at the door in Doña Perfecta's loving arms, her face bathed in tears and only capable of short, stuttering words for the sincere expression of her affection.

'Pepe ... but how tall you are! ... And with a beard. It seems only yesterday that I put you on my knees ... you're a man now, a grown man ... How the years fly! ... Good heavens! Here's my daughter Rosario.'

As she was saying this they reached the parlour on the ground floor, generally used as a reception room, and Doña Perfecta introduced her daughter.

Rosarito was a girl of delicate and fragile appearance that revealed a tendency towards what the Portuguese call *saudade*.[9] In her delicate and pure face there was something of the soft, pearly pallor which most poets confer on their heroines, and it seems that no Enriqueta or Julia can be interesting without this sentimental varnish. Rosario's expression was so sweet and modest that the perfections she lacked were not missed. That is not to say

de que carecía. No es esto decir que era fea; mas también es cierto que habría pasado por hiperbólico el que la llamara hermosa, dando a esta palabra su riguroso sentido. La hermosura real de la niña de doña Perfecta consistía en una especie de transparencia, prescindiendo del nácar, del alabastro, del marfil y demás materias usadas en la composición descriptiva de los rostros humanos; una transparencia, digo, por la cual todas las honduras de su alma se veían claramente; honduras no cavernosas y horribles como las del mar, sino como las de un manso y claro río. Pero allí faltaba materia para que la persona fuese completa: faltaba cauce, faltaban orillas. El vasto caudal de su espíritu se desbordaba, amenazando devorar las estrechas riberas. Al ser saludada por su primo se puso como la grana, y sólo pronunció algunas palabras torpes.

–Estarás desmayado –dijo doña Perfecta a su sobrino–. Ahora mismo te daremos de almorzar.

–Con permiso de usted –repuso el viajero–, voy a quitarme el polvo del camino.

–Muy bien pensado. Rosario, lleva a tu primo al cuarto que le hemos dispuesto. Despáchate pronto, sobrino. Voy a dar mis órdenes.

Rosario llevó a su primo a una hermosa habitación situada en el piso bajo. Desde que puso el pie dentro de ella, Pepe reconoció en todos los detalles de la vivienda la mano diligente y cariñosa de una mujer. Todo estaba puesto con arte singular, y el aseo y frescura de cuanto allí había convidaban a reposar en tan hermoso nido. El huésped reparó minuciosidades que le hicieron reír.

–Aquí tienes la campanilla –dijo Rosarito tomando el cordón de ella, cuya borla caía sobre la cabecera del lecho–. No tienes más que alargar la mano. La mesa de escribir está puesta de modo que recibas la luz por la izquierda… Mira, en esta cesta echarás los papeles rotos… ¿Fumas?

–Tengo esa desgracia –repuso Pepe Rey.

–Pues aquí puedes echar las puntas de cigarro –dijo ella, tocando con la punta del pie un mueble de latón dorado lleno de arena–. No hay cosa más fea que ver el suelo lleno de colillas de cigarro… Mira el lavabo… Para la ropa tienes un ropero y una cómoda… Creo que la relojera está mal aquí y se te debe poner junto a la cama… Si te molesta la luz, no tienes más que correr el transparente tirando de la cuerda… ¿Ves?… risch…

El ingeniero estaba encantado.

Rosarito abrió una ventana.

–Mira –dijo–, esta ventana da a la huerta. Por aquí entra el sol de tarde.

she was ugly; but it is also true that it would have been an exaggeration to call her beautiful in the strict sense of the word. The real beauty of Doña Perfecta's daughter consisted in a type of transparency, different from that of pearl, alabaster, marble and other materials used in descriptions of the human face; a type of transparency, I mean, through which all the depths of her soul were clearly visible; depths not cavernous and terrible like those of the sea, but like those of a clear and placid river. But the material to make a complete person was lacking there: the channel was lacking, the banks were lacking. The torrent of her spirit overflowed, threatening to devour the narrow banks. When her cousin greeted her she blushed crimson and uttered only some unintelligible words.

'You must be faint with hunger,' said Doña Perfecta to her nephew. 'We'll give you breakfast at once.'

'With your permission,' replied the traveller, 'I'll wash off the dust from the road.'

'Quite right. Rosario, take your cousin to the room we've prepared for him. Hurry up, nephew. I'm going to give the necessary orders.'

Rosario took her cousin to a beautiful room on the ground floor. The moment he set foot inside, Pepe recognised the diligent and loving hand of a woman in all the details of the room. Everything was arranged with outstanding taste, and the purity and freshness of everything was conducive to rest in such a lovely nest. The guest noticed minute details that made him laugh.

'Here's the bell,' said Rosario, taking in her hand the bell-rope, the tassel of which hung over the headboard. 'All you have to do is stretch out your hand. The writing-table is placed so you'll get the light from your left … Look, you can throw waste paper in this basket … Do you smoke?'

'I have that misfortune,' replied Pepe Rey.

'Then you can throw your cigarette ends here,' she said, touching a sand-filled, gilt brass utensil with the tip of her shoe. 'There's nothing worse than seeing the floor covered with cigarette butts … Here's the wash basin … For your clothes you've got a wardrobe and a chest of drawers … I think this is a bad place for the watch-case and you should put it next to the bed … If the light bothers you, all you've got to do is draw the blinds by pulling this cord … You see? … this way …'

The engineer was delighted.

Rosarito opened a window.

'Look,' she said, 'this window looks out onto the garden. The sun comes

Aquí tenemos colgada la jaula de un canario, que canta como un loco. Si te molesta la quitaremos.

Abrió otra ventana del testero opuesto.

–Esta otra ventana –añadió– da a la calle. Mira, de aquí se ve la catedral, que es muy hermosa y está llena de preciosidades. Vienen muchos ingleses a verla. No abras las dos ventanas a un tiempo, porque las corrientes de aire son muy malas.

–Querida prima –dijo Pepe, con el alma inundada de inexplicable gozo–, en todo lo que está delante de mis ojos veo una mano de ángel que no puede ser sino la tuya. ¡Qué hermoso cuarto es éste! Me parece que he vivido en él toda mi vida. Está convidando a la paz.

Rosarito no contestó nada a estas cariñosas expresiones, y, sonriendo, salió.

–No tardes –dijo desde la puerta–; el comedor está también abajo…, en el centro de esta galería.

Entró el tío Licurgo con el equipaje. Pepe le recompensó con una largueza a que el labriego no estaba acostumbrado, y éste, después de dar las gracias con humildad, llevóse la mano a la cabeza, como quien ni se pone ni se quita el sombrero, y en tono embarazoso, mascando las palabras, como quien no dice ni deja de decir las cosas, se expresó de este modo:

–¿Cuándo será la mejor hora para hablar al señor don José de un… de un asuntillo?

–¿De un asuntillo? Ahora mismo –repuso Pepe abriendo su baúl.

–No es oportunidad –dijo el labriego–. Descanse el señor don José, que tiempo tenemos. Más días hay que longanizas, como dijo el otro; y un día viene tras otro día… Que usted descanse, señor don José… Cuando quiera dar un paseo… La jaca no es mala… Conque buenos días, señor don José. Que viva usted mil años… ¡Ah!, se me olvidaba –añadió, volviendo a entrar después de algunos segundos de ausencia–. Si quiere usted algo para el señor juez municipal… Ahora voy allá a hablarle de nuestro asuntillo…

–Dele usted expresiones –dijo festivamente, no encontrando mejor fórmula para sacudirse de encima al legislador espartano.

–Pues quede con Dios el señor don José.

–Abur.

El ingeniero no había sacado su ropa cuando aparecieron por tercera vez en la puerta los sagaces ojuelos y la marrullera fisonomía del tío Licurgo.

–Perdone el señor don José –dijo, mostrando en afectada risa sus

in through here in the afternoon. Here we've hung the cage of a canary that sings like mad. If it bothers you, we'll take it away.'

She opened another window on the opposite side of the room.

'This other window,' she continued, 'overlooks the street. Look, you can see the cathedral from here. It's very beautiful and full of precious things. Lots of English people come to see it. Don't open both windows at the same time, because the draughts are very bad.'

'My dear cousin,' said Pepe, his soul inundated with inexplicable joy, 'in everything before my eyes I see an angel's hand that can be only yours. What a beautiful room this is! It seems I've lived in it all my life. It's conducive to peace.'

Rosarito made no answer to these affectionate expressions, and left the room smiling.

'Don't be long,' she said from the door. 'The dining room is down here too … in the middle of this hallway.'

Uncle Licurgo came in with the luggage. Pepe rewarded him with a generosity to which the countryman was not accustomed, and he, after giving humble thanks, raised his hand to his head like someone neither putting on nor taking off a hat, and mumbling his words in an embarrassed tone expressed himself in this way:

'When will the best time be to speak to Señor Don José about a … a little matter?'

'A little matter? Right now,' answered Pepe opening his trunk.

'This isn't the right time,' said the countryman. 'Señor Don José should rest, we've got plenty of time. There are more days than sausages, as the saying goes; and after one day comes another … Rest now, Señor Don José … When you want to take a ride … the nag isn't bad … Well, good day, Señor Don José. May you live a thousand years … Ah! I forgot,' he added, coming back in after a few seconds' absence. 'If you want anything for the justice of the peace … I'm going to talk to him about our little matter now …'

'Give him my regards,' said Pepe gaily, not finding a better way to get rid of the Spartan legislator.

'God be with you, then, Señor Don José.'

'So long.'

The engineer had not yet unpacked his clothes when Uncle Licurgo's shrewd, roguish eyes and crafty face appeared in the doorway for the third time.

'I beg your pardon, Señor Don José,' he said, showing his brilliantly

blanquísimos dientes–. Pero... quería decirle que si usted desea que esto se arregle por amigables componedores... Aunque, como dijo el otro, pon lo tuyo en consejo y unos dirán que es blanco y otros que es negro...

–Hombre, ¿quiere usted irse de aquí?

–Dígolo porque a mí me carga la justicia. No quiero nada con justicia. Del lobo, un pelo, y ése, de la frente. Conque... con Dios, señor don José. Dios le conserve sus días para favorecer a los pobres...

–Adiós, hombre, adiós.

Pepe echó la llave a la puerta y dijo para sí: «La gente de este pueblo parece muy pleitista».

5. *¿Habrá desavenencia?*

Poco después Pepe se presentaba en el comedor.

–Si almuerzas fuerte –le dijo doña Perfecta con cariñoso acento– se te quitará la gana de comer. Aquí comemos a la una. Las modas del campo no te gustarán.

–Me encantan, señora tía.

–Pues di lo que prefieres: ¿almorzar fuerte ahora o tomar una cosita ligera para que resistas hasta la hora de comer?

– Escojo la cosa ligera para tener el gusto de comer con ustedes; y si en Villahorrenda hubiera encontrado algún alimento, nada tomaría a esta hora.

–Por supuesto, no necesito decirte que nos trates con toda franqueza. Aquí puedes mandar como si estuvieras en tu casa.

–Gracias, tía.

–¡Pero cómo te pareces a tu padre! –añadió la señora, contemplando con verdadero arrobamiento al joven mientras éste comía–. Me parece que estoy mirando a mi querido hermano Juan. Se sentaba como te sientas tú y comía lo mismo que tú. En el modo de mirar, sobre todo, sois como dos gotas de agua.

Pepe la emprendió con el frugal desayuno. Las expresiones, así como la actitud y las miradas de su tía y prima, le infundían tal confianza que se creía ya en su propia casa.

–¿Sabes lo que me decía Rosario esta mañana? –indicó doña Perfecta, fija la vista en su sobrino–. Pues me decía que tú, como hombre hecho a las pompas y etiquetas de la corte y a las modas del extranjero, no podrás soportar esta sencillez un poco rústica en que vivimos y esta falta de buen tono, pues aquí todo es a la pata la llana.

white teeth in an affected smile. 'But ... I wanted to tell you that if you wish this to be settled by friendly arbitrators ... Although, as the saying goes, ask advice about your own affairs and some will say white and others black ...'

'Will you get out of here?'

'I'm saying it because I hate the law. I don't want anything to do with the law. As little as possible. So ... goodbye, Señor Don José. God give you long life to help the poor ...'

'Goodbye. Goodbye.'

Pepe turned the key in the lock of the door and said to himself: 'The people of this town appear very litigious.'

5. Will there be dissension?

A little later Pepe appeared in the dining room.

'If you eat a hearty breakfast,' said Doña Perfecta in an affectionate tone, 'you'll have no appetite for lunch. We eat at one o'clock here. You won't like our country ways.'

'I love them, aunt.'

'Say which you prefer, then: a hearty breakfast now or something light to tide you over till lunch time.'

'I'll go for something light so as to have the pleasure of eating with you. And if I'd found something to eat in Villahorrenda, I wouldn't have anything at this hour.'

'Of course, I don't need to tell you to treat us with perfect frankness. You may give orders here as if you were in your own house.'

'Thank you, aunt.'

'You're so much like your father!' added the señora, contemplating with real delight the young man as he ate. 'It's as though I were looking at my dear brother Juan. He sat just as you are sitting and ate as you are eating. In your expression, especially, you're like two peas in a pod.'

Pepe started on his frugal breakfast. The expressions, as well as the attitude and glances of his aunt and cousin, inspired him with such confidence that he already felt as if he were in his own home.

'Do you know what Rosario was saying to me this morning?' asked Doña Perfecta, her eyes fixed on her nephew. 'Well, she was saying that, as a man used to the pomp and ceremony of the Court and to foreign ways, you won't be able to stand this somewhat rustic simplicity of ours and this lack of ceremony, because everything is plain and simple here.'

–¡Qué error! –repuso Pepe, mirando a su prima–. Nadie aborrece más que yo las falsedades y comedias de lo que llaman alta sociedad. Crean ustedes que hace tiempo deseo darme, como decía no sé quién, un baño de cuerpo entero en la naturaleza; vivir lejos del bullicio, en la soledad y sosiego del campo. Anhelo la tranquilidad de una vida sin luchas, sin afanes, ni envidioso ni envidiado, como dijo el poeta. Durante mucho tiempo, mis estudios primero y mis trabajos después, me han impedido el descanso que necesito y que reclaman mi espíritu y mi cuerpo; pero desde que entré en esta casa, querida tía, querida prima, me he sentido rodeado de la atmósfera de paz que deseo. No hay que hablarme, pues, de sociedades altas ni bajas, ni de mundos grandes ni chicos, porque de buen grado los cambio todos por este rincón.

Esto decía cuando los cristales de la puerta que comunicaba el comedor con la huerta se oscurecieron por la superposición de una larga opacidad negra. Los vidrios de unas gafas despidieron, heridos por la luz del sol, fugitivo rayo; rechinó el picaporte, abrióse la puerta, y el señor penitenciario penetró con gravedad en la estancia. Saludó y se inclinó, quitándose la teja hasta tocar con el ala de ella al suelo.

–Es el señor penitenciario de esta santa catedral –dijo doña Perfecta–, persona a quien estimamos mucho y de quien espero serás amigo. Siéntese usted, señor don Inocencio.

Pepe estrechó la mano del venerable canónigo, y ambos se sentaron.

–Pepe, si acostumbras fumar después de comer, no dejes de hacerlo –manifestó benévolamente doña Perfecta–, ni el señor penitenciario tampoco.

A la sazón, el buen don Inocencio sacaba de debajo de la sotana una gran petaca de cuero, marcada con irrecusables señales de antiquísimo uso, y la abrió, desenvainando de ella dos largos pitillos, uno de los cuales ofreció a nuestro amigo. De un cartoncejo que irónicamente llaman los españoles *wagón*, sacó Rosario un fósforo, y bien pronto ingeniero y presbítero echaban su humo el uno sobre el otro.

–¿Y qué le parece al señor don José nuestra querida ciudad de Orbajosa? –preguntó el canónigo, cerrando fuertemente el ojo izquierdo, según su costumbre mientras fumaba.

–Todavía no he podido formar idea de este pueblo –dijo Pepe–. Por lo poco que he visto, me parece que no le vendrían mal a Orbajosa media docena de grandes capitales dispuestos a emplearse aquí, un par de cabezas inteligentes que dirigieran la renovación de este país y algunos miles de

'How mistaken!' answered Pepe, looking at his cousin. 'No one abhors more than me the falseness and pretence of what's called high society. Believe me, I've long wished to give myself a complete bath in Nature, as I don't know who said; to live far from the hustle and bustle, in the solitude and peace of the country. I long for the tranquillity of a life without strife or anxiety, neither envious nor envied, as the poet said.[10] For a long time I've been prevented, first by my studies and then my work, from taking the rest I need and which my mind and my body require; but ever since I entered this house, dear aunt and cousin, I've felt myself surrounded by the peaceful atmosphere I desire. So there's no need to talk to me about high or low society, large or small worlds, for I'd willingly swap them all for this corner.'

As he was saying this, the panes of the door leading from the dining room to the garden were darkened by a tall, black shadow. The lenses of a pair of spectacles, struck by the sun, sent out a fleeting ray of light; the latch creaked, the door opened and the Father Confessor solemnly entered the room. He greeted them and bowed, removing his hat until the brim touched the floor.

'This is the Father Confessor of our holy cathedral,' said Doña Perfecta. 'A person we hold in high esteem and with whom I hope you'll be friends. Take a seat, Señor Don Inocencio.'

Pepe shook hands with the venerable canon and both sat down.

'If you're used to smoking after meals, pray do so,' said Doña Perfecta benevolently. 'And you too, Father.'

Immediately, the good Don Inocencio took out from under his cassock a big leather cigarette case, marked with the unmistakable signs of long use, and opened it, drawing from it two long cigarettes, one of which he offered to our friend. Rosario took a match from a little cardboard box, which the Spanish ironically call a *coach*, and in no time engineer and priest were blowing their smoke over each other.

'And what does Señor Don José think of our dear city of Orbajosa?' asked the canon, shutting his left eye tightly as he was wont to do when he smoked.

'I haven't yet been able to form an idea of this town,' said Pepe. 'From the little I've seen, though, it seems to me that Orbajosa could do with half a dozen large sums of money ready to invest here, a pair of intelligent heads to direct its renovation, and a few thousand active hands. From the town

manos activas. Desde la entrada del pueblo hasta la puerta de esta casa he visto más de cien mendigos. La mayor parte son hombres sanos y aun robustos. Es un ejército lastimoso, cuya vista oprime el corazón.

–Para eso está la caridad –afirmó don Inocencio–. Por lo demás, Orbajosa no es un pueblo miserable. Ya sabe usted que aquí se producen los primeros ajos de toda España. Pasan de veinte las familias ricas que viven entre nosotros.

–Verdad es –indicó doña Perfecta– que los últimos años han sido detestables a causa de la seca; pero aun así las paneras no están vacías, y se han llevado últimamente al mercado muchos miles de ristras de ajos.

–En tantos años que llevo de residencia en Orbajosa –dijo el clérigo, frunciendo el ceño – he visto llegar aquí innumerables personajes de la corte, traídos unos por la gresca electoral, otros por visitar algún abandonado terruño o ver las antigüedades de la catedral, y todos entran hablándonos de arados ingleses, de trilladoras mecánicas, de saltos de aguas, de bancos y qué sé yo cuántas majaderías. El estribillo es que esto es muy malo y que podía ser mejor. Váyanse con mil demonios, que aquí estamos muy bien sin que los señores de la corte nos visiten, mucho mejor sin oír ese continuo clamoreo de nuestra pobreza y de las grandezas y maravillas de otras partes. Más sabe el loco en su casa que el cuerdo en la ajena, ¿no es verdad, señor don José? Por supuesto, no se crea ni remotamente que lo digo por usted. De ninguna manera. Pues no faltaba más. Ya sé que tenemos delante a uno de los jóvenes más eminentes de la España moderna, a un hombre que sería capaz de transformar en riquísimas comarcas nuestras áridas estepas… Ni me incomodo porque usted me cante la vieja canción de los arados ingleses y la arboricultura y la selvicultura… Nada de eso; a hombres de tanto, de tantísimo talento, se les puede dispensar el desprecio que muestran hacia nuestra humildad. Nada, amigo mío; nada, señor don José; está usted autorizado para todo, incluso para decirnos que somos poco menos que cafres.

Esta filípica, terminada con marcado tono de ironía y harto impertinente toda ella, no agradó al joven; pero se abstuvo de manifestar el más ligero disgusto y siguió la conversación, procurando en lo posible huir de los puntos en que el susceptible patriotismo del señor canónigo hallase fácil motivo de discordia. Éste se levantó en el momento en que la señora hablaba con su sobrino de asuntos de familia y dio algunos pasos por la estancia.

Era ésta vasta y clara, cubierta de antiguo papel, cuyas flores y ramos, aunque descoloridos, conservaban su primitivo dibujo gracias al aseo que

entrance to the door of this house, I saw more than a hundred beggars. Most of them are healthy, even robust men. It's a pitiful army, the sight of which oppresses the heart.'

'That's what charity is for,' declared Don Inocencio. 'Apart from that, Orbajosa is not a squalid town. You know that the best garlic in the whole of Spain is produced here. There are more than twenty rich families living among us.'

'It's true,' said Doña Perfecta, 'that the last few years have been wretched, owing to the drought; but even so the granaries aren't empty, and many thousand strings of garlic have recently been taken to the market.'

'During the many years I've lived in Orbajosa,' said the priest, frowning, 'I've seen innumerable people arrive here from the court, some brought by the electoral hurly-burly, others to visit some abandoned site or to see the antiquities of the cathedral; and they all come telling us about English ploughs, threshing-machines, water-power, banks and I don't know how many absurd things. Their refrain is that this place is very bad and could be improved. Let them keep away from us, in the devil's name! We're fine as we are without visitors from the capital, much better off without hearing that continual clamour about our poverty and the grandeur and wonders of other places. The fool in his own house knows more than the wise man in another's. Is that not so, Señor Don José? Of course, you mustn't think even remotely that I'm saying this on your account. Not at all. Of course not. I know we have before us one of the most eminent young men of modern Spain, a man who would be able to transform our arid wastes into fertile lands … And it won't put me out that you sing the same old song about English ploughs and forestry and silviculture … Not in the least. Men of such great, such very great talent may be excused for the contempt they show towards our lowliness. No, my friend; no, Señor Don José. You can say anything, even if it includes telling us we're little better than savages.'

This invective, ending with a marked tone of irony and all of it very impertinent, did not please the young man; but he refrained from showing the slightest annoyance and continued the conversation, endeavouring to avoid as far as possible the areas where the canon's highly sensitive patriotism might easily find offence. The latter got up when Doña Perfecta began to speak to her nephew about family matters, and took a few turns about the room.

This was a spacious and bright room, covered with an old-fashioned paper whose flowers and branches, although faded, preserved their original pattern

reinaba en todas y cada una de las partes de la vivienda. El reloj, de cuya caja colgaban al descubierto, al parecer, las inmóviles pesas y el voluble péndulo, diciendo perpetuamente que *no*, ocupaba con su abigarrada muestra el lugar preeminente entre los sólidos muebles del comedor, completando el ornato de las paredes una serie de láminas francesas que representaban las hazañas del conquistador de Méjico, con prolijas explicaciones al pie, en las cuales se hablaba de un *Ferdinand Cortez* y de una *Donna Marine* tan inverosímiles como las figuras dibujadas por el ignorante artista. Entre las dos puertas vidrieras que comunicaban con la huerta había un aparato de latón, que no es preciso describir desde que se diga que servía de sustentáculo a un loro, el cual se mantenía allí con la seriedad y la circunspección propias de estos animalejos, observándolo todo. La fisonomía irónica y dura de los loros, su casaca verde, su gorrete encarnado, sus botas amarillas y, por último, las roncas palabras burlescas que pronuncian, les dan un aspecto extraño entre serio y ridículo. Tienen no sé qué rígido empaque de diplomáticos. A veces parecen bufones, y siempre se asemejan a ciertos finchados sujetos que, por querer parecer muy superiores, tiran a la caricatura.

Era el penitenciario muy amigo del loro. Cuando dejó a la señora y a Rosario en coloquio con el viajero, llegóse a él, y dejándose morder con la mayor complacencia el dedo índice, le dijo:

–Tunante, bribón, ¿por qué no hablas? Poco valdrías si no fueras charlatán. De charlatanes está lleno el mundo de los hombres y el de los pájaros.

Luego cogió con su propia venerable mano algunos garbanzos del cercano cazuelillo y se los dio a comer. El animal empezó a llamar a la criada pidiéndole chocolate, y sus palabras distrajeron a las dos damas y al caballero de una conversación que no debía de ser muy importante.

6. Donde se ve que puede surgir la desavenencia cuando menos se espera

De súbito se presentó el señor don Cayetano Polentinos, hermano político de doña Perfecta, el cual entró con los brazos abiertos, gritando:

–Venga acá, señor don José de mi alma.

Y se abrazaron cordialmente. Don Cayetano y Pepe se conocían, porque el distinguido erudito y bibliófilo solía hacer excursiones a Madrid cuando se anunciaba almoneda de libros procedentes de la testamentaría de algún *buquinista*. Era don Cayetano alto y flaco, de edad mediana, si

thanks to the cleanliness reigning in each and every part of the house. With its colourful dial the clock – from the case of which hung down in the open the apparently motionless weights and the voluble pendulum perpetually saying 'No' – occupied the most prominent place among the solid pieces of furniture of the dining room. The adornment of the walls was completed by a series of French engravings representing the exploits of the conqueror of Mexico, with long-winded explanations at the foot of each concerning a *Ferdinand Cortez* and a *Donna Marine*,[11] as little true to nature as were the figures delineated by the ignorant artist. In the space between the two glass doors which communicated with the garden was an apparatus of brass which it is not necessary to describe further than to say it served to support a parrot, which maintained itself on it with the air of gravity and circumspection peculiar to those animals, taking note of everything that went on. The hard and ironical faces of parrots, their green coats, red caps, yellow boots and finally the hoarse, mocking words they utter, give them a strange and repulsive aspect, half-serious, half-ridiculous. They have an indescribable something of the stiffness of diplomats. At times they seem buffoons and they always resemble certain conceited people who, in their desire to appear very superior, verge on caricatures.

The Father Confessor was very fond of the parrot. When he left Doña Perfecta and Rosario conversing with the traveller, he went up to it and, letting it bite his index finger with the greatest good humour, said:

'Rascal, knave, why don't you talk? You wouldn't be worth much if you weren't a chatterbox. The world of men and birds is full of chatterboxes.'

Then, with his own venerable hand, he took some peas from the nearby dish and gave it them to eat. The creature began to call the maid, asking for chocolate, and its words distracted the two ladies and the young man from a conversation which must not have been very important.

6. In which it is seen that disagreement may arise when least expected

Suddenly Don Cayetano Polentinos, Doña Perfecta's brother-in-law, appeared. He entered with arms opened wide, crying:

'Come here, my dear Don José.'

They embraced cordially. Don Cayetano and Pepe knew each other, because the distinguished scholar and bibliophile used to take a trip to Madrid whenever an auction of the estate of some dealer in old books was announced. Don Cayetano was tall, thin and middle-aged, although

bien el continuo estudio o los padecimientos le habían desmejorado mucho; expresábase con una corrección alambicada que le sentaba a las mil maravillas, y era cariñoso y amable, a veces con exageración. Respecto de su vasto saber, ¿qué puede decirse sino que era un verdadero prodigio? En Madrid su nombre no se pronunciaba sin respeto, y si don Cayetano residiera en la capital, no se escapara sin pertenecer, a pesar de su modestia, a todas las Academias existentes y por existir. Pero él gustaba del tranquilo aislamiento, y el lugar que en el alma de otros tiene la vanidad, teníalo en el suyo la pasión bibliómano, el amor al estudio solitario, sin otra ulterior mira y aliciente que los propios libros y el estudio mismo.

Había formado en Orbajosa una de las más ricas bibliotecas que en toda la redondez de España se encuentran, y dentro de ella pasaba largas horas del día y de la noche, compilando, clasificando, tomando apuntes y entresacando diversas suertes de noticias preciosísimas o realizando quizás algún inaudito y jamás soñado trabajo, digno de tan gran cabeza. Sus costumbres eran patriarcales: comía poco, bebía menos, y sus únicas calaveradas consistían en alguna merienda en los Alamillos en días muy sonados y paseos diarios a un lugar llamado Mundogrande, donde a menudo eran desenterradas del fango de veinte siglos medallas romanas y pedazos de arquitrabe, extraños plintos de desconocida arquitectura y tal cual ánfora o cubicularia de inestimable precio.

Vivían don Cayetano y doña Perfecta en una armonía tal que la paz del Paraíso no se le igualara. Jamás riñeron. Es verdad que él no se mezclaba para nada en los asuntos de la casa, ni ella en los de la biblioteca más que para hacerla barrer y limpiar todos los sábados, respetando con religiosa admiración los libros y papeles que sobre la mesa y en diversos parajes estaban de servicio.

Después de las preguntas y respuestas propias del caso, don Cayetano dijo:

—Ya he visto la caja. Siento mucho que no me trajeras la edición de 1527. Tendré que hacer yo mismo un viaje a Madrid … ¿Vas a estar aquí mucho tiempo? Mientras más, mejor, querido Pepe. ¡Cuánto me alegro de tenerte aquí! Entre los dos vamos a arreglar parte de mi biblioteca y a hacer un índice de escritores de la Jineta. No siempre se encuentra a mano un hombre de tanto talento como tú… Verás mi biblioteca… Podrás darte en ella buenos atracones de lectura… Todo lo que quieras. Verás maravillas, verdaderas maravillas, tesoros inapreciables, rarezas que sólo yo poseo, sólo yo… Pero, en fin, me parece que ya es hora de comer, ¿no es verdad, José?

continual study or ill-health had greatly worn his appearance. He expressed himself with a refined correctness which became him admirably, and he was affectionate and amiable, sometimes to excess. With regards to his vast learning, what can be said but that he was a real marvel? In Madrid his name was spoken with respect, and if Don Cayetano had lived in the capital he could not have escaped membership, in spite of his modesty, of every present and future academy. But he liked quiet isolation, and the place which in others' souls is taken by vanity was occupied in his by a pure passion for books, a love of solitary study, without any other ulterior aim and incentive than books and study for their own sake.

He had formed in Orbajosa one of the finest libraries to be found in the whole of Spain, and he spent long hours of the day and night in it, compiling, classifying, taking notes and selecting various sorts of precious information, or perhaps carrying out some unheard-of and undreamed-of work, worthy of so great a mind. His habits were patriarchal: he ate little, drank less, and his only diversions were an afternoon picnic in Los Alamillos on special occasions and daily walks to a place called Mundogrande where Roman medals, bits of architrave, strange plinths of unknown architecture and perhaps some amphora or cubicularia of inestimable value were often disinterred from twenty centuries of mud.

Don Cayetano and Doña Perfecta lived in such harmony that the peace of Paradise could not equal it. They never quarrelled. It is true that he never became involved in household matters, nor she in those of the library, except to have it swept and cleaned every Saturday, respecting with a religious admiration the books and papers in use on the table and in various other places.

After the questions and answers appropriate to the occasion, Don Cayetano said:

'I've already looked in the box. I'm very sorry you didn't bring me the 1527 edition. I'll have to make a journey to Madrid myself ... Are you going to be here long? The longer the better, dear Pepe. I'm so glad to have you here! Between the two of us we'll arrange a part of my library and make an index of writers on Horsemanship. It's not always one finds a man as talented as you to hand ... You'll see my library ... You'll be able to have your fill of reading there ... Everything you wish. You'll see marvels, real marvels, invaluable treasures, rarities that only I possess, only I ... But anyway, I think it must be time for dinner now, isn't it, José? Isn't it, Perfecta? Isn't it,

¿No es verdad, Perfecta? ¿No es verdad, Rosarito? ¿No es verdad, señor don Inocencio?… Hoy es usted dos veces penitenciario; dígolo porque nos acompañará usted a hacer penitencia.

El canónigo se inclinó, y, sonriendo mostraba simpáticamente su aquiescencia. La comida fue cordial, y en todos los manjares se advertía la abundancia desproporcionada de los banquetes de pueblo, realizada a costa de la variedad. Habría para atracarse doble número de personas que las allí reunidas. La conversación recayó en asuntos diversos.

–Es preciso que visite usted cuanto antes nuestra catedral –dijo el canónigo–. ¡Como ésta hay pocas, señor don José!… Verdad que usted, que tantas maravillas ha visto en el extranjero, no encontrará nada notable en nuestra vieja iglesia… Nosotros, los pobres patanes de Orbajosa, la encontramos divina. El maestro López de Berganza, racionero de ella, la llamaba en el siglo XVI *pulchra augustiana*… Sin embargo, para hombres de tanto saber como usted, quizás no tenga ningún mérito, y cualquier mercado de hierro será más bello.

Cada vez disgustaba más a Pepe Rey el lenguaje irónico del sagaz canónigo; pero resuelto a contener y disimular su enfado, no contestó sino con expresiones vagas. Doña Perfecta tomó en seguida la palabra y, jovialmente, se expresó así:

–Cuidado, Pepito; te advierto que si hablas mal de nuestra santa iglesia perderemos las amistades. Tú sabes mucho y eres un hombre eminente que de todo entiendes; pero si has de descubrir que esa gran fábrica no es la octava maravilla, guárdate en buena hora tu sabiduría y no nos saques de bobos…

–Lejos de creer que este edificio no es bello –repuso Pepe–, lo poco que de su exterior he visto me ha parecido de imponente hermosura. De modo, señora tía, que no hay para qué asustarse; ni yo soy sabio, ni mucho menos.

–Poco a poco –dijo el canónigo, extendiendo la mano y dando paz a la boca por breve rato para que, hablando, descansase del mascar –. Alto allá; no venga usted aquí haciéndose el modesto, señor don José, que hartos estamos de saber lo muchísimo que usted vale, la gran fama de que goza y el papel importantísimo que desempeñará dondequiera que se presente. No se ven hombres así todos los días. Pero ya que de este modo ensalzo los méritos de usted …

Detúvose para seguir comiendo, y luego que la sin hueso quedó libre, continuó así:

Rosarito? Isn't it, Señor Don Inocencio? ... Today you're twice a confessor; I say that because you'll keep us company doing penance.'

The canon bowed and with a smile showed his acquiescence in a sympathetic manner. The dinner was cordial, and in all the dishes the disproportionate abundance of country banquets, achieved at the cost of variety, was noticeable. There would be enough to surfeit twice the number of people gathered there. The conversation turned on various subjects.

'You must visit our cathedral as soon as possible,' said the canon. 'There are few like it, Señor Don José! ... Of course, you who have seen so many wonders in foreign countries will find nothing remarkable in our old church ... We, the poor yokels of Orbajosa, find it divine. Master López of Berganza, its prebendary, called it *pulchra augustiana* in the sixteenth century ... However, for men with as much learning as you, perhaps it has no merit, and any market built of iron will be more beautiful.'

The ironic remarks of the wily canon displeased Pepe Rey more and more; but, determined to contain and conceal his anger, he answered only with vague words. Doña Perfecta then took up the theme and, in a jovial manner, expressed herself thus:

'Take care, Pepito. I warn you that if you speak ill of our holy church we shall cease to be friends. You know a great deal and you're an eminent man who understands everything; but if you should discover that our great edifice is not the eighth wonder of the world, keep your knowledge to yourself and leave us in our ignorance ...'

'Far from thinking that the building is not beautiful,' answered Pepe, 'the little I have seen of its exterior has seemed to me of imposing beauty. So, aunt, there's nothing to be afraid of; neither am I learned, nor anywhere near being so.'

'Steady on,' said the canon, extending his hand and giving his mouth a short truce so that he could talk and rest from chewing. 'Stop there, don't come here pretending modesty, Señor Don José; we're too well aware of your worth, of the great reputation you enjoy and the important role you'll play wherever you go. Men like you are not seen every day. But now that I've extolled your merits in this way ...'

He stopped to resume eating, and when his tongue was free again, continued thus:

–Ya que de este modo ensalzo los méritos de usted, permítaseme expresar otra opinión con la franqueza que es propia de mi carácter. Sí, señor don José; sí, señor don Cayetano; sí, señora y niña mías; la ciencia, tal como la estudian y la propagan los modernos, es la muerte del sentimiento y de las dulces ilusiones. Con ella la vida del espíritu se amengua; todo se reduce a reglas fijas, y los mismos encantos sublimes de la naturaleza desaparecen. Con la ciencia destrúyese lo maravilloso en las artes, así como la fe en el alma. La ciencia dice que todo es mentira, y todo quiere ponerlo en guarismos y rayas, no sólo *maria ac terras*, donde estamos nosotros, sino también *cælumque profundum*, donde está Dios… Los admirables sueños del alma, su arrobamiento místico, la inspiración misma de los poetas, mentira. El corazón es una esponja, el cerebro, una gusanera.

Todos rompieron a reír, mientras él daba paso a un trago de vino.

–Vamos, ¿me negará el señor don José –añadió el sacerdote– que la ciencia, tal como se enseña y se propaga hoy, va derecha a hacer del mundo y del género humano una gran máquina?

–Eso, según y conforme –dijo don Cayetano–. Todas las cosas tienen su pro y su contra.

–Tome usted más ensalada, señor penitenciario –dijo doña Perfecta–. Está cargadita de mostaza, como a usted le gusta.

Pepe Rey no gustaba de entablar vanas disputas, ni era pedante, ni alardeaba de erudito, mucho menos ante mujeres y en reuniones de confianza; pero la importuna verbosidad agresiva del canónigo necesitaba, según él, un correctivo. Para dárselo le pareció mal sistema exponer ideas que, concordando con las del canónigo, halagasen a éste, y decidió manifestar las opiniones que más contrariaran y más acerbamente mortificasen al mordaz penitenciario. «Quieres divertirte conmigo –dijo para sí–.

Verás qué mal rato te voy a dar.»

Y luego añadió en voz alta:

–Cierto es todo lo que el señor penitenciario ha dicho en tono de broma. Pero no es culpa nuestra que la ciencia esté derribando a martillazos, un día y otro, tanto ídolo vano, la superstición, el sofisma, las mil mentiras de lo pasado, bellas las unas, ridículas las otras, pues de todo hay en la viña del Señor. El mundo de las ilusiones, que es como si dijéramos un segundo mundo, se viene abajo con estrépito. El misticismo en religión, la rutina en la ciencia, el amaneramiento en las artes, caen como cayeron los dioses paganos, entre burlas. Adiós, sueños torpes; el género humano despierta y sus ojos ven la claridad. El sentimentalismo vano, el misticismo, la fiebre, la alucinación, el

'Now that I've extolled your merits in this way, allow me to express another opinion with the frankness which is part of my character. Yes, Señor Don José; yes, Señor Don Cayetano; yes, my lady and my child; science, as studied and taught in the modern way, is the death of feeling and of sweet hopes. With it the life of the spirit diminishes; everything is reduced to fixed rules and even the sublime charms of Nature disappear. Science destroys the wonders in the arts, as well as faith in the soul. Science says that everything is a lie and wants to put everything into figures and lines, not only *María ac terras* where we are, but also *cælumque profundum* where God is ... The wonderful visions of the soul, its mystical raptures, the very inspiration of the poets are all a lie. The heart is a sponge; the brain, a breeding ground for maggots.'

Everyone burst out laughing while he took a drink of wine.

'Come, now, will Señor Don José deny,' added the priest, 'that science, as it is taught and disseminated today, is going straight towards making the world and mankind into a great machine?'

'That depends,' said Don Cayetano. 'Everything has its pros and cons.'

'Take some more salad, Father,' said Doña Perfecta. 'It's got plenty of mustard, the way you like it.'

Pepe Rey did not like entering into useless discussions. He was not a pedant, nor did he vaunt his learning, even less so in the presence of women and in intimate gatherings; but the inappropriate, aggressive verbosity of the canon needed, in his opinion, a corrective. To deal it out, it seemed to him a bad method to expound ideas that, by agreeing with those of the canon, would flatter him, and he decided to express opinions that would most contradict and most harshly humiliate those of the scathing confessor.

'You want to have fun at my expense,' he said to himself. 'You'll see what a hard time I can give you.'

Then he said aloud:

'Everything the Father Confessor has said in a joking way is true. But it isn't our fault that day after day science is knocking down with hammer blows false idols, superstitions, sophism, the thousand lies from the past – some of them beautiful, others ridiculous – for in the Lord's vineyard there is everything. The world of illusions, which is as if we were to say a second world, is coming down with a crash. Mysticism in religion, routine in science, mannerism in art are falling, as the pagan gods fell, amid jests. Farewell, foolish dreams! Man is awakening and his eyes can see the light. Vain sentimentalism, mysticism, fever, hallucination, delirium are disappearing, and he who was sick before is

delirio, desaparecen, y el que antes era enfermo, hoy está sano y se goza con placer indecible en la justa apreciación de las cosas. La fantasía, la terrible loca, que era el ama de la casa, pasa a ser criada… Dirija usted la vista a todos lados, señor penitenciario, y verá el admirable conjunto de realidad que ha sustituido a la fábula. El cielo no es una bóveda, las estrellas no son farolillos, la luna no es una cazadora traviesa, sino un pedrusco opaco; el sol no es un cochero emperejilado y vagabundo, sino un incendio fijo. Las sirtes no son ninfas, sino dos escollos; las sirenas son focas; en el orden de las personas, Mercurio es Manzanedo; Marte es un viejo barbilampiño, el conde de Moltke; Néstor puede ser un señor de gabán que se llama monsieur Thiers; Orfeo es Verdi; Vulcano es Krupp; Apolo es cualquier poeta. ¿Quiere usted más? Pues Júpiter, un dios digno de ir a presidio si viviera aún, no descarga el rayo, sino que el rayo cae cuando a la electricidad le da la gana. No hay Parnaso, no hay Olimpo; no hay laguna Estigia, ni otros Campos Elíseos que los de París. No hay ya más bajada al infierno que las de la geología, y este viajero, siempre que vuelve, dice que no hay condenados en el centro de la tierra. No hay más subidas al cielo que las de la astronomía, y ésta, a su regreso, asegura no haber visto los seis o siete pisos de que hablan el Dante y los místicos y soñadores de la Edad Media. No encuentra sino astros y distancias, líneas, enormidades de espacio y nada más. Ya no hay falsos cómputos de la edad del mundo, porque la paleontología y la prehistoria han contado los dientes de esta calavera en que vivimos y averiguado su verdadera edad. La fábula, llámese paganismo o idealismo cristiano, ya no existe, y la imaginación está de cuerpo presente. Todos los milagros posibles se reducen a los que yo hago en mi gabinete cuando se me antoja con una pila de Bunsen, un hilo inductor y una aguja imantada. Ya no hay más multiplicaciones de panes y peces que las que hace la industria con sus moldes y máquinas y las de la imprenta, que imita a la naturaleza, sacando de un solo tipo millones de ejemplares. En suma, señor canónigo del alma, se han corrido las órdenes para dejar cesantes a todos los absurdos, falsedades, ilusiones, ensueños, sensiblerías y preocupaciones que ofuscan el entendimiento del hombre. Celebremos el suceso.

Cuando concluyó de hablar, en los labios del canónigo retozaba una sonrisilla, y sus ojos habían tomado animación extraordinaria. Don Cayetano se ocupaba en dar diversas formas, ora romboidales, ora prismáticas, a una bolita de pan. Pero doña Perfecta estaba pálida, y fijaba sus ojos en el canónigo con insistencia observadora. Rosarito contemplaba con estupor a su primo. Éste se inclinó hacia ella, y al oído le dijo disimuladamente, en voz muy baja:

now well and takes indescribable pleasure in the just appreciation of things. Imagination, the terrible madwoman who was the mistress of the house, is becoming the servant … Look all around you, Father Confessor, and you'll see the admirable, all-embracing reality that has replaced fable. The sky isn't a vault, the stars aren't little lamps, the moon isn't a lively huntress, but an opaque lump of stone; the sun isn't a bedizened and roving coachman but a fixed ball of fire. The Syrtes aren't nymphs but two sunken reefs; the sirens are seals and in the order of personages, Mercury is Manzanedo; Mars is a beardless old man, the Count von Moltke; Nestor may be a gentleman in an overcoat named M. Thiers; Orpheus is Verdi; Vulcan is Krupp; Apollo is any poet.[12] Do you want more? Well, Jupiter, a god worthy of going to prison if he still existed, doesn't dispatch lightning, but lightning strikes when electricity wills it. There's no Parnassus, no Olympus, no Stygian lake, nor any Elysian Fields other than those in Paris. There are no more descents into hell than those of the geologist who, every time he returns, says there are no damned souls in the centre of the earth. There are no other ascents into heaven than those of astronomy which, upon return, maintains it hasn't seen the six or seven planetary heavens about which Dante and the mystics and dreamers of the Middle Ages speak. Nothing is found but stars and distances, lines, the vastness of space and nothing more. No longer are there false computations of the earth's age, for paleontology and students of prehistory have counted the teeth of this skull on which we live and verified its true age. Fable, call it paganism or Christian idealism, no longer exists and the imagination is dead and almost buried. All the miracles possible can be reduced to those I do in my laboratory, whenever I wish, with a Bunsen burner, a wire conductor and a compass needle. There are now no multiplications of loaves and fishes other than those made by industry with moulds and machines, and those of the printing press which imitates Nature by taking millions of copies from a single type. In short, my dear canon, orders have been given to make redundant all the absurdities, falsehoods, illusions, dreams, sentimentalities and preoccupations which obfuscate man's understanding. Let's rejoice at the fact.'

When he finished speaking, a little smile played upon the canon's lips and his eyes had taken on an extraordinary animation. Don Cayetano was busying himself giving various forms – now rhomboidal, now prismatic – to a little ball of bread. But Doña Perfecta was pale and kept her eyes fixed on the canon with observant insistence. Rosarito was looking with astonishment at her cousin. He leaned toward her and whispered slyly in her ear:

–No me hagas caso, primita. Digo estos disparates para sulfurar al señor canónigo.

7. La desavenencia crece

–Puede que creas –indicó doña Perfecta con ligero acento de vanidad– que el señor don Inocencio se va a quedar callado sin contestarte a todos y cada uno de esos puntos.

–¡Oh, no! –exclamó el canónigo arqueando las cejas–. No mediré yo mis escasas fuerzas con adalid tan valiente y al mismo tiempo tan bien armado. El señor don José lo sabe todo, es decir, tiene a su disposición todo el arsenal de las ciencias exactas. Bien sé que la doctrina que sustenta es falsa; pero yo no tengo talento ni elocuencia para combatirla. Emplearía yo las armas del sentimiento; emplearía argumentos teológicos, sacados de la revelación, de la fe, de la palabra divina; pero, ¡ay!, el señor don José, que es un sabio eminente, se reiría de la teología, de la fe, de la revelación, de los santos profetas, del Evangelio… Un pobre clérigo ignorante, un desdichado que no sabe matemáticas, ni filosofía alemana, en que hay aquello de *yo* y *no yo*; un pobre dómine que no sabe más que la ciencia de Dios y algo de poetas latinos no puede entrar en combate con estos bravos corifeos.

Pepe Rey prorrumpió en francas risas.

–Veo que el señor don Inocencio –indicó– ha tomado por lo serio estas majaderías que he dicho… Vaya, señor canónigo, vuélvanse cañas las lanzas y todo se acabó. Seguro estoy de que mis verdaderas ideas y las de usted no están en desacuerdo. Usted es un varón piadoso e instruido. Aquí el ignorante soy yo. Si he querido bromear, dispénsenme todos; yo soy así.

–Gracias –repuso el presbítero visiblemente contrariado–. ¿Ahora salimos con ésa? Bien sé yo, bien sabemos todos que las ideas que usted ha sustentado son las suyas. No podía ser de otra manera. Usted es el hombre del siglo. No puede negarse que su entendimiento es prodigioso, a todas luces prodigioso. Mientras usted hablaba, yo, lo confieso ingenuamente, al mismo tiempo que en mi interior deploraba error tan grande, no podía menos de admirar lo sublime de la expresión, la prodigiosa facundia, el método sorprendente de su raciocinio, la fuerza de los argumentos… ¡Qué cabeza, señora doña Perfecta, qué cabeza la de este joven sobrino de usted! Cuando estuve en Madrid y me llevaron al Ateneo, confieso que me quedé absorto al ver el asombroso ingenio que Dios ha dado a los ateos y protestantes.

'Take no notice of me, little cousin. I'm saying all this nonsense to rile the canon.'

7. *The disagreement grows*

'Perhaps you think,' said Doña Perfecta with a slight note of vanity, 'that Señor Don Inocencio is going to remain silent and not answer each and every one of your points.'

'Oh, no!' exclaimed the canon, arching his eyebrows. 'I'm not going to pit my poor wits against a champion so valiant and at the same time so well armed. Señor Don José knows everything; that is to say, he has at his disposal the whole arsenal of the exact sciences. I know full well that the doctrine he's upholding is false, but I've neither the talent nor the eloquence to combat it. I'd use the weapons of sentiment; I'd use theological arguments, drawn from Revelation, from faith, from the Divine Word. But, alas, Señor Don José, who's an eminent scholar, would laugh at theology, faith, Revelation, the holy prophets, the Gospel ... A poor, ignorant clergyman, an unhappy man who knows neither mathematics nor German philosophy with its *ego* and *non-ego*;[13] a poor dominie who knows only the science of God and something of the Latin poets can't enter into combat with these brave champions.'

Pepe Rey burst into frank laughter.

'I see,' he said, 'that Señor Don Inocencio has taken seriously all this nonsense I've been saying ... Come, Father, regard the whole matter as a jest, and let it end there. I'm sure my real ideas and yours are not at variance. You're a pious and learned man. I'm the ignoramus here. If I tried to speak in jest, pardon me, all of you; I'm like that.'

'Thanks!' responded the presbyter, visibly annoyed. 'Is that the way we get out of it now? I know very well – we all know well – that the ideas you've upheld are your own. It couldn't be otherwise. You're a man of this century. It can't be denied that your intellect is prodigious, truly prodigious. I naively confess that, while you were talking, at the same time that I inwardly deplored such great error, I couldn't but admire the loftiness of expression, the prodigious eloquence, the surprising method of your reasoning, the force of your arguments ... What a mind, Señora Doña Perfecta, what a mind this young nephew of yours has! When I was in Madrid and they took me to the Ateneo,[14] I confess I was engrossed by the amazing ingenuity God has bestowed on atheists and Protestants.'

–Señor don Inocencio –dijo doña Perfecta, mirando alternativamente a su sobrino y a su amigo–, creo que usted, al juzgar a este chico, traspasa los límites de la benevolencia... No te enfades, Pepe, ni hagas caso de lo que digo, porque yo ni soy sabia, ni filósofa, ni teóloga; pero me parece que el señor don Inocencio acaba de dar una prueba de su gran modestia y caridad cristiana negándose a apabullarte, como podía hacerlo, si hubiese querido...

–¡Señora, por Dios! –murmuró el eclesiástico.

–Él es así –añadió la señora–. Siempre haciéndose la mosquita muerta... Y sabe más que los cuatro doctores. ¡Ay, señor don Inocencio, qué bien le sienta a usted el nombre que lleva! Pero no se nos venga acá con humildades importunas. Mi sobrino no tiene pretensiones... ¡Si él sabe lo que le han enseñado y nada más!... Si ha aprendido el error, ¿qué más puede desear sino que usted le ilustre y le saque del infierno de sus falsas doctrinas?

–Justamente, no deseo otra cosa sino que el señor penitenciario me saque... –murmuró Pepe, comprendiendo que, sin quererlo, se había metido en un laberinto.

–Yo soy un pobre clérigo que no sabe más que la ciencia antigua –repuso don Inocencio–. Reconozco el inmenso valor científico mundano del señor don José, y ante tan brillante oráculo, callo y me postro.

Diciendo esto, el canónigo cruzaba ambas manos sobre el pecho, inclinando la cabeza. Pepe Rey estaba un sí es no es turbado a causa del giro que su tía quiso dar a una vana disputa festiva, en la que tomó parte tan sólo por acalorar un poco la conversación. Creyó prudente poner punto en tan religioso tratado, y con este fin dirigió una pregunta al señor don Cayetano cuando éste, despertando del vaporoso letargo que tras los postres le sobrevino, ofrecía a los comensales los indispensables palillos clavados en un pavo de porcelana que hacía la rueda.

–Ayer he descubierto una mano empuñando el asa de un ánfora, en el cual hay varios signos hieráticos. Te la enseñaré –dijo don Cayetano, gozoso de plantear un tema de su predilección.

–Supongo que el señor de Rey será también muy experto en cosas de arqueología –dijo el canónigo, que, siempre implacable, corría tras la víctima, siguiéndola hasta su más escondido refugio.

–Por supuesto –dijo doña Perfecta–. ¿De qué no entenderán estos despabilados niños del día? Todas las ciencias las llevan en las puntas de los dedos. Las universidades y las academias les instruyen de todo en un periquete, dándoles patente de sabiduría.

'Señor Don Inocencio,' said Doña Perfecta, looking alternately at her nephew and her friend, 'I think that in judging this boy you've gone beyond the limits of benevolence ... Don't be angry, Pepe, or take any notice of what I say, for I'm neither scholar, philosopher nor theologian; but it seems to me that Señor Don Inocencio has just proved his great modesty and Christian charity in refusing to crush you as he could have done if he'd wished ...'

'Señora, please!' murmured the ecclesiastic.

'That's how he is,' added the señora, 'always looking as if butter wouldn't melt in his mouth ... And he knows more than the seven doctors put together. Ah, Señor Don Inocencio, how well your name suits you! But don't come here with untoward humility. My nephew has no pretensions ... He knows what he's been taught and nothing else ... If he's learned error, what more can he want than for you to enlighten him and take him out of the hell of his false doctrines?'

'Just so, I want nothing more than that the Father Confessor take me out ...' murmured Pepe, realising that he had unintentionally got himself into a maze.

'I'm a poor priest who only knows ancient learning,' answered Don Inocencio. 'I recognise the immense, worldly, scientific value of Señor Don José, and before so brilliant an oracle I prostrate myself and keep quiet.'

Saying this, the canon crossed both hands on his chest and bowed his head. Pepe Rey was somewhat disturbed because of the turn his aunt had given to a futile argument begun in jest in which he took part merely to heat the conversation up a bit. He thought it wise to put an end to such a religious discourse, and for this purpose he directed a question at Señor Don Cayetano who, waking up from the lethargy which had overcome him after the dessert, was offering the diners the indispensable toothpicks, stuck in a china peacock with outspread tail.

'Yesterday I found a hand grasping the handle of an amphora on which there are a number of hieratic characters. I'll show it you,' said Don Cayetano, delighted to introduce a theme to his liking.

'I suppose Señor de Rey is very expert in archaeological matters too,' said the canon, relentlessly pursuing his victim even to his most hidden refuge.

'Of course,' said Doña Perfecta. 'What don't these sharp children of our day understand? They have all the sciences at their fingertips. The universities and academies teach them everything in a tick and then give them a patent of learning.'

–¡Oh!, eso es injusto –repuso el canónigo, observando la penosa impresión que manifestaba el semblante del ingeniero.

–Mi tía tiene razón –afirmó Pepe–. Hoy aprendemos un poco de todo, y salimos de las escuelas con rudimentos de diferentes estudios.

–Decía –añadió el canónigo– que será usted un gran arqueólogo.

–No sé una palabra de esa ciencia –repuso el joven–. Las ruinas son ruinas, y nunca me ha gustado empolvarme en ellas.

Don Cayetano hizo una mueca muy expresiva.

–No es esto condenar la arqueología –dijo vivamente el sobrino de doña Perfecta, advirtiendo con dolor que no pronunciaba una palabra sin herir a alguien–. Bien sé que del polvo sale la Historia. Esos estudios son preciosos y utilísimos.

–Usted –observó el penitenciario metiéndose el palillo en la última muela– se inclinará más a los estudios de controversia. Ahora se me ocurre una excelente idea. Señor don José: usted debiera ser abogado.

–La abogacía es una profesión que aborrezco –replicó Pepe Rey–. Conozco abogados muy respetables, entre ellos a mi padre, que es el mejor de los hombres. A pesar de tan buen ejemplo, en mi vida me hubiera sometido a ejercer una profesión que consiste en defender lo mismo en pro que en contra de las cuestiones. No conozco error, ni preocupación, ni ceguera más grande que el empeño de las familias en inclinar a la mejor parte de la juventud a la abogacía. La primera y más terrible plaga de España es la turbamulta de jóvenes letrados, para cuya existencia es necesaria una fabulosa cantidad de pleitos. Las cuestiones se multiplican en proporción de la demanda. Aun así, muchísimos se quedan sin trabajo, y como un señor jurisconsulto no puede tomar el arado ni sentarse al telar, de aquí proviene ese brillante escuadrón de holgazanes, llenos de pretensiones, que fomentan la empleomanía, perturban la política, agitan la opinión y engendran las revoluciones. De alguna parte han de comer. Mayor desgracia sería que hubiera pleitos para todos.

–Pepe, por Dios, mira lo que hablas –dijo doña Perfecta con marcado tono de severidad–. Pero dispénsele usted, señor don Inocencio…, porque él ignora que usted tiene un sobrinito, el cual, aunque recién salido de la universidad, es un portento en la abogacía.

–Yo hablo en términos generales –manifestó Pepe con firmeza–. Siendo como soy hijo de un abogado ilustre, no puedo desconocer que algunas personas ejercen esta noble profesión con verdadera gloria.

–No…, si mi sobrino es un chiquillo todavía –dijo el canónigo afectando

'Oh, that's not fair!' responded the canon, observing the pained expression apparent on the engineer's face.

'My aunt's right,' declared Pepe. 'Nowadays we learn a little of everything, and leave school with only the rudiments of various disciplines.'

'I was saying,' added the canon, 'that you must be a great archaeologist.'

'I know nothing about that science,' responded the young man. 'Ruins are ruins, and I've never liked getting covered in dust among them.'

Don Cayetano made a very expressive grimace.

'That's not to say I condemn archaeology,' said Doña Perfecta's nephew quickly, painfully realising that he could not utter a word without offending someone. 'I know full well that from dust history emerges. Those studies are valuable and very useful.'

'You,' remarked the confessor, sticking the toothpick into his last molar, 'are no doubt more inclined to controversial studies. An excellent idea has just occurred to me, Señor Don José: you ought to be a lawyer.'

'Law is a profession I abhor,' replied Pepe Rey. 'I know some very respectable lawyers, among them my father, who is the best of men. But, in spite of such a good example, I could never have brought myself to practise a profession which consists of defending with equal readiness the arguments for and against of every dispute. I know of no error, no preoccupation, no greater blindness than the insistence of families to lead the best part of our youth into law. The first and the most terrible plague of Spain is the rabble of young lawyers whose existence necessitates a huge quantity of lawsuits. Disputes multiply in proportion to the demand. Even so, a great many of them are left without work, and as a jurisconsult cannot put his hand to the plough or sit down at the loom, the result is that brilliant squad of idlers full of aspirations who scramble for places, disturb the body politic, agitate public opinion and breed revolution. They must eat somehow. It would be a greater misfortune if there were enough lawsuits for all of them.'

'Pepe, for Heaven's sake, watch what you say,' said Doña Perfecta in a tone of marked severity. 'But excuse him, Señor Don Inocencio ... for he's unaware that you have a young nephew who, although only recently up from university, is a genius of the legal profession.'

'I'm speaking in general terms,' declared Pepe firmly. 'Being, as I am, the son of a distinguished lawyer, I cannot be ignorant of the fact that some people practise this noble profession with true glory.'

'No ... my nephew is still a boy,' said the canon, affecting humility.

humildad–. Muy lejos de mi ánimo afirmar que es un prodigio de saber, como el señor de Rey. Con el tiempo quién sabe… Su talento no es brillante ni seductor. Por supuesto, las ideas de Jacintito son sólidas; su criterio, sano; lo que sabe lo sabe a machamartillo. No conoce sofisterías ni palabras huecas…

Pepe Rey hallábase cada vez más inquieto. La idea de que, sin quererlo, estaba en contradicción con las ideas de los amigos de su tía le mortificaba, y resolvió callar por temor a que él y don Inocencio concluyeran tirándose los platos a la cabeza. Felizmente, el esquilón de la catedral, llamando a los canónigos a la importante tarea del coro, le sacó de situación tan penosa. Levantóse el venerable varón y se despidió de todos, mostrándose con Pepe tan lisonjero, tan amable, cual si la amistad más íntima desde largo tiempo les uniera. El canónigo, después de ofrecerse para servirle en todo, le prometió presentarle a su sobrino, a fin de que éste le acompañase a ver la población, y le dijo las expresiones muy cariñosas, dignándose agraciarle al salir con una palmadita en el hombro. Pepe Rey, aceptando con gozo aquellas fórmulas de concordia, vio, sin embargo, el cielo abierto cuando el sacerdote salió del comedor y de la casa.

8. *A toda prisa*

Poco después había cambiado la escena. Don Cayetano, encontrando descanso a sus sublimes tareas en un dulce sueño que de él se amparó, dormía blandamente en un sillón del comedor. Doña Perfecta andaba por la casa tras sus quehaceres. Rosarito, sentándose junto a una de las vidrieras que a la huerta se abrían, miró a su primo, diciéndole con la muda oratoria de los ojos: «Primo, siéntate aquí, junto a mí, y dime todo eso que tienes que decirme».

Pepe, aunque matemático, lo comprendió.

–Querida prima –dijo–, ¡cuánto te habrás aburrido hoy con nuestras disputas! Bien sabe Dios que por mi gusto no habría pedanteado como viste; pero el señor canónigo tiene la culpa… ¿Sabes que me parece singular ese señor sacerdote?…

–¡Es una persona excelente! –repuso Rosarito, demostrando el gozo que sentía por verse en disposición de dar a su primo todos los datos y noticias que necesitase.

–¡Oh!, sí, una excelente persona. ¡Bien se conoce!

–Cuando le sigas tratando, conocerás…

'Far be it from me to assert he's a prodigy of learning like Señor de Rey. In time, who knows … His talent is neither brilliant nor seductive. Of course, Jacintito's ideas are solid and his judgement sound; what he knows he knows thoroughly. He's unacquainted with sophistries and hollow words …'

Pepe Rey became more and more uneasy. The idea that, without wishing it, he was at odds with his aunt's friends' ideas mortified him, and he resolved to remain silent for fear that he and Don Inocencio end up throwing the plates at each other's heads. Happily the cathedral bell, calling the canons to the important duties of the choir, got him out him of such a painful position. The venerable man rose and took leave of everyone, showing himself so kind and amiable with Pepe, that it was as if the most intimate friendship had united them for a long time. The canon, after offering to do everything he could for him, promised to introduce him to his nephew so that the latter could accompany him to see the town; and he spoke in the most affectionate terms, deigning to grace him with a pat on the shoulder as he left the room. Pepe Rey, accepting with pleasure those set expressions of harmony, nevertheless felt the sky clear when the priest left the dining room and the house.

8. *In all haste*

A little later the scene had changed. Don Cayetano, finding rest from his sublime tasks in a gentle slumber that had overcome him, reclined comfortably in an armchair in the dining room. Doña Perfecta was going about the house after her chores. Rosarito, sitting by one of the windows that opened onto the garden, looked at her cousin, speaking to him with the mute eloquence of her eyes: 'Cousin, sit down here beside me, and tell me everything you have to tell me.'

Pepe, mathematician though he was, understood.

'My dear cousin,' said Pepe, 'how you must have been bored today by our arguments! God knows that for my own pleasure I wouldn't have played the pedant like you saw me do, but it's the canon's fault … Do you know that priest strikes me as odd?'

'He's an excellent person!' responded Rosarito, showing the delight she felt at being in a position to give her cousin all the data and information he might need.

'Oh, yes! An excellent person. It's obvious!'

'When you know him better, you'll see …'

–Que no tiene precio. En fin, basta que sea amigo de tu mamá y tuyo para que también lo sea mío –afirmó el joven–. ¿Y viene mucho acá?

–Toditos los días.¡Qué bueno y qué amable es! ¡Y cómo me quiere!

–Vamos, ya me va gustando ese señor.

–Viene también por las noches a jugar al tresillo –añadió la joven–, porque a prima noche se reúnen aquí algunas personas: el juez de primera instancia, el promotor fiscal, el deán, el secretario del obispo, el alcalde, el recaudador de contribuciones, el sobrino de don Inocencio…

–¡Ah! Jacintito, el abogado.

–Ése. Es un pobre chico, más bueno que el pan. Su tío le adora. Desde que vino de la universidad con su borla de doctor…, porque es doctor en un par de facultades, y sacó nota de sobresaliente…, ¿qué crees tú? ¡Vaya!…, pues desde que vino, su tío le trae aquí muy a menudo. Mamá también le quiere mucho… Es estudioso y formalito. Se retira temprano con su tío; no va nunca al Casino por las noches, no juega ni derrocha, y trabaja en el bufete de don Lorenzo Ruiz, que es el primer abogado de Orbajosa. Dicen que Jacinto será un gran defensor de pleitos.

–Su tío no exageraba al elogiarle –dijo Pepe–. Siento mucho haber dicho aquellas tonterías sobre los abogados… Querida prima, ¿no es verdad que estuve inconveniente?

–Calla; si a mí me parece que tienes mucha razón.

–Pero, ¿de veras no estuve un poco…?

–Nada, nada.

–¡Qué peso me quitas de encima! La verdad es que me encontré, sin saber cómo, en una contradicción constante y penosa con ese venerable sacerdote. Lo siento de veras.

–Lo que yo creo –dijo Rosarito clavando en él sus ojos llenos de expresión cariñosa– es que tú no eres para nosotros.

–¿Qué significa eso?

–No sé si me explico bien, primo. Quiero decir que no es fácil que te acostumbres a la conversación ni a las ideas de la gente de Orbajosa. Se me figura…, es una suposición.

–¡Oh!, no; yo creo que te equivocas.

–Tú vienes de otra parte, de otro mundo, donde las personas son muy listas, muy sabias, y tienen unas maneras finas y un modo de hablar ingenioso, y una figura…; puede ser que no me explique bien. Quiero decir que estás habituado a vivir entre una sociedad escogida; sabes mucho… Aquí no hay

'That he's priceless. Anyway, it's enough that he's a friend of you and your mother to be my friend too,' declared the young man. 'And does he come here often?'

'Every day. How good and kind he is! And he's so fond of me!'

'Well, I'm beginning to like this gentleman.'

'He also comes at night to play *tresillo*,'[15] added the young girl, 'because in the early evening some people meet here: the lower court judge, the attorney-general, the dean, the bishop's secretary, the mayor, the tax collector, Don Inocencio's nephew …'

'Ah! Jacintito, the lawyer.'

'Yes. He's a poor lad, as good as gold. His uncle adores him. Since he came back from university with his doctor's tassel … for he's a doctor in a couple of subjects, and with first class honours … what do you reckon? Well … ever since his return, his uncle brings him here very often. Mother is also extremely fond of him … He's studious and respectable. He goes home early with his uncle, never goes to the Casino at night, doesn't gamble or squander money, and he works in the office of Don Lorenzo Ruiz, the best lawyer in Orbajosa. They say Jacinto will be a great defence lawyer.'

'His uncle didn't exaggerate when he praised him,' said Pepe. 'I'm very sorry for saying all that nonsense about lawyers. My dear cousin, I was rude, wasn't I?'

'Not at all. For my part, I think you're quite right.'

'But, really, wasn't I a little …'

'Not at all, not at all.'

'What a weight you've taken off my mind! The truth is that, without knowing why, I found myself constantly and painfully at odds with that venerable priest. I'm very sorry.'

'What I think,' said Rosarito, fixing him with eyes full of affection, 'is that you're not for us.'

'What does that mean?'

'I don't know if I'm explaining myself well, cousin. I mean it won't be easy for you to get used to the conversation or ideas of the people of Orbajosa. I imagine so … it's a supposition.'

'Oh, no! I think you're mistaken.'

'You come from a different place, from another world, where the people are very clever, very learned, and they have fine manners and a clever way of talking, and an air … perhaps I'm not expressing myself well. I mean you're used to living in the midst of a select society; you know a great deal

lo que tú necesitas; aquí no hay gente sabia ni grandes finuras. Todo es sencillez, Pepe. Se me figura que te aburrirás, que te aburrirás mucho, y al fin tendrás que marcharte.

La tristeza, que era normal en el semblante de Rosarito, se mostró con tintas y rasgos tan notorios que Pepe Rey sintió una emoción profunda.

–Estás en un error, querida prima. Ni yo traigo aquí la idea que supones ni mi carácter ni mi entendimiento están en disonancia con los caracteres y las ideas de aquí. Pero supongamos por un momento que lo estuvieran.

–Vamos a suponerlo…

–En ese caso, tengo la firme convicción de que entre tú y yo, entre nosotros dos, querida Rosario, se establecerá una armonía perfecta. Sobre esto no puedo engañarme. El corazón me dice que no me engaño.

Rosarito se ruborizó; pero esforzándose en hacer huir su sonrojo con sonrisas y miradas dirigidas aquí y allí, dijo:

–No vengas ahora con artificios. Si lo dices porque yo he de encontrar siempre bien todo lo que piensas, tienes razón.

–Rosario –exclamó el joven–, desde que te vi, mi alma se sintió llena de una alegría muy viva…; he sentido al mismo tiempo un pesar: el de no haber venido antes a Orbajosa.

–Eso sí que no he de creerlo –dijo ella, afectando jovialidad para encubrir medianamente su emoción–. ¿Tan pronto?… No vengas ahora con palabrotas… Mira, Pepe, yo soy una lugareña, yo no sé hablar más que cosas vulgares, yo no sé francés, yo no me visto con elegancia, yo apenas sé tocar el piano, yo…

–¡Oh, Rosario! –exclamó con ardor el caballero–, dudaba que fueses perfecta; ahora ya sé que lo eres.

Entró de súbito la madre. Rosarito, que nada tenía que contestar a las últimas palabras de su primo, conoció, sin embargo, la necesidad de decir algo, y, mirando a su madre, habló así:

–¡Ah!, se me había olvidado poner la comida al loro.

–No te ocupes de eso ahora. ¿Para qué os estáis ahí? Lleva a tu primo a dar un paseo por la huerta.

La señora se sonreía con bondad maternal, señalando a su sobrino la frondosa arboleda que tras los cristales aparecía.

–Vamos allá –dijo Pepe levantándose.

Rosarito se lanzó, como un pájaro puesto en libertad, hacia la vidriera.

–Pepe, que sabe tanto y ha de entender de árboles –afirmó doña Perfecta–, te enseñará cómo se hacen los injertos. A ver qué opina él de esos peralitos que se van a trasplantar.

… You won't find what you need here; there are no learned people here, nor great refinements. Everything is simple, Pepe. I imagine you'll be bored, very bored, and in the end you'll have to go away.'

The sadness which was normal in Rosarito's countenance became so marked that Pepe Rey felt deeply moved.

'You're wrong, my dear cousin. I don't bring here the ideas you suppose, nor are my character and understanding out of harmony with those of the people here. But let's suppose for a moment that they were.'

'Let's suppose …'

'In that case, I have the firm conviction that between you and me, between us two, dear Rosario, perfect harmony will be established. About this I can't be wrong. My heart tells me I'm not wrong.'

Rosarito blushed, but striving to conceal her embarrassment with smiles and glances directed here and there, said:

'Don't come here with your sly tricks. If you're saying it because I have to approve of everything you think, you're right.'

'Rosario,' exclaimed the young man, 'from the moment I saw you, my soul has been full of great joy … at the same time I've felt a sadness, that of not having come to Orbajosa sooner.'

'Now that I'm not going to believe,' she said, affecting gaiety partly to conceal her emotion. 'So soon? … Don't come with your big words … Look, Pepe, I'm a country girl, I can only talk about common things. I don't know French, I don't dress with elegance, I can hardly play the piano, I …'

'Oh, Rosario!' exclaimed the young man passionately, 'I doubted you were perfect; now I know you are.'

Suddenly the mother came in. Rosarito, who had nothing to say in answer to her cousin's last words, realised, however, the need to say something, and looking at her mother spoke in this way:

'Ah! I forgot to feed the parrot.'

'Don't worry about that now. Why are you here? Take your cousin for a walk through the garden.'

The señora was smiling with maternal kindness, pointing out to her nephew the leafy grove visible through the glass.

'Let's go there,' said Pepe getting up.

Rosarito darted, like a bird set free, towards the glass door.

'Pepe, who knows so much and must understand about trees,' said Doña Perfecta, 'will teach you how to make grafts. Let's see what he thinks of those little pear trees that are going to be transplanted.'

–Ven, ven –dijo Rosarito desde fuera.

Llamaba a su primo con impaciencia. Ambos desaparecieron entre el follaje. Doña Perfecta les vio alejarse, y después se ocupó del loro. Mientras le renovaba la comida, dijo en voz muy baja, con ademán pensativo:

–¡Qué despegado es! Ni siquiera le ha hecho una caricia al pobre animalito.

Luego, en voz alta, añadió, creyendo en la posibilidad de ser oída por su cuñado:

–Cayetano, ¿qué te parece el sobrino?... ¡Cayetano!

Sordo gruñido indicó que el anticuario volvía al conocimiento de este miserable mundo.

–Cayetano...

–Eso es..., es... –murmuró con torpe voz el sabio–. Ese caballerito sostendrá, como todos, la opinión errónea de que las estatuas de Mundogrande proceden de la primera inmigración fenicia. Yo le convenceré...

–Pero Cayetano...

–Pero Perfecta... ¡Bah! ¿También ahora sostendrás que he dormido?

–No hombre, ¡qué he de sostener yo tal disparate!... ¿Pero no me dices qué te parece ese chico?

Don Cayetano se puso la palma de la mano ante la boca para bostezar más a gusto, y después entabló una larga conversación con la señora. Los que nos han transmitido las noticias necesarias a la composición de esta historia pasan por alto aquel diálogo, sin duda porque fue demasiado secreto. En cuanto a lo que hablaron el ingeniero y Rosarito en la huerta aquella tarde, parece evidente que no es digno de mención.

En la tarde del siguiente día ocurrieron, sí, cosas que no deben pasarse en silencio, por ser de la mayor gravedad. Hallábanse solos ambos primos a hora bastante avanzada de la tarde, después de haber discurrido por distintos parajes de la huerta, atentos el uno al otro y sin tener alma ni sentidos más que para verse y oírse.

–Pepe –decía Rosario–, todo lo que me has dicho es una fantasía, una cantinela de esas que tan bien sabéis hacer los hombres de chispa. Tú piensas que, como soy lugareña, creo cuanto me dicen.

–Si me conocieras como yo creo conocerte a ti, sabrías que jamás digo sino lo que siento. Pero dejémonos de sutilezas tontas y de argucias de amantes, que no conducen sino a falsear los sentimientos. Yo no hablaré contigo más lenguaje que el de la verdad. ¿Eres acaso una señorita a quien he conocido

'Come on, come on!' said Rosarito from outside.

She called to her cousin impatiently. They both disappeared into the foliage. Doña Perfecta watched them move away and then took care of the parrot. As she changed its food she said in a low voice, with a pensive air:

'How cold he is! He hasn't even stroked the poor little bird.'

Then, thinking she might be heard by her brother-in-law, she added aloud:

'Cayetano, what do you think of our nephew? ... Cayetano!'

A low grunt indicated that the antiquarian was regaining consciousness of this miserable world.

'Cayetano ...'

'Alright, alright!' murmured the learned man in a sleepy voice. 'That young gentleman will, like everyone else, be of the erroneous opinion that the statues of Mundogrande date from the first Phoenician immigration. I'll convince him ...'

'But, Cayetano ...'

'But, Perfecta! ... Bah! Are you going to maintain I've been asleep now as well.'

'Of course not. Why would I maintain such nonsense! ... But won't you tell me what you think of that young man?'

Don Cayetano placed the palm of his hand before his mouth to conceal a yawn, and then embarked upon a long conversation with the señora. Those who have passed on to us the information necessary for writing this story omit this dialogue, no doubt because it was too secret. As for what the engineer and Rosarito said in the garden that afternoon, it is evidently unworthy of mention.

On the afternoon of the following day, however, events happened which, being of the utmost gravity, cannot to be passed over in silence. Late in the afternoon the two cousins found themselves alone, having wandered through different parts of the garden, very attentive to each other, and having no thought or feeling but to look at and listen to each other.

'Pepe,' Rosario was saying, 'everything you've told me is a fantasy, one of those stories you clever men know so well how to concoct. You think that because I'm a country girl I believe everything I'm told.'

'If you knew me as well as I think I know you, you'd realise I never say anything I don't feel. But let's have done with foolish subtleties and lovers' nit-picking, which serve only to falsify emotions. I'll speak to you only in the language of truth. Are you by chance a young lady I've met whilst

en el paseo o en la tertulia y con la cual pienso pasar un rato divertido? No. Eres mi prima. Eres algo más… Rosario, pongamos de una vez las cosas en su verdadero lugar. Fuera rodeos. Yo he venido aquí a casarme contigo.

Rosario sintió que su rostro se abrasaba y que el corazón no le cabía en el pecho.

–Mira, querida prima –añadió el joven–, te juro que si no me hubieras gustado, ya estaría lejos de aquí. Aunque la cortesía y la delicadeza me habrían obligado a hacer esfuerzos, no me hubiera sido fácil disimular mi desengaño. Yo soy así.

–Primo, casi acabas de llegar –dijo lacónicamente Rosarito, esforzándose en reír.

–Acabo de llegar y ya sé todo lo que tenía que saber; sé que te quiero; que eres la mujer que desde hace tiempo me está anunciando el corazón, diciéndome noche y día…: «Ya viene, ya está cerca; que te quemas».

Esta frase sirvió de pretexto a Rosario para soltar la risa que en sus labios retozaba. Su espíritu se desvanecía alborozado en una atmósfera de júbilo.

–Tú te empeñas en que no vales nada –continuó Pepe–, y eres una maravilla. Tienes la cualidad admirable de estar a todas horas proyectando sobre cuanto te rodea la divina luz de tu alma. Desde que se te ve, desde que se te mira, los nobles sentimientos y la pureza de tu corazón se manifiestan. Viéndote se ve una vida celeste que por descuido de Dios está en la tierra; eres un ángel, y yo te quiero como un tonto.

Al decir esto parecía haber desempeñado una grave misión. Rosarito viose de súbito dominada por tan viva sensibilidad que la escasa energía de su cuerpo no pudo corresponder a la excitación de su espíritu, y, desfalleciendo, dejóse caer sobre un sillar que hacía las veces de banco en aquellos amenos lugares. Pepe se inclinó hacia ella. Notó que cerraba los ojos, apoyando la frente en la palma de la mano. Poco después, la hija de doña Perfecta Polentinos dirigía a su primo, entre dulces lágrimas, una mirada tierna, seguida de estas palabras:

–Te quiero desde antes de conocerte.

Apoyadas sus manos en las del joven, se levantó, y sus cuerpos desaparecieron entre las frondosas ramas de un paseo de adelfas. Caía la tarde, y una dulce sombra se extendía por la parte baja de la huerta, mientras el último rayo del sol poniente coronaba de resplandores las cimas de los árboles. La ruidosa república de pajarillos armaba espantosa algarabía en las ramas superiores. Era la hora en que, después de corretear por la alegre

walking or at a party, and with whom I propose to spend a pleasant hour or two? No. You're my cousin. You're something more … Rosario, let's get things sorted for once and for all. No beating about the bush. I've come here to marry you.'

Rosario felt like her face was burning and her heart was too big for her chest.

'Look, my dear cousin,' continued the young man. 'I swear that if I hadn't liked you, I'd be already far away from here. Although politeness and delicacy would have obliged me to make an effort, it wouldn't have been easy for me to hide my disappointment. I'm like that.'

'Cousin, you've only just got here,' said Rosarito laconically, with a forced laugh.

'I've just arrived and I already know all I needed to know; I know I love you, that you're the woman my heart has been promising me for a long time, saying night and day: "She's coming now, she's near; you're burning."'

This phrase served Rosario as a pretext for breaking into the laughter that had been playing around her lips. Her spirit disappeared in an atmosphere of joy.

'You insist you're worthless,' continued Pepe, 'and you're wonderful. You have the admirable quality of constantly radiating over everything around you the divine light of your soul. The moment one sees you, the moment one looks at you, your noble feelings and the purity of your heart are felt. To see you is to see a celestial being who, through the forgetfulness of Heaven, remains on earth. You're an angel and I love you madly.'

As he said this, he looked as if he had fulfilled a serious mission. Rosarito, overcome by the violence of her emotion, felt her scant strength suddenly fail her; and, half fainting, she sank on a stone that in those pleasant solitudes served as a seat. Pepe bent over her. He noticed that her eyes were closed, her forehead resting on the palm of her hand. A few moments later, Doña Perfecta Polentinos' daughter gave her cousin a tender, tear-filled glance, followed by these words:

'I loved you before I knew you.'

Placing her hands in those of the young man, she got up and their forms disappeared among the leafy branches of an oleander walk. Dusk was falling and soft shadows enveloped the lower part of the garden while the last rays of the setting sun crowned the tree-tops in splendour. The noisy republic of the birds kept up a deafening clamour in the upper branches. It was the hour

inmensidad de los cielos, iban todos a acostarse, y se disputaban unos a otros la rama que escogían por alcoba. Su charla parecía a veces recriminación y disputa, a veces burla y gracejo. Con su parlero trinar se decían aquellos tunantes las mayores insolencias, dándose de picotazos y agitando las alas, así como los oradores agitan los brazos cuando quieren hacer creer las mentiras que pronuncian. Pero también sonaban por allí palabras de amor, que a ello convidaban la apacible hora y el hermoso lugar. Un oído experto hubiera podido distinguir las siguientes:

–Desde antes de conocerte te quería, y si no hubieras venido me habría muerto de pena. Mamá me daba a leer las cartas de tu padre, y como en ellas había tantas alabanzas de ti, yo decía: «Éste debiera ser mi marido». Durante mucho tiempo, tu padre no habló de que tú y yo nos casáramos, lo cual me parecía un descuido muy grande. Yo no sabía qué pensar de semejante negligencia… Mi tío Cayetano, siempre que te nombraba, decía: «Como ése hay pocos en el mundo. La mujer que le pesque, ya se puede tener por dichosa…» Por fin tu papá dijo lo que no podía menos de decir… Sí, no podía menos de decirlo: yo lo esperaba todos los días…

Poco después de estas palabras, la misma voz añadió con zozobra:

–Alguien viene tras de nosotros.

Saliendo de entre las adelfas, Pepe vio a dos personas que se acercaban, y tocando las hojas de un tierno arbolito que allí cerca había, dijo en alta voz a su compañera:

–No es conveniente aplicar la primera poda a los árboles jóvenes como éste hasta su completo arraigo. Los árboles recién plantados no tienen vigor para soportar dicha operación. Tú bien sabes que las raíces no pueden formarse sino por el influjo de las hojas; así es que si le quitas las hojas…

–¡Ah!, señor don José –exclamó el penitenciario con franca risa, acercándose a los dos jóvenes y haciéndoles una reverencia–, ¿está usted dando lecciones de horticultura? *Insere nunc Meliboe e piros, pone ordine vitis*, que dijo el gran cantor de los trabajos del campo. Injerta los perales, caro Melibeo; arregla las parras… Conque, ¿cómo estamos de salud, señor don José?

El ingeniero y el canónigo se dieron las manos. Luego éste volvióse, y señalando a un jovenzuelo que tras él venía, dijo sonriendo:

–Tengo el gusto de presentar a usted a mi querido Jacintillo…, una buena pieza…, un tarambana, señor don José.

in which, after flitting about in the joyous immensity of the sky, they were all going to rest, and they were disputing with one another the branches they had chosen for sleeping places. Their chatter at times seemed like recrimination and dispute, at times like mockery and merriment. With their voluble twitter the little rascals said the most insulting things to each other, pecking at each other and flapping their wings, as orators wave their arms when they want to make credible the lies they are uttering. But words of love were to be heard there too, the peaceful hour and the beautiful setting being conducive to that. An expert ear might have been able to make out the following:

'I loved you before I'd even met you, and if you hadn't come I'd have died of grief. Mother used to give me your father's letters to read, and as he praised you so highly in them, I used to say: "This man ought to be my husband." For a long time your father said nothing about our marrying, which seemed to me a serious oversight. I didn't know what to think of such negligence ... Uncle Cayetano, whenever he mentioned you, would say: "There aren't many men like him in the world. The woman who catches him may think herself fortunate ..." At last your father said what he couldn't avoid saying ... Yes, he couldn't avoid saying it – I was expecting it every day ...'

Shortly after these words, the same voice added uneasily:

'Someone's following us.'

Emerging from among the oleanders, Pepe saw two people approaching them and, touching the leaves of a tender shrub that was nearby, he said aloud to his companion:

'It's not advisable to prune young trees like this for the first time until they are firmly rooted. Newly planted trees don't have enough strength to withstand such an operation. You know that the roots can only form with help from the leaves; so if you take off the leaves ...'

'Ah, Señor Don José,' exclaimed the confessor with frank laughter, approaching the two young people and bowing. 'Are you giving lessons in horticulture? *Insere nunc Meliboe e piros, pone ordine vitis*, as the great singer of the labours of the field said. "Graft the pear-tree, dear Meliboeus, trim the vines ..." And how's our health, Señor Don José?'

The engineer and the canon shook hands. Then the latter turned round and, pointing to a young man who was coming behind him, said with a smile:

'I have the pleasure of introducing to you my dear Jacintillo ... a rogue ... a scatterbrain, Señor Don José.'

9. *La desavenencia sigue creciendo y amenaza convertirse en discordia*

Junto a la negra sotana se destacó un sonrosado y fresco rostro. Jacintito saludó a nuestro joven, no sin cierto embarazo.

Era uno de esos chiquillos precoces a quienes la indulgente universidad lanza antes de tiempo a las arduas luchas del mundo, haciéndoles creer que son hombres porque son doctores. Tenía Jacintito semblante agraciado y carilleno, con mejillas de rosa, como una muchacha, y era rechoncho de cuerpo, de estatura pequeña, tirando un poco a pequeñísima, y sin más pelo de barba que el suave bozo que lo anunciaba. Su edad excedía poco de los veinte años. Habíase educado desde la niñez bajo la dirección de su excelente y discreto tío, con lo cual dicho se está que el tierno arbolito no se torció al crecer. Una moral severa le mantenía constantemente derecho, y en el cumplimiento de sus deberes escolásticos apenas flaqueaba. Concluidos los estudios universitarios con aprovechamiento asombroso, pues no hubo clase en que no ganase las más eminentes notas, empezó a trabajar, prometiendo con su aplicación y buen tino para la abogacía perpetuar en el foro el lozano verdor de los laureles del aula.

A veces era travieso niño, a veces hombre formal. En verdad, en verdad, que si a Jacintito no le gustaran un poco, y aun un mucho, las lindas muchachas, su buen tío le creería perfecto. No dejaba de sermonearle a todas horas, apresurándose a cortarle los vuelos audaces; pero ni aun esta inclinación mundana del jovenzuelo lograba enfriar el amor que nuestro buen canónigo tenía al encantador retoño de su cara sobrina María Remedios. En tratándose del abogadillo, todo cedía. Hasta las graves y rutinarias prácticas del buen sacerdote se alteraban siempre que se tratase de algún asunto referente a su precoz pupilo. Aquel método, riguroso y fijo como un sistema planetario, solía perder su equilibrio cuando Jacintito estaba enfermo o tenía que hacer un viaje. ¡Inútil celibato el de los clérigos! Si el Concilio de Trento les prohíbe tener hijos, Dios, no el demonio, les da sobrinos para que conozcan los dulces afanes de la paternidad.

Examinadas imparcialmente las cualidades de aquel aprovechado niño, era imposible desconocer su mérito. Su carácter era, por lo común, inclinado a la honradez, y las acciones nobles despertaban franca admiración en su alma. Respecto a sus dotes intelectuales y a su saber social, tenía todo lo necesario para ser, con el tiempo, una notabilidad de estas que tanto abundan en España; podía ser lo que a todas horas nos complacemos en llamar hiperbólicamente un *distinguido patricio* o *un eminente hombre público*,

9. The disagreement continues to increase and threatens to become discord

A fresh and rosy face stood out next to the black cassock. Jacinto greeted our young man, not without a certain embarrassment.

He was one of those precocious youths whom well-intentioned universities send prematurely forth into the harsh struggles of the world, making them think they are men because they have a doctorate. Jacintito had a round, attractive face with rosy cheeks like a girl, and was stocky, short – bordering on very short – and without any beard save the soft fuzz which announced its coming. His age was a little over twenty. He had been educated from childhood under the direction of his excellent and learned uncle, which is the same as saying the tender sapling had not become crooked as it grew. A severe moral training had kept him always straight, and in the fulfilment of his scholastic duties he had scarcely faltered. Having concluded his university studies with astonishing success, for there were no classes in which he did not win the highest marks, he began work, promising with his application and aptitude for the law to keep fresh and green in court the laurels of the lecture hall.

At times he was a mischievous boy, at times a responsible man. Really, in truth, if Jacinto had not had a little and even a great deal of liking for pretty girls, his good uncle would have thought him perfect. He lectured the boy unceasingly, hastening to clip his audacious wings. But not even this worldly penchant of the young man could cool the great affection which our good canon had for the charming offspring of his dear niece, María Remedios. Where the young lawyer was concerned, everything else gave way. Even the good priest's serious and routine habits were altered provided it was a matter relating to his precocious pupil. That method, as rigorous and fixed as a planetary system, usually lost its balance when Jacinto was ill or had to make a journey. Useless celibacy of the clergy! If the Council of Trent prohibits them from having children, God, not the Devil, gives them nephews and nieces so they may know the sweet anxieties of fatherhood.[16]

Examining impartially the qualities of that industrious boy, it was impossible not to recognise his merits. His character was, in general, inclined to integrity, and noble actions awakened a frank admiration in his soul. With respect to his intellectual gifts and his social know-how, he had everything needed to become in time one of those notable persons of whom there are so many in Spain; he might be what we often take pleasure in calling with exaggeration a 'distinguished patrician' or 'an eminent public man' – species

especies que, por su mucha abundancia, apenas son apreciadas en su justo valor. En aquella tierna edad en que el grado universitario sirve de soldadura entre la puericia y la virilidad, pocos jóvenes, mayormente si han sido mimados por sus maestros, están libres de una pedantería fastidiosa que, si les da gran prestigio al lado de sus mamás, es muy risible entre hombres hechos y formales. Jacintito tenía este defecto, disculpable no sólo por sus pocos años, sino porque su buen tío fomentaba aquella vanidad pueril con imprudentes aplausos.

Luego que los cuatro se reunieron, continuaron paseando. Jacinto callaba. El canónigo, volviendo al interrumpido tema de los *piros* que se habían de injertar y de las *vitis* que se debían poner en orden, dijo:

–Ya sé que don José es un insigne agrónomo.

–Nada de eso; no sé una palabra –repuso el joven, viendo con mucho disgusto aquella manía de suponerle instruido en todas las ciencias.

–¡Oh!, sí; un gran agrónomo –añadió el penitenciario–; pero en asuntos de agronomía no me citen tratados novísimos. Para mí, toda esa ciencia, señor de Rey, está condensada en lo que yo llamo la *Biblia del campo*, en las *Geórgicas* del inmortal latino. Todo es admirable, desde aquella gran sentencia *Nec vero terrae ferre omnes omnia possunt*, es decir, que no todas las tierras sirven para todos los árboles, señor don José, hasta el minucioso tratado de las abejas, en que el poeta explana lo concerniente a estos doctos animalitos, y define al zángano diciendo:

Ille horridus alter
desidia, latamque trahens inglorius alvum,
de figura horrible y perezosa, arrastrando el innoble vientre pesado, señor don José...

–Hace usted bien en traducírmelo –dijo Pepe–, porque entiendo muy poco el latín.

–¡Oh!, los hombres del día, ¿para qué habían de entretenerse en estudiar antiguallas? –añadió el canónigo con ironía–. Además, en latín sólo han escrito los calzonazos como Virgilio, Cicerón y Tito Livio. Yo, sin embargo, estoy por lo contrario, y sea testigo mi sobrino, a quien he enseñado la sublime lengua. El tunante sabe más que yo. Lo malo es que con las lecturas modernas lo va olvidando, y el mejor día se encontrará que es un ignorante, sin sospecharlo. Porque, señor don José, a mi sobrino le ha dado por entretenerse con libros novísimos y teorías extravagantes, y todo

which, owing to their great abundance, are hardly appreciated at their just value. At that tender age when a university degree serves as a sort of solder between boyhood and manhood, few young men – especially if they have been spoiled by their teachers – are free from an offensive pedantry which, if it gives them great prestige with their mothers, is very laughable among grown, responsible men. Jacintito had this defect, excusable not only because of his youth but also because his good uncle encouraged that childish vanity with injudicious approval.

After the four had met, they resumed their walk. Jacinto was silent. The canon, returning to the interrupted theme of the *piros* which were to be grafted and the *vitis* which were to be trimmed, said:

'I now know that Señor Don José is a distinguished agronomist.'

'Not at all. I know nothing about it,' responded the young man, observing with considerable annoyance that mania for supposing him to be learned in all the sciences.

'Oh, yes! A great agronomist,' added the confessor. 'But on agricultural subjects, don't quote the latest treatises to me. For me the whole of that science, Señor de Rey, is condensed in what I call the *Country Bible*, in the *Georgics* of the immortal Roman poet. From that great sentence, *Nec vero terrae ferre omnes omnia possunt* – that's to say, not all land is suited to all trees – everything is admirable, Señor Don José, even to the meticulous treatise on bees, in which the poet explains all about these wise little animals and defines the drone in these words:

Ille horridus alter

desidia, latamque trahens inglorius alvum

a horrible, lazy figure, dragging along its heavy, ignoble belly, Señor Don José …'

'You do well to translate it for me,' said Pepe, 'for I know very little Latin.'

'Oh, why should the men of today spend their time studying old stuff?' said the canon ironically. 'Besides, only weaklings like Virgil, Cicero and Livy wrote in Latin. I, however, am of a different way of thinking; as witness my nephew, to whom I have taught that sublime language. The rascal knows more than I do. The unfortunate thing is that with his modern reading he's forgetting it and some fine day he'll find himself an ignoramus without suspecting it. Because, Señor Don José, my nephew has taken to entertaining himself with the latest books and extravagant theories; everything above

es Flammarion arriba y abajo, y nada más sino que las estrellas están llenas de gente. Vamos, se me figura que ustedes dos van a hacer buenas migas. Jacinto, ruégale a este caballero que te enseñe las matemáticas sublimes, que te instruya en lo concerniente a los filósofos alemanes, y ya eres un hombre.

El buen clérigo se reía de sus propias ocurrencias, mientras Jacinto, gozoso de ver la conversación en terreno tan de su gusto, se excusó con Pepe Rey, y, de buenas a primeras, le descargó esta pregunta:

–Dígame el señor don José: ¿qué piensa del darwinismo?

Sonrió el ingeniero al oír pedantería tan fuera de sazón, y de buena gana excitara al joven a seguir por aquella senda de infantil vanidad; pero creyendo más prudente no intimar mucho con el sobrino ni con el tío, contestó sencillamente:

–No puedo pensar nada de las doctrinas de Darwin porque apenas las conozco. Los trabajos de mi profesión no me han permitido dedicarme a esos estudios.

–Ya –dijo el canónigo riendo–. Todo se reduce a que descendemos de los monos… Si lo dijera sólo por ciertas personas que yo conozco, tendría razón.

–La teoría de la selección natural –añadió enfáticamente Jacinto– parece que tiene muchos partidarios en Alemania.

–No lo dudo –dijo el clérigo–. En Alemania no debe sentirse que esa teoría sea verdadera, por lo que toca a Bismarck.

Doña Perfecta y el señor don Cayetano aparecieron frente a los cuatro.

–¡Qué hermosa está la tarde! –dijo la señora–. ¿Qué tal, sobrino, te aburres mucho?…

–Nada de eso –repuso el joven.

–No me lo niegues. De eso veníamos hablando Cayetano y yo. Tú estás aburrido, y te empeñas en disimularlo. No todos los jóvenes de estos tiempos tienen la abnegación de pasar su juventud, como Jacinto, en un pueblo donde no hay Teatro Real, ni bufos, ni bailarinas, ni filósofos, ni Ateneos, ni papeluchos, ni Congresos, ni otras diversiones y pasatiempos.

–Yo estoy aquí muy bien –replicó Pepe–. Ahora le estaba diciendo a Rosario que esta ciudad y esta casa me son tan agradables que me gustaría vivir y morir aquí.

Rosario se puso muy encendida y los demás callaron. Sentáronse todos en una glorieta, apresurándose Jacinto a ocupar el lugar a la izquierda de la señorita.

and below is Flammarion,[17] and nothing will do him but that the stars are full of people. Come, I fancy that you two are going to be good friends. Jacinto, ask this gentleman to teach you the wonders of mathematics, to instruct you concerning the German philosophers, and then you'll be a man.'

The good priest laughed at his own funny remarks, while Jacinto, delighted to see the conversation on ground so much to his taste, apologised to Pepe Rey and, without warning, hurled this question at him:

'Tell me, Señor Don José, what do you think of Darwinism?'

The engineer smiled on hearing such inopportune pedantry, and would gladly have provoked the young man to continue along that path of childish vanity; but, thinking it more prudent to avoid being very friendly either with the nephew or the uncle, he answered simply:

'I can't think anything about Darwin's theories, for I scarcely know them. My professional work hasn't allowed me to devote myself to those studies.'

'Well,' said the canon laughing. 'Everything comes down to our being descended from monkeys … If he said it only about certain people I know, he'd be right.'

'The theory of natural selection,' added Jacinto emphatically, 'seems to have many supporters in Germany.'

'I don't doubt it,' said the priest. 'In Germany there's no reason to be sorry if that theory is true, as far as Bismarck is concerned.'[18]

Doña Perfecta and Señor Don Cayetano appeared opposite the four of them.

'What a beautiful evening!' said the lady. 'How are you, nephew, are you very bored?'

'Not in the least,' responded the young man.

'Don't deny it. Cayetano and I were just speaking of that. You're bored and you are trying to hide it. It's not every young man of the present day who has the self-denial to spend his youth, like Jacinto, in a town where there's no Royal Theatre, opera bouffe, dancers, philosophers, cultural centre, trashy papers, Parliament, nor any other diversions and pastimes.'

'I'm fine here,' replied Pepe. 'I was just saying to Rosario that I find this city and this house so pleasant that I'd like to live and die here.'

Rosario turned very red and the others were silent. They all sat down in a summer-house, Jacinto hastening to take the seat on the girl's left.

—Mira, sobrino, tengo que advertirte una cosa —dijo doña Perfecta, con aquella risueña expresión de bondad que emanaba de su alma, como de la flor el aroma—. Pero no vayas a creer que te reprendo ni que te doy lecciones: tú no eres niño y fácilmente comprenderás mis ideas.

—Ríñame usted, querida tía, que sin duda lo mereceré —replicó Pepe, que ya empezaba a acostumbrarse a las bondades de la hermana de su padre.

—No, no es más que una advertencia. Estos señores verán cómo tengo razón.

Rosarito oía con toda su alma.

—Pues no es más —añadió la señora— sino que cuando vuelvas a visitar nuestra hermosa catedral procures estar en ella con un poco más de recogimiento.

—Pero, ¿qué he hecho yo?

—No extraño que tú mismo no conozcas tu falta —indicó la señora, con aparente jovialidad—. Es natural: acostumbrado a entrar con la mayor desenvoltura en los Ateneos, Clubs, Academias y Congresos, crees que de la misma manera se puede entrar en un templo donde está la Divina Majestad.

—Pero, señora, dispénseme usted —dijo Pepe con gravedad—. Yo he entrado en la catedral con la mayor compostura.

—Si no te riño, hombre, si no te riño. No lo tomes así, porque tendré que callarme. Señores, disculpen ustedes a mi sobrino. No es de extrañar un descuidillo, una distracción… ¿Cuántos años hace que no pones los pies en lugar sagrado?

—Señora, yo juro a usted… Pero en fin, mis ideas religiosas podrán ser lo que se quiera, pero acostumbro guardar compostura dentro de la iglesia.

—Lo que yo aseguro…, vamos, si te has de ofender no sigo… Lo que yo aseguro es que muchas personas lo advirtieron esta mañana. Notáronlo los señores de González, doña Robustiana, Serafinita; en fin…, con decirte que llamaste la atención del señor obispo… Su Ilustrísima me dio las quejas esta tarde en casa de mis primas. Díjome que no te mandó plantar en la calle porque le dijeron que eras sobrino mío.

Rosario contemplaba con angustia el rostro de su primo, procurando adivinar sus contestaciones antes que las diera.

—Sin duda me han tomado por otro.

—No…, no. Fuiste tú… Pero no vayas a ofenderte, que aquí estamos entre amigos y personas de confianza. Fuiste tú; yo misma te vi.

—¡Usted!

'Look, nephew, I've got to warn you about something,' said Doña Perfecta with that smiling expression of goodness that emanated from her soul, like the aroma from a flower. 'But don't go thinking I'm scolding you or giving you a lesson. You're not a child and you'll easily understand what I mean.'

'Scold me, dear aunt, for no doubt I deserve it,' replied Pepe, who was beginning to get used to his father's sister's kindness.

'No, it's only a piece of advice. These gentlemen will see how I'm right.'

Rosarito was listening with all her soul.

'Well,' continued the señora, 'it's only that when you visit our beautiful cathedral again, try to show a little more decorum while you're in it.'

'But what have I done?'

'I'm not surprised that you yourself aren't aware of your fault,' said the señora, with apparent good humour. 'It's natural. Being accustomed to going into athenaeums, clubs, academies and congresses without any ceremony, you think you can enter a temple where the Divine Majesty dwells in the same way.'

'But excuse me, señora,' said Pepe gravely. 'I entered the cathedral with the greatest composure.'

'But I'm not scolding you, my boy, I'm not scolding you. Don't take it like that or I'll have to remain silent. Excuse my nephew, gentlemen. A little carelessness, a little heedlessness is hardly surprising ... How many years is it since you last set foot in a sacred place?'

'Señora, I swear to you ... Anyway, my religious ideas can be whatever they like, but I'm in the habit of observing decorum inside a church.'

'What I assure you is ... come, if you're going to be offended I won't go on ... What I assure you is that lots of people noticed it this morning. The Señores González, Doña Robustiana, Serafinita noticed. In short ... when I tell you that you attracted the attention of the bishop ... His Grace complained to me about it this afternoon at my cousin's house. He told me it was only because they said you were my nephew that he didn't order you to be put out into the street.'

Rosario looked anxiously at her cousin's face, trying to guess his answers before he gave them.

'No doubt they mistook me for someone else.'

'No ... no! It was you ... But don't be offended, for we're here among friends and trustworthy people. It was you. I saw you myself.'

'You!'

–Justamente. ¿Negarás que te pusiste a examinar las pinturas, pasando por un grupo de fieles que estaban oyendo misa?… Te juro que me distraje de tal modo con tus idas y venidas que…, vamos…, es preciso que no vuelvas a hacerlo. Luego entraste en la capilla de San Gregorio; alzaron en el altar mayor y ni siquiera te volviste para hacer una demostración de religiosidad. Después atravesaste de largo a largo la iglesia, te acercaste al sepulcro del Adelantado, pusiste las manos sobre el altar, pasaste en seguida otra vez por entre el grupo de los fieles, llamando la atención. Todas las muchachas te miraban, y tú parecías satisfecho de perturbar tan lindamente la devoción y ejemplaridad de aquella buena gente.

–¡Dios mío! ¡Cuántas abominaciones!… –exclamó Pepe, entre enojado y risueño–. Soy un monstruo y ni siquiera lo sospechaba.

–No, bien sé que eres un buen muchacho –dijo doña Perfecta observando el semblante afectadamente serio e inmutable del canónigo, que parecía tener por cara una máscara de cartón–. Pero, hijo, de pensar las cosas a manifestarlas así, con cierto desparpajo, hay una distancia que el hombre prudente y comedido no debe salvar nunca. Bien sé que tus ideas son…, no te enfades; si te enfadas, me callo… Digo que una cosa es tener ideas religiosas y otra manifestarlas… Me guardaré muy bien de vituperarte porque creas que no nos creó Dios a su imagen y semejanza, sino que descendemos de los micos; ni porque niegues la existencia del alma, asegurando que ésta es una droga como los papelillos de magnesia o de ruibarbo que se venden en la botica…

– ¡Señora, por Dios!… –exclamó Pepe con disgusto–. Veo que tengo muy mala reputación en Orbajosa.

Los demás seguían guardando silencio.

–Pues decía que no te vituperaré por esas ideas… Además de que no tengo derecho a ello; si me pusiera a disputar contigo, tú, con tu talentazo descomunal, me confundirías mil veces…; no, nada de eso. Lo que digo es que estos pobres y menguados habitantes de Orbajosa son piadosos y buenos cristianos, si bien ninguno de ellos sabe filosofía alemana; por lo tanto, no debes despreciar públicamente sus creencias.

–Querida tía –dijo el ingeniero con gravedad–, ni yo he despreciado las creencias de nadie ni tengo las ideas que usted me atribuye. Quizás haya estado un poco irrespetuoso en la iglesia; soy algo distraído. Mi entendimiento y mi atención estaban fijos en la obra arquitectónica y, francamente, no advertí… Pero no era esto motivo para que el señor obispo intentase echarme a la calle

'Precisely. Do you deny that you started to examine the paintings, passing through a group of worshippers who were attending mass? ... I swear that I was so distracted by your comings and goings that ... well ... you mustn't do it again. Then you went into Saint Gregory's chapel. At the elevation of the Host at the high altar you didn't even turn around to make a demonstration of piety. Then you crossed the whole length of the church, went up to the tomb of the Governor, put your hands on the altar, passed a second time through the group of worshippers, attracting everyone's attention. All the girls looked at you, and you seemed satisfied at disturbing so finely the exemplary devotion of those good people.'

'Good Heavens! How many things I've done!' exclaimed Pepe, half-angry, half-smiling. 'I'm a monster and I never even suspected it.'

'No, I know full well that you're a good boy,' said Doña Perfecta, observing the canon's affectedly serious and unchangeable expression, which gave his face the appearance of a cardboard mask. 'But, my dear boy, between thinking things and showing them in that irreverent manner, there's a distance which a prudent and well-bred man should never cross. I know very well that your ideas are ... don't get angry; if you get angry, I'll keep quiet. I mean it's one thing to have religious ideas and another thing to display them. I'll be very careful not to condemn you because you believe that God didn't create us in his image and likeness, but that we're descended from monkeys; nor because you deny the existence of the soul, asserting that it's a drug like those sachets of magnesia or rhubarb sold at the chemist's...'

'Señora, for Heaven's sake!' exclaimed Pepe with annoyance. 'I see I've got a very bad reputation in Orbajosa.'

The others remained silent.

'As I said, I won't condemn you for those ideas ... Besides which, I have no right to do so. If I began to argue with you, you, with your enormous talent, would confuse me a thousand times over ... no, nothing of the sort. What I say is that these poor and wretched inhabitants of Orbajosa are pious and good Christians, although not one of them knows German philosophy; as such, you should not publicly spurn their beliefs.'

'My dear aunt,' said the engineer gravely, 'I haven't scorned anyone's beliefs, nor do I hold the ideas you attribute to me. Perhaps I may have been a little disrespectful in church. I'm somewhat absent-minded. My thoughts and attention were fixed on the architectural work and, frankly, I didn't notice ... But that was no reason for the bishop to think of throwing me out

ni para que usted me supusiera capaz de atribuir a un papelillo de la botica las funciones del alma. Puedo tolerar eso como broma, nada más que como broma.

Pepe Rey sentía en su espíritu excitación tan viva que, a pesar de su mucha prudencia y mesura, no pudo disimularla.

–Vamos, veo que te has enfadado –dijo doña Perfecta bajando los ojos y cruzando las manos–. ¡Todo sea por Dios! Si hubiera sabido que lo tomabas así, no te habría dicho nada. Pepe, te ruego que me perdones.

Al oír esto y al ver la actitud sumisa de su bondadosa tía, Pepe se sintió avergonzado de la dureza de sus anteriores palabras y procuró serenarse. Sacóle de su embarazosa situación el venerable penitenciario, que, sonriendo con su habitual benevolencia, habló de este modo:

–Señora doña Perfecta: es preciso tener tolerancia con los artistas... ¡Oh!, yo he conocido muchos. Estos señores, como vean delante de sí una estatua, una armadura mohosa, un cuadro podrido o una pared vieja, se olvidan de todo. El señor don José es artista, y ha visitado nuestra catedral como la visitan los ingleses, los cuales de buena gana se llevarían a sus museos hasta la última baldosa de ella... Que estaban los fieles rezando; que el sacerdote alzó la Sagrada Hostia; que llegó el instante de la mayor piedad y recogimiento; pues bien..., ¿qué le importa nada de esto a un artista? Es verdad que yo no sé lo que vale el arte, cuando se le disgrega de los sentimientos que expresa...; pero, en fin, hoy es costumbre adorar la forma, no la idea... Líbreme Dios de meterme a discutir este tema con el señor don José, que sabe tanto, y argumentando con la primorosa sutileza de los modernos, confundiría al punto mi espíritu, en el cual no hay más que fe.

–El empeño de ustedes de considerarme como el hombre más sabio de la tierra me mortifica bastante –dijo Pepe, recobrando la dureza de su acento–. Ténganme por tonto, que prefiero la fama de necio a poseer esa ciencia de Satanás que aquí me atribuyen.

Rosarito se echó a reír, y Jacinto creyó llegado el momento más oportuno para hacer ostentación de su erudita personalidad.

–El panteísmo o panenteísmo están condenados por la Iglesia, así como las doctrinas de Schopenhauer y del moderno Hartmann.

–Señores y señoras –manifestó gravemente el canónigo–: los hombres que consagran culto tan fervoroso al arte, aunque sólo sea atendiendo a la forma, merecen el mayor respeto. Más vale ser artista y deleitarse ante la belleza, aunque sólo esté representada en las ninfas desnudas, que ser indiferente y descreído en todo. En espíritu que se consagra a la

into the street, nor for you to suppose me capable of attributing to a sachet from the chemist's the functions of the soul. I can tolerate that as a joke, but only as a joke.'

Pepe Rey felt so worked up that, despite being very prudent and measured, he could not hide it.

'There! I can see you're angry,' said Doña Perfecta, lowering her eyes and folding her hands. 'So be it. If I'd known you'd take it this way, I wouldn't have said anything. Pepe, please forgive me.'

Hearing these words and seeing his kind aunt's deprecating attitude, Pepe felt ashamed of the sternness of his last words and tried to calm down. The venerable confessor extricated him from his embarrassing position and, smiling with his customary benevolence, spoke in the following way:

'Señora Doña Perfecta, we must be tolerant with artists. Oh, I've known a great many! These gentlemen, whenever they behold a statue, a rusty suit of armour, a mouldy painting or an old wall forget everything else. Señor Don José is an artist, and he's visited our cathedral like the English, who would gladly take every last tile back to their museums. That the worshippers were praying, that the priest was elevating the Sacred Host, that the moment of supreme piety and devotion had come; all right … what does all that matter to an artist? It's true I don't know what art is worth when it's separated from the sentiments it expresses … but, in short, nowadays it's the custom to adore the form not the idea … God preserve me from getting into a discussion on this subject with Señor Don José, who knows so much and, reasoning with the exquisite subtlety of the moderns, would instantly confound my mind, in which there's only faith.'

'The insistence you all have on considering me the wisest man on earth embarrasses me somewhat,' said Pepe, getting back his harsh tone. 'Take me for a fool, for I prefer the reputation of being stupid to that of possessing the knowledge of Satan which you attribute to me here.'

Rosarito burst out laughing, and Jacinto thought the best moment to flaunt his erudition had arrived.

'Pantheism or panentheism,' he said, 'is condemned by the Church, as well as the doctrines of Schopenhauer and the modern Hartmann.'[19]

'Ladies and gentlemen,' said the canon gravely, 'men who worship art so fervently, even if considering form alone, deserve the greatest respect. It's better to be an artist and delight in beauty, even if only represented by nude nymphs, than to be indifferent and unbelieving about everything. A mind devoted to the contemplation of beauty will not be completely possessed

contemplación de la belleza no entrará completamente el mal. *Est Deus in nobis… Deus*, entiéndase bien. Siga, pues, el señor don José admirando los prodigios de nuestra iglesia, que, por mi parte, le perdonaré de buen grado las irreverencias, salva la opinión del señor prelado.

–Gracias, señor don Inocencio –dijo Pepe, sintiendo en sí, punzante y revoltoso, el sentimiento de hostilidad hacia el astuto canónigo y no pudiendo dominar el deseo de mortificarle–. Por lo demás, no crean ustedes que absorbían mi atención las bellezas artísticas de que suponen lleno el templo. Esas bellezas, fuera de la imponente arquitectura de una parte del edificio y de los tres sepulcros que hay en las capillas del ábside y de algunas tallas del coro, yo no las veo en ninguna parte. Lo que ocupaba mi entendimiento era el considerar la deplorable decadencia de las artes religiosas, y no me causaban asombro, sino cólera, las innumerables monstruosidades artísticas de que está llena la catedral.

El estupor de los circunstantes fue extraordinario.

–No puedo resistir –añadió Pepe– aquellas imágenes charoladas y bermellonadas, tan semejantes, perdóneme Dios la comparación, a las muñecas con que juegan las niñas grandecitas. ¿Qué puedo decir de los vestidos de teatro con que las cubren? Vi un San José con manto, cuya facha no quiero calificar por respeto al Santo Patriarca y a la Iglesia que le adora. En los altares se acumulan las imágenes del más deplorable gusto artístico, y la multitud de coronas, ramos, estrellas, lunas y demás adornos de metal o papel dorado forman un aspecto de quincallería que ofende el sentimiento religioso y hace desmayar nuestro espíritu. Lejos de elevarse a la contemplación religiosa, se abate, y la idea de lo cómico le perturba. Las grandes obras del arte, dando formas sensibles a las ideas, a los dogmas, a la fe, a la exaltación mística, realizan misión muy noble. Los mamarrachos y las aberraciones del gusto, las obras grotescas con que una piedad mal entendida llena las iglesias, también cumplen su objeto; pero éste es bastante triste: fomentan la superstición, enfrían el entusiasmo, obligan a los ojos del creyente a apartarse de los altares, y con los ojos se apartan las almas que no tienen fe muy profunda ni muy segura.

–La doctrina de los iconoclastas– dijo Jacintito– también parece que está muy extendida en Alemania.

–Yo no soy iconoclasta, aunque prefiero la destrucción de todas las imágenes a estas chocarrerías de que me ocupo –continuó el joven–. Al ver esto, es lícito defender que el culto debe recobrar la sencillez augusta de los antiguos tiempos; pero no: no se renuncie al auxilio admirable que las

by evil. *Est Deus in nobis … Deus*, you understand. Carry on, then, Señor Don José, admiring the marvels of our church, and for my part I'll willingly forgive your irreverence, with all due respect for the prelate's opinions.'

'Thanks, Señor Don Inocencio,' said Pepe, sensing a sharp and rebellious feeling of hostility inside toward the astute canon, and unable to suppress a desire to humiliate him. 'Anyway, don't imagine that my attention was absorbed by the artistic beauties with which you believe the temple to be full. Those beauties – with the exception of the imposing architecture of a part of the edifice, the three tombs in the chapel in the apse, and some carvings in the choir – I don't see them anywhere. What occupied my mind was pondering the deplorable decadence of religious art, and the innumerable artistic monstrosities with which the cathedral is full caused me not astonishment but disgust.'

The amazement of those present was extraordinary.

'I can't bear,' continued Pepe, 'those polished vermilion images that resemble so much – God forgive me the comparison – the dolls overgrown girls play with. What can I say about the theatrical robes that cover them? I saw a St Joseph with a mantle whose appearance I won't describe out of respect for the Holy Patriarch and the Church which worships him. Images in the most deplorable artistic taste pile up on the altars, and the innumerable crowns, branches, stars, moons and other ornaments of metal or gilt paper look like an ironmonger's, offending religious feeling and depressing our soul. Far from being exalted by religious contemplation, the soul sinks and the sense of the comic distracts it. Great works of art which give a sensitive shape to ideas, dogmas, faith, mystical exaltation fulfil a noble mission. The caricatures, the aberrations of taste, the grotesque works with which a misapprehended piety fills the church also achieve their object; but this is quite a sad one. They encourage superstition, dampen enthusiasm, force the believer's eyes to turn away from the altars, and souls lacking a deep and secure faith turn away with the eyes.'

'The doctrine of the iconoclasts,' said Jacinto, 'also seems to be very widespread in Germany.'

'I'm not an iconoclast, although I'd prefer the destruction of all images to the vulgarity I'm talking about,' continued the young man. 'Seeing this, it's reasonable to advocate that religious worship must recapture the august simplicity of olden times. But no, don't let's renounce the admirable aid

artes todas, empezando por la poesía y acabando por la música, prestan a las relaciones entre el hombre y Dios. Vivan las artes, despléguese la mayor pompa en los ritos religiosos. Yo soy partidario de la pompa...

–¡Artista, artista y nada más que artista! –exclamó el canónigo moviendo la cabeza con expresión de lástima–. Buenas pinturas, buenas estatuas, bonita música... Gala de los sentidos, y el alma que se la lleve el demonio.

–Y a propósito de música –dijo Pepe Rey, sin advertir el deplorable efecto que sus palabras producían en la madre y la hija–, figúrense ustedes qué dispuesto estaría mi espíritu a la contemplación religiosa al visitar la catedral, cuando de buenas a primeras, y al llegar al ofertorio en la misa mayor, el señor organista tocó un pasaje de *La Traviata*.

–En eso tiene razón el señor de Rey –dijo el abogadillo enfáticamente–. El señor organista tocó el otro día el brindis y el vals de la misma ópera, y después un rondó de *La Gran Duquesa*.

–Pero cuando se me cayeron las alas del corazón –continuó el ingeniero implacablemente– fue cuando vi una imagen de la Virgen que parece estar en gran veneración, según la mucha gente que ante ella había y la multitud de velas que la alumbraban. La han vestido con ahuecado ropón de terciopelo bordado de oro, de tan extraña forma, que supera a las modas más extravagantes del día. Desaparece su cara entre un follaje espeso, compuesto de mil suertes de encajes rizados con tenacillas, y la corona, de media vara de alto, rodeada de rayos de oro, es un disforme catafalco que le han armado sobre la cabeza. De la misma tela y con los mismos bordados son los pantalones del Niño Jesús... No quiero seguir, porque la descripción de cómo están la Madre y el Hijo me llevaría, quizás, a cometer alguna irreverencia. No diré más, sino que me fue imposible contener la risa y que por breve rato contemplé la profanada imagen, exclamando: «¡Madre y Señora mía, cómo te han puesto!»

Concluidas estas palabras, Pepe observó a sus oyentes, y aunque la sombra crepuscular no permitía distinguir bien los semblantes, creyó ver en alguno de ellos señales de amarga consternación.

–Pues, señor don José –exclamó vivamente el canónigo, riendo y con expresión de triunfo–, esa imagen que a la filosofía y panteísmo de usted parece tan ridícula, es Nuestra Señora del Socorro, patrona y abogada de Orbajosa, cuyos habitantes la veneran de tal modo que serían capaces de arrastrar por las calles al que hablase mal de ella. Las crónicas y la Historia, señor mío, están llenas de los milagros que ha hecho, y aún hoy día vemos constantemente pruebas irrecusables de su protección. Ha de saber usted también que su señora

which all the arts, beginning with poetry and ending with music, lend to the relations between man and God. Long live the arts, display the utmost pomp in religious ceremonies. I'm a partisan of pomp ...'

'An artist, an artist, and nothing more than an artist!' exclaimed the canon, shaking his head with an expression of regret. 'Good pictures, good statues, beautiful music ... a gala for the senses, and let the devil take the soul!'

'And apropos of music,' said Pepe Rey, without noticing the deplorable effect his words were having on mother and daughter, 'imagine how disposed my mind would be to religious contemplation on visiting the cathedral, when just at that moment, and precisely at the offertory at high mass, the organist played a passage from *La Traviata.*'

'Señor de Rey is right in that,' said the little lawyer emphatically. 'The other day the organist played the brindisi and the waltz from the same opera, and then a rondeau from *La Grande Duchesse.*'[20]

'But what made my heart sink,' continued the engineer implacably, 'was when I saw an image of the Virgin which, judging from the crowd before her and the multitude of candles illuminating it, seems to be highly venerated. They've dressed her in a puffed-out garment of velvet embroidered with gold, in such a strange shape that it surpasses the most extravagant fashions of the day. Her face is almost hidden under a voluminous frill made of a thousand rows of lace crimped with a crimping-iron, and her crown, half a yard in height and surrounded by golden rays, looks like a hideous catafalque erected over her head. Of the same material and embroidered in the same manner, are the Infant Jesus' trousers ... I won't go on, because the description of the Mother and Child might lead me to commit some irreverence. I'll just say it was impossible for me to contain my laughter, and for a short time I contemplated the profaned image, saying to myself: "Mother and Lady of mine, what have they done to you!"'

As he finished speaking, Pepe looked at his hearers, and although the evening shadows made it impossible to make out their countenances clearly, he thought he saw signs of bitter consternation in some of them.

'Well, Señor Don José!' exclaimed the canon quickly, smiling with a triumphant expression, 'that image, which to your philosophy and pantheism appears so ridiculous, is Our Lady of Help, the patroness and advocate of Orbajosa, whose inhabitants venerate such that they'd be capable of dragging anyone who spoke ill of her through the streets. Chronicles and history, Señor Don José, are full of the miracles she has wrought, and even today we constantly see irrefutable proof of her protection. You must also know

tía doña Perfecta es camarera de la Santísima Virgen del Socorro, y que ese vestido que a usted le parece tan grotesco..., pues..., digo que ese vestido, tan grotesco a los impíos ojos de usted, salió de esta casa, y que los pantalones del Niño obra son, juntamente, de la maravillosa aguja y de la acendrada piedad de su prima de usted, Rosarito, que nos está oyendo.

Pepe Rey se quedó bastante desconcertado. En el mismo instante levantóse bruscamente doña Perfecta, y sin decir una palabra se dirigió hacia la casa, seguida por el señor penitenciario. Levantáronse también los restantes. Disponíase el aturdido joven a pedir perdón a su prima por la irreverencia cuando observó que Rosarito lloraba. Clavando en su primo una mirada de amistosa y dulce represión, exclamó:

–¡Pero qué cosas tienes!...

Oyóse la voz de doña Perfecta, que con alterado acento gritaba:

–¡Rosario, Rosario!

Ésta corrió hacia la casa.

10. La existencia de la discordia es evidente

Pepe Rey se encontraba turbado y confuso, furioso contra los demás y contra sí mismo, procurando indagar la causa de aquella pugna entablada a pesar suyo entre su pensamiento y el pensamiento de los amigos de su tía. Caviloso y triste, augurando discordias, permaneció breve rato sentado en el banco de la glorieta con la barba apoyada en el pecho, el ceño fruncido, cruzadas las manos. Se creía solo.

De repente sintió una alegre voz que modulaba entre dientes el estribillo de una canción de zarzuela. Miró y vio a don Jacinto en el rincón opuesto de la glorieta.

–¡Ah!, señor de Rey –dijo de improviso el rapaz–, no se lastiman impunemente los sentimientos religiosos de la inmensa mayoría de una nación... Si no, considere usted lo que pasó en la primera Revolución francesa...

Cuando Pepe oyó el zumbidillo de aquel insecto, su irritación creció. Sin embargo, no había odio en su alma contra el mozalbete doctor. Éste le mortificaba como mortifican las moscas; pero nada más. Rey sintió la molestia que inspiran todos los seres importunos, y como quien ahuyenta un zángano, contestó de este modo:

–¿Qué tiene que ver la Revolución francesa con el manto de la Virgen María?

that your aunt, Doña Perfecta, is lady in waiting to the Most Holy Virgin of Help, and that the dress which seems so grotesque to you ... well ... I say that dress, so grotesque to your impious eyes, emerged from this house, and that the Infant's trousers are the combined work of the skilful needle and unblemished piety of your cousin Rosarito, who is listening to us.'

Pepe Rey was greatly disconcerted. At the same instant Doña Perfecta rose abruptly from her seat and, without saying a word, walked towards the house followed by the confessor. The others got up as well. Recovering from his stupefaction, the young man was about to beg his cousin's pardon for his irreverence when he noticed that Rosarito was crying. Fixing on her cousin a look of friendly and gentle reproof, she said:

'What ideas you have!'

Doña Perfecta's voice could be heard, crying in an agitated tone:

'Rosario, Rosario!'

The girl ran towards the house.

10. The existence of discord is evident

Pepe Rey felt disturbed and confused, furious with the others and with himself as he tried to ascertain the cause of the conflict that had arisen, in spite of himself, between his ideas and those of his aunt's friends. Thoughtful and sad, foreseeing discord, he remained sitting on the bench in the summer-house a short while, his chin resting on his breast, frowning, his hands crossed. He thought he was alone.

Suddenly he heard a cheerful voice humming the chorus of a song from a zarzuela.[21] He looked up and saw Don Jacinto in the opposite corner of the summer-house.

'Ah, Señor de Rey!' said the youth abruptly, 'one doesn't offend with impunity the religious sentiments of the great majority of a nation ... If you doubt it, consider what happened in the first French Revolution ...'

When Pepe heard the buzzing of that insect his irritation increased. However, there was no hatred in his soul for the young doctor of law. The latter annoyed him as a fly might annoy him, but nothing more. Rey felt the irritation which all annoying people arouse and, like someone shooing away a bee, answered in this way:

'What's the French revolution got to do with the Virgin Mary's dress?'

Levantóse para marchar hacia la casa, pero no había dado cuatro pasos cuando oyó de nuevo el zumbar del mosquito, que decía:

–Señor don José, tengo que hablar a usted de un asunto que le interesa mucho y que puede traerle algún conflicto…

–¿Un asunto? –preguntó el joven, retrocediendo–. Veamos qué es eso.

–Usted lo sospechará tal vez –dijo el mozuelo, acercándose a Pepe y sonriendo con expresión parecida a la de los hombres de negocios cuando se ocupan de alguno muy grave–. Quiero hablar a usted del pleito…

–¿Qué pleito?… Amigo mío, usted como buen abogado, sueña con litigios y ve papel sellado por todas partes.

–Pero, ¿cómo?… ¿No tiene usted noticia de su pleito? –preguntó con asombro el niño.

–¡De mi pleito!… Cabalmente, yo no he pleiteado nunca.

– Pues si no tiene usted noticia, más me alegro de habérselo advertido para que se ponga en guardia… Sí, señor, usted pleiteará.

–Y ¿con quién?

–Con el tío Licurgo y otros colindantes del predio llamado Los Alamillos.

Pepe Rey se quedó estupefacto.

–Sí, señor –añadió el abogadillo–. Hoy hemos celebrado el señor Licurgo y yo una larga conferencia. Como soy tan amigo de esta casa no he querido dejar de advertírselo a usted para que, si lo cree conveniente, se apresure a arreglarlo todo.

–¿Pero yo qué tengo que arreglar? ¿Qué pretende de mí esa canalla?

–Parece que unas aguas que nacen en el predio de usted han variado de curso y caen sobre unos tejares del susodicho Licurgo y un molino de otro, ocasionando daños de consideración. Mi cliente…, porque se ha empeñado en que le he de sacar de este mal paso…, mi cliente, digo, pretende que usted restablezca el antiguo cauce de las aguas, para evitar nuevos desperfectos, y que le indemnice de los perjuicios que por indolencia del propietario superior ha sufrido.

–¡Y el propietario superior soy yo!… Si entro en un litigio, ése será el primer fruto que en toda mi vida me han dado los célebres Alamillos, que fueron míos y que ahora, según entiendo, son de todo el mundo, porque lo mismo Licurgo que otros labradores de la comarca me han ido cercenando poco a poco, año tras año, pedazos de terreno, y costará mucho restablecer los linderos de mi propiedad.

–Ésa es cuestión aparte.

He got up to walk towards the house, but had not taken half a dozen steps before he heard again the buzzing of the mosquito saying:

'Señor Don José, I must speak to you about a matter which is of great interest to you and which may cause you some trouble …'

'A matter?' asked the young man, retracing his steps. 'Let's see what it is.'

'Perhaps you already suspect what it is,' said the youth, approaching Pepe and smiling with an expression like that of businessmen when they are dealing with some very serious matter. 'I want to speak to you about the lawsuit.'

'What lawsuit? … My friend, like a good lawyer you dream of lawsuits and see stamped paper everywhere.'

'What? … Haven't you been notified about your lawsuit?' asked the boy with amazement.

'About my lawsuit! I've never been involved in a lawsuit.'

'Well, if you haven't been notified, I'm all the happier to have warned you so that you can be on your guard … Yes, sir, you'll be going to court.'

'And with whom?'

'With Uncle Licurgo and others whose property borders on the estate called The Poplars.'

Pepe Rey was astounded.

'Yes, sir,' added the little lawyer. 'Uncle Licurgo and I had a long meeting today. As I'm such a friend of this family, I wanted to warn you so that if it's convenient you can soon sort it all out.'

'But what have I to sort out? What does that rascal want from me?'

'It seems that some waters which originate in your property have changed course and are flowing over some tile-works of the aforesaid Licurgo and someone else's mill, causing considerable damage. My client … for he insists I must get him out of this bad situation … my client, I say, demands that you restore the water to its former channel, so as to avoid fresh damage, and that you shall indemnify him for the damage he has sustained through the negligence of the upstream proprietor.'

'And I'm the upstream proprietor! … If I get involved in a lawsuit, it'll be the first fruit I've had in all my life from the famous Poplars. This was mine and now, as I understand things, it belongs to everybody because Licurgo, as well as other farmers in the district, have been filching pieces of land from me, little by little, year after year, and it will be very difficult to re-establish the boundaries of my property.'

'That's another question.'

–Ésa no es cuestión aparte. Lo que hay –dijo el ingeniero, sin poder contener su cólera– es que el verdadero pleito será el que yo entable contra tal gentuza, que se propone sin duda aburrirme y desesperarme para que abandone todo y les deje continuar en posesión de sus latrocinios. Veremos si hay abogados y jueces que apadrinen los torpes manejos de esos aldeanos legistas, que viven pleiteando y son la polilla de la propiedad ajena. Caballerito, doy a usted las gracias por haberme advertido los ruines propósitos de esos palurdos, más malos que Caco. Con decirle a usted que ese mismo tejar y ese mismo molino en que Licurgo apoya sus derechos son míos…

–Debe hacerse una revisión de los títulos de propiedad y ver si ha podido haber prescripción en esto –dijo Jacintito.

–¡Qué prescripción ni qué…! Esos infames no se reirán de mí. Supongo que la administración de justicia sea honrada y leal en la ciudad de Orbajosa…

–¡Oh, lo que es eso! –exclamó el letradillo con expresión de alabanza–. El juez es persona excelente. Viene aquí todas las noches… Pero es extraño que usted no tuviera noticias de las pretensiones del señor Licurgo. ¿No le han citado aún para el juicio de conciliación?

–No.

–Será mañana… En fin, yo siento mucho que el apresuramiento del señor Licurgo me haya privado del gusto y de la honra de defenderle a usted; pero cómo ha de ser… Licurgo se ha empeñado en que yo he de sacarle de penas. Estudiaré la materia con mayor detenimiento. Estas pícaras servidumbres son lo más engorroso que hay en la jurisprudencia.

Pepe entró en el comedor en un estado moral muy lamentable. Vio a doña Perfecta hablando con el penitenciario, y a Rosario sola, con los ojos fijos en la puerta. Esperaba, sin duda, a su primo.

–Ven acá, buena pieza –dijo la señora sonriendo con muy poca espontaneidad–. Nos has insultado, gran ateo; pero te perdonamos. Ya sé que mi hija y yo somos dos palurdas incapaces de remontarnos a las regiones de las matemáticas, donde tú vives; pero, en fin…, todavía es posible que algún día te pongas de rodillas ante nosotros, rogándonos que te enseñemos la doctrina.

Pepe contestó con frases vagas y fórmulas de cortesía y arrepentimiento.

–Por mi parte –dijo don Inocencio, poniendo en sus ojos expresión de modestia y dulzura–, si en el curso de estas vanas disputas he dicho algo que pueda ofender al señor don José, le ruego que me perdone. Aquí todos somos amigos.

'It's not another question. The fact is,' exclaimed the engineer, unable to control his anger, 'the real lawsuit is the one I'll bring against such rabble who no doubt propose to wear me down and drive me to desperation so I'll abandon everything and let them keep what they've stolen. We'll see if there are lawyers and judges to support the infamous dealings of these village pundits who make their living from lawsuits and are the bug of other people's property. I thank you, young sir, for having informed me of the shabby plans of these yokels who are more perverse than Cacus.[22] When I tell you that the very tile-yard and mill on which Licurgo bases his claim are mine ...'

'The title deeds of the property should be checked to see if possession may not constitute a title in this case,' said Jacintito.

'Possession! Those villains aren't going to laugh at me. I suppose justice is administered honestly and fairly in the city of Orbajosa.'

'Oh, as to that!' exclaimed the little lawyer with a look of approval. 'The judge is an excellent person! He comes here every evening ... But it's strange that you've had no notification of Señor Licurgo's claims. Haven't you been summoned yet to appear before the arbitration tribunal?'

'No.'

'It'll be tomorrow ... In short, I'm very sorry that Señor Licurgo's haste has deprived me of the pleasure and honour of defending you; but what must be ... Licurgo insisted that I get him out of his troubles. I shall study the matter very thoroughly. These property rights are what's most bothersome in jurisprudence.'

Pepe entered the dining room in a deplorable state of mind. He saw Doña Perfecta talking with the confessor, and Rosarito on her own with her eyes fixed on the door. She was no doubt waiting for her cousin.

'Come here, you rascal,' said the señora, smiling with very little spontaneity. 'You've insulted us, you great atheist; but we forgive you. I'm well aware that my daughter and I are two rustics incapable of soaring to the regions of mathematics where you dwell; but anyway ... it's still possible that some day you'll get down on your knees to us, begging us to teach you Christian doctrine.'

Pepe answered with vague phrases and polite set expressions of repentance.

'For my part,' said Don Inocencio, putting on an expression of modesty and sweetness, 'if in the course of these vain disputes I've said anything that could offend Señor Don José, I beg his pardon. We're all friends here.'

–Gracias. No vale la pena…

–A pesar de todo –indicó doña Perfecta sonriendo ya con más naturalidad, yo soy siempre la misma para mi querido sobrino, a pesar de sus ideas extravagantes y antirreligiosas… ¿De qué creerás que pienso ocuparme esta noche? Pues de quitarle de la cabeza al tío Licurgo esas terquedades con que te molesta. Le he mandado venir, y en la galería me está esperando. Descuida, que yo lo arreglaré, pues aunque conozco que no le falta razón…

–Gracias, querida tía –repuso el joven, sintiéndose invadido por la onda de generosidad que tan fácilmente nacía en su alma.

Pepe Rey dirigió la vista hacia donde estaba su prima, con intención de unirse a ella; pero algunas preguntas sagaces del canónigo le retuvieron al lado de doña Perfecta. Rosario estaba triste, oyendo con indiferencia melancólica las palabras del abogadillo, que, instalándose junto a ella, había comenzado una retahíla de conceptos empalagosos, con importunos chistes sazonada, y fatuidades del peor gusto.

–Lo peor para ti –dijo doña Perfecta a su sobrino cuando le sorprendió observando la desacorde pareja que formaban Rosario y Jacinto– es que has ofendido a la pobre Rosario. Debes hacer todo lo posible por desenojarla. ¡La pobrecita es tan buena…!

–¡Oh!, sí, tan buena –añadió el canónigo–, que no dudo perdonará a su primo.

–Creo que Rosario me ha perdonado ya –afirmó Rey.

–Claro, en corazones angelicales no dura mucho el resentimiento –dijo don Inocencio melifluamente–. Yo tengo algún ascendiente sobre esa niña, y procuraré disipar en su alma generosa toda prevención contra usted. En cuanto yo le diga dos palabras…

Pepe Rey, sintiendo que por su pensamiento pasaba una nube, dijo con intención:

–Tal vez no sea preciso.

–No le hablo ahora –añadió el capitular– porque está embelesada oyendo las tonterías de Jacintillo… ¡Demonches de chicos! Cuando pegan la hebra hay que dejarles.

De pronto se presentaron en la tertulia el juez de primera instancia, la señora del alcalde y el deán de la catedral. Todos saludaron al ingeniero, demostrando en sus palabras y actitudes que satisfacían, al verle, la más viva curiosidad. El juez era un mozalbete despabilado, de estos que todos los días aparecen en los criaderos de eminencias, aspirando, recién empollados, a los primeros puestos de la Administración y de la política. Dábase no poca importancia, y

'Thanks. It's not worth ....'

'In spite of everything,' said Doña Perfecta smiling more naturally now, 'I shall always be the same for my dear nephew, in spite of his extravagant and anti-religious ideas ... What do you suppose I intend to do tonight? Well, get those stubborn ideas that Uncle Licurgo is bothering you with out of his head. I told him to come, and he's waiting for me in the hall. Don't worry, I'll sort it out, for although I know he's not without right on his side ...'

'Thank you, dear aunt,' responded the young man, feeling himself invaded by the wave of generosity so easily aroused in his soul.

Pepe Rey looked to where his cousin was, intending to join her; but some wily questions from the canon kept him at Doña Perfecta's side. Rosario was sad, listening with a melancholy indifference to the words of the little lawyer who, having sat next to her, had begun a stream of cloying opinions, seasoned with ill-timed jokes and fatuous remarks in the worst taste.

'The worst of it for you,' said Doña Perfecta to her nephew as she caught him observing the ill-matched pair formed by Rosario and Jacinto, 'is that you've offended poor Rosario. You must do all in your power to make your peace with her. The poor thing is so good!'

'Oh yes, so good,' added the canon, 'that I've no doubt she'll forgive her cousin.'

'I think Rosario has already forgiven me,' affirmed Rey.

'Of course, resentment doesn't last long in angelic hearts,' said Don Inocencio mellifluously. 'I have some influence over the child, and I'll endeavour to dispel from her generous soul any prejudice against you. As soon as I say a word or two ...'

Pepe Rey, feeling a cloud darken his thoughts, said meaningfully:

'Perhaps it may not be necessary.'

'I won't speak to her now,' added the capitular, 'because she's entranced listening to Jacinto's nonsense. Little devils! Once they begin there's no stopping them.'

Suddenly the judge of the lower court, the mayor's wife and the dean of the cathedral joined the group. They all greeted the engineer, showing in their words and manner that seeing him satisfied their lively curiosity. The judge was a sharp young man, one of those who spring up every day in the hot-house of eminent figures and aspire, as soon as they are out of the shell, to the highest posts in administration and politics. He gave himself airs of importance, and in

hablando de sí mismo y de su juvenil toga, parecía manifestar enojo porque no le hubieran hecho de golpe y porrazo presidente del Tribunal Supremo. En aquellas manos inexpertas, en aquel cerebro henchido de viento, en aquella presunción ridícula había puesto el Estado las funciones más delicadas y más difíciles de la humana justicia. Sus maneras eran de perfecto cortesano y revelaban escrupuloso esmero en todo lo concerniente a su persona. Más que costumbre, era en él fea manía el estarse quitando y poniendo a cada instante los lentes de oro, y en su conversación frecuentemente indicaba el empeño de ser trasladado pronto a *Madriz* para prestar sus imprescindibles servicios en la Secretaría de Gracia y Justicia.

La señora del alcalde era una dama bonachona, sin otra flaqueza que suponerse muy relacionada en la corte. Dirigió a Pepe Rey diversas preguntas sobre modas, citando establecimientos industriales donde la habían hecho una manteleta o una falda en su último viaje, coetáneo de la guerra de África, y también nombró a una docena de duquesas y marquesas, tratándolas con tanta familiaridad como a sus amiguitas de escuela. Dijo también que la condesa de M. (por sus tertulias famosa) era amiga suya, y que el 60 estuvo a visitarla, y la condesa la convidó a su palco en el Real, donde vio a Muley-Abbas en traje de moro acompañado de toda su morería. La alcaldesa hablaba por los codos, como suele decirse, y no carecía de chiste.

El señor deán era un viejo de edad avanzada, corpulento y encendido, pletórico, apoplético; un hombre que se salía fuera de sí mismo por no caber en su propio pellejo, según estaba de gordo y morcilludo. Procedía de la exclaustración; no hablaba más que de asuntos religiosos, y desde el principio mostró hacia Pepe Rey el desdén más vivo. Éste se mostraba cada vez más inepto para acomodarse a sociedad tan poco de su gusto. Era su carácter nada maleable, duro y de muy escasa flexibilidad, y rechazaba las perfidias y acomodamientos de lenguaje para simular la concordia cuando no existía. Mantúvose, pues, bastante grave durante el curso de la fastidiosa tertulia, obligado a resistir el ímpetu oratorio de la alcaldesa, que, sin ser la Fama, tenía el privilegio de fatigar con cien lenguas el oído humano. Si en el breve respiro que esta señora daba a sus oyentes Pepe Rey quería acercarse a su prima, pegábasele el penitenciario como el molusco a la roca, y llevándole aparte con ademán misterioso le proponía un paseo a Mundogrande con el señor don Cayetano o una partida de pesca en las claras aguas del Nahara.

Por fin esto concluyó, porque todo concluye de tejas abajo. Retiróse el

speaking of himself and his early qualification as a lawyer seemed angry he had not been made Chief Justice of the High Court straight away. In those inexpert hands, in that brain puffed up with conceit, in that ridiculous presumption the State had placed the most delicate and difficult functions of human justice. His manners were those of a perfect courtier and revealed a scrupulous attention to everything concerning his own person. More than just habit, the constant taking off and putting on of his gold-rimmed glasses was an unpleasant mania, and in his conversation he frequently revealed his determination to be transferred very soon to Madrid so that he might lend his indispensable services to the Department of Justice.

The mayor's wife was a good-natured lady whose only weakness was to fancy herself very well connected with the court. She asked Pepe Rey various questions about fashions, mentioning establishments where she had had a mantle or a skirt made on her last trip – which coincided with the war between Spain and Morocco – and she also named a dozen duchesses and marchionesses, speaking of them with as much familiarity as if they had been old school friends. She also said that the Countess of M. (famous for her gatherings) was a friend of hers, and that in '60 she had paid her a visit when the countess had invited her to her box in the Royal Theatre, where she saw Muley-Abbas[23] in Moorish costume, accompanied by his retinue of Moors. The mayor's wife talked nineteen to the dozen, as is often said, and was not lacking in wit.

The dean was a man of advanced age, corpulent and red-faced, plethoric and apoplectic; he seemed to be bursting out of his own skin, so fat and paunchy was he. A product of one of the suppressed religious orders,[24] he talked only of religious matters and from the very beginning displayed the greatest scorn for Pepe Rey. The latter showed himself increasingly incapable of adapting to a society so little to his taste. His character, far from being malleable, was hard and inflexible, and he rejected the duplicities and compromises of language which simulate harmony when it did not exist. He remained, then, very grave during the course of the tiresome evening, obliged as he was to endure the rhetoric of the mayoress who, without being Fame, had the privilege of fatiguing with a hundred tongues the human ear. If, in the brief respite this lady gave her hearers, Pepe Rey tried to approach his cousin, the Confessor stuck to him like a mollusc to a rock, and taking him aside with a mysterious gesture proposed an outing with Señor Don Cayetano to Mundogrande or a fishing trip on the clear waters of the Nahara.

At last it came to an end, as everything does in this world. The dean retired,

señor deán, dejando la casa vacía, y bien pronto no quedó de la señora alcaldesa más que un eco, semejante al zumbido que recuerda en la humana oreja el reciente paso de una tempestad. El juez privó también a la tertulia de su presencia, y por fin don Inocencio dio a su sobrino la señal de partida.

–Vamos, niño; vámonos, que es tarde –le dijo sonriendo–. ¡Cuánto has mareado a la pobre Rosarito!… ¿Verdad, niña? Anda, buena pieza, a casa pronto.

–Es hora de acostarse –dijo doña Perfecta.

–Hora de trabajar –repuso el abogadillo.

–Por más que le digo que despache de día los negocios –añadió el canónigo–, no hace caso.

–¡Son tantos los negocios…, pero tantos…!

–No; di más bien que esa endiablada obra en que te has metido… Él no lo quiere decir, señor don José; pero sepa usted que se ha puesto a escribir una obra sobre *La influencia de la mujer en la sociedad cristiana*, y además una *Ojeada sobre el movimiento católico en*… no sé dónde. ¿Qué entiendes tú de *ojeadas* ni de *influencias*?… Estos rapaces del día se atreven a todo. ¡Uf…, qué chicos!… Conque vámonos a casa. Buenas noches, señora doña Perfecta… Buenas noches, señor don José… Rosarito…

–Yo esperaré al señor don Cayetano –dijo Jacinto– para que me dé el *Augusto Nicolás*.

–¡Siempre cargando libros…, hombre!… A veces entras en casa que pareces un burro. Pues bien, esperemos.

–El señor don Jacinto –dijo Pepe Rey– no escribe a la ligera, y se prepara bien para que sus obras sean un tesoro de erudición.

–Pero ese niño va a enfermar de la cabeza, señor don Inocencio –objetó doña Perfecta–. Por Dios, mucho cuidado. Yo le pondría tasa en sus lecturas.

–Ya que esperamos –indicó el doctorcillo con notorio acento de presunción–, me llevaré también el tercer tomo de *Concilios*. ¿No le parece a usted, tío?…

–Hombre, sí; no dejes eso de la mano. Pues no faltaba más.

Felizmente llegó pronto el señor don Cayetano (que tertuliaba de ordinario en casa de don Lorenzo Ruiz) y, entregados los libros, marcháronse tío y sobrino.

Rey leyó en el triste semblante de su prima un deseo muy vivo de hablarle. Acercóse a ella mientras doña Perfecta y don Cayetano trataban a solas de un negocio doméstico.

leaving the house empty, and very soon all that remained of the mayoress was an echo like the buzzing in the ears following the recent passing of a storm. The judge also deprived the gathering of his presence and finally Don Inocencio gave his nephew the signal to depart.

'Come, boy, come; it's late,' he said smiling. 'How you've made poor Rosarito dizzy! Isn't that so, child? Come on, you rogue, straight home.'

'It's time for bed,' said Doña Perfecta.

'Time for work,' responded the little lawyer.

'However much I tell him to finish his business during the day,' added the canon, 'he doesn't listen.'

'There's so much to get through … so much …!'

'No, it's more a case of that devilish work you've got involved with … He doesn't want to say it, Señor Don José, but he's begun writing a work on *The Influence of Woman in Christian Society*, and, in addition to that, *A Glance at the Catholic Movement in* … I don't know where. What do you know about glances or influences? … These youngsters of today aren't afraid of anything. Oh … what boys! Well, let's go home. Good night, Señora Doña Perfecta … good night, Señor Don José … Rosarito …'

'I'll wait for Señor Don Cayetano,' said Jacinto, 'to give me his Auguste Nicolas.'[25]

'Always carrying books … Sometimes you come into the house laden like a donkey. All right, then, let's wait.'

'Señor Don Jacinto doesn't write rashly,' said Pepe Rey; 'and he's preparing properly for his works to be treasures of erudition.'

'But that boy will get sick in the head, Señor Don Inocencio,' objected Doña Perfecta. 'For Heaven's sake be careful! I'd set a limit to his reading.'

'Since we're waiting,' said the little doctor in a tone of insufferable conceit, 'I'll take the third volume of *Concilios* too. What do you think, uncle?'

'Yes, of course. Don't let go of it. That's all we need.'

Fortunately Señor Don Cayetano (who generally spent his evenings at Don Lorenzo Ruiz's house) soon arrived and, with the books in their arms, uncle and nephew departed.

Rey read in his cousin's sad face a keen desire to speak to him. He approached her while Doña Perfecta and Don Cayetano were discussing some domestic matter on their own.

–Has ofendido a mamá –le dijo Rosario.

Sus facciones indicaban terror.

–Es verdad –repuso el joven–. He ofendido a tu mamá; te he ofendido a ti...

–No; a mí no. Ya se me figuraba a mí que el Niño Jesús no debe gastar calzones.

– Pero espero que una y otra me perdonarán. Tu mamá me ha manifestado hace poco tanta bondad ...

La voz de doña Perfecta vibró de súbito en el ámbito del comedor con tan discorde acento que el sobrino se estremeció cual si oyese un grito de alarma. La voz dijo imperiosamente:

–¡Rosario, vete a acostar!

Turbada y llena de congoja, la muchacha dio varias vueltas por la habitación, haciendo como que buscaba alguna cosa. Con todo disimulo pronunció al pasar por junto a su primo estas vagas palabras...

–Mamá está enojada...

–Pero...

–Está enojada...; no te fíes, no te fíes.

Y se marchó. Siguióle después doña Perfecta, a quien aguardaba el tío Licurgo, y durante un rato las voces de la señora y del aldeano oyéronse confundidas en familiar conferencia. Quedóse sólo Pepe con don Cayetano, el cual, tomando una luz, habló así:

–Buenas noches, Pepe. No crea usted que voy a dormir; voy a trabajar... Pero, ¿por qué está usted tan meditabundo? ¿Qué tiene usted?... Pues sí, a trabajar. Estoy sacando apuntes para un *Discurso-Memoria* sobre los *Linajes de Orbajosa*. He encontrado datos y noticias de grandísimo precio. No hay que darle vueltas. En todas las épocas de nuestra historia los orbajosenses se han distinguido por su hidalguía, por su nobleza, por su valor, por su entendimiento. Díganlo, si no, la conquista de Méjico, las guerras del Emperador, las de Felipe contra herejes... Pero, ¿está usted malo? ¿Qué le pasa a usted?... Pues sí, teólogos eminentes, bravos guerreros, conquistadores, santos, obispos, poetas, políticos, toda suerte de hombres esclarecidos florecieron en esta humilde tierra del ajo... No, no hay en la cristiandad pueblo más ilustre que el nuestro. Sus virtudes y sus glorias llenan toda la historia patria y aún sobre algo... Vamos, veo que lo que usted tiene es sueño. Buenas noches... Pues sí, no cambiaría la gloria de ser hijo de esta noble tierra por todo el oro del mundo. *Augusta* llamáronla los antiguos, *augustísima* la llamo yo ahora, porque ahora, como entonces, la hidalguía, la

'You've offended mother,' said Rosarito.

Her features expressed terror.

'It's true,' responded the young man; 'I've offended your mother. I've offended you ...'

'No, not me. It had already occurred to me that the Infant Jesus shouldn't be wearing pants.'

'But I hope you'll both forgive me. Your mother's been so good to me recently.'

Doña Perfecta's voice suddenly vibrated through the dining room with so discordant a tone that her nephew started as if he had heard a cry of alarm. The voice said imperiously:

'Rosario, go to bed!'

Alarmed and distressed, the girl made several turns around the room as though looking for something. As she passed by her cousin she cautiously whispered these vague words:

'Mother's angry ...'

'But ...'

'She's angry ... be on your guard, be on your guard.'

Then she left. Her mother, for whom Uncle Licurgo was waiting, followed her, and for some time the voices of Doña Perfecta and the countryman were heard mingled together in close conference. Pepe was left with Don Cayetano who, taking a light, spoke thus:

'Good night, Pepe. But don't suppose I'm going to sleep; I'm going to work ... But why are you so thoughtful? What's the matter? ... Anyway, to work. I'm making notes for a paper on the genealogy of Orbajosa. I've already found data and information of the greatest value. There can be no dispute about it. In every period of our history the people of Orbajosa have been distinguished for their sense of honour, their nobility, their valour, their intellect. The conquest of Mexico, the Wars of the Emperor, the wars of Philip against the heretics testify to this ... Are you ill? What's the matter with you? ... As I say, eminent theologians, valiant warriors, conquistadors, saints, bishops, politicians, all sorts of illustrious men have flourished in this humble land of the garlic ... No, there's no town in Christendom more illustrious than ours. Its virtues and glories fill all the pages of our country's history and there's still some left over... Well, I can see what's wrong with you is that you're sleepy. Good night. As I say, I wouldn't exchange the glory of being a son of this noble earth for all the gold in the world. *Augusta*, the ancients called it and I now call it *Augustissima*, for now, as then, honour,

generosidad, el valor, la nobleza, son patrimonio de ella... Conque buenas noches, querido Pepe... Se me figura que usted no está bueno. ¿Le ha hecho daño la cena?... Razón tiene Alonso González de Bustamante en su *Floresta amena* al decir que los habitantes de Orbajosa bastan por sí solos para dar grandeza y honor a un reino. ¿No lo cree usted así?

–¡Oh!, sí, señor, sin duda ninguna –repuso Pepe Rey, dirigiéndose bruscamente a su cuarto.

11. La discordia crece

En los días sucesivos hizo Rey conocimiento con varias personas de la población y visitó el Casino, trabando amistades con algunos individuos de los que pasaban la vida en las salas de aquella corporación.

Pero la juventud de Orbajosa no vivía constantemente allí, como podrá suponer la malevolencia. Veíanse por las tardes, en la esquina de la catedral y en la plazoleta formada por el cruce de las calles del Condestable y la Tripería, algunos caballeros que, gallardamente envueltos en sus capas, estaban como de centinela viendo pasar la gente. Si el tiempo era bueno, aquellas eminentes lumbreras de la cultura *urbsaugustana* se dirigían, siempre con la indispensable capita, al titulado paseo de las Descalzas, el cual se componía de dos hileras de tísicos olmos y algunas retamas descoloridas. Allí, la brillante pléyade atisbaba a las niñas de don Fulano o de don Perencejo, que también habían ido a paseo, y la tarde se pasaba regularmente. Entrada la noche, el Casino se llenaba de nuevo, y mientras una parte de los socios entregaba su alto entendimiento a las delicias del monte, los otros leían periódicos, y los más discutían en la sala del café sobre asuntos de diversa índole, como política, caballos, toros, o bien sobre chismes locales. El resumen de todos los debates era siempre la supremacía de Orbajosa y de sus habitantes sobre los demás pueblos y gentes de la tierra.

Eran aquellos varones insignes lo más granado de la ilustre ciudad; propietarios ricos los unos, pobrísimos los otros, pero libres de altas aspiraciones todos. Tenían la imperturbable serenidad del mendigo que nada apetece mientras no le falta un mendrugo para engañar el hambre y buen sol para calentarse. Lo que principalmente distinguía a los orbajosenses del Casino era un sentimiento de viva hostilidad hacia todo lo que de fuera viniese. Y siempre que algún forastero de viso se presentaba en las augustas salas, creíanle venido a poner en duda la superioridad de la patria del ajo o a disputarle por envidia las preeminencias incontrovertibles que natura le concediera.

generosity, valour and nobility are its heritage ... Well, good night, dear Pepe ... But I fancy you're not well. Did the supper not suit you? ... Alonso González de Bustamante is right when he says in his *Floresta Amena* that the inhabitants of Orbajosa are themselves enough to confer greatness and honour on a kingdom. Don't you think so?'

'Oh, yes, señor, undoubtedly,' responded Pepe Rey, going abruptly towards his room.

11. The discord grows

During the following days Rey made the acquaintance of several people in the town and visited the Casino, forming friendships with some of the individuals who spent their lives in the rooms of that corporation.

But the youth of Orbajosa did not spend all their time there, as malicious gossip might suppose. In the afternoons several gentlemen, gracefully enveloped in their cloaks, could be seen on the corner by the cathedral and in the little plaza formed by the junction of the calle del Condestable and the calle de la Tripería, standing there like sentinels watching the people pass by. If the weather was fine those shining lights of Urbsaugustan culture, always in their indispensable capes, headed for the promenade called the paseo de las Descalzas, composed of two rows of consumptive elms and some faded broom. There the distinguished gathering watched Mr So-and-so's daughters also out for a walk, and the afternoon passed tolerably. In the evening the Casino filled up again, and while some of the members gave their lofty minds to the delights of cards, others read newspapers and most of them discussed in the coffee-room various kinds of subjects such as politics, horses, bulls or local gossip. The result of every debate was the renewed conviction of the supremacy of Orbajosa and its inhabitants over all the other towns and peoples in the land.

These distinguished men were the cream of the illustrious city; some rich landowners, others very poor, but all free from lofty aspirations. They had the imperturbable tranquillity of the beggar who desires nothing more so long as he has a crust of bread to cheat hunger and the sun to warm him. What chiefly distinguished the Orbajosans of the Casino was a bitter hostility towards all outsiders. And whenever any stranger of note appeared in its august halls, they believed he had come to cast doubt on the superiority of the land of garlic or to dispute out of envy the incontrovertible advantages which nature had granted her.

Cuando Pepe Rey se presentó, recibiéronle con cierto recelo, y como en el Casino abundaba la gente graciosa, al cuarto de hora de estar allí el nuevo socio ya se habían dicho acerca de él toda suerte de cuchufletas. Cuando a las reiteradas preguntas de los socios contestó que había venido a Orbajosa con encargo de explorar la cuenca hullera del Nahara y estudiar un camino, todos convinieron en que el señor don José era un fatuo que quería darse tono inventando criaderos de carbón y vías férreas. Alguno añadió:

–Pero en buena parte se ha metido. Estos señores sabios creen que aquí somos tontos y que se nos engaña con palabrotas… Ha venido a casarse con la niña de doña Perfecta, y cuanto diga de cuencas hulleras es para echar facha.

–Pues esta mañana –indicó otro, que era un comerciante quebrado– me dijeron en casa de las de Domínguez que ese señor no tiene una peseta, y viene a que su tía le mantenga y a ver si puede pescar a Rosarito.

–Parece que ni es tal ingeniero ni cosa que lo valga –añadió un propietario de olivos, que tenía empeñadas sus fincas por el doble de lo que valían–. Pero ya se ve… Estos hambrientos de Madrid se gozan en engañar a los pobres provincianos, y como creen que aquí andamos con taparrabo, amigo…

–Bien se le conoce que tiene hambre.

–Pues entre bromas y veras nos dijo anoche que somos unos bárbaros holgazanes.

–Que vivimos como los beduinos, tomando el sol.

–Que vivimos con la imaginación.

–Eso es: que vivimos con la imaginación.

–Y que esta ciudad es lo mismito que las de Marruecos.

–Hombre, no hay paciencia para oír eso. ¿Dónde habrá visto él, como no sea en París, una calle semejante a la del Adelantado, que presenta un frente de siete casas alineadas, todas magníficas, desde la de doña Perfecta a la de Nicolasito Hernández?… Se figuran estos canallas que uno no ha visto nada, ni ha estado en París…

–También dijo con mucha delicadeza que Orbajosa es un pueblo de mendigos, y dio a entender que aquí vivimos en la mayor miseria sin darnos cuenta de ello.

–¡Válgame Dios! Si me lo llega a decir a mí, hay un escándalo en el Casino – exclamó el recaudador de contribuciones–. ¿Por qué no le dijeron la cantidad de arrobas de aceite que produjo Orbajosa el año pasado? ¿No sabe ese estúpido que en años buenos Orbajosa da pan para toda España y aun para toda Europa? Verdad que ya llevamos no sé cuántos años de mala cosecha; pero eso no es ley. Pues, ¿y la cosecha del ajo? ¿A que no sabe ese

When Pepe Rey appeared he was received with some suspicion, and as witty people abounded in the Casino all sorts of jokes had been made about the new member within a quarter of an hour of his being there. When in answer to the reiterated questions of the members he said he had come to Orbajosa with a commission to explore the basin of the Nahara for coal and to survey a road, they all agreed that Señor Don José was a conceited fellow who wished to put on airs by inventing coal beds and railroads. Someone added:

'He's come to a bad place for that, then. These wise guys think we're all fools here and taken in with big words … He's come to marry Doña Perfecta's daughter, and all that talk about coal beds is for appearance.'

'Well, this morning,' pointed out a bankrupt merchant, 'they told me at the Dominguez's house that this gentleman hasn't a peseta and that he's come here so his aunt will support him and to see if he can catch Rosarito.'

'It seems he's no engineer nor anything like one,' added an olive-grower whose plantations were mortgaged for double their value. 'But you can see … These starvelings from Madrid enjoy deceiving poor provincials, and as they think we go around in loincloths here, my friend …'

'Everyone knows he's hungry.'

'Well, he told us last night, half-jokingly, that we're lazy barbarians.'

'That we live like Bedouins, sunning ourselves.'

'That we live in our imagination.'

'That's it: we're living in our imagination.'

'And this city is just like ones in Morocco.'

'Well, no one's got the patience to hear that. Where else will he have seen – unless it was Paris – a street like the Adelantado featuring seven houses in a row, all of them magnificent, from Doña Perfecta's to Nicolasito Hernández's …? These rascals think we haven't seen anything, or ever been in Paris …'

'He also said with great delicacy that Orbajosa is a town of beggars, and he gave us to understand we're living here in the utmost squalor without realising it.'

'Oh, my God! If he ever says that to me there'll be a scandal in the Casino,' exclaimed the tax collector. 'Why didn't they tell him just how much oil Orbajosa produced last year? Doesn't that fool know that in good years Orbajosa supplies all Spain and even all Europe with bread? It's true we've had I don't know how many years of bad harvest, but that's not the rule. What about the garlic

señor que los ajos de Orbajosa dejaron bizcos a los señores del jurado en la Exposición de Londres?

Estos y otros diálogos se oían en las salas del Casino por aquellos días. A pesar de estas hablillas, tan comunes en los pueblos pequeños, que por lo mismo que son enanos suelen ser soberbios, Rey no dejó de encontrar amigos sinceros en la docta corporación, pues ni todos eran maldicientes ni faltaban allí personas de buen sentido. Pero tenía el ingeniero la desgracia, si desgracia puede llamarse, de manifestar sus impresiones con inusitada franqueza, y esto le atrajo algunas antipatías.

Iban pasando días. Además del natural disgusto que las costumbres de la sociedad episcopal le producían, diversas causas, todas desagradables, empezaban a desarrollar en su ánimo honda tristeza, siendo de notar principalmente, entre aquellas causas, la turba de pleiteantes que, cual enjambre voraz, se arrojó sobre él. No era sólo el tío Licurgo, sino otros muchos colindantes, los que le reclamaban daños y perjuicios o bien le pedían cuentas de tierras administradas por su abuelo. También le presentaron una demanda por no sé qué contrato de aparcería que celebró su madre y no fue, al parecer, cumplido, y asimismo le exigieron el reconocimiento de una hipoteca sobre las tierras de Alamillos, hecha en extraño documento por su tío. Era una inmunda gusanera de pleitos. Había hecho propósito de renunciar a la propiedad de sus fincas; pero entretanto su dignidad le obligaba a no ceder ante las marrullerías de los sagaces palurdos; y como el Ayuntamiento le reclamó también por supuesta confusión de su finca con un inmediato monte de Propios, viose el desgraciado joven en el caso de tener que disipar las dudas que acerca de su derecho surgían a cada paso. Su honra estaba comprometida, y no había otro remedio que pleitear o morir.

Habíale prometido doña Perfecta, en su magnanimidad, ayudarle a salir de tan torpes líos por medio de un arreglo amistoso; pero pasaban días y los buenos oficios de la ejemplar señora no daban resultado alguno. Crecían los pleitos con la amenazadora presteza de una enfermedad fulminante. Pasaba el joven largas horas del día en el juzgado dando declaraciones, contestando a preguntas y a repreguntas, y cuando a su casa se retiraba, fatigado y colérico, veía aparecer la afilada y grotesca carátula del escribano, que le traía regular porción de papel sellado lleno de horribles fórmulas… para que fuese estudiando la cuestión.

Se comprende que aquél no era hombre a propósito para sufrir tales reveses, pudiendo evitarlos con la ausencia. Representábase en su imaginación a la noble ciudad de su madre como una horrible bestia que en él clavaba sus

harvest? I bet that gentleman doesn't know that the garlic of Orbajosa left the judges at the London Exhibition open-mouthed!'

These and other dialogues could be heard in the rooms of the Casino during those days. In spite of this gossip, so common in little towns which, because they are small are usually arrogant, Rey still made sincere friends among the members of the learned corporation, for not all were slanderers, nor was there a lack of people of good sense there. But the engineer had the misfortune – if it can be called misfortune – to show his feelings with unusual frankness, and this attracted some antipathy towards him.

Days passed by. As well as the natural displeasure which the social customs of the episcopal city produced in him, various causes, all of them disagreeable, began to develop in his mind a deep sadness, chief among these causes being the crowd of litigants that swarmed about him like voracious ants. Many other neighbouring landowners besides Uncle Licurgo claimed damages from him or asked for accounts for lands administered by his grandfather. They also brought against him some share-cropping contract signed by his mother and which had apparently not been fulfilled; likewise he was required to acknowledge a mortgage on the estate of The Poplars executed in an irregular form by his uncle. It was a maggoty breeding ground for lawsuits. He had decided to renounce the ownership of his lands, but meanwhile his dignity required that he should not yield to the artful rustics' wily manoeuvres; and as the town-council brought a claim against him too – on account of a supposed confusion of the boundary lines of his estate with those of an adjoining wood belonging to the town-lands – the unfortunate young man found himself at every step obliged to prove his rights, which were being continually called in question. His honour was engaged and he had no alternative but to defend his rights to the death.

Doña Perfecta had promised in her magnanimity to help him free himself from these disgraceful plots by means of an amicable agreement; but days passed by and the good offices of the exemplary lady produced no results whatever. The lawsuits multiplied with the menacing speed of a violent illness. The young man spent hour after hour at court, making declarations and answering questions over and over again, and when he returned home tired and angry he was met by the sharp features and grotesque mask of the notary who had brought him a daily portion of stamped papers full of horrible formulas … that he might further study the question.

He was clearly not a man to suffer such annoyances when he might avoid them by absence. His mother's noble city appeared in his imagination like

feroces uñas y le bebía la sangre. Para librarse de ella bastábale, según su creencia, la fuga; pero un interés profundo, como interés del corazón, le detenía, atándole a la peña de su martirio con lazos muy fuertes. No obstante, llegó a sentirse tan fuera de su centro, llegó a verse tan extranjero, digámoslo así, en aquella tenebrosa ciudad de pleitos, de antiguallas, de envidia y de maledicencia, que hizo propósito de abandonarla sin dilación, insistiendo al mismo tiempo en el proyecto que a ella le condujera. Una mañana, encontrando ocasión a propósito, formuló su plan ante doña Perfecta.

–Sobrino mío –repuso la señora, con su acostumbrada dulzura–, no seas arrebatado. Vaya, que pareces de fuego. Lo mismo era tu padre; ¡qué hombre! Eres una centella… Ya te he dicho que con muchísimo gusto te llamaré hijo mío. Aunque no tuvieras las buenas cualidades y el talento que te distinguen, salvo los defectillos, que también los hay; aunque no fueras un excelente joven, basta que esta unión haya sido propuesta por tu padre, a quien tanto debemos mi hija y yo, para que la acepte. Rosario no se opondrá tampoco, queriéndolo yo. ¿Qué falta, pues? Nada; no falta nada más que un poco de tiempo. Nadie se casa con la precipitación que tú deseas, y que daría lugar a interpretaciones quizás desfavorables a la honra de mi querida hija… Vaya, que tú, como no piensas más que en máquinas, todo lo quieres hacer al vapor. Espera, hombre, espera… ¿Qué prisa tienes? Ese aborrecimiento que le has cogido a nuestra pobre Orbajosa es un capricho. Ya se ve: no puedes vivir sino entre condes y marqueses, entre oradores y diplomáticos… ¡Quieres casarte y separarme de mi hija para siempre! –añadió, enjugándose una lágrima–. Ya que así es, inconsiderado joven, ten al menos la caridad de retardar algún tiempo esa boda que tanto deseas… ¡Qué impaciencia! ¡Qué amor tan fuerte! No creí que una pobre lugareña como mi hija inspirase pasión tan volcánica.

No convencieron a Pepe Rey los razonamientos de su tía; pero no quiso contrariarla. Resolvió, pues, esperar cuanto le fuere posible. Una nueva causa de disgustos unióse bien pronto a los que ya amargaban su existencia. Hacía dos semanas que estaba en Orbajosa, y durante este tiempo no había recibido ninguna carta de su padre. No podía achacar esto a descuidos de la Administración de correos de Orbajosa, porque, siendo el funcionario encargado de aquel servicio amigo y protegido de doña Perfecta, ésta le recomendaba diariamente el mayor cuidado para que las cartas dirigidas a su sobrino no se extraviasen. También iba a la casa el conductor de la correspondencia, llamado Cristóbal Ramos, por apodo Caballuco, personaje

a horrible beast which had fastened its ferocious claws in him and was drinking his blood. To free himself from it nothing more was necessary, he believed, than flight; but a deep interest, such as the interest of the heart, kept him there, binding him to the rock of his martyrdom with very strong bonds. However, he had come to feel so out of place, to regard himself as such an outsider, so to speak, in that gloomy city of lawsuits, old-fashioned customs, envy and slander that he resolved to leave it without further delay, whilst clinging to the project which had brought him there. One morning, finding a suitable occasion, he expressed his plan to Doña Perfecta.

'My dear nephew,' responded that lady with her accustomed sweetness, 'don't be rash. Why! You're like fire. Your father was the same. What a man! You're a flash ... I've already told you I'll be very happy to call you my son. Even if you didn't have the good qualities and talent which distinguish you (except for the little defects, which you also have); even if you weren't an excellent young man, it's enough that this union was suggested by your father – to whom both my daughter and I owe so much – for me to accept it. And if I want it Rosario won't oppose it either. What's lacking, then? Nothing. Just a little time. No one marries with the haste you desire and which might, perhaps, give rise to interpretations discreditable to my dear daughter's honour ... But as you think only of machines, you want everything done by steam. Wait, wait ... What's your hurry? This hatred of yours for our poor Orbajosa is a whim. It's obvious you can only live among counts and marquises, orators and diplomats ... You want to get married and separate me from my daughter forever,' she added, wiping away a tear. 'Since that's the case, inconsiderate boy, at least have the charity to delay for a little this marriage you want so much. What impatience! What ardent love! I wouldn't have believed that a poor country girl like my daughter could inspire such a volcanic passion.'

His aunt's arguments did not convince Pepe Rey, but he refused to contradict her. He resolved, therefore, to wait as long as he could. A new cause of anxiety was soon added to those already embittering his existence. He had been in Orbajosa for two weeks and during that time he had received no letter from his father. He could not attribute this to carelessness on the part of the Orbajosa General Post Office, because the official in charge of that service was a friend and protégé of Doña Perfecta who, every day, advised him to take the greatest care that letters addressed to her nephew did not go astray. The letter-carrier, named Cristóbal Ramos, with the nickname Caballuco – a character we have already met – also went to the house, and

a quien ya conocimos, y a éste solía dirigir doña Perfecta amonestaciones y reprimendas tan enérgicas como la siguiente:

–¡Bonito servicio de correos tenéis!… ¿Cómo es que mi sobrino no ha recibido una sola carta desde que está en Orbajosa?… Cuando la conducción de la correspondencia corre a cargo de semejante tarambana, ¡cómo han de andar las cosas! Yo le hablaré al señor gobernador de la provincia para que mire bien qué clase de gente pone en la Administración.

Caballuco, alzando los hombros, miraba a Rey con expresión de completa indiferencia. Un día entró con un pliego en la mano.

–¡Gracias a Dios! –dijo doña Perfecta a su sobrino–. Ahí tienes cartas de tu padre. Regocíjate, hombre. Buen susto nos hemos llevado por la pereza de mi señor hermano en escribir… ¿Qué dice? Está bueno, sin duda –añadió, al ver que Pepe Rey abría el pliego con febril impaciencia.

El ingeniero se puso pálido al recorrer las primeras líneas.

–¡Jesús, Pepe!… ¿Qué tienes? –exclamó la señora levantándose con zozobra–. ¿Está malo tu papá?

–Esta carta no es de mi padre –repuso Pepe, revelando en su semblante la mayor consternación.

–¿Pues qué es eso?

–Una orden del Ministerio de Fomento, en que se me releva del cargo que me confiaron…

–¡Cómo!… ¿es posible?

–Una destitución pura y simple, redactada en términos muy poco lisonjeros para mí.

–¿Hase visto mayor picardía? –exclamó la señora volviendo de su estupor.

–¡Qué humillación! –murmuró el joven–. Es la primera vez en mi vida que recibo un desaire semejante.

–¡Pero ese Gobierno no tiene perdón de Dios! ¡Desairarte a ti! ¿Quieres que yo escriba a Madrid? Tengo allí buenas relaciones y podré conseguir que el Gobierno repare esa falta brutal y te dé una satisfacción.

–Gracias, señora; no quiero recomendaciones –replicó el joven con displicencia.

–¡Es que se ven unas injusticias, unos atropellos!… ¡Destituir así a un joven de tanto mérito, a una eminencia científica…! ¡Vamos, si no puedo contener la cólera!

–Yo averiguaré –dijo Pepe con la mayor energía– quién se ocupa de hacerme daño…

to him Doña Perfecta was wont to address warnings and reprimands as energetic as the following:

'A fine mail service you have! How come my nephew hasn't received a single letter since he's been in Orbajosa? … When the mail delivery is entrusted to such a harebrain, how else can things be expected to go? I'll speak to the governor of the province so that he's careful what kind of people he puts in office.'

Caballuco, shrugging his shoulders, looked at Rey with an expression of complete indifference. One day he entered the house with a letter in his hand.

'Thank Heaven!' said Doña Perfecta to her nephew. 'Here are letters from your father. Rejoice! A pretty fright we've had through my brother's laziness about writing … What does he say? He's well, no doubt,' she added, seeing that Pepe Rey opened the letter with feverish impatience.

The engineer turned pale as he glanced over the first lines.

'Heavens, Pepe … what's the matter?' exclaimed the señora getting up in alarm. 'Is your father ill?'

'This letter's not from my father,' replied Pepe, his face showing the greatest consternation.

'What is it, then?'

'An order from the Minister of Public Works, relieving me from the charge which was confided to me.'

'What! … Is that possible?'

'A dismissal pure and simple, expressed in terms very unflattering to me.'

'Was there ever anything so unjust?' said the señora coming round from her amazement.

'What humiliation!' murmured the young man. 'It's the first time in my life I've received an affront like this.'

'But this Government is unforgivable! To slight you! Do you want me to write to Madrid? I've good friends there, and I'll be able to get the Government to make amends for this brutal offence and give you satisfaction.'

'Thanks, señora, I don't want any recommendations,' said the young man in an offhand manner.

'But you see such injustice and abuse! … To discharge in this way a young man of such merit, an eminent scientist! Why, I cannot contain my anger!'

'I'll find out,' said Pepe with the greatest energy, 'in whose interest it is to do me harm …'

–Ese señor ministro… Pero de estos politiquejos infames, ¿qué puede esperarse?

–Aquí hay alguien que se ha propuesto hacerme morir de desesperación –afirmó el joven visiblemente alterado–. Esto no es obra del ministro; ésta y otras contrariedades que experimento son resultado de un plan de venganza, de un cálculo desconocido, de una enemistad irreconciliable; y este plan, este cálculo, esta enemistad, no lo dude usted, querida tía, están aquí, en Orbajosa.

–Tú te has vuelto loco –replicó doña Perfecta, demostrando un sentimiento semejante a la compasión–. ¿Que tienes enemigos en Orbajosa? ¿Que alguien quiere vengarse de ti? Vamos, Pepe, tú has perdido el juicio. Las lecturas de esos libracos en que se dice que tenemos por abuelos a los monos o a las cotorras te han trastornado la cabeza.

Sonrió con dulzura al decir la última frase y después, tomando un tono de familiar y cariñosa amonestación, añadió:

–Hijo mío, los habitantes de Orbajosa seremos palurdos y toscos labriegos sin instrucción, sin finura ni buen tono, pero a lealtad y buena fe no nos gana nadie, nadie, pero nadie.

–No crea usted –dijo Rey– que acuso a las personas de esta casa. Pero sostengo que en la ciudad está mi implacable y fiero enemigo.

–Deseo que me enseñes ese traidor de melodrama –repuso la señora, sonriendo de nuevo–. Supongo que no acusarás a Licurgo ni a los demás que litigan, porque los pobrecitos creen defender su derecho. Y, entre paréntesis, no les falta razón en el caso presente. Además, el tío Lucas te quiere mucho. Así mismo me lo ha dicho. Desde que te conoció, le entraste por el ojo derecho, y el pobre viejo te ha tomado un cariño…

–¡Sí…, profundo cariño! –murmuró Pepe.

–No seas tonto –añadió la señora poniéndole la mano en el hombro y mirándole de cerca–. No pienses disparates y convéncete de que tu enemigo, si existe, está en Madrid, en aquel centro de corrupción, de envidia y rivalidades, no en este pacífico y sosegado rincón, donde todo es buena voluntad y concordia… Sin duda, algún envidioso de tu mérito… Te advierto una cosa, y es que si quieres ir allá para averiguar la causa de este desaire y pedir explicaciones al Gobierno, no dejes de hacerlo por nosotras.

Pepe Rey fijó los ojos en el semblante de su tía, cual si escudriñarla quisiera hasta lo más escondido de su alma.

–Digo que si quieres ir, no dejes de hacerlo –repitió la señora con calma admirable, confundiéndose en la expresión de su semblante la naturalidad con la honradez más pura.

'That minister … But what's to be expected from those odious politicasters?'

'There's someone here who's intent on making me die of desperation,' declared the young man visibly disturbed. 'This isn't the work of the minister. This and other obstacles I'm experiencing are the result of a plan of revenge, an unknown calculation, an irreconcilable enmity; and this plan, this calculation, this enemy is undoubtedly here in Orbajosa, dear aunt.'

'You're out of your mind,' replied Doña Perfecta, with a sentiment similar to compassion. 'You've got enemies in Orbajosa? Someone wants to revenge himself on you? Come, Pepe, you've lost your senses. Reading those trashy books which say we have monkeys or parrots for ancestors has addled your brain.'

She smiled sweetly as she uttered the last words and then, taking a tone of familiar and affectionate admonition, added:

'My dear boy, we might be rude and boorish rustics in Orbajosa, without learning, without polish or fine manners; but in loyalty and good faith no one beats us, no one, I say, no one.'

'Don't suppose,' said the young man, 'that I accuse anyone in this house. But I maintain that my implacable and cruel enemy is in this city.'

'I'd like you to show me this traitor straight out of melodrama,' responded Doña Perfecta, smiling again. 'I suppose you won't accuse Uncle Licurgo nor any of the others suing you, for the poor things believe they're defending their rights. And between ourselves, they're not without reason in the present case. Besides, Uncle Licurgo likes you a lot. He's told me so himself. From the moment he met you, you became the apple of his eye and the poor old man has become attached to you …'

'Oh, yes … very attached!' murmured Pepe.

'Don't be foolish,' continued his aunt, putting her hand on his shoulder and looking at him closely. 'Don't think absurdities and rest assured that your enemy, if he exists, is in Madrid, in that centre of corruption, envy and rivalries, not in this peaceful and tranquil corner where all is goodwill and concord … No doubt it's someone envious of your merit … I'll tell you something, and that is if you want to go there to find out the cause of this affront and ask the Government for an explanation, don't fail to do so on our account.'

Pepe Rey fixed his eyes on his aunt's face, as if he wished to scrutinise it to the inmost depths of her soul.

'I say if you want to go, do so,' repeated the señora with admirable serenity, the expression on her face a mixture of naturalness and the purest honesty.

–No, señora. No pienso ir allá.

–Mejor; ésa es también mi opinión. Aquí estás más tranquilo, a pesar de las cavilaciones con que te atormentas. ¡Pobre Pepe! Tu entendimiento, tu descomunal entendimiento, es la causa de tu desgracia. Nosotros, los de Orbajosa, pobres rústicos, vivimos felices en nuestra ignorancia. Me disgusta que no estés contento. ¿Pero es culpa mía que te aburras y desesperes sin motivo? ¿No te trato como a un hijo? ¿No te he recibido como la esperanza de mi casa? ¿Puedo hacer más por ti? Si, a pesar de eso, no nos quieres, si nos muestras tanto despego, si te burlas de nuestra religiosidad, si haces desprecios a nuestros amigos, ¿es acaso porque no te tratemos bien?

Los ojos de doña Perfecta se humedecieron.

–Querida tía –dijo Rey, sintiendo que se disipaba su encono–. También yo he cometido algunas faltas desde que soy huésped de esta casa.

–No seas tonto… ¡Qué faltas ni faltas! Entre personas de la misma familia todo se perdona.

–Pero Rosario, ¿dónde está? –preguntó el joven, levantándose–. ¿Tampoco la veré hoy?

–Está mejor. ¿Sabes que no ha querido bajar?

–Subiré yo.

–Hombre, no. ¡Esa niña tiene unas terquedades…! Hoy se ha empeñado en no salir de su cuarto. Se ha encerrado por dentro.

–¡Qué rareza!

–Se le pasará. Seguramente se le pasará. Veremos si esta noche le quitamos de la cabeza sus ideas melancólicas. Organizaremos una tertulia que la divierta. ¿Por qué no te vas a casa del señor don Inocencio y le dices que venga por acá esta noche y que traiga a Jacintillo?

–¡A Jacintillo!

–Sí; cuando a Rosario le dan estos accesos de melancolía, ese jovencito es el único que la distrae.

–Pero yo subiré…

–Hombre, no.

–Veo que no faltan etiquetas en esta casa.

–Te burlas de nosotros. Haz lo que te digo.

–Pues quiero verla.

–Pues no. ¡Qué mal conoces a la niña!

–Yo creí conocerla bien… Bueno, me quedaré… Pero esta soledad es horrible.

–Ahí tienes al señor escribano.

'No, señora. I'm not thinking of going there.'

'Better off – that's my opinion too. You're more tranquil here, in spite of the suspicions with which you're tormenting yourself. Poor Pepe! Your intelligence, your unusual intelligence, is the cause of your misfortune. We poor rustics in Orbajosa are happy in our ignorance. It upsets me that you're not happy. But is it my fault you're bored and desperate for no reason? Don't I treat you like a son? Have I not received you like the hope of my house? Can I do any more for you? If, in spite of this, you don't like us, if you show us so much indifference, if you laugh at our piety, if you have contempt for our friends, is it because we don't treat you well?'

Doña Perfecta's eyes grew moist.

'My dear aunt,' said Pepe, feeling his anger dissipate. 'I too have made mistakes since I've been a guest in this house.'

'Don't be foolish … Mistakes? What are you talking about? Among members of the same family everything is forgiven'

'But where's Rosario?' asked the young man, rising. 'Won't I see her today, either?'

'She's better. Do you know that she didn't want to come downstairs?'

'I'll go up.'

'No. That girl has some obstinate notions! Today she's determined not to leave her room. She's locked herself in.'

'How strange!'

'She'll get over it. I'm sure she'll get over it. We'll see if we can get these melancholy thoughts out of her head tonight. We'll organise a party to amuse her. Why don't you go to Don Inocencio's house and tell him to come here tonight and bring Jacintillo?'

'Jacintillo!'

'Yes. Whenever Rosarito has these fits of melancholy, that young man is the only person who can amuse her.'

'But I'll go up …'

'No.'

'I see there's no shortage of etiquette in this house!'

'You're making fun of us. Do as I say.'

'But I want to see her.'

'No. How little you know the girl!'

'I thought I knew her well … I'll stay here, then … But this solitude is horrible.'

'Here comes the notary.'

–Maldito sea mil veces.

–Y me parece que ha entrado también el señor procurador… Es un excelente sujeto.

–Así le ahorcaran.

–Hombre, los asuntos de intereses, cuando son propios, sirven de distracción. Alguien llega… Me parece que es el perito agrónomo. Ya tienes para un rato.

–¡Para un rato de infierno!

–Hola, hola; si no me engaño, el tío Licurgo y el tío Pasolargo acaban de entrar. Puede que vengan a proponerte un arreglo.

–Me arrojaré al estanque.

–¡Qué descastado eres! ¡Pues todos ellos te quieren tanto!… Vamos, para que nada falte ahí está también el alguacil. Viene a citarte.

–A crucificarme.

Todos los personajes nombrados fueron entrando en la sala.

–Adiós, Pepe, que te diviertas –dijo doña Perfecta.

–¡Trágame, tierra! –exclamó el joven con desesperación.

–Señor don José…

–Mi querido señor don José…

–Estimable señor don José…

–Señor don José de mi alma…

–Mi respetable amigo señor don José…

Al oír estas almibaradas insinuaciones, Pepe Rey exhaló un hondo suspiro y se entregó. Entregó su cuerpo y su alma a los sayones, que esgrimieron horribles hojas de papel sellado, mientras la víctima, elevando los ojos al cielo, decía para sí con cristiana mansedumbre: «Padre mío, ¿por qué me has abandonado?»

12. *Aquí fue Troya*

Amor, amistad, aire sano para la respiración moral, luz para el alma, simpatía, fácil comercio de ideas y de sensaciones era lo que Pepe Rey necesitaba de una manera imperiosa. No teniéndolo, aumentaban las sombras que envolvían su espíritu, y la lobreguez interior daba a su trato displicencia y amargura. Al día siguiente de las escenas referidas en el capítulo anterior mortificóle más que nada el ya demasiado largo y misterioso encierro de su prima, motivado, al parecer, primero por una enfermedad sin importancia; después, por capricho y nerviosidades de difícil explicación.

'A thousand curses upon him!'

'And I think the attorney has just come in too … He's an excellent person.'

'Let him be hanged!'

'But business affairs, when they're your own, serve as a distraction. Someone is coming … I think it's the agricultural expert. That'll keep you busy a while.'

'A while in hell!'

'Hello, hello. If I'm not mistaken, Uncle Licurgo and Uncle Pasolargo have just come. Perhaps they've come to offer a compromise.'

'I'll throw myself in the pond first!'

'You're so cold! And they're all so fond of you! … Well, just so that nothing's missing, there's the constable too. He's coming to summons you.'

'To crucify me.'

All the individuals named were entering the drawing room.

'Goodbye, Pepe, enjoy yourself,' said Doña Perfecta.

'Earth, open and swallow me!' exclaimed the young man desperately.

'Señor Don José …'

'My dear Don José …'

'Esteemed Don José …'

'My dearest Don José …'

'My respected friend, Don José …'

Hearing these honeyed and insinuating preliminaries, Pepe Rey exhaled a deep sigh and gave himself up. He gave himself up, body and soul, to the executioners wielding horrible leaves of stamped paper while the victim, raising his eyes to heaven, said to himself with Christian humility: 'Father, why hast thou forsaken me?'

12. Here was Troy

What Pepe Rey desperately needed was love, friendship, a healthy atmosphere for moral sustenance, light for his soul, sympathy, an easy exchange of ideas and feelings. Deprived of them, the shadows enveloping his soul deepened and his inner gloom imparted an offhand and bitter quality to his manner. On the day following the scenes described in the preceding chapter, what mortified him more than anything was the already overlong and mysterious confinement of his cousin, apparently due at first to a trifling indisposition, and then to whims and nervousness difficult to explain.

Extrañaba Rey conducta tan contraria a la idea que había formado de Rosarito. Habían transcurrido cuatro días sin verla, no ciertamente porque a él le faltasen deseos de estar a su lado; y tal situación comenzaba a ser desairada y ridícula, si con un acto de firme iniciativa no ponía remedio en ello.

–¿Tampoco hoy veré a mi prima? –preguntó de mal talante a su tía cuando concluyeron de comer.

–Tampoco. ¡Sabe Dios cuánto lo siento!… Bastante le he predicado hoy. A la tarde veremos…

La sospecha de que en tan injustificado encierro su adorable prima era más bien víctima sin defensa que autora resuelta con actividad propia e iniciativa, le indujo a contenerse y esperar. Sin esta sospecha, hubiera partido aquel mismo día. No tenía duda alguna de ser amado por Rosario; mas era evidente que una presión desconocida actuaba entre los dos para separarles, y parecía propio de varón honrado averiguar de quién procedía aquella fuerza maligna y contrarrestarla hasta donde alcanzara la voluntad humana.

–Espero que la obstinación de Rosario no durará mucho –dijo a doña Perfecta, disimulando sus verdaderos sentimientos.

Aquel día tuvo una carta de su padre, en la cual éste se quejaba de no haber recibido ninguna de Orbajosa, circunstancia que aumentó las inquietudes del ingeniero, confundiéndole más. Por último, después de vagar largo rato solo por la huerta de la casa, salió y fue al Casino. Entró en él como un desesperado que se arroja al mar.

Encontró en las principales salas a varias personas que charlaban y discutían. En un grupo desentrañaban con lógica sutil difíciles problemas de toros; en otro disertaban sobre cuáles eran los mejores burros entre las castas de Orbajosa y Villahorrenda. Hastiado hasta lo sumo, Pepe Rey abandonó estos debates y se dirigió a la sala de periódicos, donde hojeó varias revistas, sin encontrar deleite en la lectura; y poco después, pasando de sala en sala, fue a parar, sin saber cómo, a la del juego. Cerca de dos horas estuvo en las garras del horrible demonio amarillo, cuyos resplandecientes ojos de oro producen tormento y fascinación. Ni aun las emociones del juego alteraron el sombrío estado de su alma, y el tedio que antes le empujara hacia el verde tapete apartóle también de él. Huyendo del bullicio, dio con su cuerpo en una estancia destinada a tertulia, en la cual a la sazón no había alma viviente, y con indolencia se sentó junto a la ventana de ella, mirando a la calle.

Rey was surprised by conduct so contrary to the idea he had formed of Rosarito. Four days had passed by without his seeing her, certainly not because he lacked the desire to be at her side; and such a situation began to be humiliating and ridiculous if he did not remedy it by boldly taking the initiative.

'Shan't I see my cousin today, either?' he asked his aunt ill-humouredly when they had finished eating.

'No, not today. Heaven knows how sorry I am! … I've given her quite a good talking to today. We'll see this afternoon …'

The suspicion that in this unreasonable seclusion his adorable cousin was a helpless victim rather than a stubborn agent acting on her own initiative induced him to control himself and wait. Had it not been for this suspicion he would have left that very day. He had no doubt that Rosario loved him; but it was obvious that some unknown influence was at work to separate them, and it seemed fitting for an honourable man to establish from whom that malign influence emanated and to oppose it as far as it was in his will.

'I hope Rosarito's stubbornness won't last long,' he said to Doña Perfecta, hiding his true feelings.

That day he had a letter from his father complaining about not having received any from Orbajosa, a circumstance which increased the engineer's concerns and further confused him. Finally, after wandering alone in the garden for a long time, he left the house and went to the Casino. He entered it like a desperate man throwing himself into the sea.

In the main rooms he found various people talking and discussing. In one group they were unravelling with subtle logic difficult problems relating to bullfighting; in another they were discussing which were the best donkeys among the breeds of Orbajosa and Villahorrenda. Bored to the last degree, Pepe Rey turned away from these discussions and headed for the reading room where he leafed through various magazines without finding any pleasure in the reading; and a little later, going from room to room, he ended up in the game room without knowing how he had got there. For nearly two hours he was in the clutches of the horrible yellow demon whose shining gold eyes produce torment and fascination. But not even the excitement of gambling could leaven the gloom in his soul, and the same tedium which had impelled him towards the green cloth also sent him away from it. Shunning the noise, he found himself in an apartment used as an assembly-room, where at the time there was no living soul, and here he seated himself wearily at a window overlooking the street.

Era ésta angostísima y con más ángulos y recodos que casas, sombreada toda por la pavorosa catedral, que al extremo alzaba su negro muro carcomido. Pepe Rey miró a todos lados, arriba y abajo, y observó un plácido silencio de sepulcro; ni un paso, ni una voz, ni una mirada. De pronto hirieron su oído rumores extraños, como cuchicheo de femeniles labios, y después el chirrido de cortinajes que se corrían, algunas palabras y, por fin, el tararear suave de una canción, el ladrido de un falderillo y otras señales de existencia social, que parecían muy singulares en tal sitio. Observando bien, Pepe Rey vio que tales rumores procedían de un enorme balcón con celosías que, frente por frente a la ventana, mostraba su corpulenta fábrica. No había concluido sus observaciones cuando un socio del Casino apareció de súbito a su lado, y riendo le interpeló de este modo:

–¡Ah!, señor don Pepe, ¡picarón! ¿Se ha encerrado usted aquí para hacer cocos a las niñas?

El que esto decía era don Juan Tafetán, un sujeto amabilísimo y de los pocos que habían manifestado a Rey en el Casino cordial amistad y verdadera admiración. Con su carilla bermellonada, su bigotejo teñido de negro, sus ojuelos vivarachos, su estatura mezquina, su pelo con gran estudio peinado para ocultar la calvicie, don Juan Tafetán presentaba una figura bastante diferente de la de Antínóo; pero era muy simpático, tenía mucho gracejo y felicísimo ingenio para contar aventuras graciosas. Reía mucho, y al hacerlo, su cara se cubría toda, desde la frente a la barba, de grotescas arrugas. A pesar de estas cualidades y del aplauso que debía estimular su disposición a las picantes burlas, no era maldiciente. Queríanle todos, y Pepe Rey pasaba con él ratos agradables. El pobre Tafetán, empleado antaño en la Administración civil de la capital de la provincia, vivía modestamente de su sueldo en la Secretaría de Beneficencia, y completaba su pasar tocando gallardamente el clarinete en las procesiones, en las solemnidades de la catedral y en el teatro, cuando alguna traílla de desesperados cómicos aparecía por aquellos países con el alevoso propósito de dar funciones en Orbajosa.

Pero lo más singular en don Juan Tafetán era su afición a las muchachas guapas. Él mismo, cuando no ocultaba su calvicie con seis pelos llenos de pomada, cuando no se teñía el bigote, cuando andaba derechito y espigado por la poca pesadumbre de los años, había sido un tenorio formidable. Oírle contar sus conquistas era cosa de morirse de risa, porque hay tenorios de tenorios, y aquél fue de los más originales.

This was very narrow and with more corners and salient angles than houses, overshaded throughout its whole extent by the imposing mass of the cathedral lifting its dark and time-corroded walls at one end of it. Pepe Rey looked all around, up and down, and observed the placid silence of the grave: not a footstep, not a voice, not a glance. Suddenly his ears caught strange noises like the whispering of feminine lips, and then the rustling of curtains being drawn, a few words and finally the soft humming of a song, the bark of a little lap dog, and other signs of social life which seemed very strange in such a place. Paying close attention, Pepe Rey saw that these noises came from an enormous balcony with blinds which displayed its bulky form in front of the window. He had not finished his observations when a member of the Casino suddenly appeared at his side and accosted him laughingly in this manner:

'Ah, Señor Don Pepe, you rogue! Have you shut yourself up in here to make eyes at the girls?'

The speaker was Don Juan Tafetán, a very amiable man and one of the few members of the Casino who had shown cordial friendship and real admiration towards Rey. With his red cheeks, his little moustache dyed black, his bright eyes, his insignificant figure, his hair carefully combed to hide his baldness, Don Juan Tafetán cut quite a different figure from that of Antinous;[26] but he was very nice, very witty and he had a happy gift for telling a good story. He laughed a lot, and when he did so his whole face, from forehead to chin, was covered in grotesque wrinkles. In spite of these qualities and the applause which might have stimulated his taste for spicy jokes, he was not a scandalmonger. Everyone liked him, and Pepe Rey spent many pleasant moments with him. Poor Tafetán, formerly an employee in the civil administration of the provincial capital, lived modestly on his salary in the Social Welfare Department eking out his income by gallantly playing the clarinet in parades, on solemn occasions in the cathedral, and in the theatre whenever some company of desperate actors appeared in those parts with the treacherous intention of performing in Orbajosa.

But the most curious thing about Don Juan Tafetán was his liking for pretty girls. He himself – before he hid his baldness with half a dozen hairs plastered down with pomade or dyed his moustache, when he walked straight and with head held high, unburdened by the sorrows of age – had been a formidable Don Juan.[27] To hear him recount his conquests was enough to make you die laughing, for there are womanisers and womanisers, and he was one of the most original.

–¿Qué niñas? Yo no veo niñas en ninguna parte –repuso Pepe Rey.

–Hágase usted el anacoreta.

Una de las celosías del balcón se abrió, dejando ver un rostro juvenil, encantador y risueño, que desapareció al instante como luz apagada por el viento.

–Ya, ya veo.

–¿No las conoce usted?

–Por mi vida que no.

–Son las Troyas, las niñas de Troya. Pues no conoce usted nada bueno… Tres chicas preciosísimas, hijas de un coronel del Estado Mayor de plaza, que murió en las calles de Madrid el 54.

La celosía se abrió de nuevo y comparecieron dos caras.

–Se están burlando de nosotros –dijo Tafetán, haciendo una seña amistosa a las niñas.

–¿Las conoce usted?

–¿Pues no las he de conocer? Las pobres están en la miseria. Yo no sé cómo viven. Cuando murió don Francisco Troya se hizo una suscripción para mantenerlas; pero esto duró poco.

–¡Pobres muchachas! Me figuro que no serán un modelo de honradez…

–¿Por qué no?… Yo no creo lo que en el pueblo se dice de ellas.

Funcionó de nuevo la celosía.

–Buenas tardes, niñas –gritó don Juan Tafetán dirigiéndose a las tres, que artísticamente agrupadas aparecieron–. Este caballero dice que lo bueno no debe esconderse, y que abran ustedes toda la celosía.

Pero la celosía se cerró, y alegre concierto de risas difundió una extraña alegría por la triste calle. Creeríase que pasaba una bandada de pájaros.

–¿Quiere usted que vayamos allá? –dijo de súbito Tafetán.

Sus ojos brillaban, y una sonrisa picaresca retozaba en sus amoratados labios.

–¿Pero qué clase de gente es ésa?

–Ande usted, señor de Rey… Las pobrecitas son honradas. ¡Bah! Si se alimentan del aire, como los camaleones. Diga usted: el que no come, ¿puede pecar? Bastante virtuosas son las infelices. Y si pecaran, limpiarían su conciencia con el gran ayuno que hacen.

–Pues vamos.

Un momento después, don Juan Tafetán y Pepe Rey entraron en la sala. El aspecto de la miseria, que con horribles esfuerzos pugnaba por no serlo,

'What girls? I don't see any girls,' responded Pepe Rey.

'Yes, pretend to be a recluse!'

One of the blinds on the balcony opened, giving a glimpse of a young, charming and smiling face which disappeared instantly like a light blown out by the wind.

'Yes, I see now.'

'Don't you know them?'

'No, upon my word.'

'They're the Troyas, the Troya girls. Then you don't know something good … Three very pretty girls, the daughters of a colonel on the General staff who died in the streets of Madrid in '54.'[28]

The blind opened again and two faces appeared.

'They're laughing at us,' said Tafetán, making a friendly sign to the girls.

'Do you know them?'

'Why, of course I know them. The poor things are destitute. I don't know how they live. When Don Francisco Troya died, a subscription was raised to support them, but that didn't last very long.'

'Poor girls! I imagine they're not models of virtue.'

'Why not? I don't believe what they say about them in town.'

Once again the blind moved.

'Good afternoon, girls!' cried Don Juan Tafetán to the three girls who appeared, artistically grouped, at the window. 'This gentleman says that good things ought not to be hidden, and that you should throw open the blinds.'

But the blind closed and a merry concert of laughter spread a strange joy through the gloomy street. One might have thought a flock of birds was passing by.

'Do you want us to go there?' said Tafetán suddenly.

His eyes sparkled and a roguish smile played on his purplish lips.

'But what sort of people are they?'

'Go on, Señor de Rey … The poor little things are decent girls. Bah! They must live on air like chameleons. Tell me, can anyone who doesn't eat sin? The unfortunate girls are virtuous enough. And if they did sin, they'd clear their conscience with the strict fast they keep.'

'Let's go, then.'

A moment later Don Juan Tafetán and Pepe Rey entered the room. The sight of poverty desperately struggling to hide itself caused distress in the

afligió al joven. Las tres muchachas eran muy lindas, principalmente las dos más pequeñas, morenas, pálidas, de negros ojos y sutil talle. Bien vestidas y bien calzadas habrían parecido retoños de duquesa en candidatura para entroncar con príncipes.

Cuando la visita entró, las tres se quedaron muy cortadas; pero bien pronto mostraron la índole de su genial frívolo y alegre. Vivían en la miseria, como los pájaros en la prisión, sin dejar de cantar tras los hierros, lo mismo que en la opulencia del bosque. Pasaban el día cosiendo, lo cual indicaba, por lo menos, un principio de honradez; pero en Orbajosa ninguna persona de su posición se trataba con ellas. Estaban, hasta cierto punto, proscritas, degradadas, acordonadas, lo cual indicaba también algún motivo de escándalo. Pero en honor de la verdad, debe decirse que la mala reputación de las Troyas consistía, más que nada, en su fama de chismosas, enredadoras, traviesas y despreocupadas. Dirigían anónimos a graves personas; ponían motes a todo viviente de Orbajosa, desde el obispo al último zascandil; tiraban piedrecitas a los transeúntes; chicheaban escondidas tras las rejas para reírse con la confusión y azoramiento del que pasaba; sabían todos los sucesos de la vecindad, para lo cual tenían en constante uso los tragaluces y agujeros todos de la parte alta de la casa; cantaban de noche en el balcón; se vestían de máscara en Carnaval para meterse en las casas más alcurniadas, con otras majaderías y libertades propias de los pueblos pequeños. Pero cualquiera que fuese la razón, ello es que el agraciado triunvirato troyano tenía sobre sí un estigma de esos que, una vez puestos por susceptible vecindario, acompañan implacablemente hasta más allá de la tumba.

–¿Éste es el caballero que dicen ha venido a sacar minas de oro? – preguntó una.

–¿Y a derribar la catedral para hacer con las piedras de ella una fábrica de zapatos? –añadió otra.

–¿Y a quitar de Orbajosa la siembra del ajo para poner algodón o el árbol de la canela?

Pepe no pudo reprimir la risa ante tales despropósitos.

–No viene sino a hacer una recolección de niñas bonitas para llevárselas a Madrid –dijo Tafetán.

–¡Ay! ¡De buena gana me iría! –exclamó una.

–A las tres, a las tres me las llevo –afirmó Pepe–. Pero sepamos una cosa: ¿por qué se reían ustedes de mí cuando estaba en la ventana del Casino?

Tales palabras fueron la señal de nuevas risas.

young man. The three girls were very pretty, especially the two younger ones, who were dark-haired with pale skin, black eyes and slender figures. If they had been well dressed and well shod, they would have looked like the daughters of a duchess, worthy matches for princes.

When the visitors entered, the three girls were quite abashed, but very soon their naturally gay and frivolous dispositions became apparent. They lived in poverty, as birds live in confinement, singing behind iron bars as they would sing in a luxuriant forest. They spent the day sewing, which showed at least honourable principles; but no one of their social standing in Orbajosa had any dealings with them. They were, to a certain extent, ostracised, looked down upon, sidelined, which also gave cause for scandal. But, with respect for the truth, it must be said that the Troyas' bad name consisted more than anything else of the reputation they had for being gossips, troublemakers, pranksters and carefree. They sent anonymous letters to important people and gave nicknames to every living being in Orbajosa, from the bishop down to the last ne'er-do-well; they threw pebbles at passers-by and hissed from behind the window bars, in order to laugh at the confusion and alarm of those in the street; they knew everything going on in the neighbourhood through constant use of every skylight and opening in the upper part of the house; they sang at night on the balcony and wore masks at Carnival time in order to get into the best houses, along with other pranks and liberties common to small towns. But whatever the reason, the fact remains that the charming Troya triumvirate carried the kind of stigma that, once attached to anyone by impressionable neighbours, accompanies that person even beyond the grave.

'Is this the gentleman they say has come to discover gold mines?' asked one.

'And to tear down the cathedral to make a shoe factory from the stones?' added another.

'And to take away Orbajosa's garlic crop to plant cotton or cinnamon trees?'

Pepe could not help laughing at such nonsense.

'All he's come for is to make a collection of pretty girls to take back to Madrid,' said Tafetán.

'Ah! I'd be very glad to go!' cried one.

'I'll take the three of you, all three,' said Pepe. 'But let's hear about it: why were you laughing at me when I was at the Casino window?'

These words were the signal for renewed laughter.

–Éstas son unas tontas –dijo la mayor.

–Fue porque dijimos que usted se merece algo más que la niña de doña Perfecta.

–Fue porque ésta dijo que usted está perdiendo el tiempo, y que Rosarito no quiere sino gente de iglesia.

–¡Qué cosas tienes! Yo no he dicho tal cosa. Tú dijiste que este caballero es ateo luterano y entra en la catedral fumando y con el sombrero puesto.

–Pues yo no lo inventé –manifestó la menor–, que eso me lo dijo ayer *Suspiritos*.

–¿Y quién es esa Suspiritos que dice de mí tales tonterías?

–Suspiritos es… Suspiritos.

–Niñas mías –dijo Tafetán con semblante almibarado–. Por ahí va el naranjero. Llamadle, que os quiero convidar a naranjas.

Una de las tres llamó al vendedor.

La conversación entablada por las niñas desagradó bastante a Pepe Rey, disipando su impresión de contento entre aquella chusma alegre y comunicativa. No pudo, sin embargo, contener la risa cuando vio a don Juan Tafetán descolgar un guitarrillo y rasguearlo con la gracia y destreza de los años juveniles.

–Me han dicho que cantan ustedes a las mil maravillas –manifestó Rey.

–Que cante don Juan Tafetán.

–Yo no canto.

–Ni yo –dijo la segunda, ofreciendo al ingeniero algunos cascos de la naranja que acababa de mondar.

–María Juana, no abandones la costura –dijo la Troya mayor–. Es tarde y hay que acabar la sotana esta noche.

–Hoy no se trabaja. Al demonio las agujas –gritó Tafetán; y en seguida entonó una canción.

–La gente se para en la calle –dijo la Troya segunda, asomándose al balcón–. Los gritos de don Juan Tafetán se oyen desde la plaza… ¡Juana, Juana!

–¿Qué?

–Por la calle va Suspiritos.

La más pequeña voló al balcón.

–Tírale una cáscara de naranja.

Pepe Rey se asomó también; vio que por la calle pasaba una señora, y que, con diestra puntería, la menor de las Troyas le asestó un cascarazo en el moño. Después cerraron con precipitación, y las tres se esforzaban en

'These girls are silly,' said the eldest.

'It was because we said you deserve something better than Doña Perfecta's daughter.'

'It was because she said you're wasting your time and Rosarito loves only church people.'

'How absurd you are! I said nothing of the kind! You said this gentleman is a Lutheran atheist who goes into the cathedral smoking and with his hat on.'

'Well, I didn't make it up,' said the youngest. 'It's what *Suspiritos* told me yesterday.'

'And who is this Suspiritos who talks such nonsense about me?'

'Suspiritos is … Suspiritos.'

'Girls,' said Tafetán, with a smiling face. 'There goes the orange vender. Call him so I can get you some oranges.'

One of the thre girls called the orange vender.

The conversation started by the Troyas displeased Pepe Rey, dispelling his feeling of contentment among that gay and talkative company. However, he could not refrain from laughing when he saw Don Juan Tafetán take down a small guitar and strum it with the grace and skill of his youth.

'I've heard that you sing marvellously,' said Rey.

'Let Don Juan Tafetán sing.'

'I don't sing.'

'Nor I,' said the second girl, offering the engineer some pieces of the orange she had just peeled.

'María Juana, don't drop your sewing,' said the eldest Troya. 'It's late and the cassock must be finished tonight.'

'There's to be no work today. To the devil with needles,' cried Tafetán, and immediately he began a song.

'People are stopping in the street,' said the second Troya going out on the balcony. 'Don Juan Tafetán's shouts can be heard in the plaza … Juana, Juana!'

'What?'

'Suspiritos is coming down the street.'

The youngest flew to the balcony.

'Throw orange peel at her.'

Pepe Rey looked out too. He saw a lady walking down the street at whom the youngest of the Troyas, taking a skilful aim, threw a large piece of orange peel, which struck her straight on the back of the head. Then they hastily

sofocar convulsamente su risa para que no se oyera desde la vía pública.

–Hoy no se trabaja –gritó una, volcando de un puntapié la cesta de la costura.

–Es lo mismo que decir: «Mañana no se come» –añadió la mayor, recogiendo los enseres.

Pepe Rey se echó instintivamente mano al bolsillo. De buena gana les hubiera dado una limosna. El espectáculo de aquellas infelices huérfanas, condenadas por el mundo a causa de su frivolidad, le entristecía sobremanera. Si el único pecado de las Troyas, si el único desahogo con que compensaban su soledad, su pobreza y abandono, era tirar cortezas de naranja al transeúnte, bien se las podía disculpar. Quizás las austeras costumbres del poblachón en que vivían las habían preservado del vicio; pero las desgraciadas carecían de compostura y comedimiento, fórmula común y más visible del pudor, y bien podía suponerse que habían echado por la ventana algo más que cáscaras. Pepe Rey sentía hacia ellas una lástima profunda. Observó sus miserables vestidos, compuestos, arreglados y remendados de mil modos para que pareciesen nuevos; observó sus zapatos rotos…, y otra vez se llevó la mano al bolsillo.

«Podrá el vicio reinar aquí –dijo para sí–; pero las fisonomías, los muebles, todo me indica que éstos son los infelices restos de una familia honrada. Si estas pobres muchachas fueran tan malas como dicen, no vivirían tan pobremente ni trabajarían. ¡En Orbajosa hay hombres ricos!»

Las tres niñas se le acercaban sucesivamente. Iban de él al balcón, del balcón a él, sosteniendo conversación picante y ligera, que indicaba, fuerza es decirlo, una especie de inocencia en medio de tanta frivolidad y despreocupación.

–Señor don José, ¡qué excelente señora es doña Perfecta!

–Es la única persona de Orbajosa que no tiene apodo, la única de que no se habla mal en Orbajosa.

–Todos la respetan.

–Todos la adoran.

A estas frases el joven respondió con alabanzas de su tía; pero se le pasaban ganas de sacar dinero del bolsillo y decir: «María Juana, tome usted para unas botas. Pepa, tome para que se compre un vestido. Florentina, tome para que coman una semana…» Estuvo a punto de hacerlo como lo pensaba. En un momento en que las tres corrieron al balcón para ver quién pasaba, don Juan Tafetán se acercó a él, y en voz baja le dijo:

closed the blinds, and the three girls tried to stifle their laughter so it would not be heard in the street.

'There's no work today,' cried one, overturning the sewing-basket with the tip of her shoe.

'That's the same as saying, "There's no food tomorrow",' added the eldest, picking up the sewing materials.

Pepe Rey instinctively put his hand in his pocket. He would gladly have given them money. The sight of those poor orphans, condemned by the world because of their frivolity, saddened him beyond measure. If the only sin of the Troyas, the only pleasure with which they compensated for their solitude, poverty and neglect was to throw orange peel at the passer-by, they could be easily excused. Perhaps the austere customs of the wretched town in which they lived had kept them from vice, but the unfortunate girls lacked decorum and good breeding – the common and most visible signs of modesty – and it might well be supposed they had thrown something more than peel out of the window. Pepe Rey felt profound pity for them. He noticed their shabby clothes, repaired, fixed and patched in a thousand ways to make them look like new. He noticed their broken shoes … and once more put his hand in his pocket.

'Vice may reign here,' he said to himself, 'but the faces, the furniture, everything points to these being the unhappy remains of a respectable family. If these poor girls were as bad as people say, they wouldn't be living so poorly or working. There are rich men in Orbajosa.'

The three girls approached him one after the other. They went from the balcony to him, from him to the balcony, keeping up a spicy, light-hearted conversation which, it must be said, indicated a type of innocence in the midst of so much frivolity and unconventionality.

'Señor Don José, what an excellent lady Doña Perfecta is!'

'She's the only person in Orbajosa with no nickname, the only one who isn't spoken ill of in Orbajosa.'

'Everyone respects her.'

'Everyone adores her.'

The young man responded to these phrases by praising his aunt, but he still wanted to get money from his pocket and say: 'María Juana, take this for a pair of boots. Pepa, take this to buy yourself a dress. Florentina, take this so you can eat for a week …' He was on the point of putting his thoughts into action. At a moment when the three girls had run to the balcony to see who was passing, Don Juan Tafetán approached Rey and whispered to him:

–¡Qué monas son! ¿No es verdad?… ¡Pobres criaturas! Parece mentira que sean tan alegres cuando… bien puede asegurarse que hoy no han comido.

–¡Don Juan, don Juan! –gritó Pepilla–. Por ahí viene su amigo de usted, Nicolasito Hernández, o sea, Cirio Pascual, con su sombrero de tres picos. Viene rezando en voz baja, sin duda por las almas de los que ha mandado al hoyo con sus usuras.

–¿A que no le dicen ustedes el remoquete?

–¿A que sí?

–Juana, cierra las celosías. Dejémosle que pase, y cuando vaya por la esquina, yo gritaré: « *¡Cirio, Cirio Pascual!*…»

Don Juan Tafetán corrió al balcón.

–Venga usted, don José, para que conozca este tipo.

Pepe Rey aprovechó el momento en que las tres muchachas y don Juan se regocijaban en el balcón llamando a Nicolasito Hernández con el apodo que tanto le hacía rabiar, y, acercándose con toda cautela a uno de los costureros que en la sala había, colocó dentro de él media onza que le quedaba del juego.

Después corrió al balcón, a punto que las dos más pequeñas gritaban entre locas risas:

–*¡Cirio Pascual, Cirio Pascual!*

13. Un «casus belli»

Después de esta travesura, las tres entablaron con los caballeros una conversación tirada sobre asuntos y personas de la ciudad. El ingeniero, recelando que su fechoría se descubriese estando él presente, quiso marcharse, lo cual disgustó mucho a las Troyas. Una de éstas, que había salido fuera de la sala, regresó diciendo:

–Ya está Suspiritos en campaña colgando la ropa.

–Don José querrá verla –indicó otra.

–Es una señora muy guapa. Y ahora se peina a estilo de Madrid. Vengan ustedes.

Lleváronles al comedor de la casa (pieza de rarísimo uso), del cual se salía a un terrado, donde había algunos tiestos de flores y no pocos trastos abandonados y hechos añicos. Desde allí veíase el hondo patio de una casa colindante, con una galería llena de verdes enredaderas y hermosas macetas esmeradamente cuidadas. Todo indicaba allí una vivienda de gente modesta, pulcra y hacendosa.

'How cute they are! Aren't they? ... Poor creatures! It's incredible that they should be so cheerful when ... you can be quite sure they haven't eaten today.'

'Don Juan, Don Juan!' cried Pepilla. 'Here comes your friend, Nicolasito Hernández, in other words, Cirio Pascual, with this three-cornered hat. There he is praying to himself, no doubt for the souls of those his usury has sent to the grave.'

'I bet you don't call him by his nickname.'

'It's a bet.'

'Juana, shut the blinds. Let's wait until he passes, and when he's at the corner, I'll shout: "Cirio, Cirio Pascual!"'

Don Juan Tafetán ran to the balcony.

'Come here, Don José, so you can see this fellow.'

Pepe Rey took advantage of the moment when the three girls and Don Juan were making merry on the balcony, calling Nicolasito Hernández by the nickname which so enraged him, and cautiously approaching one of the sewing baskets in the room placed a gold coin left over from gambling in it.

Then he ran to the balcony just as the two younger girls were shouting amidst mad laughter:

'*Cirio Pascual, Cirio Pascual!*'

13. Casus belli

After this prank the three girls struck up a long conversation with the men about matters and people of the city. The engineer, fearing his exploit might be discovered while he was present, wanted to leave, much to the Troyas' displeasure. One of them who had left the room came back saying:

'Suspiritos is outside now hanging out the washing.'

'Don José will want to see her,' said another.

'She's a very beautiful woman. And now she does her hair in the Madrid style. Come on.'

They took them to the dining room of the house – a seldom used room – which opened onto a terrace where there were a few flowers in pots and many articles of abandoned and broken furniture. From there the deep patio of an adjoining house, with a gallery full of green vines and beautiful flowerpots carefully looked after, could be seen. Everything there showed it to be the abode of neat and industrious people of modest means.

Acercándose al borde de la azotea, las de Troya miraron atentamente a la casa vecina, e imponiendo silencio a los galanes, se retiraron luego a la parte del terrado, desde donde nada se veía ni había peligro de ser visto.

–Ahora sale de la despensa con un cazuelo de garbanzos –dijo María Juana estirando el cuello para ver un poco.

–¡Zas! –exclamó otra, arrojando una piedrecilla.

Oyóse el ruido del proyectil al chocar contra los cristales de la galería, y luego una colérica voz que gritaba:

–Ya nos han roto otro cristal esas...

Ocultas las tres en el rincón del terrado, junto a los dos caballeros, sofocaban la risa.

–La señora Suspiritos está muy incomodada –dijo Rey–. ¿Por qué la llaman así?

–Porque siempre que habla suspira entre palabra y palabra, y aunque de nada carece, siempre se está lamentando.

Hubo un momento de silencio en la casa de abajo. Pepita Troya atisbó con cautela.

–Allá viene otra vez –murmuró en voz baja, imponiendo silencio–. María, dame una china. A ver..., ¡zas!..., allá va.

–No le has acertado. Dio en el suelo.

–A ver si puedo yo... Esperaremos a que salga otra vez de la despensa.

–Ya, ya sale. En guardia, Florentina.

–¡A la una, a las dos, a las tres!... ¡Paf!...

Oyóse abajo un grito de dolor, un voto, una exclamación varonil, pues era un hombre el que la daba. Pepe Rey pudo distinguir claramente estas palabras:

–¡Demonche! Me han agujereado la cabeza esas... ¡Jacinto, Jacinto! ¿Pero qué canalla de vecindad es ésta...?

–¡Jesús, María y José, lo que he hecho! –exclamó llena de consternación Florentina–. Le di en la cabeza al señor don Inocencio.

–¿Al penitenciario? –dijo Pepe Rey.

–Sí.

–¿Vive en esa casa?

–¿Pues dónde ha de vivir?

–Esa señora de los suspiros...

–Es su sobrina, su ama o no sé qué. Nos divertimos con ella porque es muy cargante; pero con el señor penitenciario no solemos gastar bromas.

Approaching the edge of the flat roof, the Troya girls looked attentively at the neighbouring house and, imposing silence on the men, retreated to the part of the terrace from which there was nothing to see and no danger of being seen.

'She's coming out of the kitchen now with a pan of chickpeas,' said María Juana, stretching her neck a little to see.

'Ping!' cried another, throwing a pebble.

The noise of the projectile striking the panes was heard, and then an angry voice shouting:

'Now they've broken another pane, those ...'

The three girls, hidden in a corner of the terrace next to the two gentlemen, were stifling their laughter.

'Señora Suspiritos is very angry,' said Rey. 'Why do you call her that?'

'Because when she talks she sighs between every word, and even though she wants for nothing she's always complaining.'

There was a moment's silence in the house below. Pepita Troya peeped out cautiously.

'Here she comes again,' she whispered, imposing silence. 'María, give me a pebble. Let's see ... bang! ... there it goes!'

'You didn't hit her. It fell on the ground.'

'Let's see if I can manage. We'll wait till she comes out of the pantry again.'

'Now, she's coming out now. On guard, Florentina.'

'One, two, three! ... Wham!'

A cry of pain was heard below, a curse, an exclamation in a male voice, for it was a man who uttered it. Pepe Rey could clearly distinguish these words:

'The devil! They've made a hole in my head, those ... Jacinto, Jacinto! But what a riffraff neighbourhood this is!'

'Jesus, Mary and Joseph, what have I done!' exclaimed Florentina, full of consternation. 'I've hit Señor Don Inocencio on the head.'

'The Father Confessor?' said Pepe Rey.

'Yes.'

'Does he live in that house?'

'Where else would he live?'

'And that lady of the sighs...'

'Is his niece, his housekeeper or whatever. We amuse ourselves with her because she's very tiresome. But we don't usually play tricks on the Confessor.'

Mientras rápidamente se pronunciaban las palabras de este diálogo, Pepe Rey vio que frente al terrado, y muy cerca de él, se abrían los cristales de una ventana perteneciente a la misma casa bombardeada; vio que aparecía una cara risueña, una cara conocida, una cara cuya vista le aturdió y le consternó, y le puso pálido y trémulo. Era Jacintito, que, interrumpido en sus graves estudios, abrió la ventana de su despacho, presentándose en ella con la pluma en la oreja. Su rostro púdico, fresco y sonrosado, daba a tal aparición aspecto semejante al de una aurora.

–Buenas tardes, señor don José –dijo festivamente.

La voz de abajo gritaba de nuevo:

–¡Jacinto, pero Jacinto!

–Allá voy. Estaba saludando a un amigo…

–Vámonos, vámonos –gritó Florentina con zozobra–. El señor penitenciario va a subir al cuarto de *don Nominavito* y nos echará un responso.

–Vámonos, sí; cerremos la puerta del comedor.

Abandonaron en tropel el terrado.

–Debieron ustedes prever que Jacinto las vería desde su templo del saber –dijo Tafetán.

–Don Nominavito es amigo nuestro –repuso una de ellas–. Desde su templo de la ciencia nos dice a la calladita mil ternezas, y también nos echa besos volados.

–¿Jacinto? –preguntó el ingeniero–, ¿Pero qué endiablado nombre le han puesto ustedes?

–Don Nominavito.

Las tres rompieron a reír.

–Lo llamamos así porque es muy sabio.

–No; porque cuando nosotras éramos chicas, él era chico también; pues…, sí. Salíamos al terrado a jugar, y le sentíamos estudiando en voz alta sus lecciones.

–Sí, y todo el santo día estaba cantando.

–Declinando, mujer. Eso es: se ponía de este modo «*Nominavito rosa, Genivito, Davito, Acusavito*».

–Supongo que yo también tendré mi nombre postizo –dijo Pepe Rey.

–Que se lo diga a usted María Juana –replicó Florentina, ocultándose.

–¿Yo?… Díselo tú, Pepa.

–Usted no tiene nombre todavía, don José.

–Pero lo tendré. Prometo que vendré a saberlo, a recibir la confirmación –indicó el joven, con intención de retirarse.

While the words of this dialogue were being rapidly spoken Pepe Rey saw, facing the terrace and very near him, a window belonging to the bombarded house open. He saw a smiling face appear, a face he knew, a face which stunned and terrified him, made him turn pale and tremble. It was Jacintito who, interrupted in his grave studies, opened his study window, appearing in it with a pen behind his ear. His modest, fresh and rosy countenance appearing in this way gave him an aspect similar to that of dawn.

'Good afternoon, Señor Don José,' he said jovially.

The voice from below shouted again:

'Jacinto, Jacinto!'

'I'm coming. I was greeting a friend...'

'Let's go, let's go,' shouted Florentina anxiously. 'The Confessor is going up to Don Nominavite's room and he'll give us a blessing.'[29]

'Yes, let's go. We'll shut the dining room door.'

They rushed away from the terrace.

'You should have foreseen that Jacinto would see you from his temple of learning,' said Tafetán.

'Don Nominavite is our friend,' replied one of the girls. 'From his temple of science he says a great many sweet things to us on the quiet, and he blows us kisses too.'

'Jacinto?' asked the engineer. 'What the deuce is that name you've given him?'

'Don Nominavite.'

The three of them burst out laughing.

'We call him that because he's very learned.'

'No, because when we were little he was little too. Yes ... that's it. We used to go out on the terrace to play and we'd hear him studying his lessons aloud.'

'Yes, he spent the whole blessed day singing.'

'Declining, girl! That's it. He'd go like this: "*Nominavite*, rosa, *Genivite, Davite, Accusavite*".'

'I suppose I'll have my nickname too,' said Pepe Rey.

'Let María Juana tell you,' replied Florentina, hiding herself.

'Me? You tell him, Pepa.'

'You haven't any name yet, Don José.'

'But I shall have. I promise that I'll come to hear what it is, to receive confirmation,' said the young man, getting ready to go.

–¿Pero se va usted?

–Sí. Ya han perdido ustedes bastante tiempo. Niñas, a trabajar. Esto de arrojar piedras a los vecinos y a los transeúntes no es la ocupación más a propósito para unas jóvenes tan lindas y de tanto mérito… Conque abur…

Y sin esperar más razones ni hacer caso de los cumplidos de las muchachas, salió a toda prisa de la casa, dejando en ella a don Juan Tafetán.

La escena que había presenciado, la vejación sufrida por el canónigo, la inopinada presencia del doctorcillo aumentaron las confusiones, recelos y presentimientos desagradables que turbaban el alma del pobre ingeniero. Deploró con toda su alma haber entrado en casa de las Troyas, y resuelto a emplear mejor el tiempo, mientras su hipocondría le durase, recorrió las calles de la población.

Visitó el mercado, la calle de la Tripería, donde estaban las principales tiendas; observó los diversos aspectos que ofrecían la industria y comercio de la gran Orbajosa, y como no hallara sino nuevos motivos de aburrimiento, encaminóse al paseo de las Descalzas; pero no vio en él más que algunos perros vagabundos, porque con motivo del viento molestísimo que reinaba, caballeros y señoras se habían quedado en sus casas. Fue a la botica, donde hacían tertulia diversas especies de progresistas rumiantes, que estaban perpetuamente masticando un tema sin fin; pero allí se aburrió más. Pasaba al fin junto a la catedral cuando sintió el órgano y los hermosos cantos del coro. Entró, arrodillóse delante del altar mayor recordando las advertencias que acerca de la compostura dentro de la iglesia le hiciera su tía, visitó luego una capilla, y disponíase a entrar en otra cuando un acólito, celador o perrero, se le acercó, y con modales muy descorteses y descompuesto lenguaje, le habló así:

–Su Ilustrísima dice que se plante usted en la calle.

El ingeniero sintió que la sangre se agolpaba en su cerebro. Sin decir una palabra, obedeció. Arrojado de todas partes por fuerza superior o por su propio hastío, no tenía más recurso que ir a casa de su tía, donde le esperaban:

Primero: el tío Licurgo, para anunciarle un segundo pleito. Segundo: el señor don Cayetano, para leerle un nuevo trozo de su discurso sobre los linajes de Orbajosa. Tercero: Caballuco, para un asunto que no había manifestado. Cuarto: doña Perfecta y su sonrisa bondadosa, para lo que se verá en el capítulo siguiente.

'What, are you going?'

'Yes. You've wasted enough time already. To work, girls! Throwing stones at the neighbours and the passers-by isn't the most suitable occupation for such pretty and worthy young girls … So long, then…'

And without waiting for further reasons or taking notice of the girls' civilities, he dashed out of the house leaving Don Juan Tafetán behind.

The scene he had witnessed, the indignity suffered by the canon, the unexpected appearance of the little doctor of law increased the confusion, anxieties and disagreeable presentiments that already disturbed the poor engineer's soul. He regretted with all his soul having entered the Troyas' house and, determined to use his time better while his malaise lasted, he walked round the streets of the town.

He visited the market, the calle de la Tripería where the main shops were. He observed the various aspects presented by the industry and commerce of the great Orbajosa and, finding only new motives for boredom, headed in the direction of the paseo de las Descalzas; but there he saw only some stray dogs because, owing to the disagreeable wind which prevailed, gentlemen and ladies had remained at home. He went to the chemist's where various species of ruminant progressives, perpetually chewing the cud of an endless subject, had meetings; but he was even more bored there. At last he passed by the cathedral where he heard the organ and the beautiful chanting of the choir. He entered and knelt before the main altar, recalling the warnings his aunt had given him about his comportment in church; then he visited a chapel and was getting ready to enter another when an acolyte, warden or beadle approached him and, with a very rude manner and discourteous tone, spoke to him in this way:

'His Grace says to get out of the church.'

The engineer felt the blood rush to his face. Without saying a word he obeyed. Turned out everywhere, either by superior authority or his own boredom, he had no recourse but to return to his aunt's house, where awaiting him were:

First: Uncle Licurgo to notify him of a second lawsuit. Second: Señor Don Cayetano, to read him a new extract from his discourse on the genealogy of Orbajosa. Third: Caballuco, on an undisclosed matter. Fourth: Doña Perfecta and her benevolent smile, for which purpose will be seen in the following chapter.

14. La discordia sigue creciendo

Una nueva tentativa de ver a su prima Rosario fracasó al caer de la tarde. Pepe Rey se encerró en su cuarto para escribir varias cartas, y no podía apartar de su mente una idea fija.

–Esta noche o mañana –decía– se acabará esto de una manera o de otra.

Cuando le llamaron para la cena, doña Perfecta se dirigió a él en el comedor, diciéndole de buenas a primeras:

–Querido Pepe, no te apures; yo aplacaré al señor don Inocencio... Ya estoy enterada. María Remedios, que acaba de salir de aquí, me lo ha contado todo.

El semblante de la señora irradiaba satisfacción, semejante a la de un artista orgulloso de su obra.

–¿Qué?

–Yo te disculparé, hombre. Tomarías algunas copas en el Casino, ¿no es esto? He aquí el resultado de las malas compañías. ¡Don Juan Tafetán, las Troyas!... Esto es horrible, espantoso. ¿Has meditado bien...?

–Todo lo he meditado, señora –repuso Pepe, decidido a no entrar en discusiones con su tía.

–Me guardaré muy bien de escribirle a tu padre lo que has hecho.

–Puede usted escribirle lo que guste.

–Vamos: te defenderás desmintiéndome.

–Yo no desmiento.

–Luego confiesas que estuviste en casa de esas...

–Estuve.

–Y que les diste media onza, porque, según me ha dicho María Remedios, esta tarde bajó Florentina a la tienda del extremeño a que le cambiaran media onza. Ellas no podían haberla ganado con su costura. Tú estuviste hoy en casa de ellas; luego...

–Luego yo se la di. Perfectamente.

–¿No lo niegas?

–¡Qué he de negarlo! Creo que puedo hacer de mi dinero lo que mejor me convenga.

–Pero de seguro sostendrás que no apedreaste al señor penitenciario.

–Yo no apedreo.

–Quiero decir que ellas, en presencia tuya...

–Eso es otra cosa.

–E insultaron a la pobre María Remedios.

–Tampoco lo niego.

14. The discord continues to increase

A new attempt to see his cousin Rosario failed at the end of the afternoon. Pepe Rey shut himself in his room to write several letters, and he could not get a fixed idea out of his mind.

'Tonight or tomorrow,' he said, 'this will end one way or another.'

When he was called to supper, Doña Perfecta went up to him in the dining room and said without warning:

'Dear Pepe, don't worry; I'll pacify Señor Don Inocencio ... I know all about it. María Remedios, who's just left here, has told me everything.'

Doña Perfecta's countenance radiated satisfaction, like that of an artist proud of his work.

'What?'

'I'll forgive you. You probably had a few drinks in the Casino, isn't that so? That's the result of bad company. Don Juan Tafetán, the Troyas! This is horrible, frightful. Have you thought it through properly?'

'I've thought over everything, señora,' responded Pepe, determined not to enter into an argument with his aunt.

'I'll be careful not to write to your father about what you've done.'

'You can write whatever you please to him.'

'Come, you'll defend yourself by contradicting me.'

'I deny nothing.'

'So you confess you were in the house of those ...'

'I was.'

'And that you gave them a gold coin; for, according to what María Remedios has told me, Florentina went down to the Extremaduran's shop this afternoon to change a half *onza*. They couldn't have earned it with their sewing. You were in their house today, so ...'

'So I gave it to her. Precisely.'

'You don't deny it?'

'Why should I deny it? I think I can do whatever I please with my money.'

'But surely you'll maintain that you didn't throw stones at the Father Confessor.'

'I don't throw stones.'

'I mean that those girls, in your presence ...'

'That's another matter.'

'And they insulted poor María Remedios.'

'I don't deny that either.'

–¿Y cómo justificarás tu conducta? Pepe…, por Dios… No dices nada; no te arrepientes, no protestas…, no…

–Nada, absolutamente nada, señora.

–Ni siquiera procuras desagraviarme.

–Yo no he agraviado a usted…

–Vamos, ya no te falta más que… Hombre, coge ese palo y pégame.

–Yo no pego.

–¡Qué falta de respeto! ¡Qué…! ¿No cenas?

–Cenaré.

Hubo una pausa de más de un cuarto de hora. Don Cayetano, doña Perfecta y Pepe Rey comían en silencio. Éste se interrumpió cuando don Inocencio entró en el comedor.

–¡Cuánto lo he sentido, señor don José de mi alma!… Créame usted que lo he sentido de veras –dijo, estrechando la mano al joven y mirándole con expresión de lástima.

El ingeniero no supo qué contestar; tanta era su confusión.

–Me refiero al suceso de esta tarde.

–¡Ah!… Ya.

–A la expulsión de usted del sagrado recinto de la iglesia catedral.

–El señor obispo –dijo Pepe Rey– debía pensarlo mucho antes de arrojar a un cristiano de la iglesia.

–Y es verdad; yo no sé quién le ha metido en la cabeza a Su Ilustrísima que usted es hombre de malísimas costumbres; yo no sé quién le ha dicho que usted hace alarde de ateísmo en todas partes; que se burla de cosas y personas sagradas, y aun que proyecta derribar la catedral para edificar con sus piedras una gran fábrica de alquitrán; yo he procurado disuadirle, pero Su Ilustrísima es un poco terco.

–Gracias por tanta bondad.

–Y eso que el señor penitenciario no tiene motivos para guardarte tales consideraciones. Por poco más le dejan en el sitio esta tarde.

–¡Bah!… ¿Pues qué? –dijo el sacerdote riendo–. ¿Ya se tiene aquí noticia de la travesurilla?… Apuesto a que María Remedios vino con el cuento. Pues se lo prohibí, se lo prohibí de un modo terminante. La cosa en sí no vale la pena. ¿No es verdad, señor de Rey?

–Puesto que usted así lo juzga…

–Ése es mi parecer. Cosas de muchachos… La juventud, digan lo que

'And how will you justify your conduct? Pepe ... for Heaven's sake ... You're not saying anything; you're not sorry, you don't protest ... you don't ...'

'Nothing, absolutely nothing, señora!'

'You don't even try to make amends to me.'

'I haven't offended you...'

'Why, the only thing left for you to do is ...there, take that stick and beat me.'

'I don't beat people.'

'What a lack of respect! What ... aren't you having any supper?'

'I'll eat supper.'

There was a pause of more than a quarter of an hour. Don Cayetano, Doña Perfecta and Pepe Rey ate in silence. This was interrupted when Don Inocencio entered the dining room.

'How sorry I was, my dear Señor Don José! ... Believe me, I was truly sorry,' he said, pressing the young man's hand and looking at him with a sorrowful expression.

The engineer could not respond, so great was his confusion.

'I'm referring to the events of this afternoon.'

'Ah! ... Yes!'

'To your expulsion from the sacred precincts of the cathedral.'

'The bishop,' said Pepe Rey, 'should think a while before throwing a Christian out of the church.'

'That's true. I don't know who's put it into His Grace's head that you're a man of very bad habits. I don't know who's told him that you go around vaunting your atheism, that you make fun of sacred things and persons, and even that you're planning to pull down the cathedral to build a large tar factory with the stones. I've tried to dissuade him, but His Grace is a little obstinate.'

'Thanks for so much kindness.'

'And the Father Confessor has no reason to show you such consideration. They almost killed him on the spot this afternoon.'

'Bah! ... What of it?' said the priest laughing. 'Do you already know about that little prank here? ... I bet María Remedios came here with the story. And I forbade her, I strictly forbade her. The thing in itself is of no consequence. Isn't that so, Señor de Rey?'

'Since you think so...'

'That's what I think. Childish things ... Youth, whatever the moderns

quieran los modernos, se inclina al vicio y a las acciones viciosas. El señor don José, persona de grandes prendas, no podía ser perfecto... ¿Qué tiene de particular que esas graciosas niñas le sedujeran, y, después de sacarle el dinero, le hicieran cómplice de sus desvergonzados y criminales insultos a la vecindad? Querido amigo mío, por la dolorosa parte que me cupo en los juegos de esta tarde –añadió, llevándose la mano a la región lastimada– no me doy por ofendido, ni siquiera mortificaré a usted con recuerdos de tan desagradable incidente. He sentido verdadera pena al saber que María Remedios había venido a contarlo todo... ¡Es tan chismosa mi sobrina!... ¿Apostamos a que también contó lo de la media onza, y los retozos de usted con las niñas en el tejado, y las carreras y pellizcos y el bailoteo de don Juan Tafetán?... ¡Bah! Estas cosas debieran quedar en secreto.

Pepe Rey no sabía lo que le mortificaba más: si la severidad de su tía o las hipócritas condescendencias del canónigo.

–¿Por qué no se han de decir? –indicó la señora–. Él mismo no parece avergonzado de su conducta. Sépanlo todos. Únicamente se guardará secreto de esto a mi querida hija, porque en su estado nervioso son temibles los accesos de cólera.

–Vamos, que no es para tanto, señora –añadió el penitenciario–. Mi opinión es que no se vuelva a hablar del asunto, y cuando esto lo dice el que recibió la pedrada, los demás pueden darse por satisfechos... Y no fue broma lo del trastazo, señor don José, pues creí que me abrían un boquete en el casco y que se me salían por él los sesos...

–¡Cuánto siento este incidente! –balbució Pepe Rey–. Me causa verdadera pena, a pesar de no haber tomado parte...

–La visita de usted a esas señoras Troyas llamará la atención en el pueblo –dijo el canónigo–. Aquí no estamos en Madrid, señores; aquí no estamos en ese centro de corrupción, de escándalo...

–Allá puedes visitar los lugares más inmundos –manifestó doña Perfecta– sin que nadie lo sepa.

–Aquí nos miramos mucho –prosiguió don Inocencio–. Reparamos todo lo que hacen los vecinos, y con tal sistema de vigilancia la moral pública se sostiene a conveniente altura... Créame usted, amigo mío, créame usted; y no digo esto por mortificarle: usted ha sido el primer caballero de su posición que a la luz del día..., el primero, sí señor... *Trojæ qui primus ab oris.*

Después se echó a reír, dando algunas palmadas en la espalda al ingeniero en señal de amistad y benevolencia.

–¡Cuán grato es para mí –dijo el joven, encubriendo su cólera con las

like to say, is inclined to vice and vicious actions. Señor de Rey, who is a person of great talent, couldn't be perfect ... What's so remarkable about those pretty girls seducing him and, after getting money out of him, making him an accomplice in their shameless and criminal insults to the neighbours? My dear friend, for the painful part that I had in this afternoon's sport,' he added, raising his hand to the wounded spot, 'I'm not offended, and I won't even embarrass you by referring to such a disagreeable incident. I was truly sorry to find out that María Remedios had come here to tell everything ... My niece is such a gossip! ... I bet she told about the gold coin too, and your frolics with the girls on the terrace, and the chasing about, the pinches and Don Juan Tafetán's capers ... Bah! These things should remain secret.'

Pepe Rey did not know which humiliated him more: his aunt's severity or the canon's hypocritical condescension.

'Why shouldn't they be spoken about?' said Doña Perfecta. 'He doesn't seem ashamed of his conduct himself. Let everyone know. Only from my dear daughter will it be kept secret because, in her nervous state, outbursts of anger are dangerous.'

'Come, it's not as serious as all that, señora,' added the Father Confessor. 'In my opinion the matter shouldn't be mentioned again, and when the one who was struck by the stone says that, the rest can be satisfied ... And the blow was no joke, Señor Don José, for I thought they'd split my head open and my brains were oozing out.'

'I'm so sorry about that incident!' stammered Pepe Rey. 'It causes me real pain, despite having taken no part...'

'Your visit to those Troya women will draw attention in the town,' said the canon. 'We're not in Madrid here, gentlemen; we're not in that centre of corruption, of scandal...'

'There you can visit the vilest places without anyone knowing it,' declared Doña Perfecta.

'Here we watch each other a lot,' continued Don Inocencio. 'We take notice of everything our neighbours do, and with such a system of vigilance public morals are maintained at an appropriate high level... Believe me, my friend, believe me; and I'm not saying this to humiliate you. You're the first gentleman of your position who, in broad daylight ... the first, yes, sir ... *Trojæ qui primus ab oris*.'

Then he burst out laughing, slapping the engineer on the back in token of friendship and benevolence.

'How grateful I am,' said the young man, concealing his anger beneath

palabras que creyó más oportunas para contestar a la solapada ironía de sus interlocutores– ver tanta generosidad y tolerancia, cuando yo merecía por mi criminal proceder…!

–¿Pues qué? A un individuo que es de nuestra propia sangre y que lleva nuestro mismo nombre –dijo doña Perfecta–, ¿se le puede tratar como a un cualquiera? Eres mi sobrino, eres hijo del mejor y más santo de los hombres, mi querido hermano Juan, y esto basta. Ayer tarde estuvo aquí el secretario del señor obispo a manifestarme que Su Ilustrísima está muy disgustado porque te tengo en mi casa.

–¿También eso? –murmuró el canónigo.

–También eso. Yo dije que, salvo el respeto que el señor obispo me merece y lo mucho que le quiero y reverencio, mi sobrino es mi sobrino y no puedo echarle de mi casa.

–Es una nueva singularidad que encuentro en este país –dijo Pepe Rey, pálido de ira–. Por lo visto, aquí el obispo gobierna las casas ajenas.

–Es un bendito. Me quiere tanto que se le figura…, se le figura que nos vas a comunicar tu ateísmo, tu despreocupación, tus raras ideas… Repetidas veces le he dicho que tienes un fondo excelente.

–Al talento superior debe siempre concedérsele algo –manifestó don Inocencio.

–Y esta mañana, cuando estuve en casa de las de Cirujeda, ¡ay!, tú no puedes figurarte cómo me pusieron la cabeza… Que si habías venido a derribar la catedral, que si eras comisionado de los protestantes ingleses para ir predicando la herejía por España, que pasabas la noche entera jugando en el Casino, que salías borracho… «Pero señoras –les dije–, ¿quieren ustedes que yo envíe a mi sobrino a la posada?» Además, en lo de las embriagueces no tienen razón, y en cuanto al juego, no sé que jugaras hasta hoy.

Pepe Rey se hallaba en esa situación de ánimo en que el hombre más prudente siente dentro de sí violentos ardores y una fuerza ciega y brutal que tiende a estrangular, abofetear, romper cráneos y machacar huesos. Pero doña Perfecta era señora y, además su tía. Don Inocencio era anciano y sacerdote. Además de esto, las violencias de obra son de mal gusto, impropias de personas cristianas y bien educadas. Quedaba el recurso de dar libertad a su comprimido encono por medio de la palabra, manifestada decorosamente y sin faltarse a sí mismo; pero aún le pareció prematuro este postrer recurso, que no debía emplear, según su juicio, hasta el instante de salir definitivamente de aquella casa de Orbajosa. Resistiendo, pues, el furibundo ataque, aguardó.

words he thought the most suitable to answer the covert irony of his interlocutors, 'to see such generosity and tolerance, when for my criminal conduct I'd deserve…'

'What! Can a person of our own blood and bearing our name be treated like just anyone?' said Doña Perfecta. 'You're my nephew, you're the son of the best and most saintly of men, my dear brother Juan, and that's enough. Yesterday afternoon the bishop's secretary was here telling me His Grace is very displeased because I have you in my house.'

'That too?' murmured the canon.

'That too. I said that in spite of the respect which the bishop deserves from me and for all that I love and revere him, my nephew is my nephew and I can't throw him out of my house.'

'This is a new idiosyncrasy I find in this region,' said Pepe Rey, pale with anger. 'Apparently, the bishop governs other people's houses here.'

'He's a saint. He's so fond of me that he imagines … he imagines you're going to instil in us your atheism, your indifference, your strange ideas … I've told him repeatedly that you're an excellent person deep down.'

'Some concession must always be made to superior talent,' declared Don Inocencio.

'And this morning, when I was at the Cirujedas' house – oh, you can't imagine the state they put my head in … You'd come to pull down the cathedral, you were commissioned by the English Protestants to go preaching heresy throughout Spain; that you spent the whole night gambling in the Casino, that you were drunk when you left. "But, ladies," I said to them, "would you have me send my nephew to the hotel?" Besides, they're wrong about the drunkenness, and as for gambling I didn't know until today that you gambled.'

Pepe Rey found himself in that state of mind in which the most prudent man feels inside him a raging fire and a blind and brutal force urging him to strangle, slap across the face, break skulls and crush bones. But Doña Perfecta was a lady and, furthermore, his aunt. Don Inocencio was an old man and a priest. In addition to this, violent acts are in bad taste and unbecoming of well-bred Christians. There remained the recourse of giving vent to his suppressed wrath through words, in dignified and polite language; but even this last resort seemed premature to him and, in his judgement, not to be used until the moment he left that house in Orbajosa for good. Controlling his attack of fury, then, he waited.

Jacinto llegó cuando la cena concluía.

–Buenas noches, señor don José –dijo, estrechando la mano del caballero–. Usted y sus amigas no me han dejado trabajar esta tarde. No he podido escribir una línea. ¡Y tenía que hacer!…

–¡Cuánto lo siento, Jacinto! Pues, según me dijeron, usted las acompaña algunas veces en sus juegos y retozos.

–¡Yo! –exclamó el rapaz, poniéndose como la grana–. ¡Bah!, bien sabe usted que Tafetán no dice nunca palabra de verdad… ¿Pero es cierto, señor de Rey, que se marcha usted?

–¿Lo dicen por ahí?

–Sí; lo he oído en el Casino, en casa de don Lorenzo Ruiz.

Rey contempló durante un rato las frescas facciones de don Nominavito. Después dijo:

–Pues no es cierto. Mi tía está muy contenta de mí, desprecia las calumnias con que me obsequian los orbajosenses…, y no me arrojará de su casa aunque en ello se empeñe el señor obispo.

–Lo que es arrojarte…, jamás. ¡Qué diría tu padre!…

–A pesar de sus bondades, queridísima tía, a pesar de la amistad cordial del señor canónigo, quizás decida yo marcharme…

–¡Marcharte!

–¡Marcharse usted!

En los ojos de doña Perfecta brilló una luz singular. El canónigo, a pesar de ser hombre muy experto en el disimulo, no pudo ocultar su alegría.

–Sí; y tal vez esta misma noche…

–¡Pero hombre, qué arrebatado eres!… ¿Por qué no esperas siquiera a mañana temprano?… A ver…, Juan, que vayan a llamar al tío Licurgo para que prepare la jaca… Supongo que llevarás algún fiambre… ¡Nicolasa!…, ese pedazo de ternera que está en el aparador… Librada, la ropa del señorito…

–No, no puedo creer que usted tome determinación tan brusca –dijo don Cayetano, creyéndose obligado a tomar alguna parte en aquella cuestión.

–¿Pero volverá usted…, no es eso? –preguntó el canónigo.

–¿A qué hora pasa el tren de la mañana? –preguntó doña Perfecta, por cuyos ojos claramente asomaba la febril impaciencia de su alma.

–Sí, me marcho esta misma noche.

–Pero, hombre, si no hay luna.

En el alma de doña Perfecta, en el alma del penitenciario, en la juvenil alma del doctorcillo retumbaron como una armonía celeste estas palabras: «Esta misma noche».

Jacinto arrived as supper was ending.

'Good evening, Señor Don José,' he said, shaking the young man's hand. 'You and your friends didn't let me work this afternoon. I couldn't write a line. And I had plenty to do!'

'I'm very sorry, Jacinto. But, according to what they told me, you sometimes join them in their games and frolics.'

'Me!' exclaimed the boy, going as red as a beetroot. 'Pooh, you know very well that Tafetán never speaks a word of truth… But is it true, Señor de Rey, that you're going away?'

'Is that what they're saying?'

'Yes. I heard it in the Casino and at Don Lorenzo Ruiz's house.'

Rey contemplated for a while Don Nominavite's fresh features. Then he said:

'Well, it's not true. My aunt is very pleased with me; she despises the slanders the Orbajosans honour me with … and she won't throw me out of her house, even if the bishop insists on it.'

'Throw you out … never. What would your father say?'

'Notwithstanding your kindness, dearest aunt, notwithstanding the canon's cordial friendship, I may decide to leave …'

'To leave!'

'To go away!'

A peculiar light shone in Doña Perfecta's eyes. The canon, an expert though he was in dissimulation, could not conceal his joy.

'Yes, and perhaps this very night …'

'But you're so impetuous … Why don't you at least wait until tomorrow morning? … Let's see … Juan, let them call Uncle Licurgo to get the horse ready … I suppose you'll take some lunch … Nicolasa! … that piece of veal on the sideboard … Librada, the gentleman's clothes …'

'No, I can't believe you'd make up your mind so suddenly,' said Don Cayetano, feeling obliged to take some part in the discussion.

'But you'll come back … won't you?' asked the canon.

'At what time does the morning train leave?' asked Doña Perfecta, in whose eyes was clearly discernible the feverish impatience of her exaltation.

'Yes, I'm going away this very night.'

'But there's no moon.'

In Doña Perfecta's soul, in the Father Confessor's soul, in the little doctor's young soul these words echoed like a celestial harmony: 'This very night.'

–Por supuesto, querido Pepe, tú volverás… Yo he escrito hoy a tu padre, a tu excelente padre… –indicó doña Perfecta, con todos los síntomas fisonómicos que aparecen cuando se va a derramar una lágrima.

–Molestaré a usted con algunos encargos –manifestó el sabio.

–Buena ocasión para pedir el cuaderno que me falta de la obra del abate Gaume –indicó el abogadejo.

–¡Vamos, Pepe, que tienes unos arrebatos y unas salidas! –murmuró la señora sonriendo, con la vista fija en la puerta del comedor–. Pero se me olvidaba decirte que Caballuco está esperando: desea hablarte.

15. Sigue creciendo, hasta que se declara la guerra.

Todos miraron hacia la puerta, donde apareció la imponente figura del Centauro, serio, cejijunto, confuso al querer saludar con amabilidad, hermosamente salvaje, pero desfigurado por la violencia que hacía para sonreír urbanamente y pisar quedo y tener en correcta postura los hercúleos brazos.

–Adelante, señor Ramos –dijo Pepe Rey.

–No, no –objetó doña Perfecta–. Si es una tontería lo que tiene que decirte.

–Que lo diga.

–Yo no debo consentir que en mi casa se ventilen estas cuestiones ridículas…

–¿Qué quiere de mí el señor Ramos?

Caballuco pronunció algunas palabras.

–Basta, basta… –dijo doña Perfecta riendo–. No molestes más a mi sobrino. Pepe, no hagas caso de ese majadero… ¿Quieren ustedes que les diga en qué consiste el enojo del gran Caballuco?

–¿Enojo? Ya me lo figuro –indicó el penitenciario, recostándose en el sillón y riendo expansivamente y con estrépito.

–Yo quería decirle al señor don José… –gruñó el formidable jinete.

–Hombre, calla, por Dios, no nos aporrees los oídos.

–Señor Caballuco –apuntó el canónigo–, no es mucho que los señores de la corte desbanquen a los rudos caballistas de estas salvajes tierras…

–En dos palabras, Pepe; la cuestión es ésta: Caballuco es no sé qué…

La risa le impidió continuar.

–No sé qué –añadió don Inocencio– de una de las niñas de Troya, de Mariquita Juana, si no estoy equivocado.

'Of course, dear Pepe, you'll come back … I wrote to your father today, to your excellent father,' exclaimed Doña Perfecta, with all the facial signs that appear when a tear is about to be shed.

'I'll trouble you with a few commissions,' said the savant.

'A good opportunity to order the missing volume from the Abbé Gaume's work,'[30] said the youthful lawyer.

'Well, Pepe, you're so impetuous and wayward!' murmured the señora smiling, her eyes fixed on the dining room door. 'But I forgot to tell you that Caballuco is waiting. He wants to speak to you.'

15. *It continues to grow until war is declared*

Everyone looked towards the door, where the imposing figure of the Centaur appeared – serious, frowning, embarrassed by his efforts to give a friendly greeting, handsomely savage, but violently disfigured trying to smile politely and tread softly and hold his Herculean arms in a correct posture.

'Come in, Señor Ramos,' said Pepe Rey.

'No, no,' objected Doña Perfecta. 'What he has to say to you is nonsense.'

'Let him say it.'

'I can't allow these ridiculous matters to be aired in my house …'

'What does Señor Ramos want with me?'

Caballuco uttered some words.

'Enough, enough,' said Doña Perfecta laughing. 'Don't bother my nephew any more. Pepe, pay no attention to this simpleton … Would you like me to tell you the cause of the great Caballuco's anger?'

'Anger? I can imagine,' said the Father Confessor, leaning back in his chair and laughing loudly and expansively.

'I wanted to say to Señor Don José…' growled the formidable horseman.

'Be quiet, for Heaven's sake, and don't bash our ears.'

'Señor Caballuco,' the canon pointed out, 'it's no wonder the gentlemen from the capital are ousting the rough riders of these savage lands.'

'In two words, Pepe, the point is this: Caballuco is I don't know what…'

Laughter prevented him from continuing.

'I don't know what,' added Don Inocencio, 'with one of the Troya girls, Mariquita Juana if I'm not mistaken.'

–¡Y está celoso! Después de su caballo, lo primero de la creación es Mariquita Troya.

–¡Dios me valga! –exclamó la señora–. ¡Pobre Cristóbal! ¿Has creído que una persona como mi sobrino?... Vamos a ver, ¿qué ibas a decirle? Habla.

–Ya hablaremos el señor don José y yo –repuso bruscamente el bravo de la localidad.

Y, sin decir más, se retiró.

Poco después Pepe Rey salió del comedor para ir a su cuarto. En la galería hallóse frente a frente con su troyano antagonista, y no pudo reprimir la risa al ver la torva seriedad del ofendido cortejo.

–Una palabra –dijo éste, plantándose descaradamente ante el ingeniero–. ¿Usted sabe quién soy yo?

Diciendo esto puso la pesada mano en el hombro del joven con tan insolente franqueza, que éste no pudo menos de rechazarle enérgicamente.

–No es preciso aplastar para eso.

El valentón, ligeramente desconcertado, se repuso al instante y mirando a Rey con audacia provocativa, repitió su estribillo:

–¿Sabe usted quién soy yo?

–Sí. Ya sé que es usted un animal.

Apartóle a un lado bruscamente y entró en su cuarto. Según el estado del cerebro de nuestro desgraciado amigo en aquel instante, sus acciones debían sintetizarse en el siguiente brevísimo y definitivo plan: romperle la cabeza a Caballuco sin pérdida de tiempo; despedirse en seguida de su tía con razones severas, aunque corteses, que le llegaran al alma; dar un frío adiós al canónigo y un abrazo al inofensivo don Cayetano; administrar, por fin de fiesta, una paliza al tío Licurgo; partir de Orbajosa aquella misma noche, y sacudirse el polvo de los zapatos a la salida de la ciudad.

Pero los pensamientos del perseguido joven no podían apartarse, en medio de tantas amarguras, de otro desgraciado ser a quien suponía en situación más aflictiva y angustiosa que la suya propia. Tras el ingeniero entró en la estancia una criada.

–¿Le diste mi recado? –preguntó él.

–Sí, señor, y me dio esto.

Rey tomó de las manos de la muchacha un pedacito de periódico, en cuya margen leyó estas palabras: «Dicen que te vas. Yo me muero».

'And he's jealous! After his horse, the finest thing in creation is Mariquilla Troya.'

'Good God!' exclaimed the señora. 'Poor Cristóbal! Did you suppose that a person like my nephew ... Let's see, what were you going to say to him? Speak up.'

'Señor Don José and I will talk later,' responded the bravo of the locality brusquely.

And without saying another word he left.

Shortly afterward Pepe Rey left the dining room to go to his room. In the hall he found himself face to face with his Trojan antagonist and could not repress laughter at the fierce seriousness of the offended suitor.

'A word with you,' said the latter, planting himself insolently in front of the engineer. 'Do you know who I am?'

As he said this he put his heavy hand on the young man's shoulder with such insolent familiarity that the latter could do no less than shake it off energetically.

'There's no need to crush me for that.'

The bully, somewhat disconcerted, recovered himself in a moment and, looking at Rey with provocative boldness, repeated his refrain:

'Do you know who I am?'

'Yes. I know now that you're an animal.'

He pushed him roughly to one side and went into his room. According to the state of our unfortunate friend's brain at that moment, his plan of action might be summed up briefly and definitely as follows: to break Caballuco's head without losing any time; to take leave of his aunt with severe but courteous words which would reach her soul; to bid a cold adieu to the canon and give an embrace to the inoffensive Don Cayetano; finally, winding up the entertainment, to administer a thrashing to Uncle Licurgo; to leave Orbajosa that very night, shaking the dust from his shoes at the city gates.

But in the midst of so much bitterness, the thoughts of the persecuted young man could not get away from another unhappy being whom he believed to be in a situation even more painful and distressing than his own. Behind the engineer a maid entered the room.

'Did you give her my message?' he asked.

'Yes, sir, and she gave me this.'

Rey took from the girl's hand a newspaper fragment in the margin of which he read these words: 'They say you're leaving. I shall die.'

Cuando volvió al comedor, el tío Licurgo se asomaba a la puerta preguntando:

–¿A qué hora hace falta la jaca?

–A ninguna –contestó vivamente Rey.

–¿Luego no te vas esta noche? –dijo doña Perfecta–. Mejor es que lo dejes para mañana.

–Tampoco.

–Pues ¿cuándo?

–Ya veremos –dijo fríamente el joven, mirando a su tía con imperturbable calma–. Por ahora no pienso marcharme.

Sus ojos lanzaban enérgico reto. Doña Perfecta se puso primero encendida, pálida después. Miró al canónigo, que se había quitado las gafas de oro para limpiarlas, y luego clavó sucesivamente la vista en los demás que ocupaban la estancia, incluso Caballuco, que, entrando poco antes, se sentara en el borde de una silla. Doña Perfecta les miró como mira un general a sus queridos cuerpos de ejército. Después examinó el semblante meditabundo y sereno de Pepe Rey, de aquel estratégico enemigo que se presentaba inopinadamente cuando se le creía en vergonzosa fuga.

¡Ay! ¡Sangre, ruina y desolación!… Una gran batalla se preparaba.

16. Noche

Orbajosa dormía. Los mustios farolillos del público alumbrado despedían en encrucijadas y callejones su postrer fulgor, como cansados ojos que no pueden vencer el sueño. A la débil luz se escurrían, envueltos en sus capas, los vagabundos, los rondadores, los jugadores. Sólo el graznar del borracho o el canto del enamorado turbaban la callada paz de la ciudad histórica. De pronto, el *Ave María Purísima* de vinoso sereno sonaba como un quejido enfermizo del durmiente poblachón.

En la casa de doña Perfecta también había silencio. Turbábalo tan sólo un diálogo que en la biblioteca del señor Cayetano sostenían éste y Pepe Rey. Sentábase el erudito reposadamente en el sillón de su mesa de estudio, la cual aparecía cubierta por innúmeros papeles, conteniendo notas, apuntes y referencias. Rey fijaba los ojos en el copioso montón; pero sus pensamientos volaban, sin duda, en regiones distantes de aquella sabiduría.

–Perfecta –dijo el anticuario– es mujer excelente; pero tiene el defecto de escandalizarse por cualquier acción insignificante. Amigo, en estos pueblos de provincia el menor desliz se paga caro. Nada encuentro de particular en

When he returned to the dining room, Uncle Licurgo looked in at the door, asking:

'What time do you need the horse?'

'No time,' answered Rey quickly.

'You're not going tonight, then?' said Doña Perfecta. 'It's better to wait until tomorrow.'

'I'm not going then, either.'

'When, then?'

'We'll see,' said the young man coldly, looking at his aunt with imperturbable calm. 'For the present I don't intend to go away.'

His eyes shot out a fierce challenge. Doña Perfecta turned first red, then pale. She looked at the canon, who had taken off his gold spectacles to clean them, and then fixed her gaze successively on the others who were in the room, including Caballuco, who, entering shortly before, had sat down on the edge of a chair. Doña Perfecta looked at them as a general looks at his favourite troops. Then she examined the thoughtful and serene face of Pepe Rey, that calculating enemy who unexpectedly reappeared when he was believed to be in shameful flight.

Ah! Blood, ruin and desolation! ... A great battle was in the offing.

16. Night

Orbajosa slept. The sad little street lamps were shedding their last gleams at crossroads and in side streets, like tired eyes overcome by sleep. In the dim light, wrapped in their capes, vagabonds, serenaders and gamblers glided past. Only the croaking of the drunkard or the song of the lover disturbed the quiet peace of the historic city. Suddenly the *Ave María Purísima* of the wine-soaked night watchman sounded like a sickly moan of the sleeping town.

In Doña Perfecta's house there was also silence. It was broken only by a conversation between Don Cayetano and Pepe Rey in the former's library. The scholar was seated quietly in the armchair beside his study table, which was covered with innumerable papers containing notes, annotations and references. Rey fixed his eyes on the copious pile but his thoughts were doubtless flying to regions far away from that erudition.

'Perfecta,' said the antiquary, 'is an excellent woman, but she has the defect of being scandalised by any insignificant action. My friend, in these provincial towns the slightest slip is dearly paid for. I find nothing special

que usted fuese a casa de las Troyas. Se me figura que don Inocencio, bajo su capita de hombre de bien, es algo cizañoso. ¿A él qué le importa?

–Hemos llegado a un punto, señor don Cayetano, en que urge tomar una determinación enérgica. Yo necesito ver y hablar a Rosario.

–Pues véala usted

–Es que no me dejan –respondió el ingeniero, dando un puñetazo en la mesa–. Rosario está secuestrada...

–¡Secuestrada! –exclamó el sabio con incredulidad–. La verdad, no me gusta su cara, ni su aspecto, ni menos el estupor que se pinta en sus bellos ojos. Está triste, habla poco, llora... Amigo don José, me temo mucho que esa niña se vea atacada de la terrible enfermedad que ha hecho tantas víctimas en mi familia.

–¡Una terrible enfermedad! ¿Cuál?

–La locura..., mejor dicho, manías. En la familia no ha habido uno solo que se librara de ellas. Yo, yo soy el único que he logrado escapar.

–¡Usted!... Dejando a un lado las manías –dijo Rey con impaciencia–, yo quiero ver a Rosario.

–Nada más natural. Pero el aislamiento en que su madre la tiene es un sistema higiénico, querido Pepe; el único empleado con éxito en todos los individuos de mi familia. Considere usted que la persona cuya presencia y voz debe de hacer más impresión en el delicado sistema nervioso de Rosarillo es el elegido de su corazón.

–A pesar de todo –insistió Pepe–, yo quiero verla.

–Quizás Perfecta no se oponga a ello –dijo el sabio, fijando la atención en sus notas y papeles–. No quiero meterme en camisa de once varas.

El ingeniero, viendo que no podía sacar partido del buen Polentinos, se retiró para marcharse.

–Usted va a trabajar, y no quiero estorbarle.

–No; aún tengo tiempo. Vea usted el cúmulo de preciosos datos que he reunido hoy. Atienda usted... «En 1537 un vecino de Orbajosa, llamado Bartolomé del Hoyo, fue a Civitta-Vecchia en las galeras del marqués de Castel-Rodrigo.» Otra: «En el mismo año, dos hermanos, hijos también de Orbajosa y llamados Juan y Rodrigo González del Arco, se embarcaron en los seis navíos que salieron de Maestrique el 20 de febrero, y que a la altura de Calais toparon con un navío inglés y los flamencos que mandaba Van-Owen...» En fin, fue aquello una importante hazaña de nuestra Marina. He descubierto que un orbajosense, un tal Mateo Díaz Coronel, alférez

about your having gone to the Troyas' house. I fancy that Don Inocencio, under his cloak of a good man, is something of a mischief-maker. What does it matter to him?'

'We've reached a point, Señor Don Cayetano, where a drastic decision must be made. I need to see Rosario and talk to her.'

'Well see her, then!'

'They won't let me,' replied the engineer, striking the table with his fist. 'Rosario is kept a prisoner …'

'A prisoner!' exclaimed the savant with incredulity. 'To tell the truth, I don't like her face or her look, and even less the stupor in her beautiful eyes. She's sad, she hardly talks, she cries … Don José, my friend, I'm very much afraid that girl is being attacked by the terrible illness which has claimed so many victims in my family.'

'A terrible illness! Which one?'

'Madness … or rather mania. In the family there hasn't been one person free from it. I'm the only one who has managed to escape it.'

'You! … Leaving manias aside,' said Rey impatiently, 'I want to see Rosario.'

'Nothing more natural. But the isolation in which her mother keeps her is a hygienic measure, dear Pepe, the only one successfully used on all the members of my family. Remember that the person whose presence and voice must make the deepest impression on Rosarillo's delicate nervous system is the chosen one of her heart.'

'In spite of all that,' insisted Pepe, 'I want to see her.'

'Perhaps Perfecta won't oppose it,' said the savant, fixing his attention on his notes and papers. 'I don't want to get into it way over my head.'

The engineer, seeing that he could obtain nothing from the good Polentinos, rose to retire.

'You're going to work,' he said, 'and I don't want to get in your way.'

'No, I've time enough. See the heap of precious information I've collected today. Listen … "In 1537 a native of Orbajosa, named Bartolomé del Hoyo, went to Civita-Vecchia in the galleys of the Marquis of Castel-Rodrigo." Another: "In the same year two brothers, also sons of Orbajosa, named Juan and Rodrigo González del Arco, set sail with the six ships which left Maestricht on 20th February and which encountered in the latitude of Calais an English vessel and the Flemish fleet commanded by Van-Owen." In short, that was an important exploit of our Navy. I've discovered that an Orbajosan, one Mateo Díaz Coronel, an ensign in the Guard, was the

de la Guardia, fue el que escribió en 1709 y dio a la estampa en Valencia el *Métrico encomio, fúnebre canto, lírico elogio, descripción numérica, gloriosas fatigas, angustiadas glorias de la Reina de los Ángeles*. Poseo un preciosísimo ejemplar de esta obra, que vale un Perú... Otro orbajosense es autor de aquel famoso *Tractado de las diversas suertes de la Jineta*, que enseñé a usted ayer, y, en resumen, no doy un paso por el laberinto de la Historia inédita sin tropezar con algún paisano ilustre. Yo pienso sacar todos esos nombres de la injusta oscuridad y olvido en que yacen. ¡Qué goce tan puro, querido Pepe, es devolver todo su lustre a las glorias, ora épicas, ora literarias, del país en que hemos nacido! Ni qué mejor empleo puede dar un hombre al escaso entendimiento que del cielo recibiera, a la fortuna heredada y al tiempo breve con que puede contar en el mundo la existencia más dilatada... Gracias a mí, se verá que Orbajosa es ilustre cuna del genio español. Pero, ¿qué digo? ¿No se conoce bien su prosapia ilustre en la nobleza, en la hidalguía de la actual generación *urbsaugustana*? Pocas localidades conocemos en que crezcan con más lozanía las plantas y arbustos de todas las virtudes, libres de la hierba maléfica de los vicios. Aquí todo es paz, mutuo respeto, humildad cristiana. La caridad se practica aquí como en los tiempos evangélicos; aquí no se conoce la envidia; aquí no se conocen las pasiones criminales; y si oye usted hablar de ladrones y asesinos, tenga por seguro que no son hijos de esta noble tierra o que pertenecen al número de los infelices pervertidos por las predicaciones demagógicas. Aquí verá usted el carácter nacional en toda su pureza, recto, hidalgo, incorruptible, puro, sencillo, patriarcal, hospitalario, generoso... Por eso gusto tanto de vivir en esta pacífica soledad, lejos del laberinto de las ciudades, donde reinan, ¡ay!, la falsedad y el vicio. Por eso no han podido sacarme de aquí los muchos amigos que tengo en Madrid; por eso vivo en la dulce compañía de mis leales paisanos y de mis libros, respirando sin cesar esta salutífera atmósfera de honradez, que se va poco a poco reduciendo en nuestra España, y sólo existe en las humildes, en las cristianas ciudades que, con las emanaciones de sus virtudes, saben conservarla. Y no crea usted: este sosegado aislamiento ha contribuido mucho, queridísimo Pepe, a librarme de la terrible enfermedad connaturalizada en mi familia. En mi juventud, yo, lo mismo que mis hermanos y padre, padecía lamentable propensión a las más absurdas manías; pero aquí me tiene usted, tan pasmosamente curado que no conozco tal enfermedad sino cuando la veo en los demás. Por eso mi sobrinilla me tiene tan inquieto.

–Celebro que los aires de Orbajosa le hayan preservado a usted –dijo

man who in 1709 wrote and published in Valencia the *Metrical Encomium, Funeral Chant, Lyrical Eulogy, Numerical Description, Glorious Sufferings and Anguished Glories of the Queen of the Angels*. I have in my possession a most beautiful copy of this work which is worth the mines of Peru ... Another Orbajosan is the author of that famous *Treatise on the Various Styles of Horsemanship* which I showed you yesterday; and, in short, I don't take a step through the labyrinth of unpublished history without stumbling on some illustrious fellow townsman. I intend to draw all these names out of the unjust obscurity and oblivion in which they lie. What pure joy it is, dear Pepe, to restore all their lustre to the glories, sometimes epic and sometimes literary, of our native place! And how could a man better employ the scant intellect he might have received from Heaven, the fortune inherited and the brief time allotted on earth that even the longest life can count on ... Thanks to me, it will be seen that Orbajosa is the illustrious cradle of Spanish genius. But what am I saying? Is not its illustrious ancestry evident in the nobility and honourableness of the present *Urbsaugustan* generation? We know of few localities where the plants and shrubs of all the virtues, free from the malefic weeds of vice, grow more luxuriantly. Here all is peace, mutual respect, Christian humility. Charity is practised here as it was in the times of the Gospels; here envy is unknown, criminal passions are unknown; and if you hear thieves and murderers spoken of, you can be sure that they're not sons of this noble land or that they belong to the number of unhappy creatures perverted by the preaching of demagogues. Here you will see the national character in all its purity – upright, noble, incorruptible, pure, simple, patriarchal, hospitable, generous ... That's why I so enjoy living in this peaceful solitude, far from the labyrinth of cities where, alas, falsehood and vice reign. That's why my many friends in Madrid have been unable to lure me away from here; that's why I spend my life in the sweet company of my loyal townspeople and my books, incessantly breathing this wholesome atmosphere of honesty which little by little is disappearing in our Spain and only exists in the humble and Christian cities which, with the virtues they emanate, know how to preserve it. And believe me: this peaceful isolation has played a major part, my dearest Pepe, in freeing me from my family's terrible congenital illness. In my youth I suffered, like my brothers and father, from a lamentable propensity for the most absurd manias; but here I am so wonderfully cured that I recognise this illness only when I see it in others. That's why my little niece worries me so much'

'I'm delighted the air of Orbajosa has preserved you,' said Rey, unable to

Rey, no pudiendo reprimir un sentimiento de burla que por ley extraña nació en medio de su tristeza–. A mí me han probado tan mal que creo he de ser maniático dentro de poco tiempo si sigo aquí. Conque buenas noches, y que trabaje usted mucho.

–Buenas noches.

Dirigióse a su habitación; mas no sintiendo sueño ni necesidad de reposo físico, sino, por el contrario, fuerte excitación que le impulsaba a agitarse y divagar, cavilando y moviéndose, se paseó de un ángulo a otro de la pieza. Después abrió la ventana que a la huerta daba, y poniendo los codos en el antepecho, contempló la inmensa negrura de la noche. No se veía nada. Pero el hombre ensimismado lo ve todo, y Rey, fijos los ojos en la oscuridad, miraba cómo se iba desarrollando sobre ella el abigarrado paisaje de sus desgracias. La sombra no le permitía ver las flores de la tierra, ni las del cielo, que son las estrellas. La misma falta casi absoluta de claridad producía el efecto de un ilusorio movimiento en las masas de árboles, que se extendían al parecer; iban perezosamente y regresaban enroscándose, como el oleaje de un mar de sombras. Formidable flujo y reflujo, una lucha entre fuerzas no bien manifiestas agitaban la silenciosa esfera. Contemplando aquella extraña proyección de su alma sobre la noche, el matemático decía:

–La batalla será terrible. Veremos quién sale triunfante.

Los insectos de la noche hablaron a su oído, diciéndole misteriosas palabras. Aquí, un chirrido áspero; allí, un chasquido semejante al que hacemos con la lengua; allá, lastimeros murmullos; más lejos, un son vibrante parecido al de la esquila suspendida al cuello de la res vagabunda. De súbito sintió Rey una consonante extraña, una rápida nota propia tan sólo de la lengua y de los labios humanos, exhalación que cruzó por su cerebro como un relámpago. Sintió culebrear dentro de sí aquella S fugaz, que se repitió una y otra vez, aumentando de intensidad. Miró a todos lados, hacia la parte alta de la casa, y en una ventana creyó distinguir un objeto semejante a un ave blanca que movía las alas. Por la mente excitada de Pepe Rey cruzó en un instante la idea del fénix, de la paloma, de la garza real…, y, sin embargo, aquella ave no era más que un pañuelo.

Saltó el ingeniero por la ventana a la huerta. Observando bien, vio la mano y el rostro de su prima. Creyó distinguir el tan usual movimiento de imponer silencio llevando el dedo a los labios. Después, la simpática sombra alargó el brazo hacia abajo y desapareció. Pepe Rey entró de nuevo en su cuarto rápidamente y, procurando no hacer ruido, pasó a la galería, avanzando después lentamente por ella. Sentía el palpitar de su corazón,

resist a feeling of mockery which arose by some strange law in the midst of his sadness. 'It has proved so bad for me that I think I'll be crazy before long if I stay here. With which I'll bid you good night, and say work hard.'

'Good night.'

He went to his room. Feeling neither sleepy nor the need for physical repose but, on the contrary, a strong excitement which impelled him to shift and wander about, thinking deeply and on the go, he strode from one corner of the room to another. Then he opened the window overlooking the garden and, with his elbows on the ledge, contemplated the immense blackness of the night. Nothing could be seen. But a man absorbed in his own thoughts sees everything and Rey, his eyes fixed on the darkness, watched the colourful landscape of his misfortunes as they unrolled upon it. The shadows did not allow him to see the flowers of the earth or those of the sky, which are the stars. The same almost total absence of light produced the effect of an illusory movement in the mass of trees which seemed to stretch away, receding lazily and curling back like the waves on a sea of shadows. A formidable ebb and flow, a struggle between dimly seen forces shook the silent sphere. Contemplating that strange projection of his soul against the night, the mathematician said:

'The battle will be terrible. We'll see who comes out triumphant.'

The nocturnal insects buzzed in his ears, saying mysterious words to him. Here a shrill chirp, there a click like the one we make with our tongue; further on, plaintive murmurs; further still, a tinkle like that of the bell hanging around the neck of a wandering animal. Suddenly Rey heard a strange sound, a rapid note typical only of the human tongue and lips, an exhalation that passed through his brain like a flash of lightning. He felt that rapid 's' snake its way through him, repeated again and again, increasing in intensity. He looked all around, towards the upper part of the house, and in a window he thought he could make out an object like a white bird flapping its wings. Through Pepe Rey's excited mind flashed in an instant the idea of the phoenix, the dove, the heron … and yet that bird was nothing more than a handkerchief.

The engineer sprang through the window into the garden. Observing attentively, he saw his cousin's hand and face. He thought he could make out the usual gesture of imposing silence by putting a finger to the lips. Then the dear shadow pointed an arm downwards and disappeared. Pepe Rey quickly entered his room again and, trying not to make any noise, walked to the veranda, slowly advancing along it. He felt his heart beating as if he were

como si hachazos recibiera dentro del pecho. Esperó un rato…; al fin oyó distintamente tenues golpes en los peldaños de la escalera. Uno, dos, tres… Producían aquel rumor unos zapatitos.

Dirigióse hacia allá en medio de una oscuridad casi profunda y alargó los brazos para prestar apoyo a quien descendía. En su alma reinaba una ternura exaltada y profunda. Pero, ¿a qué negarlo?, tras aquel dulce sentimiento surgió de repente, como infernal inspiración, otro que era un terrible deseo de venganza. Los pasos se acercaban descendiendo. Pepe Rey avanzó, y unas manos que tanteaban en el vacío chocaron con las suyas. Las cuatro, ¡ay!, se unieron en estrecho apretón.

17. *Luz a oscuras*

La galería era larga y ancha. A un extremo estaba la puerta del cuarto donde moraba el ingeniero; en el centro, la del comedor; al otro extremo, la escalera y una puerta grande y cerrada, con un peldaño en el umbral. Aquella puerta era la de una capilla, donde los Polentinos tenían los santos de su devoción doméstica. Alguna vez se celebraba en ella el santo sacrificio de la misa.

Rosario dirigió a su primo hacia la puerta de la capilla y se dejó caer en el escalón.

–¿Aquí?… –murmuró Pepe Rey.

Por los movimientos de la mano derecha de Rosario comprendió que ésta se santiguaba.

–Prima querida, Rosario…, ¡gracias por haberte dejado ver! –exclamó, estrechándola con ardor entre sus brazos.

Sintió los dedos fríos de la joven sobre sus labios, imponiéndole silencio. Los besó con frenesí.

–Estás helada…, Rosario… ¿Por qué tiemblas así?

Daba diente con diente, y su cuerpo todo se estremecía con febril convulsión. Rey sintió en su cara el abrasador fuego del rostro de su prima, y alarmado, exclamó:

–Tu frente es un volcán. Tienes fiebre.

–Mucha.

–¿Estás enferma realmente?

–Sí…

–Y has salido…

–Por verte.

receiving blows with an axe inside his chest. He waited a while … at last he could distinctly hear light taps on the steps of the stairs. One, two, three … that noise was produced by slippers.

He walked towards it amidst almost complete darkness and stretched out his hands to assist whoever was coming down the stairs. In his soul there reigned an exalted and profound tenderness. But why deny it? Mingling with this tender feeling there suddenly surged, like an infernal inspiration, another that was a terrible desire for revenge. The steps continued to descend, coming nearer and nearer. Pepe Rey went forward and hands groping in the darkness came in contact with his own. The four hands joined in a tight clasp.

17. Light in the darkness

The hall was long and wide. At one end was the door of the room occupied by the engineer; in the centre, that of the dining room; at the other end, the staircase and a large, closed door with a doorstep at the entrance. That door opened into a chapel where the Polentinos performed their domestic devotions. Occasionally the holy sacrifice of Mass was celebrated in it.

Rosario led her cousin towards the chapel door and let herself sink down on the doorstep.

'Here?' murmured Pepe Rey.

From the movements of Rosario's right hand he realised she was crossing herself.

'Rosario, dear cousin, thanks for letting me see you!' he exclaimed, embracing her ardently.

He felt the girl's cold fingers on his lips, imposing silence. He kissed them rapturously.

'You're frozen. Rosario … Why are you trembling like that?'

Her teeth were chattering and her whole body was shaking with a feverish convulsion. Rey felt the burning heat of his cousin's face against his own, and he cried in alarm:

'Your forehead's like a volcano! You've got a temperature.'

'A high one.'

'Are you really ill?'

'Yes.'

'And you've come out …'

'To see you.'

El ingeniero la estrechó entre sus brazos para darle abrigo; pero no bastaba.

–Aguarda –dijo vivamente, levantándose–. Voy a mi cuarto a traer mi manta de viaje.

–Apaga la luz, Pepe.

Rey había dejado encendida la luz dentro de su cuarto, y por la puerta de éste salía una tenue claridad, iluminando la galería. Volvió al instante. La oscuridad era ya profunda. Tentando las paredes pudo llegar hasta donde estaba su prima. Reuniéronse y la arropó cuidadosamente de los pies a la cabeza.

–¡Qué bien estás ahora, niña mía!

–Sí, ¡qué bien!… Contigo.

–Conmigo…, y para siempre –exclamó con exaltación el joven.

Pero observó que se desasía de sus brazos y se levantaba.

–¿Qué haces?

Sintió el ruido de un hierrecillo. Rosario introducía una llave en la invisible cerradura y abría cuidadosamente la puerta en cuyo umbral se habían sentado. Leve olor de humedad, inherente a toda pieza cerrada por mucho tiempo, salía de aquel recinto, oscuro como una tumba. Pepe Rey se sintió llevado de la mano, y la voz de su prima dijo muy débilmente:

–Entra.

Dieron algunos pasos. Creíase él conducido a ignotos lugares elíseos por el ángel de la noche. Ella tanteaba. Por fin volvió a sonar su dulce voz, murmurando:

–Siéntate.

Estaban junto a un banco de madera. Los dos se sentaron. Pepe Rey la abrazó de nuevo. En el mismo instante su cabeza chocó con un cuerpo muy duro.

–¿Qué es esto?

–Los pies.

–Rosario…, ¿qué dices?

–Los pies del divino Jesús, de la imagen de Cristo Crucificado, que adoramos en mi casa.

Pepe Rey sintió como una fría lanzada que le traspasó el corazón.

–Bésalos –dijo imperiosamente la joven.

El matemático besó los helados pies de la santa imagen.

–Pepe –preguntó después la señorita estrechando ardientemente la mano de su primo–. ¿Tú crees en Dios?

The engineer held her in his arms to protect her from the cold, but it was not enough.

'Wait,' he said quickly, getting up. 'I'm going to my room to fetch my travelling rug.'

'Turn out the light, Pepe.'

Rey had left the light burning in his room, through the door of which came a faint glow illuminating the hall. He returned at once. The darkness was now profound. Groping his way along the wall he managed to reach the spot where his cousin was. They met again and he carefully wrapped her from head to foot.

'You're fine now, my child.'

'Yes, so comfortable! With you!'

'With me ... and forever!' exclaimed the young man with elation.

But he noticed her extricating herself from his arms and getting up.

'What are you doing?'

He heard the sound of a small iron object. Rosario was putting a key into the invisible lock and cautiously opening the door on the threshold of which they had been sitting. The faint odour of dampness, peculiar to any room that has been shut for a long time, came from that place as dark as a tomb. Pepe Rey felt himself being led by the hand, and his cousin's voice said very faintly:

'Come in.'

They took a few steps. He imagined himself being led to unknown Elysian places by the angel of the night. She was feeling her way. Finally her sweet voice sounded again, murmuring:

'Sit down.'

They were next to a wooden bench. Both sat down. Pepe Rey embraced her again. At the same time his head struck against something very hard.

'What's this?' he asked.

'The feet.'

'Rosario ... what are you saying?'

'The feet of the Divine Jesus, the image of Christ crucified that we adore in my house.'

Pepe Rey felt something like a cold lance pierce his heart.

'Kiss them,' said the young girl imperiously.

The mathematician kissed the cold feet of the holy image.

'Pepe,' the young girl asked then, ardently pressing her cousin's hand, 'do you believe in God?'

—¡Rosario...! ¿Qué dices ahí? ¡Qué locuras piensas! —repuso con perplejidad el primo.

—Contéstame.

Pepe Rey sintió humedad en sus manos.

—¿Por qué lloras? —dijo, lleno de turbación—. Rosario, me estás matando con tus dudas absurdas. ¡Que si creo en Dios! ¿Lo dudas tú?

—Yo no; pero todos dicen que eres ateo.

—Desmerecerías a mis ojos, te despojarías de tu aureola de pureza, si dieras crédito a tal necedad.

—Oyéndote calificar de ateo, y sin poder convencerme de lo contrario por ninguna razón, he protestado desde el fondo de mi alma contra tal calumnia. Tú no puedes ser ateo. Dentro de mí tengo yo vivo y fuerte el sentimiento de tu religiosidad, como el de la mía propia.

—¡Qué bien has hablado! Entonces, ¿por qué me preguntas si creo en Dios?

—Porque quería escucharlo de tu misma boca y recrearme oyéndotelo decir. ¡Hace tanto tiempo que no oigo tu voz!... ¿Qué mayor gusto que oírla de nuevo, después de tan gran silencio, diciendo: «Creo en Dios»?

—Rosario, hasta los malvados creen en Él. Si existen ateos, que no lo dudo, son los calumniadores, los intrigantes de que está infestado el mundo... Por mi parte, me importan poco las intrigas y las calumnias; y si tú te sobrepones a ellas y cierras tu corazón a los sentimientos de discordia que una mano aleve quiere introducir en él, nada se opondrá a nuestra felicidad.

—Pero, ¿qué nos pasa? Pepe, querido Pepe..., ¿tú crees en el diablo?

El ingeniero calló. La oscuridad de la capilla no permitía a Rosario ver la sonrisa con que su primo acogiera tan extraña pregunta.

—Será preciso creer en él —dijo al fin.

—¿Qué nos pasa? Mamá me prohíbe verte; pero, fuera de lo del ateísmo, no habla mal de ti. Díceme que espere, que tú decidirás; que te vas, que vuelves... Háblame con franqueza... ¿Has formado mala idea de mi madre?

—De ninguna manera —replicó Rey, apremiado por su delicadeza.

—¿No crees, como yo, que me quiere mucho, que nos quiere a los dos, que sólo desea nuestro bien, y que, al fin, hemos de alcanzar de ella el consentimiento que deseamos?

—Si tú lo crees así, yo también... Tu mamá nos adora a entrambos... Pero, querida Rosario, es preciso reconocer que el demonio ha entrado en esta casa.

'Rosario! What are you saying? What nonsense are you thinking?' responded her cousin, perplexed.

'Answer me.'

Pepe Rey felt moisture on his hands.

'Why are you crying?' he said, greatly disturbed. 'Rosario, you're killing me with your absurd doubts. If I believe in God! Do you doubt it?'

'I don't, but they all say you're an atheist.'

'You'd be diminished in my eyes, you'd relinquish your halo of purity if you gave credence to such silliness.'

'Hearing you called an atheist and without being able to convince myself to the contrary through any reason, I've protested from the depths of my soul against such slander. You can't be an atheist. I have within me as vivid and strong a conviction of your faith as of my own.'

'How wisely spoken! Why, then, do you ask me if I believe in God?'

'Because I wanted to hear it from your own lips and rejoice in hearing you say it. It's so long since I heard your voice! What greater joy than to hear it again, after such a long silence, saying: "I believe in God"?'

'Rosario, even the wicked believe in Him. If there are atheists, which I don't doubt, they are the slanderers, the intriguers with which the world is infested. For my part, intrigues and slander matter little; and if you rise above them and close your heart to the feelings of discord which some treacherous hand would put there, nothing will oppose our happiness.'

'But what's happening to us? Pepe, dear Pepe ... do you believe in the devil?'

The engineer was silent. The darkness of the chapel prevented Rosario from seeing the smile with which her cousin received such a strange question.

'We must believe in him,' he said at last.

'What's happening to us? Mother forbids me to see you; but, except for the business about the atheism, she doesn't speak badly of you. She tells me to wait, that you'll decide; that you're going away, that you're coming back ... Tell me frankly ... Have you formed a bad opinion of my mother?'

'Not at all,' replied Rey, urged on by her delicacy.

'Do you not think, as I do, that she loves me very much, that she loves us both, that she only wants good for us, and that in the end we'll obtain the consent from her that we desire?'

'If you believe so, I do too. Your mother adores us both ... But, dear Rosario, you must recognise that the devil has entered this house.'

–No te burles –repuso ella con cariño–. ¡Ay!, mamá es muy buena. Ni una sola vez me ha dicho que no fueras digno de ser mi marido. No insiste más que en lo del ateísmo… Dicen que tengo manías, y que ahora me ha entrado la de quererte con toda mi alma. En nuestra familia es ley no contrariar de frente las manías congénitas que tenemos, porque, atacándolas, se agravan más.

–Pues yo creo que a tu lado hay buenos médicos que se han propuesto curarte y que, al fin, adorada niña mía, lo conseguirán.

–¡No, no, no mil veces! –exclamó Rosario, apoyando su frente en el pecho de su novio–. Quiero volverme loca contigo. Por ti estoy padeciendo; por ti estoy enferma; por ti desprecio la vida y me expongo a morir… Ya lo preveo: mañana estaré peor, me agravaré… Moriré. ¡Qué me importa!

–Tú no estás enferma –repuso él con energía–. Tú no tienes sino una perturbación moral que, naturalmente, trae ligeras afecciones nerviosas; tú no tienes más que la pena ocasionada por esta horrible violencia que están ejerciendo sobre ti. Tu alma sencilla y generosa no lo comprende. Cedes; perdonas a los que te hacen daño; te afliges, atribuyendo tu desgracia a funestas influencias sobrenaturales; padeces en silencio; entregas tu inocente cuello al verdugo; te dejas matar, y el mismo cuchillo, hundido en tu garganta, te parece la espina de una flor que se te clavó al pasar. Rosario, desecha esas ideas: considera nuestra verdadera situación, que es grave; mira la causa de ella donde verdaderamente está, y no te acobardes, no cedas a la mortificación que se te impone, enfermando tu alma y tu cuerpo. El valor de que careces te devolverá la salud, porque tú no estás realmente enferma, querida niña mía; tú estás…, ¿quieres que lo diga?, estás asustada, aterrada. Te pasa lo que los antiguos no sabían definir y llamaban maleficio. ¡Rosario, ánimo, confía en mí! Levántate y sígueme. No te digo más.

–¡Ay, Pepe…, primo mío!… Se me figura que tienes razón –exclamó Rosarito, anegada en llanto–. Tus palabras resuenan en mi corazón como golpes violentos que, estremeciéndome, me dan nueva vida. Aquí, en esta oscuridad, donde no podemos vernos las caras, una luz inefable sale de ti y me inunda el alma. ¿Qué tienes tú, que así me transformas? Cuando te conocí, de repente fui otra. En los días en que he dejado de verte me he visto volver a mi antiguo estado insignificante, a mi cobardía primera. Sin ti vivo en el limbo, Pepe mío… Haré lo que me dices: me levanto y te sigo. Iremos juntos adonde quieras. ¿Sabes que me siento bien? ¿Sabes que no tengo ya

'Don't jest!' she answered affectionately. 'Ah! Mother is very good. Not once has she said you weren't worthy to be my husband. The only thing she's insistent on is the atheism … They say I have manias, and the one that's got into me now is to love you with all my soul. In our family it's a rule not to oppose directly the congenital manias we have, because they get worse when attacked.'

'Well, I believe that there are good doctors at your side who are determined to cure you and that, my adorable girl, they'll finally do it.'

'No, no, a thousand times no!' exclaimed Rosario, leaning her forehead on her sweetheart's breast. 'I want to go mad with you. I'm suffering because of you; I'm ill because of you; you're the reason I despise life and risk death. I can foresee it already: tomorrow I'll be worse, I'll be even more ill … I'll die. What does it matter to me?'

'You're not ill,' he responded with energy. 'All that's wrong with you is an emotional upset which naturally brings with it some slight nervous disorders; the only matter with you is the pain caused by this horrible violence they're exerting on you. Your simple and generous soul doesn't understand it. You yield and forgive those who do you harm; you get upset, attributing your misfortune to baleful, supernatural influences; you suffer in silence and surrender your innocent neck to the executioner; you let yourself be killed, and the very knife plunged into your neck seems to you the thorn of a flower which pierced you in passing. Rosario, banish those ideas; consider our true situation, which is serious; seek the cause where it really is and don't be intimidated, don't yield to the tortures being inflicted on you, making you sick in body and soul. The courage you lack will restore you to health, because you're not really ill, my dear girl. You're … do you want me to tell you? You're frightened, terrified. What's happening to you is what the ancients, not knowing how to define it, called witchcraft. Courage, Rosario, have faith in me! Get up and follow me. That's all I'll say.'

'Ah, Pepe, my dear cousin! I think you're right,' exclaimed Rosario, bathed in tears. 'Your words resound in my heart like violent blows that shake me up and give me new life. Here in this darkness, where we can't see each other's faces, an indescribable light comes from you and overwhelms my soul. What have you got that you can transform me in this way? The moment I met you I suddenly became another being. On the days when I didn't see you I felt myself going back to my old insignificant state, my natural cowardice. Without you, my Pepe, I live in Limbo … I'll do as you tell me, I'll get up and follow you. Together we'll go wherever you wish. Do you know that I feel well? Do you know that I'm no longer feverish,

fiebre, que recobro las fuerzas, que quiero correr y gritar, que todo mi ser se renueva, y se aumenta y se centuplica para adorarte? Pepe, tienes razón. Yo no estoy enferma, yo no estoy sino acobardada; mejor dicho, fascinada.

—Eso es: fascinada.

—Fascinada. Terribles ojos me miran y me dejan muda y trémula. Tengo miedo; pero, ¿a qué?... Tú solo posees el extraño poder de devolverme la vida. Oyéndote, resucito. Yo creo que si me muriera y fueras a pasear junto a mi sepultura, desde lo hondo de la tierra sentiría tus pasos. ¡Oh, si pudiera verte ahora!... Pero estás aquí, a mi lado, y no dudo que eres tú... ¡Tanto tiempo sin verte!... Yo estaba loca. Cada día de soledad me parecía un siglo... Me decían que mañana, que mañana, y vuelta con mañana. Yo me asomaba a la ventana por las noches, y la claridad de la luz de tu cuarto me servía de consuelo. A veces tu sombra en los cristales era para mí una aparición divina. Yo extendía los brazos hacia fuera, derramaba lágrimas y gritaba con el pensamiento, sin atreverme a hacerlo con la voz. Cuando recibí tu recado por conducto de la criada, cuando me dio tu carta diciéndome que te marchabas, me puse muy triste; creí que se me iba saliendo el alma del cuerpo y que me moría por grados. Yo caía, caía como el pájaro herido cuando vuela, que va cayendo y muriéndose, todo al mismo tiempo... Esta noche, cuando te vi despierto tan tarde, no pude resistir el anhelo de hablar contigo, y bajé. Creo que todo el atrevimiento que puedo tener en mi vida lo he consumido y empleado en una sola acción, en ésta, y que ya no podré dejar de ser cobarde... Pero tú me darás aliento; tú me darás fuerzas; tú me ayudarás, ¿no es verdad?... Pepe, primo mío querido, dime que sí; dime que tengo fuerzas, y las tendré; dime que no estoy enferma, y no lo estaré. Ya no lo estoy. Me encuentro tan bien que me río de mis males ridículos.

Al decir esto, Rosarito se sintió frenéticamente enlazada por los brazos de su primo. Oyóse un ¡ay!, pero no salió de los labios de ella, sino de los de él, porque habiendo inclinado la cabeza, tropezó violentamente con los pies del Cristo. En la oscuridad es donde se ven las estrellas.

En el estado de su ánimo y en la natural alucinación que producen los sitios oscuros, a Rey le parecía no que su cabeza había topado con el santo pie, sino que éste se había movido, amonestándole de la manera más breve y más elocuente. Entre serio y festivo, alzó la cabeza y dijo así:

—Señor, no me pegues, que no haré nada malo.

En el mismo instante, Rosario tomó la mano del ingeniero, oprimiéndola contra su corazón. Oyóse una voz pura, grave, angelical, conmovida, que habló de este modo:

that I'm feeling stronger, that I want to run and shout, that my whole being is renewed and enlarged, multiplied a hundredfold in order to adore you? Pepe, you're right. I'm not sick; just cowed, or rather, bewitched.'

'That's it: bewitched.'

'Bewitched! Terrible eyes look at me and leave me mute and trembling. I'm afraid; but of what? ... You alone have the strange power to bring life back to me. Hearing you, I come back from the dead. I believe that if I were to die and you were to pass by my grave I'd feel your steps from the depths of the ground. Oh, if I could see you now! ... But you're here beside me and I don't doubt that it's you ... So long without seeing you! ... I was mad. Each day of solitude seemed to me a century ... They said to me tomorrow, tomorrow, and always tomorrow. I looked out of the window at night and the light from your room served to console me. At times your shadow on the glass was like a divine apparition for me. I stretched out my arms towards you, shedding tears and shouting in my thoughts without daring to do so with my voice. When I received your message through the maid, when she gave me your letter telling me you were going away, I became very sad; I thought my soul was leaving my body and that I was dying by degrees. I was falling, falling like a bird wounded as it flies, that falls and dies at the same time. Tonight, when I saw you were awake so late, I couldn't resist the longing to speak to you, so I came down. I think I've used up all the daring I can have in my life in a single act, this one, and from now on I can never be anything but a coward ... But you'll give me courage, you'll give me strength; you'll help me, won't you? Pepe, my dear cousin, tell me that you will; tell me I'm strong, and I'll be strong; tell me I'm not ill, and I won't be. I'm not ill now. I feel so well that I could laugh at my ridiculous illnesses.'

As she said this Rosarito felt her cousin's arms frenetically clasp her. An 'Oh!' was heard, but rather than from her lips it came from his because, leaning forward, he banged his head violently against the feet of the Christ. In the darkness he could see stars.

With his frame of mind and the natural hallucination produced by dark places, it seemed to Rey not that his head had bumped into the sacred foot, but that this had moved, admonishing him in the briefest and most eloquent manner. Half seriously and half in jest, he raised his head and said:

'Lord, do not strike me, for I shall do no wrong.'

At the same moment Rosario took the young man's hand and pressed it against her heart. A pure, grave, angelic voice full of feeling was heard speaking in this way:

–Señor que adoro; Señor Dios del mundo y tutelar de mi casa y de mi familia; Señor a quien Pepe también adora; Santo Cristo bendito que moriste en la cruz por nuestros pecados: ante Ti, ante Tu cuerpo herido, ante Tu frente coronada de espinas, digo que éste es mi esposo, y que después de Ti es el que más ama mi corazón; digo que le declaro mío, y que antes moriré que pertenecer a otro. Mi corazón y mi alma son suyos. Haz que el mundo no se oponga a nuestra felicidad y concédeme el favor de esta unión, que ha de ser buena ante el mundo como lo es en mi conciencia.

–Rosario, eres mía –exclamó Pepe con exaltación–. Ni tu madre ni nadie lo impedirá.

La prima inclinó su hermoso busto inerte sobre el pecho del primo. Temblaba en los amantes brazos varoniles como la paloma en las garras del águila.

Por la mente del ingeniero pasó como un rayo la idea de que existía el demonio; pero entonces el demonio era él. Rosario hizo ligero movimiento de miedo: tuvo como el temblor de sorpresa que anuncia el peligro.

–Júrame que no desistirás –dijo turbadamente Rey, atajando aquel movimiento.

–Te lo juro por las cenizas de mi padre, que están…

–¿Dónde?

–Bajo nuestros pies.

El matemático sintió que se levantaba bajo sus pies la losa…; pero no, no se levantaba; es que él creyó notarlo así, a pesar de ser matemático.

–Te lo juro –repitió Rosario– por las cenizas de mi padre y por Dios, que nos está mirando… Que nuestros cuerpos, unidos como están, reposen bajo estas losas cuando Dios quiera llevarnos de este mundo.

–Sí –repitió Pepe Rey, con emoción profunda, sintiendo en su alma una turbación inexplicable.

Ambos permanecieron en silencio durante breve rato. Rosario se había levantado.

–¿Ya?

Volvió a sentarse.

–Tiemblas otra vez –dijo Pepe–. Rosario, tú estás mala; tu frente abrasa.

–Parece que me muero –murmuró la joven con desaliento–. No sé qué tengo.

Cayó sin sentido en brazos de su primo. Agasajándola, notó que el rostro de la joven se cubría de helado sudor.

«Está realmente enferma –dijo para sí–. Esta salida es una verdadera calaverada.»

'Lord whom I adore; Lord God of the world and guardian of my house and family; Lord whom Pepe also adores; holy and blessed Christ who died on the cross for our sins; before Thee, before Thy wounded body, before Thy forehead crowned with thorns, I say that this is my husband and that after Thee he's the one my heart loves most. I say that I declare him mine, and that I'll die before I belong to any other. My heart and soul are his. Make it so the world does not oppose our happiness, and grant me the favour of this union, which I swear will be good in the eyes of the world as it is in my conscience.'

'Rosario, you are mine!' exclaimed Pepe Rey with exaltation. 'Neither your mother nor anyone else will prevent it.'

Rosario leant her beautiful body motionless into her cousin's chest. She trembled in his loving, manly arms like a dove in the talons of an eagle.

Through the engineer's mind flashed the thought that the devil did exist, but that it was he who was the devil. Rosario made a slight movement of fear, feeling the trembling of surprise that means danger is near.

'Swear to me that you won't give up,' said Rey, perplexed, putting an end to that movement.

'I swear by my father's ashes which are ...'

'Where?'

'Under our feet.'

The mathematician felt the stone rise under his feet; but no, it was not rising. He thought he felt it despite being a mathematician.

'I swear it,' repeated Rosario, 'by my father's ashes and by God who is watching us ... May our bodies, united as they are, rest beneath these stones when God wants to take us from this world.'

'Yes,' repeated Pepe Rey with profound emotion, feeling an inexplicable trepidation in his soul.

Both remained silent for a short time. Rosario had risen.

'Already?' he said.

She sat down again.

'You're trembling again,' said Pepe. 'Rosario, you're ill; your forehead's burning.'

'I feel like I'm dying,' murmured the young girl with dismay. 'I don't know what's wrong with me.'

She fell senseless into her cousin's arms. Caressing her, he noticed that her face was covered with a cold sweat.

'She really is ill,' he said to himself. 'This outing is a crazy escapade.'

Levantóla en sus brazos, tratando de reanimarla; pero ni el temblor de ella ni el desmayo cesaban, por lo cual resolvió sacarla de la capilla, a fin de que el aire fresco la reanimase. Así fue, en efecto. Recobrado el sentido, manifestó Rosario mucha inquietud por hallarse a tal hora fuera de su habitación. El reloj de la catedral dio las cuatro.

–¡Qué tarde! –exclamó la joven–. Suéltame, primo. Me parece que puedo andar. Verdaderamente estoy muy mala.

–Subiré contigo.

–Eso de ninguna manera. Antes iré arrastrándome hasta mi cuarto… ¿No te parece que se oye un ruido…?

Ambos callaron. La ansiedad de su atención determinó un silencio absoluto.

–¿No oyes nada, Pepe?

–Absolutamente nada.

–Pon atención… Ahora, ahora vuelve a sonar. Es un rumor que no sé si suena lejos, muy lejos, o cerca, muy cerca. Lo mismo podría ser la respiración de mi madre que el chirrido de la veleta que está en la torre de la catedral. ¡Ah! Tengo un oído muy fino.

–Demasiado fino… Conque, querida prima, te subiré en brazos.

–Bueno, súbeme hasta lo alto de la escalera. Después iré yo sola. En cuanto descanse un poco, me quedaré como si tal cosa… ¿Pero no oyes?

Detuviéronse en el primer peldaño.

–Es un sonido metálico.

–¿La respiración de tu mamá?

–No, no es eso. El rumor viene de muy lejos. ¿Será el canto de un gallo?

–Podrá ser.

–Parece que suenan dos palabras, diciendo: «Allá voy, allá voy».

–Ya, ya oigo –murmuró Pepe Rey.

–Es un grito.

–Es una corneta.

–¡Una corneta!

–Sí. Sube pronto. Orbajosa va a despertar… Ya se oye con claridad. No es trompeta, sino clarín. La tropa se acerca.

–¡Tropa!

–No sé por qué me figuro que esta invasión militar ha de ser provechosa para mí… Estoy alegre, Rosario; arriba pronto.

–También yo estoy alegre. Arriba.

He lifted her up in his arms, trying to revive her, but neither her trembling nor the fainting fit ceased. He therefore resolved to take her out of the chapel so that the fresh air would revive her. And so it was. When she recovered consciousness Rosario showed great concern at being out of her own room at such an hour. The cathedral clock struck four.

'How late it is!' exclaimed the young girl. 'Let me go, cousin. I think I can walk. I'm really very ill.'

'I'll go up with you.'

'Certainly not. I'd sooner drag myself to my room … Can you hear a noise?'

Both were silent. The anxiety with which they listened caused total silence.

'Can't you hear anything, Pepe?'

'Absolutely nothing.'

'Pay attention. There, there it is again. It's a noise but I don't know if it's sounding from afar, very far, or near, very near. It might just as well be my mother's breathing as the creaking of the weather vane on the cathedral tower. Ah! I have a very fine ear.'

'Too fine! Well then, dear cousin, I'll carry you upstairs in my arms.'

'Very well, carry me to the top of the stairs. Then I'll go alone. As soon as I rest a little I'll be fine … But can't you hear?'

They stopped on the first step.

'It's a metallic sound.'

'Your mother's breathing?'

'No, it's not that. The noise is coming from a long way away. Might it be the crowing of a cock?'

'It could be.'

'It sounds like two words, saying: "I'm coming, I'm coming".'

'Now, now I can hear,' murmured Pepe Rey.

'It's a cry.'

'It's a cornet.'

'A cornet!'

'Yes. Go up quickly. Orbajosa is going to wake up … You can hear it clearly now. It isn't a trumpet but a bugle. The soldiers are coming.'

'Soldiers!'

'I don't know why I imagine that this military invasion is going to be advantageous to me … I feel glad, Rosario. Upstairs, quickly.'

'I'm glad too. Upstairs.'

En un instante la subió, y los dos amantes se despidieron, hablándose al oído tan quedamente que apenas se oían.

–Me asomaré por la ventana que da a la huerta para decirte que he llegado a mi cuarto sin novedad. Adiós.

–Adiós, Rosario. Ten cuidado de no tropezar con los muebles.

–Por aquí navego bien, primo. Ya nos veremos otra vez. Asómate a la ventana de tu aposento si quieres recibir mi parte telegráfico.

Pepe Rey hizo lo que se le mandaba; pero aguardó largo rato, y Rosario no apareció en la ventana. El ingeniero creía sentir agitadas voces en el piso alto.

18. *Tropa*

Los habitantes de Orbajosa oían en la crepuscular vaguedad de su último sueño aquel clarín sonoro, y abrían los ojos diciendo:

–¡Tropa!

Unos, hablando consigo mismos, mitad dormidos, mitad despiertos, murmuraban:

–Por fin nos han mandado esa canalla.

Otros se levantaban a toda prisa, gruñendo así:

–Vamos a ver a esos condenados.

Alguno apostrofaba de este modo:

–Anticipo forzoso tenemos… Ellos dicen quintas, contribuciones; nosotros diremos palos y más palos.

En otra casa se oyeron estas palabras, pronunciadas con alegría:

–¡Si vendrá mi hijo!… ¡Si vendrá mi hermano!…

Todo era saltar del lecho, vestirse aprisa, abrir las ventanas para ver el alborotador regimiento que entraba con las primeras luces del día. La ciudad era tristeza, silencio, vejez; el ejército, alegría, estrépito, juventud. Entrando el uno en la otra, parecía que la momia recibía por arte maravilloso el don de la vida, y bulliciosa, saltaba fuera del húmedo sarcófago para bailar en torno de él. ¡Qué movimiento, qué algazara, qué risas, qué jovialidad! No existe nada tan interesante como un ejército. Es la patria en su aspecto juvenil y vigoroso. Lo que en el concepto individual tiene o puede tener esa misma patria de inepta, de levantisca, de supersticiosa unas veces, de blasfema otras, desaparece bajo la presión férrea de la disciplina, que de tantas figurillas insignificantes hace un conjunto prodigioso. El soldado, o sea el corpúsculo, al desprenderse, después de un *rompan filas*, de la masa

In an instant he carried her up, and the two lovers said goodbye, speaking so softly in each other's ears that they could scarcely be heard.

'I'll go to the window overlooking the garden to let you know I've reached my room safely. Goodbye.'

'Goodbye, Rosario. Take care not to bump into the furniture.'

'I can find my way around here very well, cousin. We'll see each other again soon. Stand at your window if you wish to get my dispatch.'

Pepe Rey did as he was told; but he waited a long time and Rosario did not appear at the window. The engineer thought he heard agitated voices on the upper floor.

18. The soldiers

The inhabitants of Orbajosa heard in the dim twilight of their last slumbers that sonorous bugle, and opened their eyes saying:

'Soldiers!'

Some of them, talking to themselves, half-awake, half-asleep, muttered:

'They've finally sent us that rabble.'

Others got up hastily, grumbling in this way:

'Let's take a look at those damned rascals.'

Someone soliloquised in this way:

'We'll have advance taxes … They say drafts, contributions; we'll say blows and more blows.'

In another house these words were heard, uttered joyfully:

'My son's coming! … My brother's coming!'

It was all leaping out of bed, dressing hastily and opening windows to see the boisterous regiment entering the city with the first light of day. The city was sorrow, silence, old age; the army joy, noise, youth. As the one entered the other, it seemed as if by some magic art the mummy received the gift of life and leapt boisterously out of its damp sarcophagus to dance around it. What movement, what a din, what laughter, what joviality! There is nothing as interesting as an army. It is one's country in all its youth and vigour. What, from an individual point of view, that same country has or might have in ineptitude, turbulence, sometimes superstition, other times blasphemy, disappears under the iron pressure of discipline which makes a prodigious whole of so many insignificant figurines. After the order to fall out, the soldier, that is the individual, on breaking away from the mass

en que ha tenido vida regular y a veces sublime, suele conservar algunas de las cualidades peculiares del ejército. Pero esto no es lo más común. A la separación suele acompañar súbito encanallamiento, de lo cual resulta que si un ejército es gloria y honor, una reunión de soldados puede ser calamidad insoportable, y los pueblos que lloran de júbilo y entusiasmo al ver entrar en su recinto un batallón victorioso, gimen de espanto y tiemblan de recelo cuando ven libres y sueltos a los señores soldados.

Esto último sucedió en Orbajosa, porque en aquellos días no había glorias que cantar, ni motivo alguno para tejer coronas ni trazar letreros triunfales, ni mentar siquiera hazañas de nuestros bravos, por cuya razón todo fue miedo y desconfianza en la episcopal ciudad, que, si bien pobre, no carecía de tesoros en gallinas, frutas, dinero y doncellez, los cuales corrían gran riesgo desde que entraron los consabidos alumnos de Marte. Además de esto, la patria de los Polentinos, como ciudad muy apartada del movimiento y bullicio que han traído el tráfico, los periódicos, los ferrocarriles y otros agentes que no hay para qué analizar ahora, no gustaba que la molestasen en su sosegada existencia.

Siempre que se ofrecía coyuntura propicia, mostraba viva repulsión a someterse a la autoridad central que, mal o bien, nos gobierna; y recordando sus fueros de antaño y mascullándolos de nuevo, como rumia el camello la hierba que ha comido el día antes, alardeaba de cierta independencia levantisca, deplorables resabios de behetría que a veces daban no pocos quebraderos de cabeza al gobernador de la provincia.

Otrosí: debe tenerse en cuenta que Orbajosa tenía antecedentes o, mejor dicho, abolengo faccioso. Sin duda conservaba en su seno algunas fibras enérgicas de aquellas que en edad remota, según la entusiasta opinión de don Cayetano, la impulsaron a inauditas acciones épicas; y aunque en decadencia, sentía de vez en cuando violento afán de hacer grandes cosas, aunque fueran barbaridades y desatinos. Como dio al mundo tantos egregios hijos, quería, sin duda, que sus actuales vástagos, los Caballucos, Merengues y Pelomalos, renovasen las gestas gloriosas de los de antaño.

Siempre que hubo facciones en España, aquel pueblo dio a entender que no existía en vano sobre la faz de la Tierra, si bien nunca sirvió de teatro a una verdadera campaña. Su genio, su situación, su historia, la reducían al papel secundario de levantar partidas. Obsequió al país con esta fruta nacional en tiempo de los Apostólicos (1827), durante la Guerra de los siete Años, en 1848, y en otras épocas de menos eco en la historia patria. Las

where he has had a regular and at times sublime life, usually retains some of the peculiar qualities of the army. But this is not the general rule. The separation is usually accompanied by a sudden deterioration, with the result that if an army is glory and honour, a gathering of soldiers may be an unbearable calamity; and towns that weep with joy and enthusiasm on seeing a victorious battalion enter their precincts, groan with terror and tremble with apprehension when they see the soldiers footloose and fancy free.

This last was what happened in Orbajosa, for in those days there were no glorious deeds to sing, nor any reason to weave wreaths or mark out triumphal inscriptions or even to mention the exploits of our brave soldiers; hence all was fear and distrust in the episcopal city which, although very poor, was not lacking in such treasures as hens, fruit, money and maidenhood, all at great risk from the moment the above-mentioned alumni of Mars entered it. In addition to this, the Polentinos' home town, as a city far from the hustle and bustle brought by traffic, newspapers, railroads and other agents which it is unnecessary to specify now, did not like its calm existence to be disturbed.

Whenever a favourable moment arose, it showed a sharp aversion to submitting to the central authority which, for better or worse, governs us; and recalling privileges from years gone by and ruminating upon them anew, as the camel chews the cud of the grass eaten the previous day, it boasted a certain rebellious independence, deplorable traces of anarchy which at times gave the governor of the province many headaches.

It must be taken into account, moreover, that Orbajosa had antecedents or, to put it better, rebel ancestry. Undoubtedly it retained some of those energetic fibres which, in a remote age, impelled it to unprecedented epic deeds, according to the enthusiastic opinion of Don Cayetano; and, although in a state of decadence, it occasionally felt a violent urge to do great things, even if they were barbaric acts and follies. As it had given the world so many eminent sons, it doubtless wanted its present offspring – the Caballucos, Merengues and Pelosmalos – to renew the heroic deeds of those of years gone by.

Whenever there were factions in Spain, that town gave to understand that it was not in vain that it existed on the face of the earth, even though it never served as the theatre of a real campaign. Its nature, situation and history reduced it to the secondary role of raising rebel groups. It presented the country with this national fruit during the time of the *Apostólicos*, in 1827, during the Seven Years' War, in 1848, and at other periods of less resonance

partidas y los partidarios fueron siempre populares, circunstancia funesta que procedía de la guerra de la Independencia, una de esas cosas buenas que han sido origen de infinitas cosas detestables. *Corruptio optimi pessima.* Y con la popularidad de las partidas y de los partidarios coincidía, siempre creciente, la impopularidad de todo lo que entraba en Orbajosa con visos de delegación o instrumento del poder central. Los soldados fueron siempre tan mal vistos allí que siempre que los ancianos narraban un crimen, robo, asesinato, violación o cualquier otro espantable desafuero, añadían: «Esto sucedió cuando vino la tropa».

Y ya que se ha dicho esto tan importante, bueno será añadir que los batallones enviados allá en los días de la historia que referimos no iban a pasearse por las calles; llevaban un objeto que clara y detalladamente se verá más adelante. Como dato de no escaso interés, apuntaremos que lo que aquí se va contando ocurrió en un año que no está muy cerca del presente, ni tampoco muy lejos, así como también puede decirse que Orbajosa (entre los romanos *urbs augusta*, si bien algunos eruditos modernos, examinando el *ajosa*, opinan que este rabillo lo tiene por ser patria de los mejores ajos del mundo) no está muy lejos ni tampoco muy cerca de Madrid, no debiendo tampoco asegurarse que enclave sus gloriosos cimientos al Norte, ni al Sur, ni al Este, ni al Oeste, sino que es posible esté en todas partes y por doquiera que los españoles revuelvan sus ojos y sientan el picar de sus ajos.

Repartidas por el municipio las cédulas de alojamiento, cada cual se fue en busca de su hogar prestado. Les recibían de muy mal talante, dándoles acomodo en los lugares más atrozmente inhabitables de cada casa. Las muchachas del pueblo no eran, en verdad, las más descontentas; pero se ejercía sobre ellas una gran vigilancia, y no era decente mostrar alegría por la visita de tal canalla. Los pocos soldados hijos de la comarca eran los únicos que estaban a cuerpo de rey. Los demás eran considerados como extranjeros.

A las ocho de la mañana, un teniente coronel de Caballería entró con su cédula en casa de doña Perfecta Polentinos. Recibiéronle los criados, por encargo de la señora, que, hallándose en deplorable situación de ánimo, no quiso bajar al encuentro del militarote, y señaláronle para vivienda la única habitación, al parecer, disponible de la casa: el cuarto que ocupaba Pepe Rey.

—Que se acomoden como puedan —dijo doña Perfecta con expresión de hiel y vinagre—. Y si no caben, que se vayan a la calle.

¿Era su intención molestar de este modo al infame sobrino o realmente

in the nation's history. Rebel groups and their chiefs were always popular, a fatal circumstance arising from the War of Independence,[31] one of those good things which have been the origin of an infinite number of foul things. *Corruptio optimi pessima.* And the popularity of the rebel groups and their chiefs coincided, in ever-increasing proportion, with the unpopularity of everyone who entered Orbajosa looking like a delegate or instrument of the central power. The soldiers were always so badly looked on there that, whenever the old people told of a crime, robbery, murder, rape or any other atrocity, they added: 'This happened when the soldiers came.'

And now that these important observations have been made, it will be well to add that the battalions sent there during the days of our story did not come to parade through the streets, but for a purpose which will be seen clearly and in detail later on. As a fact of no little interest, we may note that what is herein related took place in a year neither very near nor very far from the present. It may also be said that Orbajosa (*urbs augusta* to the Romans, although some modern scholars, considering '-*ajosa*', are of the opinion that it has this little appendage because it is the home of the best garlic in the world) is neither very near nor very far from Madrid. Nor can we be certain whether its glorious foundations are laid to the north, south, east or west; but that it is possibly everywhere, and wherever Spaniards turn their eyes and taste the pungency of their garlic.

Billeting orders being distributed through the town, every soldier went in search of his borrowed home. They were received with very bad grace, assigned accommodation in the most atrocious, uninhabitable parts of every house. The town girls were not, in fact, the unhappiest; but a strict watch was kept over them and it was indecent to show pleasure at the visit of such rabble. The few soldiers who were natives of the district were the only ones who were treated like kings. The others were considered foreigners.

At eight in the morning a lieutenant colonel of cavalry entered Doña Perfecta Polentinos' house with his billeting order. The servants received him, by order of the señora who, being in a deplorable state of mind, refused to go down and meet the soldier, and they showed him to the only room in the house which was apparently available: the one occupied by Pepe Rey.

'Let them get on as they can,' said Doña Perfecta, with an expression of gall and vinegar. 'And if they don't get on, let them go out into the street.'

Was it her intention thus to annoy her odious nephew, or was there

no había en el edificio otra pieza disponible? No lo sabemos, ni las crónicas de donde esta verídica historia ha salido dicen una palabra acerca de tan importante cuestión. Lo que sabemos de un modo incontrovertible es que, lejos de mortificar a los dos huéspedes el verse enjaulados juntos, causóles sumo gusto, por ser amigos antiguos. Grande y alegre sorpresa tuvieron uno y otro cuando se encontraron, y no cesaban de hacerse preguntas y lanzar exclamaciones, ponderando la extraña casualidad que los unía en tal sitio y ocasión.

–Pinzón…, ¡tú por aquí!… ¿Pero qué es esto? No sospechaba que estuvieras tan cerca…

–Oí decir que andabas por estas tierras, Pepe Rey; pero nunca creí encontrarte en la horrible, en la salvaje Orbajosa.

–¡Casualidad feliz!… Porque esta casualidad es felicísima, providencial… Pinzón, entre tú y yo vamos a hacer algo grande en este poblacho.

–Y tendremos tiempo de meditarlo –repuso el otro sentándose en el lecho donde el ingeniero yacía–, porque, según parece, viviremos los dos en esta pieza. ¿Qué demonios de casa es ésta?

–Hombre, la de mi tía. Habla con más respeto. ¿No conoces a mi tía?… Pero voy a levantarme.

–Me alegro, porque con eso me acostaré yo, que bastante lo necesito… ¡Qué camino, amigo Pepe, qué camino y qué pueblo!

–Dime, ¿venís a pegar fuego a Orbajosa?

–¡Fuego!

–Dígolo porque yo tal vez os ayudaría.

–¡Qué pueblo! ¡Pero qué pueblo! –exclamó el militar, tirando el chacó, poniendo a un lado espada y tahalí, cartera de viaje y capote–. Es la segunda vez que nos mandan aquí. Te juro que a la tercera pido la licencia absoluta.

–No hables mal de esta buena gente. ¡Pero qué a tiempo has venido! Parece que te manda Dios en mi ayuda, Pinzón… Tengo un proyecto terrible, una aventura, si quieres llamarla así; un plan, amigo mío…, y me hubiera sido muy difícil salir adelante sin ti. Hace un momento me volvía loco cavilando, y dije, lleno de ansiedad: «Si yo tuviera aquí un amigo, un buen amigo…»

–Proyecto, plan, aventura… Una de dos, señor matemático: o es dar la dirección a los globos o algo de amores…

–Es formal, muy formal. Acuéstate, duerme un poco, y después hablaremos.

–Me acostaré, pero no dormiré. Puedes contarme todo lo que quieras. Sólo te pido que hables lo menos posible de Orbajosa.

really no other available room in the building? We do not know, nor do the chronicles from which this true history is taken say a word on such an important question. What we know incontrovertibly is that, far from being distressed at being cooped up together, it gave the two guests great pleasure, as they were old friends. Great and happy was their surprise when they met, and they did not stop asking each other questions and uttering exclamations as they pondered on the strange chance that had brought them together at such a time and place.

'Pinzón … You, here! What's this? I had no idea you were so near…'

'I heard you were in this part of the country, Pepe Rey; but I never thought I'd meet you in this horrible, savage Orbajosa.'

'What a fortunate coincidence! For this is the most fortunate, providential chance. Pinzón, between us both we're going to do something great in this wretched town.'

'And we'll have time to think it through,' replied the other, sitting on the bed where the engineer was lying, 'for it seems we'll both be living in this room. What the devil kind of a house is this?'

'It's my aunt's. Speak with more respect. Don't you know my aunt? … I'm going to get up.'

'I'm very glad, for then I can lie down, which I badly need to do. What a road, friend Pepe, what a road and what a town!'

'Tell me, have you come to set fire to Orbajosa?'

'Fire!'

'I ask you because maybe I'd help you.'

'What a town! But what a town!' exclaimed the soldier, removing his tunic and laying aside sword and shoulder-strap, travelling case and cloak. 'This is the second time they've sent us here. I swear I'll ask for my discharge the third time.'

'Don't speak ill of these good people! But you've come at the right time. It seems that God has sent you to my aid, Pinzón …. I have a terrible project, an adventure if you want to call it that; a plan, my friend … and it would have been difficult for me to carry it through without you. A moment ago I was going crazy, pondering things and saying, full of anxiety: "If only I had a friend here, a good friend!"'

'Project, plot, adventure! … One or the other, Mister Mathematician: either it's aerial navigation in a balloon, or some love affair …'

'It's serious, very serious. Go to bed, sleep a while, and then we'll talk.'

'I'll go to bed, but I won't sleep. You can tell me all you want. The only thing I ask is that you say as little as possible about Orbajosa.'

–Precisamente de Orbajosa quiero hablarte. ¿Pero tú también tienes antipatía a esa cuna de tantos varones insignes?

–Estos ajeros…, los llamamos los ajeros…; pues digo que serán todo lo insignes que tú quieras, pero a mí me pican como los frutos del país. He aquí un pueblo dominado por gentes que enseñan la desconfianza, la superstición y el aborrecimiento a todo el género humano. Cuando estemos despacio te contaré un sucedido…, un lance, mitad gracioso, mitad terrible, que me ocurrió aquí el año pasado… Cuando te lo cuente, tú te reirás, y yo echaré chispas de cólera… Pero, en fin, lo pasado, pasado…

–Lo que a mí me pasa no tiene nada de gracioso.

–Pero los motivos de mi aborrecimiento a este poblachón son diversos. Has de saber que aquí asesinaron a mi padre, el 48, unos desalmados partidarios. Era brigadier y estaba fuera de servicio. Llamóle el Gobierno, y pasaba por Villahorrenda para ir a Madrid cuando fue cogido por media docena de tunantes… Aquí hay varias dinastías de guerrilleros. Los Aceros, los Caballucos, los Pelosmalos…, un presidio suelto, como dijo quien sabía muy bien lo que decía.

–¿Supongo que la venida de dos regimientos con alguna Caballería no será por gusto de visitar estos amenos vergeles?

–¡Qué ha de ser! Venimos a recorrer el país. Hay muchos depósitos de armas. El Gobierno no se atreve a destituir a la mayor parte de los Ayuntamientos sin desparramar algunas compañías por estos pueblos. Como hay tanta agitación facciosa en esta tierra, como dos provincias cercanas están ya infestadas y como, además, este distrito municipal de Orbajosa tiene una historia tan brillante en todas las guerras civiles, hay temores de que los bravos de por aquí se echen a los caminos a saquear lo que encuentren.

–¡Buena precaución! Pero creo que mientras esta gente no perezca y vuelva a nacer, mientras hasta las piedras no muden de forma, no habrá paz en Orbajosa.

–Ésa es también mi opinión –dijo el militar encendiendo un cigarrillo–. ¿No ves que los partidarios son la gente mimada en este país? A todos los que asolaron la comarca en 1848 y en otras épocas, o, a falta de ellos, a sus hijos, les encuentras colocados en los fielatos, en puertas, en el Ayuntamiento, en la conducción del correo; los hay que son alguaciles, sacristanes, comisionados de apremios. Algunos se han hecho temibles caciques, y son los que amasan las elecciones y tienen influjo en Madrid, reparten destinos… En fin, esto da grima.

'It's precisely about Orbajosa that I want to talk to you. But do you too have an antipathy to this cradle of so many illustrious men?'

'These garlic-eaters ... we call them the garlic-eaters. They may be as illustrious as you like, but to me they're as irritating as the local product. This is a town dominated by people who teach distrust, superstition and hatred of the whole human race. When we've got time, I'll tell you something ... an incident, half comic, half terrible, that happened to me here last year ... When I tell you, you'll laugh and I'll send off sparks of anger ... But, anyway, what's past is past ...'

'There's nothing funny about what's happening to me.'

'But I've various reasons for hating this dump. My father was assassinated here in '48 by some heartless partisans. He was a brigadier and he'd left the service. The government summoned him, and as he was passing through Villahorrenda on his way to Madrid he was captured by half a dozen ruffians ... There are several dynasties of guerrilla chiefs here. The Aceros, the Caballucos, the Pelosmalos ... a prison on the loose, as someone who knew very well what he was talking about said.'

'I suppose the arrival of two regiments with some cavalry won't be for the pleasure of visiting these delightful gardens.'

'Certainly not! We've come to survey the country. There are many caches of arms. The Government doesn't dare to dissolve most of the municipal councils without first distributing a few companies of soldiers through these towns. Since there's so much disturbance in this part of the country; since two of the neighbouring provinces are already infested; and, what's more, since this municipal district of Orbajosa has such a brilliant record in all the civil wars, there are fears that the local bravos will take to the roads to rob everyone they meet.'

'A good precaution! But I believe that not until these people die and are born again, not until the very stones change shape, will there be peace in Orbajosa.'

'That's my opinion too,' said the officer lighting a cigarette. 'Don't you see that the partisans are the blue-eyed boys of this place? You'll find all those who desolated the district in 1848 and at other times, or else their sons, employed in the inspector's office, at the toll gates, in the Town Hall, in the mail service – among them constables, vergers and bailiffs. Some have become fearsome party leaders, and they're the ones who fix the elections and have influence in Madrid, distributing places ... In short, it gets on your nerves.'

–Dime, ¿y no se podrá esperar que los partidarios hagan una fechoría en estos días? Si así fuera, arrasarían ustedes el pueblo, y yo les ayudaría.

–¡Si en mí consistiera...! Ellos harán de las suyas –dijo Pinzón–, porque las facciones de las dos provincias cercanas crecen como una maldición de Dios. Y acá para entre los dos, amigo Rey, yo creo que esto va largo. Algunos se ríen y aseguran que no puede haber otra guerra civil como la pasada. No conocen el país, no conocen a Orbajosa y sus habitantes. Yo sostengo que esto que ahora empieza lleva larga cola, y que tendremos una nueva lucha cruel y sangrienta que durará lo que Dios quiera. ¿Qué opinas tú?

–Amigo, en Madrid me reía yo de todos los que hablaban de la posibilidad de una guerra civil tan larga y terrible como la de los siete años; pero ahora, después que estoy aquí...

–Es preciso engolfarse en estos países encantadores, ver de cerca esta gente y oírle dos palabras para saber de qué pie cojea.

–Pues sí... Sin poder explicarme en qué fundo mis ideas, ello es que desde aquí veo las cosas de otra manera, y pienso en la posibilidad de largas y feroces guerras.

–Exactamente.

–Pero ahora, más que la guerra pública, me preocupa una privada en que estoy metido y que he declarado hace poco.

–¿Dijiste que ésta es la casa de tu tía? ¿Cómo se llama?

–Doña Perfecta Rey de Polentinos.

–¡Ah! La conozco de nombre. Es una persona excelente y la única de quien no he oído hablar mal a los *ajeros*. Cuando estuve aquí la otra vez, en todas partes oía ponderar su bondad, su caridad, sus virtudes.

–Sí, mi tía es muy bondadosa, muy amable –murmuró Rey.

Después quedó pensativo breve rato.

–Pero ahora recuerdo... –exclamó de súbito Pinzón–. ¡Cómo se van atando cabos...! Sí, en Madrid me dijeron que te casabas con una prima. Todo está descubierto. ¿Es aquella linda y celestial Rosarito?...

–Pinzón, hablaremos detenidamente.

–Se me figura que hay contrariedades.

–Hay algo más. Hay luchas terribles. Se necesitan amigos poderosos, listos, de iniciativa, de gran experiencia en los lances difíciles, de gran astucia y valor.

'Tell me, is there no hope of the partisans carrying out some misdemeanour these days? If that should happen, you'd destroy the town and I'd help you.'

'If it depended on me...! They'll play their part,' said Pinzón, 'for the uprisings in the two neighbouring provinces are growing like God's curse. And between you and me, Rey, my friend, I think this is going to last a long time. Some people laugh and maintain there can't be another civil war like the last one. They don't know the country; they don't know Orbajosa and its inhabitants. I believe what's starting now has far-reaching implications, and we'll have another cruel and bloody struggle that will last God knows how long. What do you think?'

'My friend, in Madrid I used to laugh at everyone who talked about the possibility of a civil war as long and terrible as the Seven Years' War. But now, since I've been here ...'

'You have to bury yourself in these charming regions, see these people at close quarters and hear them talk to know the real state of affairs.'

'Just so ... Without being able to explain to myself what I'm basing my ideas on, the fact is I see things differently here, and I believe in the possibility of a long and ferocious war.'

'Exactly.'

'But right now, I'm preoccupied less by the public war than by a private one I'm involved in and which I declared a short time ago.'

'You said this is your aunt's house. What's she called?'

'Doña Perfecta Rey de Polentinos.'

'Ah! I know her by name. She's an excellent person, and the only one I've not heard the garlic-eaters speak badly about. When I was here the previous time I heard her goodness, her charity, her innumerable virtues extolled everywhere.'

'Yes, my aunt is very kind, very amiable,' murmured Rey.

Then he was thoughtful for a short while.

'But now I remember!' exclaimed Pinzón suddenly. 'How all the threads tie together ...! Yes, in Madrid they told me you were getting married to a cousin. All is revealed. Is she the beautiful, heavenly Rosario?'

'Pinzón, we'll talk at length.'

'I imagine there are obstacles.'

'There's something more. There are terrible fights. I'm in need of powerful, clever friends with initiative, a lot of experience in difficult times, great shrewdness and courage.'

–Hombre, eso es todavía más grave que un desafío.

–Mucho más grave. Se bate uno fácilmente con otro hombre. Con mujeres, con invisibles enemigos que trabajan en la sombra, es imposible.

–Vamos, ya soy todo oídos.

El teniente coronel Pinzón descansaba cuan largo era sobre el lecho. Pepe Rey acercó una silla y, apoyando en el mismo lecho el codo y en la mano la cabeza, empezó su conferencia, consulta, exposición de plan o lo que fuera, y habló larguísimo rato. Oíale Pinzón con curiosidad profunda y sin decir nada, salvo algunas preguntillas sueltas para pedir nuevos datos o la aclaración de alguna oscuridad. Cuando Rey concluyó, Pinzón estaba serio. Estiróse en la cama, desperezándose con la placentera convulsión de quien no ha dormido en tres noches, y después dijo así:

–Tu plan es arriesgado y difícil.

–Pero no imposible.

–¡Oh!, no, que nada hay imposible en este mundo. Piénsalo bien.

–Ya lo he pensado.

–¿Y estás resuelto a llevarlo adelante? Mira que esas cosas ya no se estilan. Suelen salir mal, y no dejan bien parado a quien las hace.

–Estoy resuelto.

–Pues aunque el asunto es arriesgado y grave, muy grave, aquí me tienes, dispuesto a ayudarte en todo y por todo.

–¿Cuento contigo?

–Hasta morir.

19. Combate terrible. Estrategia.

Los primeros fuegos no podían tardar. A la hora de la comida, después de ponerse de acuerdo con Pinzón respecto al plan convenido, cuya primera condición era que ambos amigos fingirían no conocerse, Pepe Rey fue al comedor. Allí encontró a su tía, que acababa de llegar de la catedral, donde pasaba, según su costumbre, toda la mañana. Estaba sola y parecía hondamente preocupada. El ingeniero observó que sobre aquel semblante pálido y marmóreo, no exento de cierta hermosura, se proyectaba la misteriosa sombra de un celaje. Al mirar recobraba la claridad siniestra; pero miraba poco, y después de una rápida observación del rostro de su sobrino, el de la bondadosa dama se ponía otra vez en su estudiada penumbra.

'Why, that's even more serious than a challenge.'

'Much more serious. It's easy to fight with another man. With women, with unseen enemies working in the dark, it's impossible.'

'Go on, I'm all ears.'

Lieutenant Colonel Pinzón lay stretched out full length on the bed. Pepe Rey drew up a chair and, leaning his elbow on the bed and his head on his hand, began his lecture, consultation, outline of plan or whatever else it might be, and talked for a long time. Pinzón listened to him with profound interest, saying nothing save a few small questions asking for new facts or clarification of something unclear. When Pepe Rey finished, Pinzón looked serious. He stretched himself on the bed, yawning with the satisfaction of one who has not slept for three nights, and then said:

'Your plan is risky and difficult.'

'But not impossible.'

'Oh, no, nothing in this world is impossible. Think it over carefully.'

'I already have.'

'And you're determined to go through with it? Those things aren't in style any more. They generally turn out badly and throw discredit on those who undertake them.'

'I'm determined.'

'Then even though the business is risky and serious – very serious – here I am, ready to help you in everything and in every way.'

'Can I count on you?'

'To the death.'

19. A terrible battle. Strategy.

The first shots could not long be delayed. At dinner time, after reaching an agreement with Pinzón regarding the plan to be pursued, the first condition of which was that both friends should pretend not to know each other, Pepe Rey went to the dining room. There he found his aunt who had just returned from the cathedral where, according to her custom, she had spent the whole morning. She was alone and appeared deeply preoccupied. The engineer saw the mysterious shadow of a cloud cast on that pale and marble-like face which was not without a certain beauty. When she looked up, it recovered its sinister clearness; but she seldom looked up, and after a rapid examination of her nephew's countenance the kind-hearted lady's face resumed its studied gloom.

Aguardaban en silencio la comida. No esperaron a don Cayetano, porque éste había ido a Mundogrande. Cuando empezaron a comer, doña Perfecta dijo:

—Y ese militarote que nos ha regalado hoy el Gobierno, ¿no viene a comer?

—Parece tener más sueño que hambre —repuso el ingeniero sin mirar a su tía.

—¿Le conoces tú?

—No le he visto en mi vida.

—Pues estamos divertidos con los huéspedes que nos manda el Gobierno. Aquí tenemos nuestras camas y nuestra comida para cuando a esos perdidos de Madrid se les antoje disponer de ellas.

—Es que hay temores de que se levanten partidas —dijo Pepe Rey, sintiendo que una centella corría por todos sus miembros—, y el Gobierno está decidido a aplastar a los orbajosenses, a exterminarlos, a hacerlos polvo.

—Hombre, para, para, por Dios; no nos pulverices —exclamó la señora con sarcasmo—. ¡Pobrecitos de nosotros! Ten piedad, hombre, y deja vivir a estas infelices criaturas. Y qué, ¿serás tú de los que ayuden a la tropa en la grandiosa obra de nuestro aplastamiento?

—Yo no soy militar. No haré más que aplaudir cuando vea extirpados para siempre los gérmenes de guerra civil, de insubordinación, de discordia, de behetría, de bandolerismo y de barbarie que existen aquí para vergüenza de nuestra época y de nuestra patria.

—Todo sea por Dios.

—Orbajosa, querida tía, casi no tiene más que ajos y bandidos, porque bandidos son los que en nombre de una idea política o religiosa se lanzan a correr aventuras cada cuatro o cinco años.

—Gracias, gracias, querido sobrino —dijo doña Perfecta, palideciendo—. ¿Conque Orbajosa no tiene más que eso? Algo más habrá aquí, algo más que tú no tienes y que has venido a buscar entre nosotros.

Rey sintió el bofetón. Su alma se quemaba. Érale muy difícil guardar a su tía las consideraciones que por sexo, estado y posición merecía. Hallábase en el disparadero de la violencia, y un ímpetu irresistible le empujaba, lanzándole contra su interlocutora.

—Yo he venido a Orbajosa —dijo— porque usted me mandó llamar; usted concertó con mi padre…

—Sí, sí, es verdad —repuso la señora, interrumpiéndole vivamente y procurando recobrar su habitual dulzura—. No lo niego. Aquí el verdadero

They waited for lunch in silence. They did not wait for Don Cayetano, for he had gone to Mundogrande. When they began to eat, Doña Perfecta said:

'And isn't that fine soldier the Government has bestowed on us today coming to lunch?'

'He seems more sleepy than hungry,' answered the engineer without looking at his aunt.

'Do you know him?'

'I've never seen him in my life.'

'We have fun with the guests the Government sends us. We've got our beds and food here for whenever those scoundrels in Madrid feel like using them.'

'There are fears of an uprising,' said Pepe Rey, feeling a spark run through him, 'and the Government is determined to crush the Orbajosans, exterminate them, grind them into powder.'

'Stop, stop, for Heaven's sake; don't crush us!' cried the señora sarcastically. 'Poor us! Have pity and let these unhappy creatures live. What, will you be one of those who'll help the soldiers in the grand work of crushing us?'

'I'm not a soldier. I'll do nothing but applaud when I see stamped out once and for all the seeds of civil war, insubordination, discord, disorder, banditry and barbarism that exist here to the shame of our time and our country.'

'All will be as God wills.'

'Orbajosa, my dear aunt, has nothing but garlic and bandits; for those who throw themselves into adventures every four or five years in the name of a political or religious idea are bandits.'

'Thank you, thank you, my dear nephew!' said Doña Perfecta, turning pale. 'So Orbajosa has nothing more than that? There must be something more here, something you don't have and you've come to look for among us.'

Rey felt the blow. His soul was on fire. It was very difficult for him to show his aunt the consideration which her sex, rank and position deserved. He was on the verge of a violent outburst, and a force he could not resist was impelling him against his interlocutor.

'I came to Orbajosa,' he said, 'because you sent for me. You arranged with my father …'

'Yes, yes, that's true,' answered the señora, interrupting him quickly and trying to recover her usual sweetness. 'I don't deny it. I'm the one who's

culpable he sido yo. Yo tengo la culpa de tu aburrimiento, de los desaires que nos haces, de todo lo desagradable que en mi casa ocurre con motivo de tu venida.

–Me alegro de que usted lo conozca.

–En cambio, tú eres un santo. ¿Será preciso también que me ponga de rodillas ante tu graciosidad y te pida perdón?...

–Señora –dijo Pepe Rey gravemente, dejando de comer–, ruego a usted que no se burle de mí de una manera tan despiadada. Yo no puedo ponerme en ese terreno... No he dicho más sino que vine a Orbajosa llamado por usted.

–Y es cierto. Tu padre y yo concertamos que te casaras con Rosario. Viniste a conocerla. Yo te acepté, desde luego, como hijo... Tú aparentaste amar a Rosario...

–Perdóneme usted –objetó Pepe–. Yo amaba y amo a Rosario; usted aparentó aceptarme por hijo; usted, recibiéndome con engañosa cordialidad, empleó desde el primer momento todas las artes de la astucia para contrariarme y estorbar el cumplimiento de las promesas hechas a mi padre; usted se propuso, desde el primer día, desesperarme, aburrirme, y con los labios llenos de sonrisas y de palabras cariñosas, me ha estado matando, achicharrándome a fuego lento; usted ha lanzado contra mí, en la oscuridad y a mansalva, un enjambre de pleitos; usted me ha destituido del cargo oficial que traje a Orbajosa; usted me ha desprestigiado en la ciudad; usted me ha expulsado de la catedral; usted me ha tenido en constante ausencia de la escogida de mi corazón; usted ha mortificado a su hija con un encierro inquisitorial que le hará perder la vida, si Dios no pone su mano en ello.

Doña Perfecta se puso como la grana. Pero aquella viva llamarada de su orgullo ofendido y de su pensamiento descubierto pasó rápidamente, dejándola pálida y verdosa. Sus labios temblaban. Arrojando el cubierto con que comía, se levantó de súbito. El sobrino se levantó también.

–¡Dios mío, Santa Virgen del Socorro! –exclamó la señora, llevándose ambas manos a la cabeza y comprimiéndosela con el ademán propio de la desesperación–. ¿Es posible que yo merezca tan atroces insultos? Pepe, hijo mío, ¿eres tú el que habla?... Si he hecho lo que dices, en verdad que soy muy pecadora.

Dejóse caer en el sofá y se cubrió el rostro con las manos. Pepe, acercándose lentamente a ella, observó su angustioso sollozar y las lágrimas que abundantemente derramaba. A pesar de su convicción, no pudo vencer la ternura que se apoderó de él, y, acobardándose, sintió cierta pena por lo mucho y fuerte que había dicho.

really to blame here. I'm to blame for your boredom, for the times you've snubbed us, for everything disagreeable that has been happening in my house because of your coming.'

'I'm glad you're conscious of it.'

'You, on the other hand, are a saint. Must I also go down on my knees before your grace and beg your pardon?'

'Señora,' said Pepe Rey gravely, laying down his knife and fork. 'Please don't mock me in such a heartless manner. That's not my territory. All I said was that I came to Orbajosa at your invitation.'

'And it's true. Your father and I agreed on your marrying Rosario. You came to meet her. I accepted you, of course, as a son … You pretended to love Rosario …'

'Excuse me,' objected Pepe; 'I did love and I do love Rosario; you pretended to accept me as a son. Receiving me with deceitful cordiality, you used from the very outset every trick in the book to thwart me and prevent the fulfilment of the promises made to my father. You set out from the first day to drive me to despair, to tire me out; and with smiles and affectionate words on your lips you've been killing me, roasting me over a slow fire. You've hurled at me, in the dark and before I could defend myself, a swarm of lawsuits; you've deprived me of the official commission I brought to Orbajosa; you've brought me into disrepute in the town; you've had me thrown out of the cathedral; you've kept me constantly separated from the girl my heart has chosen; you've tortured your daughter with an inquisitorial imprisonment which will cause her to lose her life if God doesn't intervene.'

Doña Perfecta turned scarlet. But that sudden flush of offended pride and exposed intention passed away quickly, leaving her with a greenish pallor. Her lips trembled. Throwing down the knife and fork with which she had been eating, she suddenly stood up. Her nephew also rose.

'My God! Holy Virgin of Succour!' cried the señora, raising both her hands to her head and squeezing it with a gesture of desperation. 'Is it possible that I deserve such atrocious insults? Pepe, my son, is it you speaking? If I've done what you say, I am indeed very sinful.'

She dropped on the sofa and covered her face with her hands. Pepe, approaching her slowly, saw her bitter sobbing and the abundant tears she was shedding. In spite of his conviction he could not conquer the feeling of compassion which seized him and, backing down, felt some remorse for the severity of all he had said.

–Querida tía –indicó, poniéndole la mano en el hombro–, si me contesta usted con lágrimas y suspiros, me conmoverá, pero no me convencerá. Razones y no sentimientos me hacen falta. Hábleme usted, dígame que me equivoco al pensar lo que pienso; pruébemelo después y reconoceré mi error.

–Déjame. Tú no eres hijo de mi hermano. Si lo fueras, no me insultarías como me has insultado. ¿Conque yo soy una intrigante, una comedianta, una arpía hipócrita, una diplomática de enredos caseros?…

Al decir esto la señora había descubierto su rostro y contemplaba a su sobrino con expresión beatífica. Pepe estaba perplejo. Las lágrimas, así como la dulce voz de la hermana de su padre, no podían ser fenómenos insignificantes para el alma del ingeniero. Las palabras le retozaban en la boca para pedir perdón. Hombre de gran energía por lo común, cualquier accidente de sensibilidad, cualquier agente que obrase sobre su corazón le trocaba de súbito en niño. Achaques de matemático. Dicen que Newton era también así.

–Yo quiero darte las razones que pides –dijo doña Perfecta, indicándole que se sentase junto a ella–. Yo quiero desagraviarte. ¡Para que veas si soy buena, si soy indulgente, si soy humilde…! ¿Crees que te contradiré, que negaré en absoluto los hechos de que me has acusado?… Pues no, no los niego.

El ingeniero no volvía de su asombro.

–No los niego –prosiguió la señora–. Lo que niego es la dañada intención que les atribuyes. ¿Con qué derecho te metes a juzgar lo que no conoces sino por indicios y conjeturas? ¿Tienes tú la suprema inteligencia que se necesita para juzgar de plano las acciones de los demás y dar sentencia sobre ellas? ¿Eres Dios, para conocer las intenciones?

Pepe se asombró más.

–¿No es lícito emplear alguna vez en la vida medios indirectos para conseguir un fin bueno y honrado? ¿Con qué derecho juzgas acciones mías que no comprendes bien? Yo, querido sobrino, ostentando una sinceridad que tú no mereces, te confieso que sí, que, efectivamente, me he valido de subterfugios para conseguir un fin bueno, para conseguir lo que al mismo tiempo era beneficioso para ti y para mi hija… ¿No comprendes? Parece que estás lelo… ¡Ah! ¡Tu gran entendimiento de matemático y de filósofo alemán no es capaz de penetrar estas sutilezas de una madre prudente!

–Es que me asombro más y más cada vez –dijo Pepe Rey.

–Asómbrate todo lo que quieras, pero confiesa tu barbaridad –manifestó la

'My dear aunt,' he said, putting his hand on her shoulder, 'if you answer me with tears and sighs, I'll be moved, but I won't be convinced. I need words, not emotions. Speak to me, tell me I'm wrong in thinking what I think; then prove it to me, and I'll acknowledge my error.'

'Leave me. You're not my brother's son! If you were, you wouldn't insult me as you've insulted me. So, I'm a schemer, an actress, a hypocritical harpy, an agent of household intrigues?'

As she spoke, the señora uncovered her face and looked at her nephew with a saintly expression. Pepe was perplexed. The tears, as well as the sweet voice of his father's sister, could not be insignificant phenomena for the engineer's soul. Words crowded to his lips to ask her forgiveness. A man of great firmness generally, any appeal to his emotions, anything which touched his heart changed him at once into a child. Weaknesses of a mathematician. They say that Newton was like that too.

'I want to give you the words you ask for,' said Doña Perfecta, motioning him to sit beside her. 'I want to make amends to you. So you'll see whether I'm kind, whether I'm indulgent, whether I'm humble ... Do you think I'll contradict you, that I'll deny absolutely the things you've accused me of? ...Well no, I don't deny them.'

The engineer was astounded.

'I don't deny them,' continued the señora. 'What I deny is the harmful intention you attribute to them. What right have you to start judging what you know only from appearances and conjecture? Have you the supreme intelligence needed to judge justly the actions of others and pronounce sentence upon them? Are you God that you know people's intentions?'

Pepe was ever more amazed.

'Isn't it permissible at times to use indirect means in life to achieve a good and honourable end? What right have you to judge actions of mine you don't properly understand? I confess to you, my dear nephew, with a sincerity you don't deserve, that I have indeed used subterfuges to obtain a good end, to obtain what was at the same time beneficial to you and my daughter ... Don't you understand? You look bewildered ... Ah, your great mathematician's and German philosopher's intellect isn't capable of grasping these subtleties of a prudent mother.'

'You astound me more and more,' said Pepe Rey.

'Be as astounded as you want, but confess your barbarity,' said the

dama, aumentando en bríos–; reconoce tu ligereza y brutal comportamiento conmigo al acusarme como lo has hecho. Eres un mozalbete sin experiencia ni otro saber que el de los libros, que nada enseñan del mundo ni del corazón. Tú de nada entiendes más que de hacer caminos y muelles. ¡Ay, señorito mío! En el corazón humano no se entra por los túneles de los ferrocarriles ni se baja a sus hondos abismos por los pozos de las minas. No se lee en la conciencia ajena con los microscopios de los naturalistas ni se decide la culpabilidad del prójimo nivelando las ideas con teodolito.

–¡Por Dios, querida tía!…

–¿Para qué nombras a Dios, si no crees en Él? –dijo doña Perfecta con solemne acento–. Si creyeras en Él, si fueras buen cristiano, no aventurarías pérfidos juicios sobre mi conducta. Yo soy una mujer piadosa, ¿entiendes? Yo tengo mi conciencia tranquila, ¿entiendes? Yo sé lo que hago y por qué lo hago, ¿entiendes?

–Entiendo, entiendo, entiendo.

–Dios, en quien tú no crees, ve lo que tú no ves ni puedes ver: el intento. Y no te digo más; no quiero entrar en explicaciones largas, porque no lo necesito. Tampoco me entenderías si te dijera que deseaba alcanzar mi objeto sin escándalo, sin ofender a tu padre, sin ofenderte a ti, sin dar que hablar a las gentes con una negativa explícita… Nada de esto te diré, porque tampoco lo entenderás, Pepe. Eres matemático. Ves lo que tienes delante y nada más: la naturaleza brutal y nada más; rayas, ángulos, pesos y nada más. Ves el efecto y no la causa. El que no cree en Dios no ve causas. Dios es la suprema intención del mundo. El que le desconoce necesariamente ha de juzgar de todo como juzgas tú, a lo tonto. Por ejemplo, en la tempestad no ve más que destrucción; en el incendio, estragos; en la sequía, miseria; en los terremotos, desolación; y, sin embargo, orgulloso señorito, en todas esas aparentes calamidades hay que buscar la bondad de la intención…; sí, señor, la intención siempre buena de quien no puede hacer nada malo.

Esta embrollada, sutil y mística dialéctica no convenció a Rey; pero no quiso seguir a su tía por la áspera senda de tales argumentaciones, y sencillamente dijo:

–Bueno; yo respeto las intenciones…

–Ahora que pareces reconocer tu error –prosiguió la piadosa señora, cada vez más valiente–, te haré otra confesión, y es que voy comprendiendo que hice mal en adoptar tal sistema, aunque mi objeto era inmejorable. Dado tu

lady with increasing spirit. 'Acknowledge your hastiness and your brutal conduct towards me in accusing me as you have done. You're a lad without experience or any knowledge other than from books which teach nothing about the world or the heart. All you know is how to make roads and docks. Ah, my young man! You don't enter the human heart through railway tunnels or plumb its profound depths through mineshafts. You can't read another's conscience with a scientist's microscope, nor decide other people's guilt by measuring ideas with a theodolite.'

'For God's sake, dear Aunt!'

'Why do you mention God when you don't believe in Him?' said Doña Perfecta in a solemn tone. 'If you believed in Him, if you were a good Christian, you wouldn't venture such wicked judgements on my behaviour. I'm a pious woman – do you understand? I have a clear conscience – do you understand? I know what I'm doing and why I'm doing it. Do you understand?'

'I understand, I understand, I understand!'

'God, in whom you don't believe, sees what you don't see and can't see: my intention. I'll say no more; I don't want to go into long explanations, because I don't need to. Nor would you understand me if I told you that I wanted to attain my objective without scandal, without offending your father, without offending you, without setting people talking by giving a clear refusal … I'll say nothing of this to you because you wouldn't understand that either, Pepe. You're a mathematician. You see what's in front of you and nothing more; brute matter and nothing more; lines, angles, weights and nothing more. You see the effect and not the cause. Anyone who doesn't believe in God can't see causes. God is the supreme intention of the world. Anyone who doesn't know Him must necessarily judge everything as you do, like a fool. For example, in a storm seeing only destruction; in a fire only ruin; in a drought, poverty; in earthquakes, desolation; and yet, arrogant young man, in all those apparent calamities we have to seek the good intentions … yes, sir, the ever-good intention of He who can do nothing evil.'

This confused, subtle and mystic logic did not convince Rey, but he refused to follow his aunt along the tortuous path of such reasoning and said simply:

'Well, I respect intentions.'

'Now that you seem to recognise your error,' continued the pious lady, with ever-increasing confidence, 'I'll confess something else, and it's that I'm beginning to understand that I did wrong in adopting such a system,

carácter arrebatado, dada tu incapacidad para comprenderme, debí abordar la cuestión de frente y decirte: «Sobrino mío, no quiero que seas esposo de mi hija».

—Ése es el lenguaje que debió emplear usted conmigo desde el primer día —repuso el ingeniero, respirando con desahogo, como quien se ve libre de enorme peso—. Agradezco mucho a usted esas palabras. Después de ser acuchillado en las tinieblas, ese bofetón a la luz del día me complace mucho.

—Pues te repito el bofetón, sobrino —afirmó la señora con tanta energía como displicencia—. Ya lo sabes. No quiero que te cases con Rosario.

Pepe calló. Hubo una larga pausa, durante la cual los dos estuvieron mirándose atentamente, cual si la cara de cada uno fuese para el contrario la más perfecta obra del arte.

—¿No entiendes lo que te he dicho? —repitió ella—. Que se acabó todo, que no hay boda.

—Permítame usted, querida tía —dijo el joven con entereza—, que no me aterre con la intimación. En el estado a que han llegado las cosas, la negativa de usted es de escaso valor para mí.

—¿Qué dices? —gritó fulminantemente doña Perfecta.

—Lo que usted oye. Me casaré con Rosario.

Doña Perfecta se levantó indignada, majestuosa, terrible. Su actitud era la del anatema hecho mujer. Rey permaneció sentado, sereno, valiente, con el valor pasivo de una creencia profunda y de una resolución inquebrantable. El desplome de toda la iracundia de su tía, que le amenazaba, no le hizo pestañear. Él era así.

—Eres un loco. ¡Casarte tú con mi hija, casarte tú con ella, no queriendo yo…!

Los labios trémulos de la señora articularon estas palabras con verdadero acento trágico.

—¡No queriendo usted!… Ella opina de distinto modo.

—¡No queriendo yo!… —repitió la dama—. Sí, y lo digo y lo repito: no quiero, no quiero.

—Ella y yo lo deseamos.

—Menguado, ¿acaso no hay en el mundo más que ella y tú? ¿No hay padres, no hay sociedad, no hay conciencia, no hay Dios?

—Porque hay sociedad, porque hay conciencia, porque hay Dios —afirmó gravemente Rey, levantándose y alzando el brazo y señalando al cielo—, digo y repito que me casaré con ella.

although my objective was excellent. Given your impetuous nature and inability to understand me, I should have tackled the question head-on and said: "Nephew, I don't want you to be my daughter's husband".'

'That's the language you should have used from the beginning,' answered the engineer, breathing freely like someone relieved from an enormous weight. 'Thank you very much for those words. After being stabbed in the dark, this blow in the light of day pleases me greatly.'

'Well, I'll repeat the blow, nephew,' declared the señora with as much energy as displeasure. 'Now you know it. I don't want you to marry Rosario.'

Pepe was silent. There was a long pause, during which the two looked attentively at each other, as if each one's face were for the opponent the most perfect work of art.

'Don't you understand what I've said to you?' she repeated. 'It's all over, there's no wedding.'

'Excuse me, dear aunt,' said the young man with composure, 'for not being terrified by your notification. In the state which things have come to, your refusal is of little value for me.'

'What are you saying?' exploded Doña Perfecta.

'What you can hear. I will marry Rosario!'

Doña Perfecta rose to her feet, indignant, majestic, terrible. Her attitude was that of anathema incarnated in a woman. Rey remained seated, serene, brave, with the passive courage of a profound conviction and an unbreakable resolve. The whole weight of his aunt's wrath threatening him did not make him bat an eyelid. He was like that.

'You're mad. Marry my daughter, you! Marry her against my will!'

The señora's trembling lips articulated these words in a truly tragic tone.

'Against your will! … She's of a different opinion.'

'Against my will!' repeated the lady. 'Yes, and I say and I repeat: I don't want it, I don't want it!'

'She and I want it.'

'You fool! Are there only she and you in the world? Aren't there parents, society, conscience, God?'

'Because there is society, because there is conscience, because there is God,' affirmed Rey gravely, rising to his feet and pointing with outstretched arm to the heavens, 'I say and I repeat that I will marry her.'

–¡Miserable, orgulloso! Y si todo lo atropellaras, ¿crees que no hay leyes para impedir tu violencia?

–Porque hay leyes, digo y repito que me casaré con ella.

–Nada respetas.

–Nada que sea indigno de respeto.

–Y mi autoridad, y mi voluntad, yo…, ¿yo no soy nada?

–Para mí su hija de usted es todo; lo demás, nada.

La entereza de Pepe Rey era como los alardes de una fuerza incontrastable, con perfecta conciencia de sí misma. Daba golpes secos, contundentes, sin atenuación de ningún género. Sus palabras parecían, si es permitida la comparación, una artillería despiadada. Doña Perfecta cayó de nuevo en el sofá; pero no lloraba, y una convulsión nerviosa agitaba sus miembros.

–¡De modo que para este ateo infame –exclamó con franca rabia– no hay conveniencias sociales, no hay nada más que un capricho! Eso es una avaricia indigna. Mi hija es rica.

–Si piensa usted herirme con esa arma sutil, tergiversando la cuestión e interpretando torcidamente mis sentimientos para lastimar mi dignidad, se equivoca, querida tía. Llámeme usted avaro. Dios sabe lo que soy.

–No tienes dignidad.

–Ésa es una opinión como otra cualquiera. El mundo podrá tenerla a usted en olor de infalibilidad: yo no. Estoy muy lejos de creer que las sentencias de usted no tengan apelación ante Dios.

–¿Pero es cierto lo que dices?… ¿Pero insistes después de mi negativa?… Tú lo atropellas todo; eres un monstruo, un bandido.

–Soy un hombre.

–¡Un miserable! Acabemos: yo te niego a mi hija, yo te la niego.

–¡Pues yo la tomaré! No tomo más que lo que es mío.

–Quítate de mi presencia –gritó la señora, levantándose de súbito–. Fatuo, ¿crees que mi hija se acuerda de ti?

–Me ama, lo mismo que yo a ella.

–¡Mentira, mentira!

–Ella misma me lo ha dicho. Dispénseme usted si en esta ocasión doy más fe a la opinión de ella que a la de su mamá.

–¿Cuándo te lo ha dicho, si no la has visto en muchos días?

–La he visto anoche, y me ha jurado ante el Cristo de la capilla que sería mi mujer.

'Arrogant wretch! And if you were to ride roughshod over everything, do you think there are no laws to prevent your violence?'

'Because there are laws, I say and I repeat that I will marry her.'

'You respect nothing!'

'Nothing that is unworthy of respect.'

'And my authority, my will, I … am I nothing?'

'For me your daughter is everything. The rest is nothing.'

Pepe Rey's firmness was like a display of unyielding force, perfectly aware of itself. He gave out sharp, crushing blows without pulling any punches. His words, if the comparison may be allowed, were like a merciless discharge of artillery. Doña Perfecta sank down again on the sofa; but she shed no tears and a nervous convulsion shook her limbs.

'So, for this odious atheist,' she exclaimed with open rage, 'there are no social conventions, only a passing fancy. This is base avarice. My daughter is rich!'

'If you think you can hurt me with that subtle weapon, twisting the question and traducing my feelings to offend my dignity, you're wrong, dear aunt. Call me avaricious. God knows what I am.'

'You have no dignity!'

'That's an opinion like any other. The world may hold you up as infallible. I don't. I'm far from thinking that your opinions have no appeal before God.'

'But is what you say true? Are you persevering despite my refusal? You sweep everything aside; you're a monster, a bandit.'

'I'm a man.'

'A wretch! Let's finish this at once. I refuse you my daughter; I refuse her to you!'

'Then I'll take her! I'm only taking what's mine.'

'Out of my sight!' shouted the señora, rising suddenly to her feet. 'Conceited fool. Do you think my daughter even remembers you?'

'She loves me, as I do her.'

'It's a lie! A lie!'

'She herself has told me so. Excuse me if on this occasion I put more faith in her opinion than in her mother's.'

'How could she have told you so, when you haven't seen her in many days?'

'I saw her last night and she swore to me before the Christ in the chapel that she would be my wife.'

–¡Oh, escándalo y libertinaje…! ¿Pero qué es esto? ¡Dios mío, qué deshonra! –exclamó doña Perfecta, comprimiéndose otra vez con ambas manos la cabeza y dando algunos pasos por la habitación–. ¿Rosario salió anoche de su cuarto?

–Salió a verme. Ya era tiempo.

–¡Qué vil conducta la tuya! Has procedido como los ladrones, has procedido como los seductores adocenados.

–He procedido según la escuela de usted. Mi intención era buena.

–¡Y ella bajó!… ¡Ah!, lo sospechaba. Esta mañana, al amanecer, la sorprendí vestida en su cuarto. Díjome que había salido no sé a qué… El verdadero criminal eres tú, tú… Esto es una deshonra. Pepe, esperaba todo de ti, menos tan grande ultraje… Todo acabó. Márchate. No existes para mí. Te perdono con tal de que te vayas… No diré una palabra de esto a tu padre… ¡Qué horrible egoísmo! No, no hay amor en ti. ¡Tú no amas a mi hija!

–Dios sabe que la adoro, y esto me basta.

–No pongas a Dios en tus labios, blasfemo, y calla –exclamó doña Perfecta–. En nombre de Dios, a quien puedo invocar, porque creo en Él, te digo que mi hija no será jamás tu mujer. Mi hija se salvará, Pepe; mi hija no puede ser condenada en vida al infierno, porque infierno es la unión contigo.

–Rosario será mi esposa –repitió el matemático con patética calma.

Irritábase más la piadosa señora con la energía serena de su sobrino. Con voz entrecortada habló así:

–No creas que me amedrentan tus amenazas. Sé lo que digo. Pues qué, ¿se puede atropellar un hogar, una familia; se puede atropellar la autoridad humana y divina?

–Yo atropellaré todo –dijo el ingeniero, empezando a perder su calma y expresándose con alguna agitación.

–¡Lo atropellarás todo! ¡Ah!, bien se ve que eres un bárbaro, un salvaje, un hombre que vive de la violencia.

–No, querida tía. Soy manso, recto, honrado y enemigo de violencias; pero entre usted y yo; entre usted, que es la ley, y yo, que soy el destinado a acatarla, está una pobre criatura atormentada, un ángel de Dios sujeto a inicuos martirios. Este espectáculo, esta injusticia, esta violencia inaudita es la que convierte mi rectitud en barbarie, mi razón en fuerza, mi honradez en

'Oh, what scandal and debauchery! ...[32] But what is this? My God, what a disgrace!' exclaimed Doña Perfecta, again squeezing her head between her hands and pacing around the room. 'Did Rosario leave her room last night?'

'She came out to see me. It was high time.'

'What vile behaviour on your part! You've acted like a thief, like a common-or-garden seducer!'

'I've followed your example. My intention was good.'

'And she came downstairs! ... Ah, I suspected it! This morning at daybreak I surprised her, dressed, in her room. She told me she'd gone out for something or other. The real criminal is you, you ... This is a disgrace. Pepe, I expected anything of you but such a big outrage. It's all over! Go away! You don't exist for me. I'll forgive you on condition that you go away ... I won't say a word about this to your father ... What horrible selfishness! No, there's no love in you. You don't love my daughter!'

'God knows I adore her, and that's enough for me.'

'Don't put the name of God on your lips, blasphemer, and keep quiet,' exclaimed Doña Perfecta. 'In the name of God, whom I can invoke because I believe in Him, I'm telling you that my daughter will never be your wife. My daughter will be saved, Pepe; my daughter shall not be condemned to a living hell, for a union with you would be hell!'

'Rosario will be my wife,' repeated the mathematician with moving calmness.

The pious señora became more annoyed by her nephew's serene energy. In a voice choked with emotion she said:

'Don't go thinking that your threats intimidate me. I know what I'm saying. Can a home and family be swept aside? Can human and divine authority be swept aside?'

'I'll sweep everything aside,' said the engineer, beginning to lose his composure and expressing himself with agitation.

'You'll sweep everything aside! Ah, it's clear to see you're a barbarian, a savage, a man who lives by violence.'

'No, dear aunt. I'm mild, upright, honest and an enemy of violence. But between you and me – between you, the law, and me, intended to comply with it – is a poor tormented creature, one of God's angels subjected to iniquitous martyrdom. This spectacle, this injustice, this unheard-of violence is what has converted my honesty into barbarity, my reason into brute force, my honour into violence like that of assassins or thieves. This spectacle,

violencia parecida a la de los asesinos y ladrones; este espectáculo, señora mía, es lo que me impulsa a no respetar la ley de usted, lo que me impulsa a pasar sobre ella, atropellándolo todo. Esto, que parece desatino, es una ley ineludible. Hago lo que hacen las sociedades cuando una brutalidad tan ilógica como irritante se opone a su marcha. Pasan por encima y todo lo destrozan con feroz acometida. Tal soy yo en este momento; yo mismo no me conozco. Era razonable, y soy un bruto; era respetuoso, y soy insolente; era culto, y me encuentro salvaje. Usted me ha traído a este horrible extremo, irritándome y apartándome del camino del bien, por donde tranquilamente iba. ¿De quién es la culpa, mía o de usted?

–¡Tuya, tuya!

–Ni usted ni yo lo podemos resolverlo. Creo que ambos carecemos de razón. En usted, violencia e injusticia; en mí, injusticia y violencia. Hemos venido a ser tan bárbaro el uno como el otro, y luchamos y nos herimos sin compasión. Dios lo permite así. Mi sangre caerá sobre la conciencia de usted; la de usted caerá sobre la mía. Basta ya, señora. No quiero molestar a usted con palabras inútiles. Ahora entraremos en los hechos.

–¡En los hechos, bien! –dijo doña Perfecta, más bien rugiendo que hablando–. No creas que en Orbajosa falta Guardia Civil.

–Adiós, señora. Me retiro de esta casa. Creo que volveremos a vernos.

–Vete, vete, vete ya –gritó ella señalando la puerta con enérgico ademán.

Pepe Rey salió. Doña Perfecta, después de pronunciar algunas palabras incoherentes que eran la más clara expresión de su ira, cayó en un sillón con muestras de cansancio o de ataque nervioso. Acudieron las criadas.

–¡Que vayan a llamar al señor don Inocencio! –gritó–. ¡Al instante!… ¡Pronto!… ¡Que venga!…

Después mordió el pañuelo.

20. Rumores. Temores.

Al día siguiente de esta disputa lamentable corrieron por toda Orbajosa de casa en casa, de círculo en círculo, desde el Casino a la botica y desde el paseo de las Descalzas a la puerta de Baidejos, rumores varios sobre Pepe Rey y su conducta. Todo el mundo los repetía, y los comentarios iban siendo tantos, que si don Cayetano los recogiese y compilase, formaría con ellos un rico *Thesaurum* de la benevolencia orbajosense. En medio de la diversidad de especies que corrían, había conformidad en algunos puntos culminantes, uno de los cuales era el siguiente:

my lady, is what impels me to disregard your law, what impels me to walk over it and sweep it all aside. This, which seems foolishness to you, is an inescapable law. I'm doing what societies do when an act of brutality, as illogical as it is irritating, opposes their progress. They trample over it and destroy everything with a ferocious attack. Such am I at this moment – I don't recognise myself. I was reasonable, and now I'm a brute; I was respectful, and now I'm insolent; I was civilised, and now I find I'm a savage. You've brought me to this horrible extreme, infuriating me and driving me from the right path which I was peacefully taking. Whose fault is it, mine or yours?'

'Yours, yours!'

'Neither you nor I can decide that. I think we're both lacking reason. With you, violence and injustice; with me, injustice and violence. We've come to be as barbaric as each other, and we're fighting and wounding each other without compassion. God is allowing it to be like this. My blood will be on your conscience, yours on mine. Enough now, señora. I don't want to trouble you with useless words. We'll now proceed to deeds.'

'To deeds, very well!' said Doña Perfecta, roaring rather than speaking. 'Don't go thinking that in Orbajosa there's no civil guard!'

'Goodbye, señora. I'm leaving this house. I think we'll meet again.'

'Go, go, go now,' she shouted, pointing to the door with an energetic gesture.

Pepe Rey left. Doña Perfecta, after pronouncing a few incoherent words which were the clearest expression of her anger, sank into an armchair with signs of fatigue or an attack of nerves. The maids came running in.

'Go and call Señor Don Inocencio!' she shouted. 'Instantly ... Now! Ask him to come!'

Then she tore at her handkerchief with her teeth.[33]

20. Rumours. Fears.

On the day after this lamentable quarrel, various rumours regarding Pepe Rey and his behaviour spread throughout Orbajosa, from house to house, club to club, from the casino to the apothecary's and from the paseo de las Descalzas to the Puerta de Baidejos. Everybody repeated them and so many were the comments made that, if Don Cayetano had collected and compiled them, they would form a rich thesaurus of Orbajosan benevolence. Among the diverse rumours circulating there was agreement on some key points, one of which was the following:

Que el ingeniero, enfurecido porque doña Perfecta se negaba a casar a Rosarito con un ateo, había *alzado la mano* a su tía.

Estaba viviendo el joven en la posada de la viuda de Cuzco, establecimiento *montado*, como ahora se dice, no a la altura, sino a la bajeza de los más primorosos atrasos del país. Visitábale con frecuencia el teniente coronel Pinzón, a fin de ponerse de acuerdo en la intriga que tramaban, y para cuyo eficaz desempeño mostraba el soldado felices disposiciones. Ideaba a cada instante nuevas travesuras y artimañas, apresurándose a llevarlas del pensamiento a la obra con excelente humor, si bien solía decir a su amigo:

—El papel que estoy haciendo, querido Pepe, no se debe contar entre los más airosos; pero por dar un disgusto a Orbajosa y su gente andaría yo a cuatro pies.

No sabemos qué sutiles trazas empleó el ladino militar, maestro en ardides del mundo; pero lo cierto es que a los tres días de alojamiento había logrado hacerse muy simpático en la casa. Agradaba su trato a doña Perfecta, que no podía oír sin emoción sus zalameras alabanzas de la grandeza, piedad y magnificencia augusta de la señora. Con don Inocencio estaba a partir un confite. Ni la madre ni el penitenciario le estorbaban que hablase a Rosario (a quien se dio libertad después de la ausencia del feroz primo), y con sus cortesanías alambicadas, su hábil lisonja y destreza suma, adquirió en la casa de Polentinos auge y hasta familiaridad. Pero el objeto de todas sus artes era una doncella, que tenía por nombre Librada, a quien sedujo (castamente hablando) para que transportase recados y cartitas a Rosario, fingiéndose enamorado de ésta. No resistió la muchacha al soborno, realizado con bonitas palabras y mucho dinero, porque ignoraba la procedencia de las esquelas y el verdadero sentido de tales líos, pues si llegara a entender que todo era una nueva diablura de don José, aunque éste le gustaba mucho, no hiciera traición a su señora por todo el dinero del mundo.

Estaban un día en la huerta doña Perfecta, don Inocencio, Jacinto y Pinzón. Hablóse de la tropa y de la misión que a Orbajosa traía, hallando coyuntura el señor penitenciario de condenar la tiránica conducta del Gobierno, y, sin saber cómo, nombraron a Pepe Rey.

—Todavía está en la posada —dijo el abogadillo—. Le he visto ayer, y me ha dado memorias para usted, doña Perfecta.

—¿Hase visto mayor insolencia?… ¡Ah! Señor Pinzón, no extrañe usted que emplee este lenguaje, tratándose de un sobrino carnal… Ya sabe usted… Aquel caballerito que se aposentaba en el cuarto que usted ocupa.

The engineer, enraged because Doña Perfecta refused to let Rosarito marry an atheist, had *raised his hand* to his aunt.

The young man was living in the widow Cuzco's inn, an establishment set up, as they say now, not at the height but at the depth of the exquisite backwardness of the region. Lieutenant-colonel Pinzón frequently visited him in order to agree on the plot they were hatching, for the effective accomplishment of which the soldier showed a happy disposition. He was constantly devising new tricks and snares, hastening to put them into effect with excellent humour, although he used to say to his friend:

'The role I'm playing, dear Pepe, shouldn't count among the most gallant. But I'd go on all fours to upset the Orbajosans.'

We do not know what subtle stratagems the crafty soldier, a master of worldly wiles, employed. But what is certain is that within three days of being in the house he had succeeded in making himself greatly liked there. His manner pleased Doña Perfecta, who could not listen without emotion to his flattering praises of the señora's greatness, piety and august magnificence. With Don Inocencio he was hand in glove. Neither the mother nor the Confessor was bothered by his speaking with Rosario (who had been set free with the departure of her ferocious cousin); and, with his refined compliments, clever flattery and consummate skill, he acquired prestige and even familiarity in the Polentinos house. But the object of all his arts was a maid named Librada whom he seduced (chastely speaking) into carrying messages and notes to Rosario, with whom he pretended to be in love. The girl could not resist the bribery, achieved with pretty words and a lot of money because she was unaware of the source of the notes and of the true meaning of such intrigues; for had she realised it was all some new mischief on the part of Don José, even though she liked him a lot, she would not have betrayed the señora for all the money in the world.

One day Doña Perfecta, Don Inocencio, Jacinto and Pinzón were in the garden. They were talking about the soldiers and their mission in Orbajosa, the Confessor finding an opportunity to condemn the Government's tyrannical conduct; and without knowing how it came about Pepe Rey's name was mentioned.

'He's still at the inn,' said the young lawyer. 'I saw him yesterday, and he asked to be remembered to you, Doña Perfecta.'

'Was ever there seen such insolence? … Oh, Señor Pinzón, don't be surprised at my using this language when referring to my own nephew … You know him … that gentleman who had the room which you now occupy.'

–¡Sí, ya lo sé! No le trato; pero le conozco de vista y de fama. Es amigo íntimo de nuestro brigadier.

–¿Amigo íntimo del brigadier?

–Sí, señora; del que manda la brigada que ha venido a este país, y que se ha repartido entre diferentes pueblos.

–¿Y dónde está? –preguntó la dama.

–En Orbajosa.

–Creo que se aposenta en casa de Polavieja –indicó Jacinto.

–Su sobrino de usted –continuó Pinzón– y el brigadier Batalla son íntimos amigos; se quieren entrañablemente, y a todas horas se les ve juntos por las calles del pueblo.

–Pues, amiguito, mala idea formo de ese señor jefe –repuso doña Perfecta.

–Es un…, es un infeliz –dijo Pinzón en el tono propio de quien por respeto no se atreve a aplicar una calificación dura.

–Mejorando lo presente, señor Pinzón, y haciendo una salvedad honrosísima en honor de usted –afirmó la señora–, no puede negarse que en el Ejército español hay cada tipo…

–Nuestro brigadier era un excelente militar antes de darse al espiritismo…

–¡Al espiritismo!

–¡Esa secta que llama a los fantasmas y duendes por medio de las patas de las mesas!… –exclamó el canónigo riendo.

–Por curiosidad, sólo por curiosidad –dijo Jacinto con énfasis–, he encargado a Madrid la obra de Allan Kardec. Bueno es enterarse de todo.

–¿Pero es posible que tales disparates…? ¡Jesús! Dígame usted, Pinzón: ¿mi sobrino también es de esa secta de pie de banco?

–Me parece que él fue quien catequizó a nuestro bravo brigadier Batalla.

–¡Pero, Jesús!

–Eso es; y cuando se le antoje –observó don Inocencio sin poder contener la risa– hablará con Sócrates, San Pablo, Cervantes y Descartes, como hablo yo ahora con Librada para pedirle un fosforito. ¡Pobre señor de Rey! Bien dije yo que aquella cabeza no estaba buena.

–Por lo demás –continuó Pinzón–, nuestro brigadier es un buen militar. Si de algo peca, es de excesivamente duro. Toma tan al pie de la letra las órdenes del Gobierno que si le contrarían mucho aquí, será capaz de no dejar piedra sobre piedra en Orbajosa. Sí, les prevengo a ustedes que estén con cuidado.

'Yes, I know. I don't deal with him, but I know him by sight and reputation. He's an intimate friend of our brigadier.'

'An intimate friend of the brigadier?'

'Yes, señora, of the one in command of the brigade which has come to this district and been distributed among different villages.'

'And where is he?' asked the lady.

'In Orbajosa.'

'I think he's stopping at Polavieja's house,' declared Jacinto.

'Your nephew,' went on Pinzón, 'and Brigadier Batalla are intimate friends. They're really fond of each other and can be seen together in the town's streets at all hours.'

'Well, my friend, I'm forming a bad impression of that officer,' replied Doña Perfecta.

'He's … he's a gullible fool,' said Pinzón with the tone of someone who, out of respect, does not dare to elaborate with harsh words.

'Present company excepted, Señor Pinzón, and making an honourable qualification in your favour,' declared the señora, 'it can't be denied that in the Spanish army there are all kinds of …'

'Our brigadier was an excellent soldier before giving himself up to spiritualism …'

'Spiritualism!'

'That sect that calls up ghosts and goblins by means of table-legs,' exclaimed the canon with a laugh.

'Out of curiosity, only out of curiosity,' said Jacinto with emphasis, 'I've sent for Allan Kardec's work from Madrid.[34] It's good to know something about everything.'

'But is it possible that such stupid things …! Good Lord! Tell me, Pinzón, does my nephew too belong to that sect of table-tippers?'

'I believe he was the one who indoctrinated our valiant Brigadier Batalla.'

'Good Heavens!'

'That's it. And when he feels like it,' observed Don Inocencio, unable to contain his laughter, 'he can speak to Socrates, St Paul, Cervantes and Descartes, just as I speak to Librada to ask for a match. Poor Señor de Rey! I was right to say something's wrong in that head of his.'

'Apart from that,' continued Pinzón, 'our brigadier is a good soldier. If he errs at all, it's on the side of severity. He takes the Government's orders so literally that, if he were to meet with much opposition here, he's capable of razing Orbajosa to the ground. Yes, I'm warning you to be on your guard.'

–Pero ese monstruo nos va a cortar la cabeza a todos. ¡Ay!, señor don Inocencio, estas visitas de la tropa me recuerdan lo que he leído en la vida de los mártires, cuando se presentaba un procónsul romano en un pueblo de cristianos…

–No deja de ser exacta la comparación –dijo el penitenciario, mirando al militar por encima de las gafas.

–Es un poco triste; pero siendo verdad, debe decirse –manifestó Pinzón con benevolencia–. Ahora, señores míos, están ustedes a merced de nosotros.

–Las autoridades del país –objetó Jacinto– funcionan aún perfectamente.

–Creo que se equivoca usted –repuso el soldado, cuya fisonomía observaban con profundo interés la señora y el penitenciario–. Hace una hora ha sido destituido el alcalde de Orbajosa.

–¿Por el gobernador de la provincia?

–El gobernador ha sido destituido por un delegado del Gobierno, que debió llegar esta mañana. Los Ayuntamientos todos cesarán hoy. Así lo ha mandado el ministro, porque temía, no sé con qué motivo, que no prestaban apoyo a la autoridad central.

–Bien, bien estamos –murmuró el canónigo, frunciendo el ceño y echando adelante el labio inferior.

Doña Perfecta meditaba.

–También han sido quitados algunos jueces de primera instancia, entre ellos el de Orbajosa.

–¡El juez! ¡Periquito!… ¡Ya no es juez Periquito! –exclamó doña Perfecta con voz y gesto semejantes a los de las personas que tienen la desgracia de ser picadas por una víbora.

–Ya no es juez de Orbajosa el que lo era –dijo Pinzón–. Mañana vendrá el nuevo.

–¡Un desconocido!

–¡Un desconocido!

–Un tunante, quizás… ¡El otro era tan honrado…! –dijo la señora con zozobra–. Jamás le pedí cosa alguna que al punto no me concediera. ¿Sabe usted quién será el alcalde nuevo?

–Dicen que viene un corregidor.

–Vamos, diga usted de una vez que viene el diluvio, y acabaremos –manifestó el canónigo, levantándose.

–¿De modo que estamos a merced del señor brigadier?

'But that monster will cut off all our heads. Ah, Don Inocencio, these army visits remind me of what I've read in the lives of the martyrs when a Roman proconsul appeared in a Christian town ...'

'The comparison is not without accuracy,' said the penitentiary, looking at the soldier over his glasses.

'It's a bit sad, but as it's true, it should be said,' stated Pinzón benevolently. 'Now, ladies and gentlemen, you're at our mercy.'

'The local authorities,' objected Jacinto, 'still function perfectly.'

'I think you're wrong,' replied the soldier, whose face Doña Perfecta and the Confesor were studying with profound interest. 'The mayor of Orbajosa was removed from office an hour ago.'

'By the governor of the province?'

'The governor has been replaced by a delegate from the Government who was to arrive this morning. All the town councils will be removed from office today. That's what the minister has ordered, because he was afraid, I don't know why, that they weren't supporting the central authority.'

'We're in a fine state,' murmured the canon, frowning and pushing out his lower lip.

Doña Perfecta looked thoughtful.

'Some of the lower court judges, including the one from Orbajosa, have also been removed.'

'The judge! Periquito! ... Periquito is no longer judge!' exclaimed Doña Perfecta, with the voice and manner of people who have the misfortune to be bitten by a viper.

'The one who was judge in Orbajosa isn't any more,' said Pinzón. 'The new one will come tomorrow.'

'A stranger!'

'A stranger.'

'A rascal, perhaps ... The other was so honourable!' said the señora anxiously. 'I never asked him for one thing without him granting it immediately. Do you know who the new mayor will be?'

'They say a chief magistrate is coming.'

'That's it, just say the Deluge is coming and we'll be done with it,' declared the canon, rising.

'So we're at the brigadier's mercy?'

–Por algunos días, ni más ni menos. No se enfaden ustedes conmigo. A pesar de mi uniforme, me desagrada el militarismo; pero nos mandan pegar... y pegamos. No puede haber oficio más canalla que el nuestro.

–Sí que lo es, sí que lo es –dijo la señora, disimulando mal su furor–. Ya que usted lo ha confesado... Conque ni alcalde ni juez...

–Ni gobernador de la provincia.

–Que nos quiten también al señor obispo y nos manden un monaguillo en su lugar.

–Es lo que falta... Si aquí les dejan –murmuró don Inocencio, bajando los ojos–, no se pararán en pelillos.

–Y todo es porque se teme el levantamiento de partidas en Orbajosa –indicó la señora, cruzando las manos y agitándolas de arriba abajo, desde la barba a las rodillas–. Francamente, Pinzón, no sé cómo no se levantan hasta las piedras. No le deseo mal ninguno a ustedes; pero lo justo sería que el agua que beben se les convirtiera en lodo... ¿Dijo usted que mi sobrino es íntimo amigo del brigadier?

–Tan íntimo que no se separan en todo el día; fueron compañeros de colegio. Batalla le quiere como un hermano y le complace en todo. En su lugar de usted, señora, yo no estaría tranquilo.

–¡Oh! ¡Dios mío! ¡Temo un atropello!... –exclamó ella muy desasosegada.

–Señora –afirmó el canónigo con energía–, antes que consentir un atropello en esta honrada casa; antes que consentir que se hiciera el menor vejamen a esta nobilísima familia, yo... mi sobrino..., los vecinos todos de Orbajosa...

Don Inocencio no concluyó. Su cólera era tan viva que se le trababan las palabras en la boca. Dio algunos pasos marciales, y después se volvió a sentar.

–Me parece que no son vanos esos temores –dijo Pinzón–. En caso necesario, yo...

–Y yo... –repitió Jacinto.

Doña Perfecta había fijado los ojos en la puerta vidriera del comedor, tras la cual dejóse ver una graciosa figura. Mirándola, parecía que en el semblante de la señora se ennegrecían más las sombrías nubes del temor.

–Rosario, pasa aquí, Rosario –dijo, saliendo a su encuentro–. Se me figura que tienes hoy mejor cara y estás más alegre, sí... ¿No les parece a ustedes que Rosario tiene mejor cara? ¡Si parece otra!

Todos convinieron en que tenía retratada en su semblante la más viva felicidad.

'Only for a few days. Don't be angry with me. In spite of my uniform, I don't like militarism; but they order us to strike ... and we strike. There can't be a viler trade than ours.'

'Indeed so, indeed so!' said the señora, barely concealing her fury. 'Now that you've confessed it ... So, then, we've neither mayor nor judge ...'

'Nor governor of the province.'

'Why don't they take our bishop as well and send us an altar boy in his place?'

'That's all we need ... If they let them do it here,' murmured Don Inocencio, lowering his eyes, 'they won't stop at trifles.'

'And all because they're afraid of an uprising in Orbajosa,' stated the señora, clasping her hands and waving them up and down from chin to knee. 'Frankly, Pinzón, I don't know how it is that even the very stones don't rise up. I don't wish you any harm, but it would only be fair if the water you drink turned into mud ... You said my nephew is the brigadier's intimate friend?'

'So intimate that they're together all day long; they were school-fellows. Batalla loves him like a brother and does everything to please him. In your place, señora, I wouldn't be at ease.'

'Oh, my God! I fear some outrage!' she cried out anxiously.

'Señora,' declared the canon vehemently, 'rather than allowing an attack on this honourable house; rather than allowing the slightest harm to be done to this noble family, I ... my nephew ... all the inhabitants of Orbajosa ...'

Don Inocencio did not finish. His anger was so great that the words stuck in his mouth. He took a few martial strides, then sat down again.

'I think your fears are not unfounded,' said Pinzón. 'If necessary, I ...'

'And I ...' repeated Jacinto.

Doña Perfecta had fixed her eyes on the glass door of the dining room, through which a graceful figure could be seen. As she looked at it, the gloomy clouds of fear on the señora's face seemed to grow darker.

'Rosario. Come here, Rosario,' she said, going to meet her. 'I think you look better today and more cheerful, yes ... Don't you think Rosario looks better? She looks a different person.'

They all agreed that on her face was depicted the liveliest happiness.

21. ¡Desperta, ferro!

Por aquellos días publicaron los periódicos de Madrid las siguientes noticias:

«No es cierto que en los alrededores de Orbajosa se haya levantado partida alguna. Nos escriben de aquella localidad que el país está tan poco dispuesto a aventuras que se considera inútil en aquel punto la presencia de la brigada Batalla.»

«Dícese que la brigada Batalla saldrá de Orbajosa, porque no hacen falta allí fuerzas del Ejército, e irá a Villajuán de Nahara, donde han aparecido algunas partidas.»

«Ya es seguro que los Aceros recorren con algunos jinetes el término de Villajuán, próximo al distrito judicial de Orbajosa. El gobernador de la provincia de X… ha telegrafiado al Gobierno diciendo que Francisco Acero entró en las Roquetas, donde cobró un semestre y pidió raciones. Domingo Acero (*Faltriquera*) vagaba por la sierra del Jubileo, activamente perseguido por la Guardia Civil, que le mató un hombre y aprehendió a otro. Bartolomé Acero fue el que quemó el registro civil de Lugarnoble, llevándose en rehenes al alcalde y a dos de los principales propietarios.»

«En Orbajosa reina tranquilidad completa, según carta que tenemos a la vista, y allí no piensan más que en trabajar el campo para la próxima cosecha de ajos, que promete ser magnífica. Los distritos inmediatos sí están infestados de partidas; pero la brigada Batalla dará buena cuenta de ellas.»

En efecto: Orbajosa estaba tranquila. Los Aceros, aquella dinastía guerrera, merecedora, según algunas gentes, de figurar en el *Romancero*, había tomado por su cuenta la provincia cercana; pero la insurrección no cundía en el término de la ciudad episcopal. Creeríase que la cultura moderna había al fin vencido en su lucha con las levantiscas costumbres de la gran behetría, y que ésta saboreaba las delicias de una paz duradera. Y esto es tan cierto que el mismo Caballuco, una de las figuras más caracterizadas de la rebeldía histórica de Orbajosa, decía claramente a todo el mundo que él no quería *reñir con el Gobierno* ni *meterse en danzas* que podían costarle caras.

Dígase lo que se quiera, el arrebatado carácter de Ramos había tomado asiento con los años, enfriándose un poco la fogosidad que con la existencia recibiera de los Caballucos padres y abuelos, la mejor casta de cabecillas que ha asolado la tierra. Cuéntase, además, que por aquellos días el nuevo gobernador de la provincia *celebró una conferencia* con este importante personaje, *oyendo de sus labios las mayores seguridades* de contribuir al

21. *Deperta, ferro*[35]

About this time the newspapers in Madrid published the following news:

'It is not true that any group has taken up arms in the area around Orbajosa. We have written word from that locality that the area is so little disposed to adventures that the presence of the Batalla brigade in that spot is considered pointless.'

'It is said that the Batalla brigade will leave Orbajosa, because armed forces are not required there, and will go to Villajuán de Nahara where some rebel groups have appeared.'

'It is now certain that the Aceros, with some mounted men, are roaming the Villajuán area close to the judicial district of Orbajosa. The governor of the province of X … has telegraphed the Government saying that Francisco Acero entered Las Roquetas, where he collected a half-yearly payment and demanded rations. Domingo Acero (*Faltriquera*) was ranging the Jubileo mountains, actively pursued by the Civil Guard, who killed one of his men and captured another. Bartolomé Acero was the one who burned the Lugarnoble registry office, taking the mayor and two of the principal landowners as hostages.'

'Complete peace reigns in Orbajosa, according to a letter which we have before us, and the only thought there is working the land for the next garlic harvest which promises to be magnificent. The immediate districts are indeed infested with rebels, but the Batalla brigade will finish them off.'

Sure enough, Orbajosa was calm. The Aceros, that warlike dynasty worthy, according to some people, of figuring in the *Romancero*, had taken possession of the neighbouring province; but the insurrection was not spreading within the limits of the episcopal city. It might be thought that modern culture had at last triumphed in its struggle with the rebellious habits of the great city of disorder, and that the latter was savouring the delights of a lasting peace. And this is so true that Caballuco himself, one of the most distinguished figures in the rebel history of Orbajosa, said clearly to everyone that he did not wish to *quarrel with the Government* or *get caught up in things* that might cost him dear.

Say what you want, Ramos' impetuous character had settled down with the years, the fiery temper he had inherited from the Caballuco ancestors – the best stock of warriors to have desolated the earth – having somewhat cooled down. It is also related that during those days the new provincial governor *held a conference* with this important personage, *hearing from his lips the most solemn assurances* that he would contribute to the public peace

reposo público y evitar toda ocasión de disturbios. Aseguran fieles testigos que se le veía en amor y compaña con los militares, partiendo un piñón con éste o el otro sargento en la taberna, y hasta se dijo que le iban a dar un buen destino en el Ayuntamiento de la capital de la provincia. ¡Oh¡ ¡Cuán difícil es para el historiador que presume de imparcial depurar la verdad en esto de las opiniones y pensamientos de los insignes personajes que han llenado el mundo con su nombre! No sabe uno a qué atenerse, y la falta de datos ciertos da origen a lamentables equivocaciones. En presencia de hechos tan culminantes como la jornada de Brumario, como el saco de Roma por Borbón, como la ruina de Jerusalén, ¿qué psicólogo ni qué historiador podrá determinar los pensamientos que les precedieron o les siguieron en la cabeza de Bonaparte, Carlos V y Tito? ¡Responsabilidad inmensa la nuestra! Para librarnos en parte de ella, refiramos palabras, frases y aun discursos del mismo emperador orbajosense, y de este modo cada cual formará la opinión que juzgue más acertada.

No cabe duda alguna de que Cristóbal Ramos salió, ya anochecido, de su casa, y, atravesando por la calle del Condestable, vio tres labriegos que en sendas mulas venían en dirección contraria a la suya; y preguntándoles que a dónde caminaban, repusieron que a la casa de la señora doña Perfecta a llevarle varias primicias de frutos de las huertas y algún dinero de las rentas vencidas. Eran el señor Pasolargo, un mozo a quien llamaban Frasquito González, y el tercero, de mediana edad y recia complexión, recibía el nombre de Vejarruco, aunque el suyo verdadero era José Esteban Romero. Volvió atrás Caballuco, solicitado por la buena compañía de aquella gente, con quien tenía franca y antigua amistad, y entró con ellos en casa de la señora. Esto ocurría, según los más verosímiles datos, al anochecer, y dos días después de aquel en que doña Perfecta y Pinzón hablaron lo que en el anterior capítulo ha podido ver quien lo ha leído. Entretúvose el gran Ramos dando a Librada ciertos recados de poca importancia que una vecina confiara a su buena memoria; y cuando entró en el comedor, ya los tres labriegos antes mencionados y el señor Licurgo, que asimismo, por singular coincidencia, estaba presente, habían entablado conversación sobre asuntos de la cosecha y de la casa. La señora tenía un humor endiablado; a todo ponía faltas, y reprendíales ásperamente por la sequía del cielo y la infecundidad de la tierra, fenómenos de que ellos, los pobrecitos, no tenían culpa. Presenciaba la escena el señor penitenciario. Cuando entró Caballuco, saludóle afectuosamente el buen canónigo, señalándole un asiento a su lado.

—Aquí está el personaje —dijo la señora con desdén—. ¡Parece mentira que

and avoid any cause for disturbance. Reliable witnesses declare that he was to be seen in friendly companionship with the soldiers, hobnobbing with this sergeant or that one in the tavern, and it was even said that a good post in the town-hall provincial capital was to be given him. Ah, how difficult it is for the historian who tries to be impartial to flush out the truth from the opinions and thoughts of the illustrious personages who have filled the world with their fame! One does not know what to go by, and the absence of hard facts gives rise to lamentable mistakes. What psychologist or historian, considering events as epoch-making as the 18th Brumaire, the sack of Rome by Bourbon, or the destruction of Jerusalem, will be able to determine the thoughts, before or after, in the minds of Bonaparte, Charles V and Titus?[36] What an immense responsibility ours is! To escape it in part let us quote words, phrases and even speeches of the Orbajosan emperor himself, and in this way each one will form the opinion he deems the wisest.

There is no doubt that Cristóbal Ramos left his house just after dark and, passing along the calle del Condestable, saw three peasants on mules coming in the opposite direction; and asking them where they were heading, they replied that they were going to Doña Perfecta's house to take her some first fruits of the orchards and some rent money that was due. They were Señor Pasolargo, a boy named Frasquito González, and the third, middle-aged and ruddy-faced, went by the name of Vejarruco, although his real name was José Esteban Romero. Caballuco turned back, tempted by the good company of those men with whom he had an old and intimate friendship, and entered the señora's house with them. This happened, according to the most reliable data, at nightfall, two days after the one on which Doña Perfecta and Pinzón discussed what the reader could see in the preceding chapter. The great Ramos stopped for a moment to give Librada certain messages of trifling importance, which a neighbour had confided to his good memory; and when he entered the dining room the three aforementioned peasants and Señor Licurgo, who by a strange coincidence was also there, had already struck up a conversation about the harvest and the house. The señora was in a vile mood; she found fault with everything and scolded them harshly for the lack of rain and the infertility of the earth, phenomena for which the poor men were not to blame. The confessor was also present. When Caballuco entered, the good canon saluted him affectionately, pointing to a seat next to him.

'Here's the man of mark,' said the señora disdainfully. 'It seems

se hable tanto de un hombre de tan poco valer! Dime, Caballuco: ¿es verdad que te han dado de bofetadas unos soldados esta mañana?

—¡A mí! ¡A mí! —dijo el centauro, levantándose indignado, cual si recibiera el más grosero insulto.

—Así lo han dicho —añadió la señora—. ¿No es verdad? Yo lo creí, porque quien en tan poco se tiene... Te escupirán, y tú te creerás honrado con la saliva de los militares.

—¡Señora! —vociferó Ramos con energía—. Salvo el respeto que debo a usted, que es mi madre, más que mi madre, mi señora, mi reina..., pues digo que salvo el respeto que debo a la persona que me ha dado todo lo que tengo..., salvo el respeto...

—¿Qué?... Parece que vas a decir mucho y no dices nada.

—Pues digo que, salvo el respeto, eso de la bofetada es una calumnia —añadió, expresándose con extraordinaria dificultad—. Todos hablan de mí; que si entro o salgo, que si voy, que si vengo... Y todo ¿por qué? Porque quieren tomarme por figurón para que revuelva el país. Bien está Pedro en su casa, señoras y caballeros. ¿Que ha venido la tropa?... Malo es, ¿pero qué le vamos a hacer?... ¿Que han quitado al alcalde y al secretario y al juez?... Malo es; yo quisiera que se levantaran contra ellos las piedras de Orbajosa; pero di mi palabra al gobernador, y hasta ahora yo...

Rascóse la cabeza, frunció el adusto ceño, y, con lengua cada vez más torpe, prosiguió así:

—Yo seré bruto, pesado, ignorante, querencioso, testarudo y todo lo que quieran, pero a caballero no me gana nadie.

—Lástima de Cid Campeador —dijo con el mayor desprecio doña Perfecta. ¿No cree usted, como yo, señor penitenciario, que en Orbajosa no hay ya un solo hombre que tenga vergüenza?

—Grave opinión es ésa —repuso el capitular, sin mirar a su amiga ni apartar de su barba la mano en que apoyaba el meditabundo rostro—. Pero se me figura que este vecindario ha aceptado con excesiva sumisión el pesado yugo del militarismo.

Licurgo y los tres labradores reían con toda su alma.

—Cuando los soldados y las autoridades nuevas —dijo la señora— nos hayan llevado el último real, después de deshonrado el pueblo, enviaremos a Madrid, en una urna cristalina, a todos los valientes de Orbajosa para que los pongan en el museo o los enseñen por las calles.

—¡Viva la señora! —exclamó con vivo ademán el que llamaban Vejarruco—.

incredible there should be so much talk about a man of so little worth. Tell me, Caballuco, is it true that some soldiers slapped you this morning?'

'Me? Me?' said the Centaur, rising indignantly as if he had received the worst insult.

'That's what they say,' added the señora. 'Isn't it true? I believed it, because anyone who thinks so little of himself ... They'll spit on you and you'll think yourself honoured with the soldiers' saliva.'

'Señora!' yelled Ramos energetically, 'saving the respect I owe you, my mother, more than my mother, my lady, my queen ... well, saving the respect I owe the person who's given me everything I have ... saving the respect ...'

'Well? It seems like you've lots to say and you're not saying anything.'

'Well, I say that, saving the respect, that business about the slap is slander,' he went on, expressing himself with extraordinary difficulty. 'Everyone talks about me, whether I'm entering or leaving, coming or going ... And why's that? Because they want to make me a figurehead to stir up the country. I'm fine as I am, ladies and gentlemen. The soldiers have come? That's bad! But what are we going to do about it? The mayor and the secretary and the judge have been removed from office? ... That's bad. I wish the stones of Orbajosa would rise up against them; but I gave my word to the governor, and up until now I ...'

He scratched his head, knitted his gloomy brow and, with ever-increasing difficulty of speech, continued in this way:

'I may be brutal, dull, ignorant, quarrelsome, obstinate and anything else you like, but as a gentleman no one beats me.'

'What a pity for Cid Campeador!'[37] said Doña Perfecta contemptuously. 'Don't you agree with me, Señor Confessor, that there's not a single man in Orbajosa with any shame?'

'That's a strong opinion,' replied the capitular, without looking at his friend or removing from his chin the hand on which he was resting his thoughtful face. 'But I think this neighbourhood has accepted with excessive submission the heavy yoke of militarism.'

Licurgo and the three countrymen laughed boisterously.

'When the soldiers and the new authorities,' said the señora, 'have taken our last penny, after humiliating the town, we'll send all the brave men of Orbajosa in a crystal urn to Madrid to be put in the museum or exhibited in the streets.'

'Long live the señora!' cried the one called Vejarruco demonstratively.

Lo que ha parlado es como el oro. No se dirá que por mí no hay valientes, pues no estoy con los Aceros por aquello de que tiene uno tres hijos y mujer y puede suceder cualquier estropicio, que si no...

–¿Pero tú no has dado tu palabra al gobernador? –le preguntó la señora.

–¿Al gobernador? –exclamó el nombrado Frasquito González–. No hay en todo el país tunante que más merezca un tiro. Gobernador y Gobierno, todos son lo mismo. El cura nos predicó el domingo tantas cosas altisonantes sobre las herejías y ofensas a la religión que hacen en Madrid ... ¡Oh!, había que oírle... Al fin dio muchos gritos en el púlpito, diciendo que la religión ya no tenía defensores.

–Aquí está el gran Cristóbal Ramos –dijo la señora, dando fuerte palmada en el hombro del centauro–. Monta a caballo; se pasea en la plaza y en el camino real para llamar la atención de los soldados; venle éstos, se espantan de la fiera catadura del héroe y echan todos a correr muertos de miedo.

La señora terminó su frase con una risa exagerada, que se hacía más chocante por el profundo silencio de los que la oían. Caballuco estaba pálido.

–Señor Pasolargo –continuó la dama, poniéndose seria–, esta noche, mándeme acá a su hijo Bartolomé para que se quede aquí. Necesito tener buena gente en casa; y aun así, bien podrá suceder que el mejor día amanezcamos mi hija y yo asesinadas.

–¡Señora! –exclamaron todos.

–¡Señora! –gritó Caballuco levantándose–. ¿Eso es broma o qué es?

–Señor Vejarruco, señor Pasolargo –continuó la señora, sin mirar al bravo de la localidad–: no estoy segura en mi casa. Ningún vecino de Orbajosa lo está, y menos yo. Vivo con el alma en un hilo. No puedo pegar los ojos en toda la noche.

–Pero, ¿quién, quién se atreverá...?

–Vamos –dijo Licurgo con ardor–, que yo, viejo y enfermo, seré capaz de batirme con todo el Ejército español si tocan el pelo de la ropa a la señora...

–Con el señor Caballuco –observó Frasquito González–, basta y sobra.

–¡Oh!, no –repuso doña Perfecta con cruel sarcasmo–. ¿No ven ustedes que Ramos ha dado su palabra al gobernador...?

Caballuco volvió a sentarse, y poniendo una pierna sobre otra, cruzó las manos sobre ellas.

–Me basta un cobarde –añadió implacablemente el ama–, con tal que no haya dado palabras. Quizás pase yo por el trance de ver asaltada mi casa, de

'What she says is like gold. It won't be said there are no brave men on my account, but I'm not with the Aceros because one has a wife and three children and anything can happen, and if it weren't for that ...'

'But haven't you given your word to the governor?' asked the señora.

'To the governor?' cried the man named Frasquito González. 'There isn't a villain in the whole country who deserves shooting more than him. Governor and Government, they're all the same. On Sunday the priest said so many rousing things in his sermon about the heresies and the profanities of the people of Madrid ... Oh! You should have heard him ... He finally shouted out from the pulpit that religion no longer had any defenders.'

'Here's the great Cristóbal Ramos!' said the señora, giving the Centaur a big slap on his back. 'He gets on his horse, rides around the plaza and up and down the high-road to attract the soldiers' attention; when they see him they're terrified by our hero's fierce appearance, and they all run away scared to death.'

The señora finished her sentence with an exaggerated laugh, made stranger by the deep silence of those who were listening. Caballuco was pale.

'Señor Pasolargo,' continued the lady, becoming serious, 'send me your son Bartolomé here for him to stay over. I need good people in the house; and even then it may well happen that some fine day my daughter and I wake up dead.'

'Señora!' they all exclaimed.

'Señora!' shouted Caballuco rising to his feet. 'Is this a joke or what?'

'Señor Vejarruco, Señor Pasolargo,' continued the señora, without looking at the bravo of the place, 'I'm not safe in my own house. No one in Orbajosa is, and least of all me. I live with my heart in my mouth. I can't shut my eyes all night long.'

'But who, who would dare ...?'

'Come,' exclaimed Licurgo with fire, 'old and sick as I am, I'll fight the whole Spanish army if they lay a finger on the mistress ...'

'With Señor Caballuco,' said Frasquito González, 'there's more than enough.'

'Oh, no,' replied Doña Perfecta, with cruel sarcasm. 'Can't you see that Ramos has given his word to the governor ...?'

Caballuco sat down again and, crossing one leg over the other, folded his hands on them.

'A coward is enough for me,' continued the lady implacably, 'provided he hasn't given his word to anyone. Perhaps I'll come to see my house atacked,

ver que me arrancan de los brazos a mi querida hija, de verme atropellada e insultada del modo más infame...

No pudo continuar. La voz se ahogó en su garganta y rompió a llorar desconsoladamente.

–¡Señora, por Dios, cálmese usted!... Vamos..., no hay motivo todavía... –dijo precipitadamente y con semblante y voz de aflicción suma don Inocencio–. También es preciso un poquito de resignación para soportar las calamidades que Dios nos envía.

–Pero ¿quién..., señora? ¿Quién se atreverá a tales vituperios? –preguntó uno de los cuatro–.

–Orbajosa entera se pondría sobre un pie para defender a la señora.

–Pero ¿quién, quién? –repitieron todos.

–Vaya, no la molesten ustedes con preguntas importunas –dijo con oficiosidad el penitenciario–. Pueden retirarse.

–No, no, que se queden –manifestó vivamente la señora, secando sus lágrimas–. La compañía de mis buenos servidores es para mí un gran consuelo.

–¡Maldita sea mi casta! –dijo el tío Lucas, dándose un puñetazo en la rodilla–, si todos estos gatuperios no son obra del mismísimo sobrino de la señora.

–¿Del hijo de don Juan Rey?

–Desde que le vi en la estación de Villahorrenda y me habló con su voz melosilla y sus mimos de hombre cortesano –manifestó Licurgo–, le tuve por un grandísimo... No quiero acabar por respeto a la señora...; pero yo le conocí..., le señalé desde aquel día, y yo no me equivoco, no. Sé muy bien, como dijo el otro, que por el hilo se saca el ovillo, por la muestra se conoce el paño, y por la uña, el león.

–No se hable mal en mi presencia de ese desdichado joven –dijo la de Polentinos severamente–. Por grandes que sean sus faltas, la caridad nos prohíbe hablar de ellas y darles publicidad.

–Pero la caridad –manifestó don Inocencio con cierta energía– no nos impide precavernos contra los malos, y de eso se trata. Ya que han decaído tanto los caracteres y el valor en la desdichada Orbajosa; ya que este pueblo parece dispuesto a poner la cara para que escupan en ella cuatro soldados y un cabo, busquemos alguna defensa uniéndonos.

–Yo me defenderé como pueda –dijo con resignación y cruzando las manos doña Perfecta–. ¡Hágase la voluntad del Señor!

–Tanto ruido para nada... ¡Por vida de...! ¡En esta casa son de la piel

my darling daughter torn from my arms, myself trampled under foot and insulted in the vilest manner …'

She could not go on. Her voice died away in her throat and she burst into disconsolate tears.

'Señora, for God's sake, calm yourself … Come … there's no cause yet …' said Don Inocencio hastily and with the greatest distress in his face and voice. 'Besides, a little resignation is needed to bear the calamities God sends us.'

'But who … señora? Who'll dare commit such outrages?' asked one of the four.

'The whole of Orbajosa would stand to defend the señora.'

'But who, who?' they all repeated.

'Come, don't bother her with inappropriate questions,' said the Confessor officiously. 'You may go.'

'No, no, let them stay,' said the señora quickly, drying her tears. 'The company of my good servants is a great consolation to me.'

'I'll be damned,' said Uncle Licurgo, striking his knee with his fist, 'if all these dealings aren't the work of the señora's very own nephew.'

'Of Don Juan Rey's son?'

'From the moment I saw him at the station in Villahorrenda, and he spoke to me with his honeyed voice and mincing manners,' declared Licurgo, 'I had him as a great … I won't finish out of respect for the lady … But I knew him … I marked him out from that day, and I'm not wrong, no. I know very well that the thread, as the saying goes, shows what the ball is, from a sample you know what the cloth is, and the lion by its claws.'

'Don't speak ill of that unfortunate young man in my presence,' said Señora de Polentinos severely. 'However great his faults may be, charity forbids us from speaking of them and giving them publicity.'

'But charity,' said Don Inocencio with some energy, 'doesn't prevent us from taking precautions against the wicked, and that's what we're dealing with. Since character and courage have sunk so low in unhappy Orbajosa; since this town seems ready to hold up its face so four soldiers and a corporal can spit in it, let's try some sort of defence by uniting.'

'I'll defend myself in whatever way I can,' said Doña Perfecta resignedly, folding her hands. 'Let the Lord's will be done!'

'Such a fuss about nothing … Heavens! In this house they're all afraid

del miedo!… –exclamó Caballuco, entre serio y festivo–. No parece sino que el tal don Pepito es una *región* (léase legión) de demonios. No se asuste usted, señora mía. Mi sobrinillo Juan, que tiene trece años, guardará la casa, y veremos, sobrino por sobrino, quién puede más.

–Ya sabemos todos lo que significan tus guapezas y valentías –replicó la dama. ¡Pobre Ramos; quieres echártela de bravucón cuando ya se ha visto que no vales para nada!

Ramos palideció ligeramente, fijando en la señora una mirada singular en que se confundían el espanto y el respeto.

–Sí, hombre, no me mires así. Ya sabes que no me asusto de fantasmones. ¿Quieres que te hable de una vez con claridad? Pues eres un cobarde.

Ramos, moviéndose como el que siente en diversas partes de su cuerpo molestas picazones, demostraba gran desasosiego. Su nariz expelía y recobraba el aire como la de un caballo. Dentro de aquel corpachón combatía consigo misma por echarse fuera, rugiendo y destrozando, una tormenta, una pasión, una barbaridad. Después de modular a medias algunas palabras, mascando otras, levantóse y bramó de esta manera:

–¡Le cortaré la cabeza al señor Rey!

–¡Qué desatino! Eres tan bruto como cobarde –dijo palideciendo–. ¡Qué hablas ahí de matar, si yo no quiero que maten a nadie, y mucho menos a mi sobrino, persona a quien amo a pesar de sus maldades!

–¡El homicidio! ¡Qué atrocidad! –exclamó el señor don Inocencio escandalizado–. Ese hombre está loco.

–¡Matar!… La idea tan sólo de un homicidio me horroriza, Caballuco –dijo la señora, cerrando los dulces ojos–. ¡Pobre hombre! Desde que has querido mostrar valentía, has aullado como un lobo carnicero. Vete de aquí, Ramos; me causas espanto.

–¿No dice la señora que tiene miedo? ¿No dice que atropellarán la casa, que robarán a la niña?

–Sí, lo temo.

–Y eso ha de hacerlo un solo hombre –indicó Ramos con desprecio, volviendo a sentarse–. Eso lo ha de hacer don Pepe *Poquita Cosa* con sus matemáticas. Hice mal en decir que le rebanaría el pescuezo. A un muñeco de ese estambre se le coge de una oreja y se le echa de remojo en el río.

–Sí, ríete ahora, bestia. No es mi sobrino solo quien ha de cometer todos esos desafueros que has mencionado y que yo temo, pues si fuese él solo no le temería. Con mandar a Librada que se ponga en la puerta con una escoba… bastaría… No es él solo, no.

of their shadows,' exclaimed Caballuco, half seriously, half in jest. 'Anyone would think this Don Pepito was a *region* (for which, read legion) of devils. Don't be frightened, señora. My little nephew Juan, who is thirteen, will guard the house, and we'll see, nephew for nephew, who's the better.'

'We all already know what your boasting and bragging counts for,' replied Doña Perfecta. 'Poor Ramos! You want to make out you're a brave hero when we've already seen that you're not worth anything.'

Ramos turned slightly pale, focusing on Doña Perfecta a strange look which combined fear and respect.

'Yes, and don't look at me like that. You already know I'm not afraid of bogeymen. Do you want me to speak plainly once and for all? Well, you're a coward.'

Ramos, moving about like someone itching all over, displayed great discomfort. His nostrils exhaled and inhaled air like those of a horse. Within that big body a storm, a passion, brute force was fighting with itself to burst out, roaring and smashing. After half uttering a few words, mumbling others, he rose to his feet and thundered:

'I'll cut Señor Rey's head off!'

'What folly! You're as brutal as you are cowardly,' she said turning pale. 'Why do you talk about killing when I don't want anyone killed, much less my nephew, somebody I love in spite of his wickedness.'

'Murder! What an atrocity!' exclaimed Don Inocencio, scandalised. 'The man is mad!'

'Killing! … The very idea of a murder horrifies me, Caballuco,' said the señora, closing her soft eyes. 'Poor man! As soon as you want to show your bravery, you howl like a man-eating wolf. Go away, Ramos; you scare me.'

'Didn't the señora say she was afraid? Didn't she say they'll flatten the house and steal her girl?'

'Yes, I'm afraid of it.'

'And one man is going to do that,' said Ramos contemptuously, sitting down again. 'Don Pepe Pipsqueak, with his mathematics, is going to do that. I was wrong to say I'd slice off his head. A doll like that should be taken by the ear and ducked in the river.'

'Yes, laugh now, you fool! It's not my nephew alone who'd commit all those outrages you've mentioned and which I fear; for if he were alone I wouldn't be afraid. An order for Librada to stand at the door with a broom … that would be enough … It's not just him, no!'

–¿Pues quién…?

–Hazte el borrico. ¿No sabes tú que mi sobrino y el brigadier que manda esa condenada tropa se han confabulado…?

–¡Confabulado! –exclamó Calballuco, demostrando no entender la palabra.

–*Que están de compinche* –dijo Licurgo–. *Fabulearse* quiere decir *estar de compinche*. Ya me barruntaba yo lo que dice la señora.

–Todo se reduce a que el brigadier y los oficiales son uña y carne de don José, y lo que él quiera lo quieren esos soldadotes, y esos soldadotes harán toda clase de atropellos y barbaridades, porque ése es su oficio.

–Y no tenemos alcalde que nos ampare.

–Ni juez.

–Ni gobernador. Es decir, que estamos a merced de esa infame gentuza.

–Ayer –dijo Vejarruco– unos soldados se llevaron engañada a la hija más chica del tío Julián, y la pobre no se atrevió a volver a su casa; mas la encontraron llorando y descalza junto a la fuentecilla vieja, recogiendo los pedazos de la cántara rota.

–¡Pobre don Gregorio Palomeque!, el escribano de Naharilla Alta –dijo Frasquito–. Estos pillos le robaron todo el dinero que tenía en su casa. Pero el brigadier, cuando se lo contaron, contestó que era mentira.

–Tiranos más tiranos no nacieron de madre –manifestó el otro–. ¡Cuando digo que por punto no estoy con los Aceros…!

–¿Y qué se sabe de Francisco Acero? –preguntó mansamente doña Perfecta–. Sentiría que le ocurriera algún percance. Dígame usted, don Inocencio: ¿Francisco Acero no nació en Orbajosa?

–No; él y su hermano son de Villajuán.

–Lo siento por Orbajosa –dijo doña Perfecta–. Esta pobre ciudad ha entrado en desgracia. ¿Sabe usted si Francisco Acero dio palabra al gobernador de no molestar a los pobres soldaditos en sus robos de doncellas, en sus sacrilegios, en sus infames felonías?

Caballuco dio un salto. Ya no se sentía punzado, sino herido por atroz sablazo. Encendido el rostro y con los ojos llenos de fuego, gritó de este modo:

–¡Yo di mi palabra al gobernador porque el gobernador me dijo que venían con buen fin!

–Bárbaro, no grites. Habla como la gente y te escucharemos.

'Who then?'

'Pretend you don't understand! Don't you know that my nephew and the brigadier who commands that accursed troop have been confabulating?'

'Confabulating!' repeated Caballuco, obviously not understanding the word.

'*They're in cahoots,*' said Licurgo. '*To fabulate* means *to be in cahoots*. I already guessed what the señora's saying.'

'It all comes down to the fact that the brigadier and the officers are hand in glove with Don José, and whatever he wants those soldiers want, and those soldiers will commit all kinds of outrages and atrocities, because that's their trade.'

'And we've no mayor to protect us.'

'Nor judge.'

'Nor governor. So we're at the mercy of that vile rabble.'

'Yesterday,' said Vejarruco, 'some soldiers enticed Uncle Julián's youngest daughter away, and the poor thing didn't dare go back home; but they found her crying and barefoot by the old fountain, picking up the pieces of her broken jar.'

'Poor Don Gregorio Palomeque, the notary of Naharilla Alta!' said Frasquito. 'Those rascals robbed him of all the money he had in his house. But when the brigadier was told about it he said it was a lie.'

'Tyrants, no greater tyrants were born of woman,' declared the other. 'When I say that for very little I'd be with the Aceros!'

'And what news is there of Francisco Acero?' asked Doña Perfecta gently. 'I'd be sorry if any misfortune happened to him. Tell me, Don Inocencio: wasn't Francisco Acero born in Orbajosa?'

'No. He and his brother are from Villajuán.'

'I'm sorry for Orbajosa's sake,' said Doña Perfecta. 'This poor city has fallen into misfortune. Do you know if Francisco Acero gave his word to the governor not to trouble the poor little soldiers in their abductions of young girls, their sacrileges, their villainous crimes?'

Caballuco gave a start. He felt himself now not stung but wounded by a terrible slash of the sabre. With his face burning and his eyes blazing fire, he shouted as follows:

'I gave my word to the governor because the governor told me they were here for a good purpose.'

'Don't shout, you ignoramus! Speak like a proper person and we'll listen to you.'

–Le prometí que ni yo ni ninguno de mis amigos levantaríamos partidas en tierra de Orbajosa… A todo el que ha querido salir porque le retozaba la guerra en el cuerpo le he dicho: «Vete con los Aceros, que aquí no nos movemos…» Pero tengo mucha gente honrada, sí, señora; y buena, sí, señora; y valiente, sí, señora, que está desperdigada por los caseríos y las aldeas, por arrabales y montes, cada uno en su casa, ¿eh? Y en cuanto yo les diga la mitad de media palabra, ¿eh?, ya están todos descolgando las escopetas, ¿eh?, y echando a correr a caballo o a pie para ir a donde yo les mande… Y no me anden con gramáticas, que si yo di mi palabra, fue porque la di, y si no salgo es porque no quiero salir, y si quiero que haya partidas, las habrá, y si no quiero, no; porque yo soy quien soy, el mismo hombre de siempre, bien lo saben todos… Y digo otra vez que no vengan con gramáticas, ¿estamos…?, y que no me digan las cosas al revés ¿estamos? Y si quieren que salga me lo declaren con toda la boca abierta, ¿estamos…? Porque para eso nos ha dado Dios la lengua: para decir esto y aquello. Bien sabe la señora quién soy, así como bien sé yo que le debo la camisa que me pongo, y el pan que como hoy, y el primer garbanzo que chupé cuando me despecharon, y la caja en que enterraron a mi padre cuando murió, y las medicinas y el médico que me sanaron cuando estuve enfermo; y bien sabe la señora que si ella me dice: «Caballuco, rómpete la cabeza», voy a aquel rincón y contra la pared me la rompo; bien sabe la señora que si ahora dice ella que es de día, yo, aunque vea la noche, creeré que me equivoco y que es claro día; bien sabe la señora que ella y su hacienda son antes que mi vida, y que si delante de mí la pica un mosquito, le perdono porque es mosquito; bien sabe la señora que la quiero más que a cuanto hay debajo del sol… A un hombre de tanto corazón se le dice: «Caballuco, so animal, haz esto o lo otro»; y basta de *ritólicas*, basta de mete y saca de palabrejas y sermoncillos al revés y pincha por aquí y pellizca por allá.

–Vamos, hombre, sosiégate –dijo doña Perfecta con bondad–. Te has sofocado como aquellos oradores republicanos que venían a predicar aquí la religión libre, el amor libre y no sé cuántas cosas libres… Que te traigan un vaso de agua.

Caballuco hizo con el pañuelo una especie de rodilla, apretado envoltorio o más bien pelota, y se lo pasó por la ancha frente y cogote para limpiarse ambas partes, cubiertas de sudor. Trajéronle un vaso de agua, y el señor canónigo, con una mansedumbre que cuadraba perfectamente a su carácter sacerdotal, lo tomó de manos de la criada para presentárselo y sostener

'I promised him that neither I nor any of my friends would raise guerillas in the territory of Orbajosa … To all those who wanted to take up arms because they were itching to fight I said: "Go to the Aceros, for here we won't stir…" But I've a lot of honest people, yes, señora; and good people, yes, señora; and valiant people, yes, señora, scattered about in hamlets and villages, suburbs and mountains, each in his own house, eh? And as soon as I give them the slightest hint, eh, they'll be taking down their guns, eh, and setting out on horseback or on foot to wherever I send them … And don't come with fine words, for if I gave my word it was because I gave it, and if I don't fight it's because I don't want to fight, and if I want an uprising there'll be one; and if I don't there won't; for I am who I am,[38] the same man as ever, as well you all know. And I say again don't come with your fine words, alright? And don't say the opposite of what you mean, alright? And if you want me to fight, say so plainly, alright? Because that's what God has given us tongues for: to say this and that. The señora knows very well who I am, as I know full well that I owe her the shirt on my back, the bread I eat today, the first pea I sucked after I was weaned, the coffin they buried my father in when he died, and the medicines and doctor that cured me when I was sick; and the señora knows full well that if she says to me, "Caballuco, smash your head in," I'll go to that corner there and dash it against the wall. The señora knows full well that if she tells me now that it's day, even if I see it's night, I'll believe I'm wrong and that it's broad daylight; the señora knows very well that she and her interests come before my own life, and that if a mosquito bites her in front of me, I'll only forgive it because it's a mosquito; the señora knows very well that I love her more than anything under the sun … To a man with a heart as big as mine you say, "Caballuco, you animal, do this or that." And enough of fancy lingo, of beating about the bush and preaching one thing but meaning another, and a stab here and a pinch there.'

'Come on, calm down,' said Doña Perfecta kindly. 'You've got all out of breath like those republican orators who came here to preach free religion, free love and I don't know how many other free things … Let them bring you a glass of water.'

Caballuco made with his handkerchief a kind of mop, a tight knot or rather a ball, and rubbed it over his broad forehead and the back of his neck, both of which were covered in sweat. They brought him a glass of water, and the canon, with a humility that was in perfect keeping with his sacerdotal character, took it from the servant girl's hand to give it to him and hold the

el plato mientras bebía. El agua se escurría por el gaznate de Caballuco produciendo un claqueteo sonoro.

–Ahora tráeme otro a mí, Libradita –dijo don Inocencio–. También tengo un poco de fuego dentro.

22. ¡Desperta!

–Respecto a lo de las partidas –dijo doña Perfecta cuando concluyeron de beber–, sólo te digo que hagas lo que tu conciencia te dicte.

–Yo no entiendo de dictados –gritó Ramos–. Haré lo que sea del gusto de la señora.

–Pues yo no te aconsejaré nada en asunto tan grave –repuso ella con la circunspección y comedimiento que tan bien le sentaban–. Eso es muy grave, gravísimo, y yo no puedo aconsejarte nada.

–Pero el parecer de usted…

–Mi parecer es que abras los ojos y veas, que abras los oídos y oigas… Consulta tu corazón… Yo te concedo que tienes un gran corazón… Consulta a ese juez, a ese consejero que tanto sabe, y haz lo que él te mande.

Caballuco meditó, pensó todo lo que puede pensar una espada.

–Los de Naharilla Alta –dijo Vejarruco– nos contamos ayer y éramos trece, propios para cualquier cosita mayor… Pero como temíamos que la señora se enfadara, no hicimos nada. Es tiempo ya de trasquilar.

–No te preocupes de la trasquila –dijo la señora–. Tiempo hay. No se dejará de hacer por eso.

–Mis dos muchachos –manifestó Licurgo– riñeron ayer el uno con el otro porque uno quería irse con Francisco Acero y el otro no. Yo les dije: «Despacio, hijos míos, que todo se andará. Esperad, que tan buen pan hacen aquí como en Francia».

–Anoche me dijo Roque Pelosmalo –manifestó el tío Pasolargo– que en cuanto el señor Ramos dijera tanto así ya estaban todos con las armas en la mano. ¡Qué lástima que los dos hermanos Burguillos se hayan ido a labrar las tierras de Lugarnoble!

–Vaya usted a buscarlos –dijo el ama vivamente–. Lucas, proporciónale un caballo al tío Pasolargo.

–Yo, si la señora me lo manda y el señor Ramos también –dijo Frasquito González–, iré a Villahorrenda a ver si Robustiano, el guarda de montes, y su hermano Pedro quieren también…

plate while he drank. The water poured down Caballuco's throat, producing a loud gurgle.

'Now bring another glass for me, Libradita,' said Don Inocencio. 'I've got a little fire inside me too.'

22. Awake

'With regard to the rebels,' said Doña Perfecta, when they had finished drinking, 'all I say is do as your conscience dictates.'

'I know nothing about dictations,' shouted Ramos. 'I'll do whatever pleases the señora!'

'Well, I won't give any advice on such a serious matter,' she answered with the circumspection and moderation which so became her. 'This is very serious, extremely serious, and I can't advise you at all.'

'But your opinion …'

'My opinion is that you should open your eyes and see, open your ears and hear … Consult your heart … I'll concede that you have a great heart … Consult that judge, that wise counsellor, and do as it bids you.'

Caballuco meditated, thinking as much as a sword can think.

'We in Naharilla Alta,' said Vejarruco, 'counted ourselves yesterday and there were thirteen of us, ready for any big undertaking. But as we were afraid the señora would be angry, we didn't do anything. It's time now for the shearing.'

'Don't worry about the shearing,' said the señora. 'There's plenty of time. It won't be left undone for that.'

'My two boys quarrelled with each other yesterday,' said Licurgo, 'because one wanted to go with Francisco Acero and the other didn't. I said to them, "Easy, my boys, easy, all in good time. Wait, the bread they make here is as good as in France".'

'Last night Roque Pelosmalo told me,' said Uncle Pasolargo, 'that as soon as Señor Ramos gives the word they'd all be ready, weapons in hand. What a pity the two Burguillos brothers have gone to work the land around Lugarnoble!'

'Go and fetch them,' said the lady quickly. 'Lucas, provide Uncle Pasolargo with a horse.'

'If the señora and Señor Ramos tell me to do so,' said Frasquito González, 'I'll go to Villahorrenda to see if Robustiano, the forest guard, and his brother Pedro also want …'

–Me parece buena idea. Robustiano no se atreve a venir a Orbajosa porque me debe un piquillo. Puedes decirle que le perdono los seis duros y medio… Esta pobre gente, que tan generosamente sabe sacrificarse por una buena idea, se contenta con tan poco… ¿No es verdad, señor don Inocencio?

–Aquí nuestro buen Ramos –repuso el canónigo– me dice que sus amigos están descontentos con él por su tibieza; pero en cuanto le vean determinado se pondrán todos la canana al cinto.

–Pero qué, ¿te determinas a echarte a la calle? –dijo a Ramos la señora–. No te he aconsejado yo tal cosa, y si lo haces es por tu voluntad. Tampoco el señor don Inocencio te habrá dicho una palabra en este sentido. Pero cuando tú lo decides así, razones muy poderosas tendrás… Dime, Cristóbal: ¿quieres cenar? ¿Quieres tomar algo?… Con franqueza…

–En cuanto a que yo aconseje al señor Ramos que se eche al campo –dijo don Inocencio, mirando por encima de los cristales de sus anteojos–, razón tiene la señora. Yo, como sacerdote, no puedo aconsejar tal cosa. Sé que algunos lo hacen, y aun toman las armas; pero esto me parece impropio, muy impropio, y no seré yo quien les imite. Llevo mi escrúpulos hasta el extremo de no decir una palabra al señor Ramos sobre la peliaguda cuestión de su levantamiento en armas. Yo sé que Orbajosa lo desea; sé que le bendecirán todos los habitantes de esta noble ciudad; sé que vamos a tener aquí hazañas dignas de pasar a la Historia; pero, sin embargo, permítaseme un discreto silencio.

–Está muy bien dicho –añadió doña Perfecta–. No me gusta que los sacerdotes se mezclen en tales asuntos. Un clérigo ilustrado debe conducirse de este modo. Bien sabemos que en circunstancias solemnes y graves, por ejemplo, cuando peligran la patria y la fe, están los sacerdotes en su terreno incitando a los hombres a la lucha y aun figurando en ella. Pues que Dios mismo ha tomado parte en célebres batallas, bajo la forma de ángeles o santos, bien pueden sus ministros hacerlo. Durante la guerra contra los infieles, ¿cuántos obispos acaudillaron las tropas castellanas?

–Muchos, y algunos fueron insignes guerreros. Pero estas edades no son aquéllas, señora. Verdad es que si vamos a mirar atentamente las cosas, la fe peligra ahora más que antes… ¿Pues qué representan esos ejércitos que ocupan nuestra ciudad y pueblos inmediatos? ¿Qué representan? ¿Son otra cosa más que el infame instrumento de que se valen para sus pérfidas conquistas y el exterminio de las creencias, los ateos y protestantes de que está infestado Madrid?… Bien lo sabemos todos. En aquel centro de corrupción, de escándalo, de irreligiosidad y descreimiento, unos cuantos

'I think that's a good idea. Robustiano daren't come to Orbajosa, because he owes me a trifling sum. You can tell him I'll forget about the six and a half *duros* … These poor people, who can make such generous sacrifices for a good idea, are content with so little … Isn't that so, Don Inocencio?'

'Our good Ramos here,' answered the canon, 'tells me that his friends are disgruntled with him for his half-heartedness; but as soon as they see him resolute they'll all put on their cartridge belts.'

'What, have you decided to take to the roads?' said the señora to Ramos. 'I haven't advised you to do any such thing, and if you do it, it's of your own volition. Neither will Don Inocencio have said a word to you to that effect. But if that's what you decide, you must have strong reasons … Tell me, Cristóbal, do you want supper? Do you want something? … Be frank with me …'

'As far as my advising Señor Ramos to take the field is concerned,' said Don Inocencio, looking over his glasses, 'the señora is right. As a priest, I cannot advise such a thing. I know that some do so and even take up arms;[39] but this seems to me improper, very improper, and I shan't be one to emulate them. I carry my scruples to the extreme of not saying a word to Señor Ramos about the delicate question of his rising up in arms. I know it's what Orbajosa wants; I know that all the inhabitants of this noble city will bless him for it; I know we're going to see deeds here worthy of going down in history; but nevertheless, let me be allowed a discreet silence.'

'Well said,' added Doña Perfecta. 'I don't like priests getting mixed up in such matters. An enlightened clergyman should conduct himself in this way. Full well we know that on solemn and serious circumstances, for example when our country and faith are in danger, priests are on home territory inciting men to battle and even taking part in it. Since God Himself has taken part in famous battles, in the form of angels and saints, His ministers may well do likewise. During the wars against the infidels, how many bishops led the Castilian troops?'

'A great many, and some of them were illustrious warriors. But these times are not like those, señora. It's true that, if we examine things closely, faith is in greater danger now than before … For what do the troops occupying our city and the surrounding towns represent? What do they represent? Are they anything more than the vile instruments which the atheists and Protestants infesting Madrid use for their wicked conquests and the extermination of our beliefs? … We all know it full well. In that centre of corruption, scandal, ungodliness and unbelief, a few malignant men, bought by foreign gold,

hombres malignos, comprados por el oro extranjero, se emplean en destruir en nuestra España la semilla de la fe... ¿Pues qué creen ustedes? Nos dejan a nosotros decir misa y a ustedes oírla por un resto de consideración, por vergüenza..., pero el mejor día... Por mi parte, estoy tranquilo. Soy un hombre que no se apura por ningún interés temporal y mundano. Bien lo sabe la señora doña Perfecta, bien lo saben todos los que me conocen. Estoy tranquilo y no me asusta el triunfo de los malvados. Sé muy bien que nos aguardan días terribles; que cuantos vestimos el hábito sacerdotal tenemos la vida pendiente de un cabello, porque España, no lo duden ustedes, presenciará escenas como aquéllas de la Revolución francesa, en que perecieron miles de sacerdotes piadosísimos en un solo día... Mas no me apuro. Cuando toquen a degollar, presentaré mi cuello; ya he vivido bastante. ¿Para qué sirvo yo? Para nada, para nada.

–¡Comido de perros me vea yo –gritó Vejarruco mostrando el puño, no menos duro y fuerte que un martillo–, si no acabamos pronto con toda esa canalla ladrona!

–Dicen que la semana que viene comienza el derribo de la catedral – indicó Frasquito.

–Supongo que la derribarán con picos y martillos –dijo el canónigo sonriendo–. Hay artífices que no tienen esas herramientas, y, sin embargo, adelantan más edificando. Bien saben ustedes que, según tradición piadosa, nuestra hermosa capilla del Sagrario fue derribada por los moros en un mes y reedificada en seguida por los ángeles en una sola noche... Dejarles, dejarles que destruyan.

–En Madrid, según nos contó la otra noche el cura de Naharilla –dijo Vejarruco–, ya quedan tan pocas iglesias que algunos curas dicen misa en medio de la calle; y como les aporrean y les dicen injurias y también les escupen, muchos no quieren decirla.

–Felizmente, aquí, hijos míos –manifestó don Inocencio–, no hemos tenido aún escenas de esa naturaleza. ¿Por qué? Porque saben qué clase de gente sois; porque tienen noticia de vuestra piedad ardiente y de vuestro valor... No le arriendo la ganancia a los primeros que pongan la mano en nuestros sacerdotes y en nuestro culto... Por supuesto, dicho se está que si no se les ataja a tiempo harán diabluras. ¡Pobre España, tan santa y tan humilde y tan buena! ¡Quién había de decir que llegarían a estos apurados extremos!... Pero yo sostengo que la impiedad no triunfará, no, señor. Todavía hay gente valerosa, todavía hay gente de aquélla de antaño, ¿no es verdad, señor Ramos?

spend their time destroying the seeds of faith in our Spain … What do you think, then? They allow us to say mass and you to hear it out of a vestige of consideration, out of shame …But some fine day … For my part, I'm calm. I'm a man who doesn't get upset about any temporal and worldly interest. Doña Perfecta is well aware of that, all those who know me are aware of it. I'm calm and the triumph of evil doesn't scare me. I know very well that terrible days are in store for us; that all of us who wear the sacerdotal garb have our lives hanging by a hair, for Spain, doubt it not, will witness scenes like those of the French Revolution in which thousands of pious priests perished in a single day … But I'm not scared. When the time comes for heads to roll, I'll stick my neck out. I've lived long enough. Of what use am I? None, none!'

'May I be devoured by dogs,' shouted Vejarruco, showing a fist which had the hardness and strength of a hammer, 'if we don't soon put an end to that thieving rabble!'

'They say the cathedral will start to be pulled down next week,' observed Frasquito.

'I suppose they'll pull it down with pickaxes and hammers,' said the canon, smiling. 'There are craftsmen who don't have those tools and yet build more rapidly. You all know that, according to holy tradition, our beautiful Sagrario chapel was pulled down by the Moors in a month and immediately rebuilt by the angels in a single night … Let them, let them destroy.'

'In Madrid, according to what the priest from Naharilla told us the other night,' said Vejarruco, 'there are now so few churches remaining that some priests say mass in the middle of the street; and as they are beaten and insulted and also spat upon, a lot don't want to say it.'

'Fortunately, my children,' declared Don Inocencio, 'we've not yet had scenes of that nature here. Why? Because they know what kind of people you are; because they've heard about your ardent piety and your valour … I don't envy the first ones to lay a hand on our priests and our religion … Of course, there's no need to say that if they're not stopped in time they'll do diabolical things. Poor Spain, so holy, so humble and so good! Who'd have thought she'd ever arrive at such extremities! But I maintain that impiety will not triumph, no, sir. There are still brave people, still people like those of old. Isn't that so, Señor Ramos?'

–Todavía la hay, sí, señor –repuso éste.

–Yo tengo una fe ciega en el triunfo de la ley de Dios. Alguno ha de salir en defensa de ella. Si no son unos, serán otros. La palma de la victoria, y con ella la gloria eterna, alguien se la ha de llevar. Los malvados perecerán, si no hoy, mañana. Aquel que va contra la ley de Dios caerá, no hay remedio. Sea de esta manera, sea de la otra, ello es que ha de caer. No le salvan ni sus argucias, ni sus escondites, ni sus artimañas. La mano de Dios está alzada sobre él y le herirá sin falta. Tengámosle compasión y deseemos su arrepentimiento… En cuanto a vosotros, hijos míos, no esperéis que os diga una palabra sobre el paso que seguramente vais a dar. Sé que sois buenos; sé que vuestra determinación generosa y el noble fin que os guía lavan toda mancha pecaminosa ocasionada por el derramamiento de sangre; sé que Dios os bendice; que vuestra victoria, lo mismo que vuestra muerte, os sublimarán a los ojos de los hombres y a los de Dios; sé que se os deben palmas y alabanzas y toda suerte de honores; pero a pesar de esto, hijos míos, mi labio no os incitará a la pelea. No lo he hecho nunca ni ahora lo haré. Obrad con arreglo al ímpetu de vuestro noble corazón. Si él os manda que os estéis en vuestras casas, permaneced en ellas; si él os manda que salgáis, salid en buen hora. Me resigno a ser mártir y a inclinar mi cuello ante el verdugo, si esa miserable tropa continúa aquí. Pero si un impulso hidalgo y ardiente y pío de los hijos de Orbajosa contribuye a la grande obra de la extirpación de las desventuras patrias, me tendré por el más dichoso de los hombres, sólo con ser compatricio vuestro, y toda mi vida de estudio, de penitencia, de resignación, no me parecerá tan meritoria para aspirar al cielo como un día solo de vuestro heroísmo.

–¡No se puede decir más y mejor! –exclamó doña Perfecta, arrebatada de entusiasmo.

Caballuco se había inclinado hacia adelante en su asiento, poniendo los codos sobre las rodillas. Cuando el canónigo acabó de hablar, tomóle la mano y se la besó con fervor.

–Hombre mejor no ha nacido de madre– dijo el tío Licurgo, enjugando o haciendo que enjugaba una lágrima.

–¡Que viva el señor penitenciario! –gritó Frasquito González, poniéndose en pie y arrojando hacia el techo su gorra.

–Silencio –dijo doña Perfecta–. Siéntate, Frasquito. Tú eres de los de mucho ruido y pocas nueces.

–¡Bendito sea Dios, que le dio a usted ese pico de oro! –exclamó Cristóbal, inflamado de admiración–. ¡Qué dos personas tengo delante! Mientras vivan

'Yes, señor, there still are,' answered the latter.

'I have a blind faith in the triumph of God's law. Someone must go forth in defence of it. If it's not some, it'll be others. The palm of victory, and with it eternal glory, someone must bear. The wicked will perish, if not today, tomorrow. He who goes against the law of God will fall, there's no alternative. Whether it be in this way or that, the fact remains that fall he must. Neither sophistries, nor evasions, nor snares will save him. God's hand is raised against him and will strike him without fail. Let's have pity on him and long for repentance. As for you, my children, don't expect me to say a word to you about the step you will surely take. I know that you're good; I know that your generous determination and the noble end guiding you will wash away any stain of sin caused by bloodshed. I know that God blesses you; that your victory, the same as your death, will exalt you in the eyes of men and God. I know that you deserve applause and praise and all manner of honours; but in spite of this, my children, my lips will not incite you to arms. I've never done it and I won't do it now. Act according to the impulse of your noble heart. If it bids you to remain in your house, stay there; if it bids you to go forth, then go forth. I resign myself to being a martyr and bowing my neck before the executioner if these wretched soldiers remain here. But if a noble, ardent and pious impulse of the sons of Orbajosa contributes to the great work of extirpating our country's ills, I'll consider myself the most fortunate of men, solely in being your compatriot, and all my life of study, penitence, resignation will seem to me less deserving of heaven than one single day of your heroism.'

'No one could say more or say it better!' exclaimed Doña Perfecta in a burst of enthusiasm.

Caballuco had leaned forward in his seat, resting his elbows on his knees. When the canon finished speaking, he took his hand and kissed it with fervour.

'No better man was born of woman,' said Uncle Licurgo, wiping, or pretending to wipe away, a tear.

'Long live the Father Confessor!' cried Frasquito González, rising to his feet and throwing his cap towards the ceiling.

'Silence!' said Doña Perfecta. 'Sit down, Frasquito! You're one of those who's all talk and no trousers.'

'God be blessed for giving you that golden tongue!' exclaimed Cristóbal, burning with admiration. 'What a pair I have before me! As long as these two

las dos, ¿para qué se quiere más mundo?... Toda la gente de España debiera ser así... Pero, ¡cómo ha de ser así, si no hay más que pillería! En Madrid, la corte de donde vienen leyes y mandarines, todo es latrocinio y farsa. ¡Pobre religión, cómo la han puesto...! No se ven más que pecados... Señora doña Perfecta, señor don Inocencio, por el alma de mi padre, por el alma de mi abuelo, por la salvación de la mía, juro que deseo morir.

–¡Morir!

–Que me maten esos perros tunantes; y digo que me maten porque yo no puedo descuartizarlos a ellos. Soy muy chico.

–Ramos, eres grande –dijo la señora.

–¿Grande, grande?... Grandísimo por el corazón; pero, ¿tengo yo plazas fuertes, tengo Caballería, tengo Artillería?

–Ésa es una cosa, Ramos –dijo doña Perfecta sonriendo–, de que yo no me ocuparía. ¿No tiene el enemigo lo que a ti te hace falta?

–Sí.

–Pues quítaselo.

–Se lo quitaremos, sí, señora. Cuando digo que se lo quitaremos...

–Querido Ramos –exclamó don Inocencio–, envidiable posición es la de usted... ¡Destacarse, elevarse sobre la vil muchedumbre, ponerse al igual de los mayores héroes del mundo..., poder decir que la mano de Dios guía su mano! ¡Oh, qué grandeza y honor! Amigo mío, no es lisonja. ¡Qué apostura, qué gentileza, qué gallardía!... No; hombres de tal temple no pueden morir. El Señor va con ellos, y la bala y hierro enemigos detiénense... no se atreven... ¿Qué se han de atrever, viniendo de cañón y de manos de herejes?... Querido Caballuco, al ver a usted, al ver su bizarría y caballerosidad, vienen a mi memoria, sin poderlo remediar, los versos de aquel romance de la conquista del imperio de Trapisonda:

Llegó el valiente Roldán
de todas armas armado,
en el fuerte Briador,
su poderoso caballo,
y la fuerte Durlindana
muy bien ceñida a su lado,
la lanza, como una entena,
el fuerte escudo embrazado...
Por la visera del yelmo
fuego venía lanzando;

live why would you want anyone else? … Everyone in Spain ought to be like them. But how will it be like that when there's nothing but scoundrels! In Madrid, the capital where the laws and bureaucrats come from, it's all robbery and farce. Poor religion, what they've done to it! … There's nothing to see but sin … Señora Doña Perfecta, Señor Don Inocencio, by my father's soul, by my grandfather's soul, by my own salvation, I swear I want to die!'

'To die!'

'Let those dirty dogs kill me; and I say let them kill me because I can't tear them apart. I'm very little.'

'Ramos, you're big,' said the señora solemnly.

'Big, big? … Very big in terms of heart. But have I got fortresses, cavalry, artillery?'

'That's one thing, Ramos,' said Doña Perfecta, smiling, 'that I wouldn't worry about. Hasn't the enemy got what you need?'

'Yes.'

'Take it from him, then.'

'We'll take it from him, yes, señora. When I say that we'll take it from him …'

'Dear Ramos,' exclaimed Don Inocencio, 'yours is an enviable position … To distinguish yourself, to raise yourself above the base multitude, to make yourself the equal of the greatest heroes in the world … to be able to say that the hand of God is guiding your hand. Oh, what grandeur and honour! My friend, this isn't flattery. What dignity, what splendour, what gallantry! … No, men of such spirit cannot die. The Lord goes with them, and enemy bullets and steel stop in their tracks … they don't dare … how should they dare, fired from cannons by the hand of heretics? … Dear Caballuco, seeing you, seeing your bravery and chivalry, I can't help remembering the verses of that ballad on the conquest of the Empire of Trebizond:

> *The valiant Roland came*
> *Armed at every point,*
> *On mighty Briador,*
> *His powerful horse,*
> *His mighty sword Durlindana*
> *Girded to his side,*
> *His lance like an antenna,*
> *On his arm his mighty shield,*
> *Through his helmet's visor*
> *Flashing fire he came;*

retemblando con la lanza
como un junco muy delgado,
y a toda la hueste junta
fieramente amenazando.

– ¡Muy bien! –chilló Licurgo, batiendo palmas–. Y digo yo como don Reinaldos:

¡Nadie en don Reinaldos toque
si quiere ser bien librado!
Quien otra cosa quisiere
él será tan bien pagado,
que todo el resto del mundo
no se escape de mi mano
sin quedar pedazos hecho
o muy bien escarmentado.

–Ramos, tú querrás cenar; tú querrás tomar algo, ¿no es verdad? –dijo la señora.

–Nada, nada –repuso el centauro–; deme, si acaso, un plato de pólvora.

Diciendo esto, soltó estrepitosa carcajada, dio varios paseos por la habitación, observado atentamente por todos, y, deteniéndose junto al grupo, fijó los ojos en doña Perfecta, y, con atronadora voz, profirió estas palabras:

–Digo que no hay más que decir. ¡Viva Orbajosa! ¡Muera Madrid!

Descargó la mano sobre la mesa con tal fuerza que retembló el piso de la casa.

–¡Qué poderoso brío! –murmuró don Inocencio.

–Vaya, que tienes unos puños…

Todos contemplaban la mesa, que se había partido en dos pedazos.

Fijaban luego los ojos en el nunca bastante admirado Reinaldos o Caballuco. Indudablemente había en su semblante hermoso, en sus ojos verdes, animados por extraño resplandor felino, en su negra cabellera, en su cuerpo hercúleo, cierta expresión y aire de grandeza, un resabio o más bien recuerdo de las grandes razas que dominaron al mundo. Pero su aspecto general era el de una generación lastimosa, y costaba trabajo encontrar la filiación noble y heroica en la brutalidad presente. Se parecía a los grandes hombres de don Cayetano como se parece el mulo al caballo.

Quivering with his lance
Like a slender reed,
And all the host united
Wild and menacing.

'Very good,' shouted Licurgo, clapping. 'And like Don Reinaldos I say:

Let no one touch Don Reinaldos
If he wants to go free!
He who wants something else,
Will find himself well paid
That none of the rest
Shall escape my hands
Without being crushed
Or taught a lesson or two.[40]

'Ramos, you'll want some supper; you'll eat something, won't you?' said the señora.

'Nothing, nothing;' replied the Centaur. 'Except maybe a plate of gunpowder.'

Saying this, he burst into a boisterous laugh, walked up and down the room several times, attentively observed by everyone and, stopping beside the group, focused on Doña Perfecta and thundered forth these words:

'I say there's nothing more to be said. Long live Orbajosa! Death to Madrid!'

He brought his hand down on the table with such force that the floor of the house shook.

'What a valiant spirit!' murmured Don Inocencio.

'What fists you have …'

They all looked at the table which had split into two pieces.

Then they focused on the never-sufficiently-to-be-admired Reinaldos or Caballuco. Undoubtedly there was in his handsome face, his green eyes animated by a strange, feline glow, his black hair, his Herculean body, a certain expression and air of grandeur – a trace, or rather a memory, of the great races that ruled the world. But his general aspect was one of pitiful degeneration, and it was difficult to see traces of a noble and heroic lineage in his present brutishness. He resembled Don Cayetano's great men as the mule resembles the horse.

23. *Misterio*

Después de lo que hemos referido duró mucho la conferencia; pero omitimos lo restante por no ser indispensable para la buena inteligencia de esta relación. Retiráronse al fin, quedando para lo último, como de costumbre, el señor don Inocencio. No habían tenido tiempo aún la señora y el canónigo de cambiar dos palabras cuando entró en el comedor una criada de edad y mucha confianza, que era el brazo derecho de doña Perfecta, y como ésta la viera inquieta y turbada, llenóse también de turbación, sospechando que algo malo en la casa ocurría.

–No encuentro a la señorita por ninguna parte –dijo la criada, respondiendo a las preguntas de la señora.

–¡Jesús! ¡Rosario!… ¿Dónde está mi hija?

–¡Válgame la Virgen del Socorro! –gritó el penitenciario, tomando el sombrero y disponiéndose a correr tras la señora.

–Buscadla bien… ¿Pero no estaba contigo en su cuarto?

–Sí, señora –repuso, temblando la vieja–, pero el demonio me tentó y me quedé dormida.

–¡Maldito sea tu sueño!… ¡Jesús mío!… ¿Qué es esto? ¡Rosario, Rosario!… ¡Librada!

Subieron, bajaron, tornaron a bajar y a subir, llevando luz y registrando todas las piezas. Por último, oyóse en la escalera la voz del penitenciario, que decía con júbilo:

–¡Aquí está, aquí está! Ya pareció.

Un instante después, madre e hija se encontraban la una frente a la otra en la galería.

–¿Dónde estabas? –preguntó con severo acento doña Perfecta, examinando el rostro de su hija.

–En la huerta –murmuró la niña, más muerta que viva.

–¿En la huerta a estas horas? ¡Rosario!…

–Tenía calor, me asomé a la ventana, se me cayó el pañuelo y bajé a buscarlo.

–¿Por qué no dijiste a Librada que te lo alcanzase?… ¡Librada!… ¿Dónde está esa muchacha? ¿Se ha dormido también?

Librada apareció al fin. Su semblante pálido indicaba la consternación y el recelo del delincuente.

–¿Qué es esto? ¿Dónde estabas? –preguntó, con terrible enojo, la dama.

–Pues…, señora, bajé a buscar la ropa que está en el cuarto de la calle…, y me quedé dormida.

23. Mystery

The meeting lasted for some time after what we have already related, but we omit the rest of it as not being indispensable to a clear understanding of this tale. At last they left, Don Inocencio staying longest as usual. Before the señora and the canon had had time to exchange a word, an old and trusted servant, Doña Perfecta's right arm, entered the dining room, and her mistress, seeing that she looked disturbed and anxious, was filled with worry too, suspecting that something bad was going on in the house.

'I can't find the señorita anywhere,' said the servant in answer to the señora's questions.

'Good Heavens! Rosario! ... Where's my daughter?'

'Our Mother of Succour help us!' cried the Confessor, taking his hat and getting ready to run after the señora.

'Search for her everywhere ... But wasn't she with you in her room?'

'Yes, señora,' answered the old woman, trembling, 'but the devil tempted me and I fell asleep.'

'A curse upon your sleep! ... Dear God! ... What is this? Rosario, Rosario! ... Librada!'

They went upstairs, came downstairs, went up and down again carrying a light and searching all the rooms. At last they heard, on the stairs, the Confessor's voice saying joyfully:

'Here she is, here she is! She's turned up.'

A moment later mother and daughter found themselves face to face in the hall.

'Where were you?' asked Doña Perfecta in a severe tone, examining her daughter's face.

'In the garden,' murmured the girl, more dead than alive.

'In the garden at this hour? Rosario!'

'I was hot. I went to the window, my handkerchief fell out and I came downstairs to fetch it!'

'Why didn't you tell Librada to get it for you? ... Librada! ... Where's that girl? Has she fallen asleep too?'

Librada finally appeared. Her pale face indicated the consternation and apprehension of a criminal.

'What's this? Where were you?' asked the lady with terrible anger.

'Well ... I came downstairs to get the clothes out of the front room ... and I fell asleep.'

–Todas duermen aquí esta noche. Me parece que alguna no dormirá en mi casa mañana. Rosario, puedes retirarte.

Comprendiendo que era indispensable proceder con prontitud y energía, la señora y el canónigo emprendieron sin tardanza sus investigaciones. Preguntas, amenazas, ruegos, promesas, fueron empleados con habilidad suma para inquirir la verdad de lo acontecido. No resultó ni sombra de culpabilidad en la criada anciana; pero Librada confesó de plano, entre lloros y suspiros, todas sus bellaquerías, que sintetizaremos del modo siguiente:

Poco después de alojarse en la casa, el señor Pinzón empezó a hacer cocos a la señorita Rosario. Dio dinero a Librada, según ésta dijo, para tenerla por mensajera de recados y amorosas esquelas. La señorita no se mostró enojada, sino antes bien gozosa, y pasaron algunos días de esta manera. Por último, la sirvienta declaró que aquella noche Rosario y el señor Pinzón habían concertado verse y hablarse en la ventana de la habitación de este último, que da a la huerta. Confiaron su pensamiento a la doncella, quien ofreció protegerlo mediante una cantidad que se le entregara en el acto. Según lo convenido, el Pinzón debía salir de la casa a la hora de costumbre y volver ocultamente a las nueve, y entrar en su cuarto, del cual y de la casa saldría también clandestinamente más tarde, para volver sin tapujos a la hora avanzada de costumbre. De este modo no podría sospecharse de él. La Librada aguardó al Pinzón, el cual entró muy envuelto en su capote sin hablar palabra. Metióse en su cuarto a punto que la señorita bajaba a la huerta. La criada, mientras duró la entrevista, que no presenció, estuvo de centinela en la galería para avisar a Pinzón cualquier peligro que ocurriese; y, al cabo de una hora, salió éste como antes, muy bien cubierto con su capote y sin hablar una palabra. Concluida la confesión, don Inocencio preguntó a la desdichada:

–¿Estás segura de que el que entró y salió era el señor Pinzón?

La reo no contestó nada, y sus facciones indicaban gran perplejidad. La señora se puso verde de ira.

–¿Tú le viste la cara?

–¿Pero quién podría ser sino él? –repuso la doncella–. Yo tengo la seguridad de que él era. Fue derecho a su cuarto…, conocía muy bien el camino.

–Es raro –dijo el canónigo–. Viviendo en la casa no necesitaba emplear tales tapujos… Podía haber pretextado una enfermedad y quedarse… ¿No es verdad, señora?

–¡Librada! –exclamó ésta con exaltación de ira–, te juro por Dios que irás a presidio.

'Everyone here is falling asleep tonight. Someone, I fancy, will not sleep in my house tomorrow. Rosario, you may go to your room.'

Realising it was necessary to act with speed and energy, the lady and the canon began their investigations without delay. Questions, threats, entreaties and promises were used with consummate skill to ascertain the truth regarding what had happened. The old servant was without even a shadow of guilt, but Librada made a full confession between tears and sighs to all her wickedness, which we will sum up as follows:

Shortly after being billeted in the house, Señor Pinzón began to make eyes at Rosario. He gave money to Librada, she claimed, to carry messages and love letters. The young lady had not seemed angry; on the contrary, very pleased, and several days had passed by in this manner. Finally, the servant declared that Rosario and Señor Pinzón had agreed to meet that night and talk at the window of the latter's room which overlooks the garden. They confided their intention to the girl, who offered to defend it with the help of a sum of money to be handed over there and then. According to the agreement, Pinzón was to leave the house at his usual hour and return secretly at nine and go to his room, which he would leave clandestinely a little later to return openly at his usual late hour. In this way no suspicion would fall upon him. Librada waited for Pinzón, who came in closely wrapped in his cloak without saying a word. He went to his room at the same moment the young lady came down to the garden. During the interview, at which she was not present, Librada acted as a sentinel on the veranda to warn Pinzón of any danger that might arise; and at the end of an hour, he went out as before, tightly wrapped in his cloak and without a word. When the confession had finished, Don Inocencio asked the hapless girl:

'Are you sure the person who came in and went out was Señor Pinzón?'

The culprit answered nothing and her features showed great perplexity. Her mistress turned green with anger.

'Did you see his face?'

'Who else could it be but him?' replied the maid. 'I'm certain it was him. He went straight to his room ... he knew the way very well.'

'It's strange,' said the canon. 'Living in the house there was no need for him to use such subterfuge ... He could have pretended to be ill and stayed in ... Isn't that true, señora?'

'Librada!' exclaimed the latter in a paroxysm of anger, 'I swear to God you'll go to prison.'

Después cruzó las manos, clavándose los dedos de la una en la otra con tanta fuerza que casi se hizo sangre.

–Señor don Inocencio –agregó–. Muramos…, no hay más remedio que morir.

Después rompió a llorar desconsolada.

–Valor, señora mía –dijo el clérigo con voz patética–. Mucho valor… Ahora es preciso tenerlo grande. Esto requiere serenidad y gran corazón.

–El mío es inmenso –dijo, entre sollozos, la de Polentinos.

–El mío es pequeñito…; pero allá veremos.

24. *La confesión*

Entretanto, Rosario, con el corazón hecho pedazos, sin poder llorar, sin poder tener calma ni sosiego, traspasada por el frío acero de un inmenso dolor, con la mente pasando en veloz carrera del mundo a Dios y de Dios al mundo, aturdida y medio loca, estaba a altas horas de la noche en su cuarto, de hinojos, cruzadas las manos, los pies desnudos sobre el suelo, la ardiente sien apoyada en el borde del lecho, a oscuras, a solas, en silencio. Cuidaba de no hacer el menor ruido para no llamar la atención de su mamá, que dormía, o aparentaba dormir, en la habitación inmediata. Elevó al cielo su exaltado pensamiento en esta forma:

«Señor, Dios mío, ¿por qué antes no sabía mentir y ahora sé? ¿Por qué antes no sabía disimular y ahora disimulo? ¿Soy una mujer infame…? ¿Esto que siento y que a mí me pasa es la caída de las que no vuelven a levantarse? ¿He dejado de ser buena y honrada?… Yo no me conozco. ¿Soy yo misma o es otra la que está en este sitio?… ¡Qué de terribles cosas en tan pocos días! ¡Cuántas sensaciones diversas! ¡Mi corazón está consumido de tanto sentir!… Señor, Dios mío: ¿Oyes mi voz o estoy condenada a rezar eternamente sin ser oída?… Yo soy buena; nadie me convencerá de que no soy buena. Amar, amar muchísimo, ¿es acaso maldad?… Pero no…, esto es una ilusión, un engaño. Soy más mala que las peores mujeres de la tierra. Dentro de mí una gran culebra me muerde y me envenena el corazón… ¿Qué es esto que siento? ¿Por qué no me matas, Dios mío? ¿Por qué no me hundes para siempre en el infierno?… Es espantoso; pero lo confieso, lo confieso a solas a Dios, que me oye, y lo confesaré ante el sacerdote. Aborrezco a mi madre. ¿En qué consiste esto? No puedo explicármelo. Él no me ha dicho una palabra en contra de mi madre. Yo no sé cómo ha venido esto… ¡Qué mala soy! Los demonios se han apoderado de mí. Señor, ven en mi auxilio,

Then she clasped her hands, digging the fingers of one into the other with such force that she almost drew blood.

'Don Inocencio,' she exclaimed. 'Let's die ... There's nothing for it but to die.'

Then she burst into a fit of inconsolable weeping.

'Courage, my dear lady,' said the priest in a plaintive voice. 'Courage ... we must be very brave. This requires serenity and a big heart.'

'Mine's immense,' said Señora Polentinos amid sobs.

'Mine's very small ...but we'll see.'

24. The confession

Meanwhile, deep into the night in her room – her heart torn to shreds, unable to weep or find calm or tranquility, pierced by the cold steel of an immense pain, her mind passing swiftly from the world to God and from God to the world, bewildered and half-crazed – Rosario was kneeling, her hands crossed, her bare feet on the floor, her burning head resting on the edge of the bed, in darkness, solitude and silence. She was careful not to make the slightest noise to attract the attention of her mother, asleep, or pretending to be asleep, in the adjoining room. She raised her distracted thoughts to Heaven in this form:

'Lord God, why is it that before I didn't know how to lie, and now I know? Why did I not know before how to deceive, and now I do? Am I a vile woman? Is what I feel and what's happening to me the sort of fall from which there's no getting up again? Have I ceased to be good and honourable? ... I don't recognise myself. Is it me or someone else in this place? What a lot of terrible things in such a short time! So many different emotions! My heart is consumed with all it has felt ... Dear Lord, dost Thou hear my voice, or am I condemned to pray eternally without being heard? I am good; no one will convince me I'm not good. To love, to love so much, is that a wicked thing? ... But no ... this is an illusion, a trick. I am worse than the worst woman on earth. A great serpent within me is biting me and poisoning my heart ... What is this I feel? Why dost Thou not kill me, my God? Why dost Thou not plunge me forever into hell? ... It's frightful, but I confess it. I confess it on my own to God, who hears me, and I'll confess it to the priest. I hate my mother. Why is this? I can't explain it to myself. He hasn't said a word against my mother. I don't know how this has come about ... How wicked I am! Demons have taken possession of me. Lord, come to my aid, for with

porque no puedo con mis propias fuerzas vencerme… Un impulso terrible me arroja de esta casa. Quiero huir, quiero correr fuera de aquí. Si él no me lleva, me iré tras él, arrastrándome por los caminos… ¿Qué divina alegría es esta que dentro de mi pecho se confunde con tan amarga pena?… Señor, Dios padre mío, ilumíname. Quiero amar tan sólo. Yo no nací para este rencor que me está devorando. Yo no nací para disimular, ni para mentir, ni para engañar. Mañana saldré a la calle, gritaré en medio de ella, y a todo el que pase le diré: «Amo, aborrezco»… Mi corazón se desahogará de esta manera… ¡Qué dicha sería poder conciliarlo todo, amar y respetar a todo el mundo! La Virgen Santísima me favorezca… Otra vez la idea terrible. No lo quiero pensar, y lo pienso. No lo quiero sentir, y lo siento. ¡Ah!, no puedo engañarme sobre este particular. No puedo ni destruirlo ni atenuarlo…; pero puedo confesarlo y lo confieso, diciéndote: «¡Señor, que aborrezco a mi madre!»

Al fin se aletargó. En su inseguro sueño, la imaginación le reproducía todo lo que había hecho aquella noche, desfigurándolo, sin alterarlo en su esencia. Oía el reloj de la catedral dando las nueve; veía con júbilo a la criada anciana, durmiendo con beatífico sueño, y salía del cuarto muy despacito para no hacer ruido; bajaba la escalera tan suavemente que no movía un pie hasta no estar segura de poder evitar el más ligero ruido. Salía a la huerta, dando una vuelta por el cuarto de las criadas y la cocina; en la huerta deteníase un momento para mirar al cielo, que estaba tachonado de estrellas. El viento callaba. Ningún ruido interrumpía el hondo sosiego de la noche. Parecía existir en ella una atención fija y silenciosa, propia de ojos que miran sin pestañear y oídos que acechan en la expectativa de un gran suceso… La noche observaba.

Acercábase después a la puerta vidriera del comedor y miraba con cautela a cierta distancia, temiendo que la vieran los de dentro. A la luz de la lámpara del comedor veía de espaldas a su madre. El penitenciario estaba a la derecha, y su perfil se descomponía de un modo extraño: crecíale la nariz, asemejábase al pico de un ave inverosímil, y toda su figura se tornaba en una recortada sombra, negra y espesa, con ángulos aquí y allí, irrisoria, escueta y delgada. Enfrente estaba Caballuco, más semejante a un dragón que a un hombre. Rosario veía sus ojos verdes, como dos grandes linternas de convexos cristales. Aquel fulgor y la imponente figura del animal le infundían miedo. El tío Licurgo y los otros tres se le presentaban como figuritas grotescas. Ella había visto, en alguna parte, sin duda en los muñecos de barro de las ferias, aquel reír estúpido, aquellos semblantes

my strength alone I cannot vanquish myself. A terrible impulse is driving me from this house. I want to flee, to run away from here. If he doesn't take me, I'll go after him, dragging myself through the streets … What divine joy is this that mingles in my breast with such bitter pain? Lord God, my father, enlighten me. I want only to love. I wasn't born for this rancour that's devouring me. I wasn't born to deceive, to lie, to cheat. Tomorrow I'll go out into the street, I'll shout from the middle of it, and to everyone who passes by I'll say: "I love! I hate!" … My heart will unburden itself in this way … What happiness it would be to be able to reconcile everything, to love and respect everyone! May the Holy Virgin protect me … That terrible idea again! I don't want to think it, and I think it. I don't want to feel it, and I feel it. Ah! I can't deceive myself about this matter. I can neither destroy it nor diminish it …but I can confess it, and I do, saying to Thee: "Lord, I hate my mother!"'

At last she fell into a doze. In her uneasy sleep, her imagination reproduced everything she had done that night, distorting it without altering it in essence. She heard the cathedral clock strike nine; she saw with joy the old servant sleeping peacefully, and she left the room very slowly so as to make no noise; she went down the stairs so softly that she did not move a foot until she was sure not to make the slightest sound. She went out into the garden, going around the servant girls' room and the kitchen; in the garden she paused for a moment to look at the star-studded sky. The wind was hushed. Not a sound disturbed the deep serenity of the night. There seemed to exist inside her a fixed and silent attention, like that of eyes that look without blinking and ears that listen attentively for a great event … The night was watching.

She then approached the glass door of the dining room and looked cautiously from a distance, fearing that those inside would see her. By the light of the dining room lamp she could see her mother's back. The Father Confessor was on her right and his profile was distorted in a strange way: his nose grew larger, seeming like the beak of some improbable bird; and his whole figure became a truncated shadow, thick and black, with angles here and there, ridiculous, bare and thin. Caballuco was opposite, more like a dragon rather than a man. Rosario could see his green eyes, like two lanterns of convex glass. That glow and his imposing animal figure filled her with fear. Uncle Licurgo and the other three looked to her like grotesque figurines. She had seen somewhere, doubtless on the clay dolls at fairs, that stupid smile, those

toscos, y aquel mirar lelo. El dragón agitaba sus brazos, que, en vez de accionar, daban vueltas como aspas de molino, y revolvía de un lado para otro los globos verdes, tan semejantes a los fanales de una farmacia. Su mirar cegaba... La conversación parecía interesante. El penitenciario agitaba las alas. Era una presumida avecilla que quería volar y no podía. Su pico se alargaba y se retorcía. Erizábansele las plumas con síntomas de furor, y después, recogiéndose y aplacándose, escondía la pelada cabeza bajo el ala. Luego, las figurillas de barro se agitaban queriendo ser personas, y Frasquito González se empeñaba en pasar por hombre.

Rosario sentía un pavor inexplicable en presencia de aquel amistoso concurso. Alejábase de la vidriera y seguía adelante, paso a paso, mirando a todos lados por si era observada. Sin ver a nadie, creía que un millón de ojos se fijaban en ella... Pero sus temores y su vergüenza disipábase de improviso. En la ventana del cuarto donde habitaba el señor Pinzón aparecía un hombre azul; brillaban en su cuerpo los botones como sartas de lucecillas. Ella se acercaba. En el mismo instante sentía que unos brazos con galones la suspendían como una pluma, metiéndola con rápido movimiento dentro de la pieza. Todo cambiaba. De súbito sonó un estampido, un golpe seco que estremeció la casa. Ni uno ni otro supieron la causa de tal estrépito. Temblaban y callaban.

Era el momento en que el dragón había roto la mesa del comedor.

25. *Sucesos imprevistos. Pasajero desconcierto*

La escena cambia. Ved una estancia hermosa, clara, humilde, alegre, cómoda y de un aseo sorprendente. Fina estera de junco cubre el piso, y las blancas paredes se adornan con hermosas estampas de santos y algunas esculturas de dudoso valor artístico. La antigua caoba de los muebles brilla lustrada por los frotamientos del sábado, y el altar, donde una pomposa Virgen, de azul y plata vestida, recibe doméstico culto, se cubre de mil graciosas chucherías, mitad sacras, mitad profanas. Hay además cuadritos de mostacilla, pilas de agua bendita, una relojera con *Agnus Dei*, una rizada palma de Domingo de Ramos y no pocos floreros de inodoras rosas de trapo. Enorme estante de roble contiene una rica y escogida biblioteca, y allí está Horacio, el epicúreo y sibarita, junto con el tierno Virgilio, en cuyos versos se ve palpitar y derretirse el corazón de la inflamada Dido; Ovidio,

coarse faces and that idiotic look. The dragon waved his arms which, instead of making meaningful gestures, turned like windmill wings, and the green globes, just like the lights in a chemist's, moved from side to side. His stare was blinding ... The conversation seemed interesting. The Father Confessor was flapping his wings. He was a conceited little bird that wanted to fly and could not. His beak became longer and twisted round. His feathers stood out, as if with rage; and then, pulling himself together and calming down, he hid his bald head under his wing. Then the little clay figures moved about, wanting to be humans, and Frasquito González endeavoured to pass for a man.

Rosario felt an inexplicable terror witnessing that friendly conference. She moved away from the window and advanced, step by step, looking all around her to see if she was being watched. Although she saw no one she fancied a million eyes were fixed on her ... But her fears and shame suddenly vanished. At the window of the room occupied by Señor Pinzón appeared a blue man; the buttons on his coat shone like rows of little lights. She approached. At the same instant she felt arms with galloons lift her up like a feather, placing her with one swift movement in the room. Everything was changed. Suddenly a crash was heard, a violent blow that shook the house. Neither of them knew the cause of the noise. They trembled and were silent.

It was the moment when the dragon had broken the dining room table.

25. Unforeseen events. A passing disagreement

The scene changes. Behold a handsome room, bright, modest, cheerful, comfortable and surprisingly clean. A fine matting covers the floor, and the white walls are decorated with lovely prints of saints and some sculptures of dubious artistic value. The old mahogany of the furniture shines with the polish of its Saturday rubbings, and the altar, where a magnificent Virgin dressed in blue and silver receives domestic worship, is covered with myriads of charming trifles, half sacred, half profane. There are also little pictures in beads, holy water fonts, a clock case with an *Agnus Dei*, a curled frond from Palm Sunday and several vases of odourless artificial roses. An enormous oak book-case contains a rich and carefully chosen library, including Horace, the Epicurean and sybarite, side by side with the gentle Virgil, in whose verses the heart of the enamoured Dido can be seen throbbing and melting; Ovid the large-nosed, as sublime as he is obscene

el narigudo, tan sublime como obsceno y adulador, junto con Marcial, el tunante lenguaraz y conceptista; Tibulo, el apasionado, con Cicerón el grande; el severo Tito Livio, con el terrible Tácito, verdugo de los Césares; Lucrecio el panteísta; Juvenal, que, con la pluma, desollaba; Plauto, el que imaginó las mejores comedias de la antigüedad dando vueltas a la rueda de un molino; Séneca, el filósofo, de quien se dijo que el mejor acto de su vida fue su muerte; Quintiliano, el retórico; Salustio, el pícaro, que tan bien habla de la virtud; ambos Plinios, Suetonio y Varrón; en una palabra: todas las letras latinas, desde que balbucieron su primera palabra con Livio Andrónico hasta que exhalaron su postrer suspiro con Rutilio.

Pero haciendo esta rápida enumeración, no hemos observado que dos mujeres han entrado en el cuarto. Es muy temprano, pero en Orbajosa se madruga mucho. Los pajaritos cantan que se las pelan en sus jaulas; tocan a misa las campanas de las iglesias, y hacen sonar sus alegres esquilas las cabras, que van a dejarse ordeñar a las puertas de las casas.

Las dos señoras que vemos en la habitación descrita vienen de oír misa. Visten de negro, y cada cual trae en la mano derecha su librito de devoción y el rosario envuelto en los dedos.

–Tu tío no puede tardar ya –dijo una de ellas–. Le dejamos empezando la misa; pero él despacha pronto, y a estas horas estará en la sacristía quitándose la casulla. Yo me hubiera quedado a oírle la misa, pero hoy es día de mucha fatiga para mí.

–Yo no he oído hoy más que la del señor magistral –dijo la otra–; la del señor magistral, que las dice en un soplo y creo que no me ha sido de provecho, porque estaba muy intranquila, sin poder apartar el entendimiento de estas cosas terribles que nos pasan.

–¡Cómo ha de ser!… Es preciso tener paciencia… Veremos lo que nos aconseja tu tío.

–¡Ay! –exclamó la segunda, exhalando un hondo suspiro–. Yo tengo la sangre abrasada.

–Dios nos amparará.

–¡Pensar que una señora como usted se ve amenazada por un…! Y él sigue en sus trece… Anoche, señora doña Perfecta, conforme usted me lo mandó, volví a la posada de la viuda de Cuzco, y he pedido nuevos informes. El don Pepito y el brigadier Batalla están siempre juntos, conferenciando…, ¡ay, Jesús, Dios y Señor mío!…, conferenciando sobre sus infernales planes y despachando botellas de vino. Son dos perdidos, dos borrachos. Sin duda discurren alguna maldad muy grande. Como me intereso tanto por usted,

and flattering, next to Martial, the garrulous and witty villain; Tibullus the passionate, with Cicero the great; the severe Titus Livius with the terrible Tacitus, the scourge of the Caesars; Lucretius the pantheist; Juvenal, who flayed with his pen; Plautus, who dreamed up the best comedies of antiquity while turning a mill-wheel; Seneca, the philosopher, of whom it was said that the greatest act of his life was his death; Quintilian, the rhetorician; Sallust, the rogue who speaks so highly of virtue; both Plinys, Suetonius and Varro. In a word, all of Latin letters from the time when they stammered their first word with Livius Andronicus until they breathed their last sigh with Rutilius.[41]

But while making this rapid inventory, we have not noticed that two women have entered the room. It is very early, but in Orbajosa they get up at the crack of dawn. The birds are singing their little hearts out in their cages; the church-bells are ringing for mass, and the cheerful neck-bells of the goats which are going to be milked at the doors of the houses are jingling.

The two ladies we can see in the room described have just come back from hearing mass. They are dressed in black, and each of them is carrying in her right hand her little prayer-book and her rosary twined around her fingers.

'Your uncle shouldn't be long now,' said one of them. 'We left him beginning mass, but he doesn't hang about and by now he'll be in the vestry taking off his chasuble. I'd have stayed to hear him say mass, but today is a very tiring day for me.'

'I heard only the prebendary's mass today,' said the other. 'He gets through them in the same breath, and I don't think it's been of any use to me because I was very worried and I couldn't take my mind off these terrible things happening to us.'

'What can be done? ... We must be patient ... We'll see what your uncle advises.'

'Ah!' exclaimed the second lady, heaving a deep sigh; 'It makes my blood boil.'

'God will protect us.'

'To think that a lady like you should be threatened by a ...! And he's sticking to his guns ... Last night, Señora Doña Perfecta, I went back to the widow Cuzco's inn, as you told me, and asked for the latest news. Don Pepito and Brigadier Batalla are always conferring together ... ah, Jesus, my Lord and God! ... conferring about their infernal plans and knocking back bottles of wine. They're a pair of lost souls, a pair of drunkards. No doubt they're plotting something very wicked. As I take such an interest in you,

anoche, estando yo en la posada, vi salir al don Pepito, y le seguí...

–¿Y a dónde fue?

–Al Casino; sí, señora, al Casino –repuso la otra, turbándose ligeramente. Después volvió a su casa. ¡Ay, cuánto me reprendió mi tío por haber estado hasta muy tarde ocupada en este espionaje! Pero no lo puedo remediar... ¡Jesús divino, ampárame! No lo puedo remediar, y mirando a una persona como usted en trances tan peligrosos, me vuelvo loca... Nada, nada, señora; estoy viendo que a lo mejor esos tunantes asaltan la casa y nos llevan a Rosarito...

Doña Perfecta, fijando la vista en el suelo, meditó largo rato. Estaba pálida y ceñuda. Por fin dijo:

–Pues no veo el modo de impedirlo.

–Yo sí le veo –dijo vivamente la otra, que era la sobrina del penitenciario y madre de Jacinto–. Veo un medio muy sencillo. El que he manifestado a usted y no le gusta. ¡Ah, señora mía! Usted es demasiado buena. En ocasiones como ésta, conviene ser un poco menos perfecta..., dejar a un ladito los escrúpulos. Pues qué, ¿se va a ofender Dios por eso?

–María Remedios –replicó la señora con altanería–, no digas desatinos.

–¡Desatinos!... Usted, con sus sabidurías, no podrá ponerle las peras a cuarto al sobrinejo. ¿Qué cosa más sencilla que la que yo propongo? Puesto que ahora no hay justicia que nos ampare, hagamos nosotros la gran justiciada. ¿No hay en casa de usted hombres que sirven para cualquier cosa? Pues llamarles y decirles: «Mira, Caballuco, Pasolargo, o quien sea: esta misma noche te tapujas bien, de modo que no seas conocido; llevas contigo a un amiguito de confianza y te pones en la esquina de la calle de la Santa Faz. Aguardáis un rato, y cuando don José Rey pase por la calle de la Tripería para ir al Casino, porque de seguro irá al Casino, ¿entendéis bien?, cuando pase le salís al encuentro y le dais un susto...»

–María Remedios, no seas tonta –indicó con magistral dignidad la señora.

–Nada más que un susto, señora; atienda usted bien a lo que digo: un susto. Pues qué, ¿había yo de aconsejar un crimen?... ¡Jesús, Padre y Redentor mío! Sólo la idea me llena de horror, y parece que veo señales de sangre y fuego delante de mis ojos. Nada de eso, señora mía... Un susto, y nada más que un susto, por lo cual comprenda ese bergante que estamos bien defendidas. Él va solo al Casino, señora, enteramente solo, y allí se junta con sus amigotes, los del sable y morrioncete. Figúrese usted que recibe el susto y que, además, le quedan algunos huesos quebrantados, sin nada de heridas

last night when I was at the inn I saw Don Pepito leaving and I followed
him …'

'And where did he go?'

'To the Casino. Yes, señora, to the Casino,' replied the other, rather
upset. 'Afterwards he went back home. Oh, how my uncle scolded me for
having busied myself spying until all hours! But I can't stop myself … dear
God, help me! I can't stop myself, and seeing someone like you in such a
dangerous predicament drives me crazy … nothing for it, señora. I can see
that those villains might attack the house and take off with Rosarito …'

Doña Perfecta, staring at the floor, remained wrapped in thought for a long
time. She was pale and frowning. At last she said:

'But I can't see a way of preventing it!'

'I can,' insisted the other woman, who was the Confessor's niece and
Jacinto's mother; 'I see a very simple way. The one I've told you and you
don't like. Ah, señora, you're too good. At times like this, it's better to be a
little less perfect … to set aside scruples. Why, would that offend God?'

'María Remedios,' replied the señora haughtily, 'don't talk nonsense.'

'Nonsense! You, with all your wisdom, can't tell your rotten nephew a
few home truths. What could be simpler than what I'm proposing? Since
there's no justice now to protect us, let's take justice into our own hands.
Are there not men in your house who are ready for anything? Well, call them
and say to them: "Look, Caballuco, Pasolargo, or whoever it may be: tonight
disguise yourself well, so that you won't be recognised; take a good friend
with you and station yourself at the corner of the calle de Santa Faz. Wait a
while, and when Don José Rey goes along the calle de la Tripería on his way
to the Casino, because he's bound to go to the Casino … you understand?
When he goes by you spring out on him and you give him a fright …"'

'María Remedios, don't be a fool!' said the señora with magisterial
dignity.

'Nothing more than a fright, señora. Pay attention to what I say: a fright.
Why, would I advise a crime? God, my Father and Redeemer, the very idea
fills me with horror, and I think I can see blood and fire in front of my eyes!
Nothing of the sort, señora. A fright, and nothing more than a fright, so that
ruffian will understand we're well protected. He goes on his own to the
Casino, señora, entirely alone, and there he joins his mates with their sabres
and helmets. Imagine he gets a fright and a few bones broken, no serious
wounds, of course … Well, in that case, either he's intimidated and leaves

graves, se entiende… Pues en tal caso, o se acobarda y huye de Orbajosa o se tiene que meter en la cama por quince días. Eso sí, hay que recomendarles que el susto sea bueno. Nada de matar…, cuidadito con eso, pero sentar bien la mano…

–María –dijo doña Perfecta con orgullo–, tú eres incapaz de una idea elevada, de una resolución grande y salvadora. Eso que me aconsejas es una indignidad cobarde.

–Bueno, pues me callo… ¡Ay de mí, qué tonta soy! –refunfuñó con humildad la sobrina del penitenciario–. Me guardaré mis tonterías para consolarla a usted después que haya perdido a su hija.

–¡Mi hija!… ¡Perder a mi hija! –exclamó la señora con súbito arrebato de ira–. Sólo oírlo me vuelve loca. No, no me la quitarán. Si Rosario no aborrece a ese perdido, como yo deseo, le aborrecerá. De algo sirve la autoridad de una madre… Le arrancaremos su pasión, mejor dicho, su capricho, como se arranca una hierba tierna que aún no ha tenido tiempo de echar raíces… No; esto no puede ser, Remedios. ¡Pase lo que pase, no será! No le valen a ese loco ni los medios más infames. Antes de verla esposa de mi sobrino, acepto cuanto de malo pueda pasarle, incluso la muerte.

–Antes muerta, antes enterrada y hecha alimento de gusanos –afirmó Remedios, cruzando las manos como quien recita una plegaria– que verla en poder de… ¡Ay, señora!, no se ofenda usted si le digo una cosa, y es que sería gran debilidad ceder porque Rosarito haya tenido algunas entrevistas secretas con ese atrevido. El caso de anteanoche, según lo contó mi tío, me parece una treta infame de don José para conseguir su objeto por el escándalo. Muchos hacen esto… ¡Ay, Jesús divino, no sé cómo hay quien le mire la cara a un hombre no siendo sacerdote!

–Calla, calla –dijo doña Perfecta con vehemencia–, no me nombres lo de anteanoche. ¡Qué horrible suceso! María Remedios…, comprendo que la ira puede perder un alma para siempre. Yo me abraso… ¡Desdichada de mí, ver estas cosas y no ser hombre!… Pero si he de decir la verdad sobre lo de anteanoche, aún tengo mis dudas. Librada jura y perjura que fue Pinzón el que entró. ¡Mi hija niega todo; mi hija nunca ha mentido!… Yo insisto en mi sospecha. Creo que Pinzón es un bribón encubridor; pero nada más…

–Volvemos a lo de siempre: a que el autor de todos los males es el dichoso matemático… ¡Ay!, no me engañó el corazón cuando le vi por primera vez… Pues, señora mía, resígnese usted a presenciar algo más terrible todavía si no se decide a llamar a Caballuco y decirle: «Caballuco, espero que…»

Orbajosa, or he'll have to stay put in bed for a fortnight. But they must be told to make the fright a good one. No killing ... be careful with that, but a good beating.'

'María,' said Doña Perfecta haughtily, 'you're incapable of a lofty thought, of any great and redeeming decision. What you're advising me is an unworthy act of cowardice.'

'Very well, I'll be silent, then. Dear me, what a fool I am!' grumbled the Confessor's niece with humility. 'I'll keep my foolishness to console you when you've lost your daughter.'

'My daughter! ... Lose my daughter!' exclaimed the señora with a sudden fit of rage. 'Just hearing it drives me crazy. No, they won't take her from me! If Rosario doesn't hate that lost cause, as I wish she would, she will do. A mother's authority serves some purpose ... We'll tear out this passion of hers, or rather this whim, like a tender blade of grass that hasn't had time to put down roots ... No, this cannot be, Remedios. Come what may, it shall not be! Not even the most odious methods will help that madman. Rather than see her my nephew's wife, I'll accept any evil that might happen to her, including death.'

'Better dead and buried and food for worms,' affirmed Remedios, clasping her hands like someone saying a prayer, 'than to see her in the power of ... Ah, señora, don't be offended if I tell you something, and that is that it would be a great weakness to yield merely because Rosarito's had some secret meetings with that upstart. The affair of the night before last, as my uncle related it, seems to me a vile trick on Don José's part to achieve his ends by means of a scandal. Lots do that ... Ah, sweet Jesus, I don't know how anyone can look a man in the face unless he's a priest.'

'Be quiet, be quiet!' said Doña Perfecta vehemently. 'Don't mention the night before last to me. What a horrible incident! María Remedios ... I understand now how anger can cause a soul to be lost forever. My blood's boiling ... woe is me, to see such things and not be a man! But to tell the truth about that matter of the night before last, I still have my doubts. Librada swears blind it was Pinzón who came in. My daughter denies everything, and my daughter has never lied! I still have my suspicions. I think Pinzón is a deceiving accessory, but nothing more ...'

'We come back to the same old thing: the author of all this evil is the blessed mathematician. Ah, my heart did not deceive me when I saw him for the first time ... Well, señora, resign yourself to seeing something even worse unless you decide to call Caballuco and say to him, "Caballuco, I hope ..."'

–Vuelta a lo mismo; pero tú eres simple…

–¡Oh! Si yo soy muy simplota, lo conozco; pero si no alcanzo más, ¿qué puedo hacer? Digo lo que se me ocurre, sin sabidurías.

–Lo que tú imaginas, esa vulgaridad tonta de la paliza y del susto, se le ocurre a cualquiera. Tú no tienes dos dedos de frente, Remedios; cuando quieres resolver un problema grave, sales con tales patochadas. Yo imagino un recurso más digno de personas nobles y bien nacidas. ¡Apalear! ¡Qué estupidez! Además, no quiero que mi sobrino reciba un rasguño por orden mía; eso, de ninguna manera. Dios le enviará su castigo por cualquiera de los admirables caminos que Él sabe elegir. Sólo nos corresponde trabajar porque los designios de Dios no hallen obstáculo, María Remedios; es preciso en estos asuntos ir directamente a las causas de las cosas. Pero tú no entiendes de causas…, tú no ves más que pequeñeces.

–Será así –dijo humildemente la sobrina del cura–. ¡Para qué me hará Dios tan necia, que nada de esas sublimidades entiendo!

–Es preciso ir al fondo, al fondo, Remedios. ¿Tampoco entiendes ahora?

–Tampoco.

–Mi sobrino no es mi sobrino, mujer: es la blasfemia, el sacrilegio, el ateísmo, la demagogia… ¿Sabes lo que es la demagogia?

–Algo de esa gente que quemó a París con petróleo, y los que derriban las iglesias y fusilan las imágenes… Hasta ahí vamos bien.

–Pues mi sobrino es todo eso… ¡Ah! ¡Si él estuviera solo en Orbajosa!… Pero no, hija mía. Mi sobrino, por una serie de fatalidades, que son otras tantas pruebas de los males pasajeros que a veces permite Dios para nuestro castigo, equivale a un ejército, equivale a la autoridad del Gobierno, equivale al alcalde, equivale al juez; mi sobrino no es mi sobrino: es la nación oficial, Remedios; es esa segunda nación, compuesta de los perdidos que gobiernan en Madrid, y que se ha hecho dueña de la fuerza material; de esa nación aparente, porque la real es la que calla, paga y sufre; de esa nación ficticia que firma al pie de los decretos y pronuncia discursos, y hace una farsa de gobierno y una farsa de autoridad y una farsa de todo. Eso es hoy mi sobrino; es preciso que te acostumbres a ver lo interno de las cosas. Mi sobrino es el Gobierno, el brigadier, el alcalde nuevo, el juez nuevo, porque todos le favorecen a causa de la unanimidad de sus ideas; porque son uña y carne, lobos de la misma manada… Entiéndelo bien: hay que defenderse de todos ellos, porque todos son uno, y uno es todos; hay que atacarles en conjunto,

'Back to the same thing again; what a simpleton you are …'

'Oh, I'm a simple soul, I realise that; but if I know no better, what can I do? I say what comes into my head, without any wisdom.'

'What you dream up, that silly and vulgar idea of the beating and the fright, would occur to anyone. You're as thick as two short planks, Remedios; when you want to solve a serious problem, you come out with nonsense like that. I imagine measures worthier of noble-minded and well-bred people. A beating! What stupidity! Besides, I don't want my nephew to receive so much as a scratch by an order of mine. Certainly not. God will send him his punishment through any one of the admirable ways He knows how to choose. All we have to do is work so that the designs of God will find no obstacle, María Remedios. In matters of this kind you need to go directly to the root cause. But you know nothing about causes … you see only trifles.'

'That may be so,' said the priest's niece humbly. 'Why did God make me so foolish that I understand nothing about the sublime?'

'You have to get to the bottom of it, to the bottom, Remedios. Don't you understand now either?'

'No.'

'My nephew isn't my nephew. He's blasphemy, sacrilege, atheism, demagogy … Do you know what demagogy is?'

'Something to do with those people who burned Paris with petroleum, and those who pull down churches and shoot the images … We're fine up to there.'

'Well, my nephew is all that … Ah! If he were alone in Orbajosa … But he's not, my dear. Through a series of misfortunes, which are the same number of proofs of the transitory evils God sometimes allows for our punishment, my nephew is the equivalent of an army, the government's authority, the mayor, the judge. My nephew isn't my nephew; he's the official nation, Remedios; that second nation composed of the lost souls who rule in Madrid and who've made themselves masters of material power; of that apparent nation, for the real nation is the one that keeps silent, pays and suffers; of that fictitious nation which signs decrees and makes speeches, and makes a farce of government, a farce of authority and a farce of everything. That's what my nephew is today; you must get used to looking under the surface of things. My nephew is the government, the brigadier, the new mayor, the new judge, for they all protect him because they all have the same ideas; because they're inseparable, wolves of the same pack … Understand it well; we must defend ourselves against them all, because they're all for one and one for

y no con palizas al volver de una esquina, sino como atacaban nuestros abuelos a los moros; ¡a los moros, Remedios!… Hija mía, comprende bien esto; abre tu entendimiento y deja entrar en él una idea que no sea vulgar…; remóntate; piensa en alto, Remedios…

La sobrina de don Inocencio estaba atónita ante tanta grandeza. Abrió la boca para decir algo en consonancia con tan maravilloso pensamiento, pero sólo exhaló un suspiro.

–Como a los moros –repitió doña Perfecta–. Es cuestión de moros y cristianos. ¡Y creías tú que con asustar a mi sobrino se concluía todo!… ¡Qué necia eres! ¿No ves que le apoyan sus amigos? ¿No ves que estamos a merced de esa canalla? ¿No ves que cualquier tenientejo es capaz de pegar fuego a mi casa si se le antoja?… ¿Pero tú no alcanzas esto? ¿No comprendes que es necesario ir al fondo? ¿No comprendes la inmensa grandeza, la terrible extensión de mi enemigo, que no es un hombre, sino una secta?… ¿No comprendes que mi sobrino, tal como está hoy enfrente de mí, no es una calamidad, sino una plaga?… Contra ella, querida Remedios, tendremos aquí un batallón de Dios que aniquile la infernal milicia de Madrid. Te digo que esto va a ser grande y glorioso…

–Si al fin fuera…

–¿Pero tú lo dudas? Hoy hemos de ver aquí cosas terribles… –dijo con gran impaciencia la señora–. Hoy, hoy. ¿Qué hora es? Las siete. ¡Tan tarde y no ocurre nada!…

–Quizás sepa algo mi tío, que está aquí ya. Le siento subir la escalera.

–Gracias a Dios… –añadió doña Perfecta levantándose para salir al encuentro del penitenciario–. Él nos dirá algo bueno.

Don Inocencio entró apresurado. Su demudado rostro indicaba que aquella alma, consagrada a la piedad y a los estudios latinos, no estaba tan tranquila como de ordinario.

–Malas noticias –dijo, poniendo sobre una silla el sombrero y desatando los cordones del manteo.

Doña Perfecta palideció.

–Están prendiendo gente –añadió don Inocencio bajando la voz cual si debajo de cada silla estuviera un soldado–. Sospechan, sin duda, que los de aquí no les aguantarían sus pesadas bromas y han ido de casa en casa echando mano a todos los que tenían fama de valientes…

La señora se arrojó en un sillón y apretó fuertemente los dedos contra la madera de los brazos del mueble.

all; we must attack them all together, and not by beating a man as he turns a corner, but as our grandfathers attacked the Moors – the Moors, Remedios … Understand this well, my child; open your mind and let in an idea that's not common … Rise above yourself; think lofty thoughts, Remedios …'

Don Inocencio's niece was struck dumb by so much loftiness of soul. She opened her mouth to say something in accordance with so sublime an idea, but only breathed a sigh.

'Like the Moors,' repeated Doña Perfecta. 'It's a question of Moors and Christians. And you thought it would all be settled by giving my nephew a fright! … How foolish you are! Can't you see that his friends are supporting him? Can't you see we're at the mercy of that rabble? Can't you see that any little lieutenant can set fire to my house if he wants to? … Can't you grasp this? Don't you understand it's necessary to get to the bottom of things? Don't you understand the sheer magnitude, the terrible scope of my enemy, who's not a man but a sect? … Don't you understand that my nephew, as he confronts me today, is not a calamity but a plague? … Against this plague, dear Remedios, we shall have here a battalion sent by God that will annihilate the infernal militia from Madrid. I'm telling you that this is going to be great and glorious …'

'If in the end it were …'

'But do you doubt it? Today we shall see terrible things here,' said the señora with great impatience. 'Today, today! What time is it? Seven. So late and nothing's happening! …'

'Perhaps my uncle will know something. He's here now. I can hear him coming up the stairs.'

'Thank God,' said Doña Perfecta, getting up to meet the Confessor. 'He'll have something good to say.'

Don Inocencio entered hastily. His altered appearance showed that his soul, dedicated to religion and the study of Latin, was not as calm as usual.

'Bad news,' he said, putting his hat on a chair and untying the cords of his long cloak.

Doña Perfecta turned pale.

'They're arresting people,' added Don Inocencio, lowering his voice as if there were a soldier under every chair. 'No doubt they suspect that the people here wouldn't put up with their tedious jokes, and they've gone from house to house laying hands on everyone with a reputation for bravery …'

The señora threw herself into a chair and grasped the wooden arms tightly.

–Falta que se hayan dejado prender –indicó Remedios.

–Muchos de ellos…, pero muchos –dijo don Inocencio con ademanes encomiásticos, dirigiéndose a la señora–, han tenido tiempo de huir y se han ido con armas y caballos a Villahorrenda.

–¿Y Ramos?

–En la catedral dijéronme que es el que buscan con más empeño… ¡Oh, Dios mío!, prender así a unos infelices que nada han hecho todavía… Vamos, no sé cómo los buenos españoles tienen paciencia. Señora mía doña Perfecta, refiriendo esto de las prisiones me he olvidado decir a usted que debe marcharse a su casa al momento…

–Sí, al momento… ¿Registrarán mi casa esos bandidos?

–Quizás. Señora, estamos en un día nefasto –dijo don Inocencio con solemne y conmovido acento–. ¡Dios se apiade de nosotros!

–En mi casa tengo media docena de hombres muy bien armados –repuso la dama, vivamente alterada–. ¡Qué iniquidad! ¿Serán capaces de querer llevárselos también?…

De seguro el señor Pinzón no se habrá descuidado en denunciarlos. Señora, repito que estamos en un día nefasto. Pero Dios amparará la inocencia.

–Me voy. No deje usted de pasar por allá.

–Señora, en cuanto despache la clase…, y me figuro que con la alarma que hay en el pueblo, todos los chicos harán novillos hoy; pero, haya o no clase, iré después por allá… No quiero que salga usted sola, señora. Andan por las calles esos zánganos de soldados con unos humos… ¡Jacinto, Jacinto!

–No es preciso. Me marcharé sola.

–Que vaya Jacinto –dijo la madre de éste–. Ya debe de estar levantado.

Sintiéronse los precipitados pasos del doctorcillo, que bajaba a toda prisa la escalera del piso alto. Venía con el rostro encendido, fatigado el aliento.

–¿Qué hay? –le preguntó su tío.

–En casa de las Troyas –dijo el jovenzuelo–, en casa de esas…, pues…

–Acaba de una vez.

–Está Caballuco.

–¿Allá arriba?… ¿En casa de las Troyas?

–Sí, señor… Me habló desde el terrado; y me ha dicho que está temiendo le vayan a coger allí.

'It remains to be seen whether they've let themselves be taken,' observed Remedios.

'A lot of them,' said Don Inocencio, addressing the señora with approving gestures, 'lots had time to get away, and have gone off with guns and horses to Villahorrenda.'

'And Ramos?'

'They told me in the cathedral that he's the one they're looking for most eagerly … Oh, my God! To arrest like that some unfortunate souls who haven't done anything yet … Well, I don't know how good Spaniards remain patient. My dear Doña Perfecta, while I was talking about the arrests I forgot to say that you should go home at once.'

'Yes, at once. Are those bandits going to search my house?'

'Maybe. Señora, we've fallen upon evil days,' said Don Inocencio in a solemn and emotional tone of voice. 'May God have pity on us!'

'I have half a dozen well-armed men in my house,' replied the lady, greatly agitated. 'What iniquity! Will they want to take them away too?'

'Señor Pinzón won't have failed to denounce them. Señora, I repeat that we've fallen on evil days. But God will protect the innocent.'

'I'm going. Make sure you stop by.'

'Señora, as soon as I've finished the class … though I imagine that, with all the excitement in town, every boy will play truant today. But, class or no class, I'll go there later … I don't want you to go out alone, señora. Those good-for-nothing soldiers are strutting about the streets full of airs … Jacinto, Jacinto!'

'It's not necessary. I'll go alone.'

'Let Jacinto go with you,' said the young man's mother. 'He must be up by now.'

They heard the hurried footsteps of the little doctor who was coming down the stairs with the greatest haste from the upper floor. He arrived with a flushed face and panting for breath.

'What's the matter?' asked his uncle.

'In the Troyas' house,' said the young man, 'in the house of those … well …'

'Out with it'

'Caballuco's there.'

'Up there? In the Troyas' house?'

'Yes, sir … He spoke to me from the terrace and told me he's afraid they're going to arrest him there.'

–¡Oh, qué bestia!... Ese majadero va a dejarse prender –exclamó doña Perfecta, hiriendo el suelo con el inquieto pie.

–Quiere bajar aquí y que le escondamos en casa.

–¿Aquí?

Canónigo y sobrina se miraron.

–¡Que baje! –dijo doña Perfecta con vehemente frase.

–¿Aquí? –repitió don Inocencio, poniendo cara de mal humor.

–Aquí –contestó la señora–. No conozco casa donde pueda estar más seguro.

–Puede saltar fácilmente por la ventana de mi cuarto –dijo Jacinto.

–Pues si es indispensable...

–María Remedios –dijo la señora–, si nos cogen a este hombre, todo se ha perdido.

–Tonta y simple soy –repuso la sobrina del canónigo, poniéndose la mano en el pecho y ahogando el suspiro que, sin duda, iba a salir al público–, pero no le cogerán.

Salió la señora rápidamente, y poco después el centauro se arrellenaba en la butaca donde el señor don Inocencio solía sentarse a escribir sus sermones.

No sabemos cómo llegó a oídos del brigadier Batalla; pero es indudable que este diligente militar tenía noticia de que los orbajosenses habían variado de intenciones, y en la mañana de aquel día dispuso la prisión de los que en nuestro rico lenguaje insurreccional solemos llamar *caracterizados*. Salvóse por milagro el gran Caballuco, refugiado en casa de las Troyas; pero no creyéndose allí seguro, bajó, como se ha visto, a la santa y no sospechosa mansión del buen canónigo.

Ocupando diversos puntos del pueblo, la tropa ejercía de noche la mayor vigilancia con los que entraban y salían; pero Ramos logró evadirse, burlando, o quizás sin burlar, las precauciones militares. Esto acabó de encender los ánimos, y multitud de gente se conjuraba en los caseríos cercanos a Villahorrenda, juntándose de noche para dispersarse de día y preparar así el arduo negocio de su levantamiento. Ramos recorrió las cercanías allegando gente y armas, y como las columnas volantes andaban tras los Aceros en tierra de Villajuán de Nahara, nuestro héroe caballeresco adelantó mucho en poco tiempo.

Por las noches arriesgábase con audacia suma a entrar en Orbajosa, valiéndose de medios de astucia o tal vez de sobornos. Su popularidad y la protección que recibía dentro del pueblo servíanle, hasta cierto punto, de salvaguardia, y no será aventurado decir que la tropa no desplegaba ante

'Oh, what a brute! ... That idiot is going to let himself get caught!' exclaimed Doña Perfecta, tapping the floor impatiently with her foot.

'He wants to come down here so we can hide him in the house.'

'Here?'

The canon and his niece looked at each other.

'Let him come down!' said Doña Perfecta vehemently.

'Here?' repeated Don Inocencio, with a bad-tempered look.

'Here,' answered the lady. 'I don't know of any house where he would be safer.'

'He can easily come in through my bedroom window,' said Jacinto.

'Well, if it's necessary ...'

'María Remedios,' said the señora, 'if they take that man from us, all is lost.'

'I'm a fool and a simpleton,' responded the canon's niece, putting her hand on her breast and stifling the sigh that was doubtless about to escape, 'but they won't get him.'

The señora left quickly, and shortly afterward the Centaur was making himself comfortable in the armchair where Don Inocencio usually sat to write his sermons.

We do not know how it reached Brigadier Batalla's ears, but there is no doubt that this diligent soldier had notice that the Orbajosans had changed their minds, and on the morning of that day he ordered the arrest of those whom, in our rich language of rebellion, we usually call *marked men*. The great Caballuco escaped by a miracle, taking refuge in the Troyas' house; but not believing himself safe there he went down, as we have seen, to the good canon's dwelling which was holy and above suspicion.

Occupying various points in the town, the soldiers kept a strict watch at night over those who came in and went out; but Ramos managed to escape, cheating or perhaps without cheating, the military precautions. This ensured passions were inflamed and a great number of people conspired in the hamlets near Villahorrenda, meeting at night to disperse by day and thereby prepare the arduous business of the insurrection. Ramos scoured the surrounding country, rallying men and arms, and as the flying columns pursued the Aceros into the district of Villajuán de Nahara, our knightly hero made great progress in a short time.

At night he ventured boldly into Orbajosa, using guile or maybe bribes. His popularity and the protection he received inside the town served him, to a certain extent, as a safeguard, and it would not be rash to say that the soldiers

aquel osado campeón el mismo rigor que ante los hombres insignificantes de la localidad. En España, y principalmente en tiempo de guerras, que son siempre aquí desmoralizadoras, suelen verse esas condescendencias infames con los grandes, mientras se persigue sin piedad a los pequeños. Valido, pues, de su audacia, del soborno, o no sabemos de qué, Caballuco entraba en Orbajosa, reclutaba más gente, reunía armas y acopiaba dinero. Para mayor seguridad de su persona, o para cubrir el expediente, no ponía los pies en su casa; apenas entraba en la de doña Perfecta para tratar de asuntos importantes, y solía cenar en casa de éste o del otro amigo, prefiriendo siempre la respetada vivienda de algún sacerdote, y principalmente la de don Inocencio, donde recibiera asilo en la mañana funesta de las prisiones.

En tanto, Batalla había telegrafiado al Gobierno diciéndole que, descubierta una conspiración facciosa, estaban presos sus autores, y los pocos que lograron escapar andaban dispersos y fugitivos, *activamente perseguidos por nuestras columnas*.

26. *María Remedios*

Nada más entretenido que buscar el origen de los sucesos interesantes que nos asombran o perturban ni nada más grato que encontrarlo. Cuando vemos arrebatadas pasiones en lucha encubierta o manifiesta, y llevados del natural impulso inductivo que acompaña siempre a la observación humana logramos descubrir la oculta fuente de donde aquel revuelto río ha traído sus aguas, sentimos un gozo muy parecido al de los geógrafos y buscadores de tierras.

Este gozo nos lo ha concedido Dios ahora, porque explorando los escondrijos de los corazones que laten en esta historia hemos descubierto un hecho que seguramente es el engendrador de los hechos más importantes aquí se narran; una pasión, que es la primera gota de agua de esta alborotada corriente cuya marcha estamos observando.

Continuemos, pues, la narración. Para ello dejemos a la señora de Polentinos, sin cuidarnos de lo que pudo ocurrirle en la mañana de su diálogo con María Remedios. Penetra, llena de zozobra, en su vivienda, donde se ve obligada a soportar las excusas y cortesanías del señor Pinzón, quien asegura que, mientras él existiera, la casa de la señora no sería registrada. Le responde doña Perfecta de un modo altanero, sin dignarse fijar en él los ojos, por cuya razón él pide, urbanamente, explicaciones de tal desvío, a lo cual ella contesta rogando al señor Pinzón abandone su casa, sin perjuicio de

did not display towards that daring champion the same rigour as they did towards the insignificant men of the locality. In Spain, and especially in time of war, which is always demoralising here, this contemptible forbearance towards the powerful is often seen, while the little fellows are persecuted pitilessly. So using his audacity, bribery, or we know not what, Caballuco entered Orbajosa, recruited more men, pooled arms and raised money. Either for his own greater security or to cover his steps, he did not set foot in his own house; he entered Doña Perfecta's only to deal with important matters and he usually dined in this or that friend's house, always preferring the respected dwelling of some priest, and especially that of Don Inocencio where he had been given asylum on the fateful morning of the arrests.

Meanwhile, Batalla had telegraphed the Government, saying that a rebel conspiracy had been discovered and its authors imprisoned, and the few who had managed to escape had fled in various directions, *actively pursued by our columns*.

26. María Remedios

There is nothing more entertaining than looking for the cause of interesting events which surprise or perturb us, and nothing more gratifying than finding it. When we see violent passions in open or secret conflict and, led by the natural impulse of intuition which always accompanies human observation, manage to discover the hidden source from which that turbulent river has drawn its water, we experience a joy very similar to that of geographers and explorers.

This delight God has now bestowed on us, for in exploring the hidden recesses of the hearts which beat in this story we have discovered an event that is assuredly the source of the most important events narrated here; a passion which is the first drop of water of this impetuous current whose course we are observing.

Let us, then, continue our story. To do so, let us leave Señora de Polentinos without concerning ourselves with what may have happened to her on the morning of her conversation with María Remedios. Going home full of anxiety, she finds herself obliged to endure the apologies and civilities of Señor Pinzón who assures her that, while he was alive, the señora's house would not be searched. Doña Perfecta responds haughtily without deigning to look at him, for which reason he politely requests an explanation for such coldness; to this she replies by requesting Señor Pinzón leave her house,

dar oportunamente cuenta de su alevosa conducta dentro de ella. Llega don Cayetano, y se cruzan palabras de caballero a caballero; pero como ahora nos interesa más otro asunto, dejemos a los Polentinos y al teniente coronel que se las compongan como puedan y pasemos a examinar los manantiales históricos arriba mencionados.

Fijemos la atención en María Remedios, mujer estimable, a la cual es urgente consagrar algunas líneas. Era una señora, una verdadera señora, pues, a pesar de su origen humildísimo, las virtudes de su tío carnal, el señor don Inocencio, también de bajo origen, mas sublimado por el sacramento, así como por su saber y respetabilidad, habían derramado extraordinario esplendor sobre toda la familia.

El amor de Remedios a Jacinto era una de las más vehementes pasiones que en el corazón maternal pueden caber. Le amaba con delirio; ponía el bienestar de su hijo sobre todas las cosas humanas: creíale el más perfecto tipo de la belleza y del talento creados por Dios, y diera por verle feliz y poderoso todos los días de su vida y aun parte de la eterna gloria. El sentimiento materno es el único que, por lo muy santo y noble, admite la exageración; el único que no se bastardea con el delirio. Sin embargo, ocurre un fenómeno singular que no deja de ser común en la vida, y es que si esta exaltación del afecto maternal no coincide con la absoluta pureza del corazón y con la honradez perfecta, suele extraviarse y convertirse en frenesí lamentable, que puede contribuir, como otra cualquiera pasión desbordada, a grandes faltas y catástrofes.

En Orbajosa, María Remedios pasaba por un modelo de virtud y de sobrinas; quizás lo era, en efecto. Servía cariñosamente a cuantos la necesitaban; jamás dio motivo a hablillas y murmuraciones de mal género; jamás se mezcló en intrigas. Era piadosa, no sin dejarse llevar a extremos de mojigatería chocante; practicaba la caridad; gobernaba la casa de su tío con habilidad suprema; era bien recibida, admirada y obsequiada en todas partes, a pesar del sofoco que producía su continuo afán de suspirar y expresarse siempre en tono quejumbroso.

Pero en casa de doña Perfecta aquella excelente señora sufría una especie de *capitis diminutio*. En tiempos remotos y muy aciagos para la familia del buen penitenciario, María Remedios (si es verdad, ¿por qué no se ha de decir?) había sido lavandera en la casa de Polentinos. Y no se crea por esto que doña Perfecta la miraba con altanería. Tratábala sin orgullo; hacia ella sentía cariño fraternal; comían juntas, rezaban juntas, referíanse sus cuitas, ayudábanse mutuamente en sus caridades y en sus devociones, así

deferring to an opportune moment an account of his perfidious conduct while in it. Don Cayetano arrives and words are exchanged as one gentleman to another; but as we are more interested at present in another matter, let us leave the Polentinos and the lieutenant colonel to manage as best they can, and proceed to examine the historical sources mentioned above.

Let us fix our attention on María Remedios, a highly regarded woman to whom we must devote a few lines. She was a lady, a real lady, for despite her very humble origin, the virtues of her uncle, Don Inocencio – also of humble origin, but elevated by the blood and body of Christ as well as by his learning and respectability – had shed an extraordinary radiance over all the family.

The love of Remedios for Jacinto was one of the most vehement passions of which a mother's heart is capable. She absolutely adored him; she put her son's welfare above all human consideration; she believed him the most perfect type of beauty and talent created by God, and to see him happy and great and powerful she would have given her whole life and even a part of eternal glory. Maternal feeling is the only one which, because it is so saintly and noble, has room for exaggeration; the only one not debased by delirium. However, an odd but common phenomenon is that if this exaltation of maternal affection is not accompanied with absolute purity of heart and perfect honesty, it is prone to run wild and become transformed into a lamentable frenzy which, like any other rampant passion, can lead to great errors and catastrophies.

In Orbajosa María Remedios passed for a model of virtue and a model niece; perhaps, indeed, she was. She served with affection all who needed her; she never gave occasion for rumour or evil gossip, never mixed herself up in intrigues. She was pious, not without allowing herself to be carried to extremes of shocking sanctimoniousness; she practised charity; she ran her uncle's house with supreme skill; she was well received, admired and honoured everywhere, in spite of the embarrassment produced by her constant eagerness to sigh and always talk in a complaining voice.

But in Doña Perfecta's house that excellent lady suffered a kind of *capitis diminutio*. In times far distant and very bitter for the family of the good Confessor, María Remedios (since it is the truth, why not say it?) had been a laundress in the Polentinos house. And do not think for this reason that Doña Perfecta was haughty towards her. She treated her without any arrogance and felt a sisterly affection for her; they ate together, prayed together, confided their troubles to each other, helped each other in their charities

como en los negocios de la casa…; pero, ¡fuerza es decirlo!, siempre había algo, siempre había una raya invisible, pero infranqueable, entre la señora improvisada y la señora antigua. Doña Perfecta tuteaba a María, y ésta jamás pudo prescindir de ciertas fórmulas. Sentíase tan pequeña la sobrina de don Inocencio en presencia de la amiga de éste que su humildad nativa tomaba un tinte extraño de tristeza. Veía que el buen canónigo era en la casa una especie de consejero áulico inamovible; veía a su idolatrado Jacintillo en familiaridad casi amorosa con la señorita, y, sin embargo, la pobre madre y sobrina frecuentaba la casa lo menos posible. Conviene indicar que María Remedios se deseñoraba bastante (pase la palabra) junto a doña Perfecta, y esto le era desagradable, porque también en aquel espíritu suspirón había, como en todo lo que vive, un poco de orgullo… ¡Ver a su hijo casado con Rosarito; verle rico y poderoso; verle emparentado con doña Perfecta, con la señora!… ¡Ay!, esto era para María Remedios la tierra y el cielo, esta vida y la otra, el presente y el más allá, la totalidad suprema de la existencia. Años hacía que su pensamiento y su corazón se llenaban de aquella dulce luz de esperanza. Por esto era buena y mala; por esto era religiosa y humilde o terrible y osada; por esto era todo cuanto hay que ser, porque, sin tal idea, María, verdadera encarnación de su proyecto, no existiría.

En su físico, María Remedios no podía ser más insignificante. Distinguíase por una lozanía sorprendente, que aminoraba en apariencia el valor numérico de sus años, y vestía siempre de luto, a pesar de que su viudez era ya cuenta muy larga.

Habían pasado cinco días desde la entrada de Caballuco en casa del señor penitenciario. Principiaba la noche. Remedios entró con la lámpara encendida en el cuarto de su tío, y después de dejarla sobre la mesa se sentó frente al anciano, que desde media tarde permanecía inmóvil y meditabundo en su sillón, cual si le hubieran clavado en él. Sus dedos sostenían la barba, arrugando la morena piel, no rapada en tres días.

–¿Vendrá Caballuco a cenar aquí esta noche? –preguntó a su sobrina.

–Sí, señor, vendrá. En estas casas respetables es donde el pobrecito está más seguro.

–Pues yo no las tengo todas conmigo, a pesar de la respetabilidad de mi domicilio –repuso el penitenciario–. ¡Cómo se expone el valiente Ramos!… Y me han dicho que en Villahorrenda y su campiña hay mucha gente…; ¡qué sé yo cuánta gente!… ¿Qué has oído tú?

–Que la tropa está haciendo unas barbaridades…

and in their devotions as well as in domestic matters … But, it needs to be said, there was always something, always an invisible line which could not be crossed between the improvised lady and the lady by birth and ancestry. Doña Perfecta called María 'tú' while the latter could never dispense with a certain formality. Don Inocencio's niece felt so small in the presence of her uncle's friend that her natural humility took on a strange tinge of sadness. She saw that the good canon was a kind of fixed royal adviser in the house; she saw her idolised Jacintillo on terms of almost lover-like familiarity with the señorita, and yet the poor mother and niece visited the house as little as possible. It should be pointed out that María Remedios' dignity as a lady suffered somewhat in Doña Perfecta's house, and this was disagreeable to her for, as in every living thing, there was a little pride in that sighing spirit too … To see her son married to Rosarito, to see him rich and powerful; to see him related to Doña Perfecta, to the señora! … Ah, for María Remedios this was earth and heaven, this life and the next, the present and the great beyond, the supreme totality of existence. For years her mind and her heart had been filled by that sweet light of hope. Because of this she was good and bad, religious and humble, or terrible and daring; because of it she was whatever she needed to be, for without that notion María, who was the very incarnation of her own plan, would not exist.

In appearance, María Remedios could not have been more insignificant. She was remarkable for a surprising freshness and robustness which took years off her, and she always dressed in mourning, even though her widowhood went back a long way.

Five days had passed since Caballuco had entered the Confessor's house. Night was falling. Remedios entered her uncle's room with a lighted lamp and, after placing it on the table, sat down facing the old man who since mid-afternoon had remained motionless and thoughtful in his armchair, as if nailed to it. His fingers supported his chin, wrinkling his brown skin, unshaven for the past three days.

'Is Caballuco coming here to supper tonight?' he asked his niece.

'Yes, señor, he'll come. It's in these respectable houses that the poor fellow is most secure.'

'Well, despite the respectability of my house,' replied the Confessor, 'I'm wary. How that brave Ramos leaves himself open! … And I'm told that in Villahorrenda and the surrounding country there are lots of men … I don't know how many men … What have you heard?'

'That the soldiers are committing atrocities …'

–¡Es milagro que esos caribes no hayan registrado mi casa! Te juro que si veo entrar uno de los de pantalón encarnado, me caigo sin habla.

–¡Buenos, buenos estamos! –dijo Remedios, echando en un suspiro la mitad de su alma–. No puedo apartar de mi mente la tribulación en que se encuentra la señora doña Perfecta… ¡Ay, tío! Debe usted ir allá.

–¿Allá esta noche?… Andan las tropas por las calles. Figúrate que a un soldado se le antoja… La señora está bien defendida. El otro día registraron la casa y se llevaron los seis hombres armados que allí tenía; pero después se los han devuelto. Nosotros no tenemos quien nos defienda en caso de un atropello.

–Yo he mandado a Jacinto allá para que acompañe un ratito a la señora. Si Caballuco viene, le diremos que vaya también… Nadie me quita de la cabeza que alguna gran fechoría preparan esos pillos contra nuestra amiga. ¡Pobre señora, pobre Rosarito!… Cuando uno piensa que esto podía haberse evitado con lo que propuse a doña Perfecta hace dos días…

–Querida sobrina –dijo flemáticamente el penitenciario–, hemos hecho todo cuanto en lo humano cabía para realizar nuestro santo propósito… Ya no se puede más. Hemos fracasado, Remedios. Convéncete de ello, y no seas terca: Rosarito no puede ser la mujer de nuestro idolatrado Jacintillo. Tu sueño dorado, tu ideal dichoso, que un tiempo nos pareció realizable y al cual consagré yo las fuerzas todas de mi entendimiento, como buen tío, se ha trocado ya en una quimera, se ha disipado como el humo. Entorpecimientos graves, la maldad de un hombre, la pasión indudable de la niña y otras cosas que callo han vuelto las cosas del revés. Íbamos venciendo, y de pronto somos vencidos. ¡Ay, sobrina mía! Convéncete de una cosa: hoy por hoy, Jacinto merece mucho más que esa niña loca.

–Caprichos y terquedades –repuso María con displicencia bastante irrespetuosa–. ¡Vaya con lo que sale usted ahora, tío! Pues las grandes cabezas están luciendo… Doña Perfecta con sus sublimidades, y usted con sus cavilaciones, sirven para cualquier cosa. Es lástima que Dios me haya hecho a mí tonta y dádome este entendimiento de ladrillo y argamasa, como dice la señora, porque si así no fuera, yo resolvería la cuestión.

–¿Tú?

– Si ella y usted me hubieran dejado, resuelta estaría ya.

–¿Con los palos?

–No asustarse ni abrir tanto los ojos, porque no se trata de matar a nadie…, ¡vaya!

–Eso de los palos –dijo el canónigo sonriendo– es como el rascar…, ya sabes.

'It's a miracle that those brutes haven't searched the house! I swear that if I see one of the red-trousered lot come in here, I'll fall down speechless.'

'We're in a fine state!' said Remedios, exhaling half her soul in a sigh. 'I can't get Doña Perfecta's troubles out of my mind ... Ah, uncle, you ought to go there.'

'Go there tonight? ... The soldiers are patrolling the streets. Imagine that one of them takes it into his head to ...The señora is well protected. The other day they searched the house and carried off the six armed men she had there; but afterwards they sent them back to her. We have no one to protect us in case of an attack.'

'I've sent Jacinto to the señora's to keep her company for a while. If Caballuco comes, we'll tell him to go too ... No one can get it out of my head that those rascals are plotting some piece of villainy against our friend. Poor señora, poor Rosarito! ... When you think that this could have been avoided by doing what I suggested to Doña Perfecta two days ago ...'

'My dear niece,' said the Confessor phlegmatically, 'we've done everything humanly possible to carry out our virtuous project ... we can't do any more. We've failed, Remedios. Convince yourself of it and don't be obstinate. Rosarito can't be the wife of our idolised Jacintillo. Your golden dream, your ideal of happiness that at one time seemed attainable and to which I, like a good uncle, devoted all the powers of my understanding, has become a chimera, has vanished into smoke. Serious obstacles, the wickedness of one man, the undeniable passion of the girl, and other things I won't mention have turned everything on its head. We were beginning to conquer, and suddenly we are conquered. Ah, niece, convince yourself of one thing: right now Jacinto deserves a lot better than that crazy girl.'

'Whims and obstinate notions!' replied María, with an offhand manner that was far from respectful. 'That's a fine thing to come out with now, uncle! The great minds are outshining themselves ... Doña Perfecta with her lofty ideas, and you with your suspicions are both a fat lot of use. It's a pity God made me stupid and gave me this brick and mortar brain, as the señora says, for if it weren't like that I'd soon settle the question.'

'You?'

'If she and you had let me, it would already be settled.'

'With a beating?'

'Don't be frightened or open your eyes like that, for I'm not on about killing anybody ... Really!'

'Beating,' said the canon, smiling, 'is like scratching ... you know.'

–¡Bah!..., diga usted también que soy cruel y sanguinaria... Me falta valor para matar un gusanito, bien lo sabe usted... Ya se comprende que no había yo de querer la muerte de un hombre.

–En resumen, hija mía: por más vueltas que le des, el señor don Pepe Rey se lleva la niña. Ya no es posible evitarlo. Él está dispuesto a emplear todos los medios, incluso la deshonra. Si la Rosarito... ¡Cómo nos engañaba con aquella carita circunspecta y aquellos ojos celestiales!, ¿eh?... Si la Rosarito, digo, no le quisiera..., vamos..., todo podría arreglarse; pero, ¡ay!, le ama como ama el pecador al demonio; está abrasada en criminal fuego; cayó, sobrina mía, cayó en la infernal trampa libidinosa. Seamos honrados y justos: apartemos la vista de la innoble pareja y no pensemos más en el uno ni en la otra.

–Usted no entiende de mujeres, tío –dijo Remedios con lisonjera hipocresía–; usted es un santo varón; usted no comprende que lo de Rosarito no es más que un caprichillo de esos que pasan, de esos que se curan con un par de refregones en los morros o media docena de azotes.

–Sobrina –dijo don Inocencio grave y sentenciosamente–, cuando han pasado cosas mayores, los caprichillos no se llaman caprichillos, sino de otra manera.

–Tío, usted no sabe lo que dice– repuso la sobrina, cuyo rostro se inflamó súbitamente–. Pues qué, ¿será usted capaz de suponer en Rosarito...? ¡Qué atrocidad! Yo la defiendo, sí, la defiendo... Es pura como un ángel... Vamos, tío, con esas cosas se me suben los colores a la cara y me pone usted soberbia.

Al decir esto, el semblante del buen clérigo se cubría de una sombra de tristeza, que en apariencia le envejecía diez años.

–Querida Remedios –añadió–, hemos hecho todo lo humanamente posible y todo lo que en conciencia podía y debía hacerse. Nada más natural que nuestro deseo de ver a Jacintillo emparentado con esa gran familia, la primera de Orbajosa; nada más natural que nuestro deseo de verle dueño de las siete casas del pueblo, de la dehesa de Mundogrande, de las tres huertas del cortijo de Arriba, de la Encomienda y demás predios urbanos y rústicos que posee esa niña. Tu hijo vale mucho, bien lo saben todos. Rosarito gustaba de él y él de Rosarito. Parecía cosa hecha. La misma señora, sin entusiasmarse mucho, a causa sin duda de nuestro origen, parecía bien dispuesta a ello, a causa de lo mucho que me estima y venera, como confesor y amigo... Pero de repente se presenta ese malhadado joven. La señora me dice que tiene un

'Bah! ... go on, say I'm cruel and blood-thirsty too ... you know full well that I wouldn't harm a fly ... It's hardly likely that I'd wish for a man's death.'

'In short, child, no matter how many times you go round, Señor Don Pepe Rey will get the girl. It can't be prevented now. He's ready to use any means, including dishonour. If Rosarito – how she deceived us with that demure little face and those angelic eyes, eh – if Rosarito, I say, didn't love him ... well ... everything could be arranged; but, alas, she loves him as the sinner loves Satan; she's burning with a criminal passion; she's fallen, my dear niece, into the infernal trap of lust. Let's be honest and just; let's turn our eyes away from the ignoble couple and think no more about either of them.'

'You know nothing about women, uncle,' said Remedios, with flattering hypocrisy. 'You're a holy man; you don't understand that this business with Rosarito is only one of those little passing whims, one of those that are cured by a couple of dressing-downs or half a dozen lashes.'

'Niece,' said Don Inocencio gravely and sententiously, 'when serious things have happened, little whims are not called little whims, but something else.'

'Uncle, you don't know what you're talking about,' responded his niece, her face suddenly on fire. 'What, are you capable of supposing Rosarito ...? How atrocious! I'll defend her, yes, I'll defend her ... She's pure like an angel ... Why, uncle, those things bring a blush to my cheek, and you make me angry.'

As she said this, the good priest's face was darkened by a cloud of sadness that made him look ten years older.

'Dear Remedios,' he added, 'we've done everything humanly possible, and everything that could or should be done in all conscience. Nothing could be more natural than our desire to see Jacintillo married into that great family, the foremost in Orbajosa; nothing more natural than our desire to see him master of the seven houses in town, the Mundogrande estate, the three orchards of the Arriba farm, the Encomienda and the other town and rural property which that girl owns. Your son has great merit, everyone knows it well. Rosarito liked him and he liked Rosarito. It seemed a foregone conclusion. The señora herself, without being very enthusiastic, doubtless on account of our origin, seemed well disposed towards it, because of her great esteem and respect for me as her confessor and friend ... But suddenly that ill-fated young man comes along. The señora tells me she's given her

compromiso con su hermano y que no se atreve a rechazar la proposición por éste hecha. ¡Conflicto grave! Pero, ¿qué hago yo en vista de esto? ¡Ay!, no lo sabes tú bien. Yo te soy franco: si hubiera visto en el señor de Rey un hombre de buenos principios, capaz de hacer feliz a Rosario, no habría intervenido en el asunto; pero el tal joven me pareció una calamidad, y como director espiritual de la casa debí tomar cartas en el asunto y las tomé. Ya sabes que le puse la proa, como vulgarmente se dice. Desenmascaré sus vicios; descubrí su ateísmo; puse a la vista de todo el mundo la podredumbre de aquel corazón materializado, y la señora se convenció de que entregaba a su hija al vicio… ¡Ay, qué afanes pasé! La señora vacilaba; yo fortalecía su ánimo indeciso; aconsejábale los medios lícitos que debía emplear contra el sobrinejo para alejarle sin escándalo; sugeríale ideas ingeniosas, y como ella me mostraba a menudo su pura conciencia llena de alarmas, yo la tranquilizaba demarcando hasta qué punto eran lícitas las batallas que librábamos contra aquel fiero enemigo. Jamás aconsejé medios violentos ni sanguinarios, ni atrocidades de mal género, sino sutiles trazas que no contenían pecado. Estoy tranquilo, querida sobrina. Pero bien sabes tú que he luchado, que he trabajado como un negro. ¡Ay!, cuando volvía a casa por las noches y decía: «Mariquilla, vamos bien, vamos muy bien», tú te volvías loca de contento y me besabas las manos cien veces, y decías que era yo el hombre mejor del mundo. ¿Por qué te enfureces ahora, desfigurando tu noble carácter y pacífica condición? ¿Por qué me riñes? ¿Por qué dices que estás soberbia y me llamas en buenas palabras *Juan Lanas*?

–Porque usted –dijo la mujer, sin cejar en su irritación– se ha acobardado de repente.

–Es que todo se nos vuelve en contra, mujer. El maldito ingeniero, favorecido por la tropa, está resuelto a todo. La chiquilla le ama; la chiquilla…, no quiero decir más. No puede ser; te digo que no puede ser.

–¡La tropa! ¿Pero usted cree, como doña Perfecta, que va a haber una guerra y que para echar de aquí a don Pepe se necesita que media nación se levante contra la otra media?… La señora se ha vuelto loca, y usted allá se le va.

–Creo lo mismo que ella. Dada la intimidad de Rey con los militares, la cuestión personal se agranda… Pero ¡ay!, sobrina mía, si hace dos días tuve esperanza de que nuestros valientes echaran de aquí a puntapiés a la tropa, desde que he visto el giro que han tomado las cosas; desde que he visto que la mayor parte son sorprendidos antes de pelear, y que Caballuco se esconde y que esto se lo lleva la trampa, desconfío de todo. Los buenos principios

word to her brother and that she doesn't dare reject the proposal made by him. A serious conflict! But what do I do in view of this? Ah, you've no inkling. I'll be frank: if I'd seen in Señor de Rey a man of good principles, capable of making Rosario happy, I wouldn't have intervened in the matter; but this young man seemed a dead loss to me, and as the spiritual director of the house it was my duty to take a hand, and I did. You know already that I took a stand against him, as is said in common parlance. I unmasked his vices, exposed his atheism, bared the rottenness of that materialistic heart for all to see, and the señora became convinced that she was handing over her daughter to vice … Ah, what anxiety I went through! The señora vacillated; I strengthened her wavering mind, advising her on the lawful means she must use against her rotten nephew to get rid of him without scandal. I suggested ingenious ideas to her and as her pure conscience frequently showed itself full of concerns, I calmed her by pointing out just how legitimate the battles we were waging against that wild enemy were. Never did I counsel violent or bloody measures, nor outrages of an evil kind, but subtle plans without sin. My conscience is clear, dear niece. But you know very well that I have fought, that I've worked like a Negro. Ah, when I came home at night and said, "Mariquilla, we're doing very well, we're doing well," you were wild with delight and you would kiss my hands a hundred times, saying I was the best man in the world. Why are you furious now, disfiguring your noble character and peace-loving disposition? Why do you scold me? Why do you say you're angry and call me in plain terms Simple Simon?'

'Because,' said the woman, without any less anger, 'you've lost your nerve all of a sudden.'

'It's because everthing's going against us. That cursed engineer, protected by the army, will stop at nothing. The girl loves him, the girl … I don't want to say any more. It cannot be, I tell you that it cannot be.'

'The soldiers! But do you believe, like Doña Perfecta, that there's going to be a war, and that to drive Don Pepe from here half the nation needs to rise up against the other half? … The señora has gone crazy and you're half way there.'

'I think the same as her. In view of Rey's intimacy with the soldiers the personal question assumes larger proportions … But, alas, my dear niece, if two days ago I had hopes that our valiant men would kick the soldiers out of here, since I've seen the turn things have taken, since I've seen that most of them have been surprised before fighting and that Caballuco is in hiding and it's all coming to nothing, I've lost confidence in everything. Good

no tienen aún bastante fuerza material para hacer pedazos a los ministros y emisarios del error... ¡Ay!, sobrina mía, resignación, resignación.

Apropiándose entonces don Inocencio del medio de expresión que caracterizaba a su sobrina, suspiró dos o tres veces ruidosamente. María, contra todo lo que podía esperarse, guardó profundo silencio. No había en ella, al menos aparentemente, ni cólera ni tampoco el sentimentalismo superficial de su ordinaria vida; no había sino una aflicción profunda y modesta. Poco después de que el buen tío concluyera su perorata, dos lágrimas rodaron por las sonrosadas mejillas de la sobrina: no tardaron en oírse algunos sollozos mal comprimidos, y poco a poco, así como van creciendo en ruido y forma la hinchazón y tumulto de un mar que empieza a alborotarse, así fue encrespándose aquel oleaje del dolor de María Remedios, hasta que rompió en deshecho llanto.

27. *El tormento de un canónigo*

–¡Resignación, resignación! –volvió a decir don Inocencio.

–¡Resignación, resignación! –repitió ella, enjugando sus lágrimas–. Puesto que mi querido hijo ha de ser siempre un pelagatos, séalo en buen hora. Los pleitos escasean; bien pronto llegará el día en que lo mismo será la abogacía que nada. ¿De qué vale el talento? ¿De qué valen tanto estudio y romperse la cabeza? ¡Ay!, somos pobres. Llegará un día, señor don Inocencio, en que mi pobre hijo no tendrá una almohada sobre que reclinar la cabeza.

–¡Mujer!

–¡Hombre!... Y si no, dígame: ¿qué herencia piensa usted dejarle cuando cierre el ojo? Cuatro cuartos, seis librachos, miseria y nada más... Van a venir unos tiempos..., ¡qué tiempos, señor tío!... Mi pobre hijo, que se está poniendo muy delicado de salud, no podrá trabajar... Ya se le marea la cabeza desde que lee un libro, ya le dan bascas y jaqueca siempre que estudia de noche... Tendrá que mendigar un destinejo; tendré yo que ponerme a la costura, y quién sabe, quién sabe... como no tengamos que pedir limosna.

–¡Mujer!

–Bien sé lo que digo... ¡Buenos tiempos van a venir! –añadió la excelente mujer, forzando más el sonsonete llorón con que hablaba–. ¡Dios mío! ¿Qué va a ser de nosotros? ¡Ah! Sólo el corazón de una madre siente estas cosas... Sólo las madres son capaces de sufrir tantas penas por el bienestar de un hijo. Usted, ¿cómo ha de comprender? No; una cosa es tener hijos y pasar

beginnings still haven't enough material strength to smash the ministers and emissaries of wrong ... Alas, my dear niece, resignation, resignation.'

Then, employing the method of expression which characterised his niece, Don Inocencio sighed loudly two or three times. María, contrary to what might have been expected, maintained absolute silence. There was no anger in her, at least on the outside, nor any of the superficial sentimentality of her ordinary life; there was only a profound and humble grief. Shortly after the good uncle had concluded his peroration, two tears rolled down his niece's rosy cheeks; before long some half-suppressed sobs were heard and little by little, as the swell and tumult of a rough sea get higher and louder, so the surge of María Remedios' grief increased until it broke out into a wail.

27. A canon's torture

'Resignation, resignation!' said Don Inocencio again.

'Resignation, resignation!' she repeated, drying her tears. 'Since my dear son is doomed to remain forever a beggar, so be it. Lawsuits are becoming scarce; the day will soon come when the legal profession will be as nothing. What's the use of having talent? What's the use of so much studying and racking his brains? Ah, we're poor. A day will come, Don Inocencio, when my poor son won't have a pillow on which to lay his head.'

'Please!'

'If that's not so, tell me this: what inheritance are you thinking of leaving him when you close your eyes on this world? Four coins, half a dozen little books, poverty and nothing more ... What times are coming ... what times, uncle! My poor son whose health is getting very fragile won't be able to work ... It makes him dizzy now when he reads a book; he gets a headache and nausea whenever he studies at night ... He'll have to beg for a measly job; I'll have to take up sewing, and who knows, who knows ... unless we have to live by begging!'

'Please!'

'I know very well what I'm talking about ... Fine times before us!' added the excellent lady, accentuating the monotonous whine with which she spoke. 'My God! What's going to become of us? Ah, only a mother's heart can feel these things ... Only mothers can suffer so much pain for a son's well-being. How could you understand? No; it's one thing to have children

amarguras por ellos, y otra cosa es cantar el *gori gori* en la catedral y enseñar latín en el instituto… Vea usted de qué le vale a mi hijo el ser sobrino de usted y el haber sacado tantas notas de sobresaliente y ser primor y la gala de Orbajosa… Se morirá de hambre, porque ya sabemos lo que da la abogacía, o tendrá que pedir a los diputados un destino en La Habana, donde le matará la fiebre amarilla…

–¡Pero mujer!…

–No, si no me apuro; si ya callo, si no le molesto a usted más. Soy muy impertinente, muy llorona, muy suspirona, y no se me puede aguantar, porque soy madre cariñosa y miro por el bien de mi amado hijo. Yo me moriré, sí, señor; me moriré en silencio y ahogaré mi dolor; me beberé mis lágrimas para no mortificar al señor canónigo… Pero mi idolatrado hijo me comprenderá, y no se tapará los oídos, como usted hace en este momento… ¡Ay de mí! El pobre Jacinto sabe que me dejaría matar por él y que le proporcionaría la felicidad a costa de mi vida. ¡Pobrecito niño de mis entrañas! Tener tanto mérito y vivir condenado a un pasar mediano, a una condición humilde; porque no, señor tío, no se ensoberbezca usted… Por más que echemos humos, siempre será usted el hijo del tío Tinieblas, el sacristán de San Bernardo…, y yo no seré nunca más que la hija de Ildefonso Tinieblas, su hermano de usted, el que vendía pucheros, y mi hijo será el nieto de los Tinieblas…, que tenemos un tenebrario en nuestra casta, y nunca saldremos de la oscuridad ni poseeremos un pedazo de terruño donde decir: «Esto es mío», ni trasquilaremos una oveja nuestra, ni ordeñaremos jamás una cabra nuestra, ni meteré mis manos hasta el codo en un saco de trigo trillado y aventado en nuestras eras…; todo esto a causa de su poco ánimo de usted, de su bobería y corazón amerengado…

–¡Pero…, pero mujer!…

Subía más de tono el canónigo cada vez que repetía esta frase, y puestas las manos en los oídos, sacudía a un lado y otro la cabeza con doloroso ademán de desesperación. La chillona cantinela de María Remedios era cada vez más aguda, y penetraba en el cerebro del infeliz y ya aturdido clérigo como una saeta. Pero de repente transformóse el rostro de aquella mujer; mudáronse los plañideros sollozos en una voz bronca y dura; palideció su rostro; temblaron sus labios; cerráronse sus puños; cayéronle sobre la frente algunas guedejas del desordenado cabello; secáronse por completo sus ojos al calor de la ira que bramaba en su pecho; levantóse del asiento, y no como una mujer, sino como una arpía, gritó de este modo:

–¡Yo me voy de aquí, yo me voy con mi hijo!… Nos iremos a Madrid;

and go through sorrows on their account, and another to sing *gori gori*[42] in the cathedral and teach Latin in the institute … See what use it is for my son being your nephew and having had so many top marks and being the pride and joy of Orbajosa … He'll die of starvation, for we already know what the legal profession pays; or else he'll have to ask the deputies for a post in Havana where yellow fever will kill him …'

'Please!'

'No, I won't worry. I'll stay silent now, I won't annoy you any more. I'm very troublesome, I cry very easily and sigh a lot; and I'm not to be endured because I'm a loving mother and I look out for the welfare of my beloved son. I'll die, yes, I'll die in silence, and stifle my grief. I'll swallow my tears in order not to annoy his reverence the canon … But my idolised son will understand me, and he won't cover his ears as you're doing now … Woe is me! Poor Jacinto knows I'd die for him and buy his happiness at the cost of my life. My poor, precious child! To be so deserving and to live doomed to mediocrity, to a humble position; and no, uncle, don't get indignant … No matter what airs we put on, you'll always be the son of Uncle Tinieblas, the verger of San Bernardo … and I'll never be anything more than the daughter of Ildefonso Tinieblas, your brother who used to sell crockery, and my son will be the grandson of the Tinieblas … for obscure we were born, and we'll never emerge from obscurity nor own a piece of land of which we can say, "This is mine"; nor shear our own sheep, never milk a goat of our own. I'll never plunge my arms up to the elbows in a sack of wheat threshed and winnowed on our own threshing-floor … all because of your lack of spirit, your folly and your chicken-heartedness.'

'But … but …!'

The canon's voice rose higher every time he repeated this phrase and, with his hands to his ears, he rocked his head from side to side with a painful look of desperation. The shrill refrain of María Remedios grew constantly sharper and pierced the brain of the unhappy and bewildered clergyman like an arrow. But suddenly the woman's face changed; her plaintive wail was changed to a hard, shrill voice. Her face turned pale, her lips trembled; she clenched her fists and a few locks of her dishevelled hair fell over her forehead. The heat of the anger roaring inside her dried her eyes completely. She got up from her seat and screamed, not like a woman but like a harpy, in this way:

'I'm getting away from here. I'm going away with my son! We'll go to

no quiero que mi hijo se pudra en este poblachón. Estoy cansada de ver que mi Jacinto, al amparo de la sotana, no es ni será nunca nada. ¿Lo oye usted, señor tío? ¡Mi hijo y yo nos vamos! Usted no nos verá nunca más, nunca más.

Don Inocencio había cruzado las manos y recibía los furibundos rayos de su sobrina con la consternación de un reo a quien la presencia del verdugo quita ya toda esperanza.

–Por Dios, Remedios –murmuró con voz dolorida–, por la Virgen Santísima…

Aquellas crisis y horribles erupciones del manso carácter de la sobrina eran tan fuertes como raras, y se pasaban a veces cinco o seis años sin que don Inocencio viera a Remedios convertirse en una furia.

–¡Soy madre!… ¡Soy madre!…, y puesto que nadie mira por mi hijo, miraré yo, yo misma –rugió la improvisada leona.

–Por María Santísima, no te arrebates… Mira que estás pecando… Recemos un padrenuestro y un avemaría y verás cómo se te pasa eso.

Diciendo esto, el penitenciario temblaba y sudaba. ¡Pobre pollo en las garras del buitre! La mujer transformada acabó de estrujarle con estas palabras:

–Usted no sirve para nada; usted es un mandria… Mi hijo y yo nos marcharemos de aquí para siempre, para siempre. Yo le conseguiré una posición a mi hijo, yo le buscaré una buena conveniencia, ¿entiende usted? Así como estoy dispuesta a barrer las calles con la lengua, si de este modo fuera preciso ganarle la comida, así también revolveré la tierra para buscar una posición a mi hijo, para que suba y sea rico, y personaje, y caballero, y propietario, y señor, y grande, y todo cuanto hay que ser, todo, todo.

–¡Dios me favorezca! –exclamó don Inocencio, dejándose caer en el sillón e inclinando la cabeza sobre el pecho.

Hubo una pausa, durante la cual se oía el agitado resuello de la mujer furiosa.

–Mujer –dijo al fin don Inocencio–, me has quitado diez años de vida, me has abrasado la sangre, me has vuelto loco… ¡Dios me dé la serenidad que para aguantarte necesito! Señor, paciencia, paciencia es lo que quiero; y tú, sobrina, hazme el favor de llorar y lagrimear y estar suspirando a moco y baba diez años, pues tu maldita maña de los pucheros, que tanto me enfada, es preferible a esas locas iras. ¡Si no supiera que en el fondo eres buena…! Vaya, que para haber confesado y recibido a Dios esta mañana te estás portando.

Madrid; I don't want my son to rot away in this miserable town! I'm tired of seeing that my son, under the protection of the cassock, neither is nor ever will be anything. Do you hear, reverend uncle? My son and I are going away! You'll never see us again, never again.'

Don Inocencio had clasped his hands and was receiving his niece's furious thunderbolts with the consternation of a criminal whom the presence of the executioner deprives of all hope.

'For Heaven's sake, Remedios,' he murmured in a pained voice; 'in the name of the Holy Virgin …'

Those crises and horrible outbursts from his meek-natured niece were as violent as they were rare, and five or six years would sometimes pass without Don Inocencio seeing Remedios in a fury.

'I'm a mother! … I'm a mother! … And since no one else will look out for my son, I'll look out for him myself!' roared the transformed lioness.

'In the name of the Blessed Virgin, don't let your passion get the better of you … You're committing a sin … Let's say the Lord's Prayer and a Hail Mary, and see if this doesn't go away.'

As he said this, the Confessor was trembling and sweating. Poor chicken in the talons of the vulture! The transformed woman gave him the final squeeze with these words:

'You're good for nothing. You're a weakling … My son and I will go away from this place forever, forever. I'll get a job for my son, I'll find him a good position, do you understand? Just as I'm willing to sweep the streets with my tongue, if this were the way to earn a living for him, I'll move heaven and earth to find a good job for my son so he may rise in the world and be rich and important and a gentleman and a landowner, and a master and great and everything there is to be, everything, everything.'

'God help me!' cried Don Inocencio, sinking into his armchair and bowing his head on his chest.

There was a pause during which the furious woman's panting could be heard.

'You,' said Don Inocencio at last, 'have taken ten years off my life; you've made my blood boil, you've driven me crazy … God give me the calm I need to bear you! Lord, patience, patience is what I ask. And you, niece, do me the favour of crying and sobbing and sniffling for the next ten years, for your confounded mania of snivelling, greatly as it annoys me, is preferable to these mad fits of rage. If I didn't know you were good at heart! … Well, for one who confessed and received communion this morning you're behaving …'

–Sí; pero es por usted, por usted.

–¿Porque en el asunto de Rosario y de Jacinto te digo «resignación»?

–Porque cuando todo marcha bien, usted se vuelve atrás y permite que el señor Rey se apodere de Rosarito.

–¿Y cómo lo voy a evitar? Bien dice la señora que tienes entendimiento de ladrillo. ¿Quieres que salga por ahí con una espada, y en un quítame allá estas pajas haga picadillo a toda la tropa, y después me encare con Rey y le diga: «O usted me deja en paz a la niña o le corto el pescuezo»?

–No; pero cuando aconsejé a la señora que diera un susto a su sobrino, usted se ha opuesto, en vez de aconsejarle lo mismo que yo.

–Tú estás loca con eso del susto.

–Porque, «muerto el perro, se acabó la rabia».

–Yo no puedo aconsejar eso que llamas susto, y que puede ser una cosa tremenda.

–Sí, porque soy una matona, ¿no es verdad, tío?

–Ya sabes que los juegos de manos son juego de villanos. Además, ¿crees que ese hombre se dejará asustar? ¿Y sus amigos?

–De noche sale solo.

–¿Tú qué sabes?

–Lo sé todo, y no da un paso sin que yo me entere, ¿estamos? La viuda de Cuzco me tiene muy al corriente.

–Vamos, no me vuelvas loco. ¿Y quién le va a dar ese susto?... Sepámoslo.

–Caballuco.

–¿De modo que él está dispuesto...?

–No; pero lo estará si usted se lo manda.

–Vamos, mujer, déjame en paz. Yo no puedo mandar tal atrocidad. ¡Un susto! ¿Y qué es eso? ¿Tú le has hablado ya?

–Sí, señor; pero no me ha hecho caso, mejor dicho, se niega a ello. En Orbajosa no hay más que dos personas que puedan decidirle con una simple orden: usted o doña Perfecta.

–Pues que se lo mande la señora, si quiere. Jamás aconsejaré que se empleen medios violentos y brutales. ¿Querrás creer que cuando Caballuco y algunos de los suyos estaban tratando de levantarse en armas no pudieron sacarme una sola palabra incitándoles a derramar sangre? No, eso no... Si doña Perfecta quiere hacerlo...

–Tampoco quiere. Esta tarde he estado hablando con ella dos horas, y

'Yes, because of you, because of you.'

'Because in the matter of Rosario and Jacinto I advise resignation?'

'Because when everything is going well you turn back and allow Señor Rey to get Rosario.'

'And how am I going to prevent it? Doña Perfecta is right when she says you're as thick as a brick. Do you want me to go about the town with a sword, and in the twinkling of an eye make mincemeat of the whole regiment and then confront Rey and say to him, "Either leave the girl in peace or I'll cut your throat"?'

'No, but when I advised the señora to give her nephew a fright, you were opposed to it, instead of advising her the same as me.'

'You're crazy with that business about a fright.'

'Because when the dog is dead the madness is at an end.'

'I can't advise what you call a fright, and what may end up a terrible thing.'

'Yes, because I'm a killer, aren't I, uncle?'

'You know that conjuring tricks are villainous tricks. Besides, do you think that man will scare easily? And what about his friends?'

'At night he goes out alone.'

'How do you know?'

'I know everything, and he doesn't take a step without my noticing, alright? The widow Cuzco keeps me well informed.'

'There, don't drive me crazy. And who's going to give him this fright? … Let's be hearing.'

'Caballuco.'

'So, is he willing?'

'No, but he will be if you tell him.'

'Come now, leave me in peace. I can't command such an atrocity. A fright! And what exactly is that? Have you already spoken to him?'

'Yes, señor. But he paid no attention to me, or rather he refused to do it. There are only two people in Orbajosa who can decide for him with a simple order: you or Doña Perfecta.'

'Let Doña Perfecta order him to do it if she wishes, then. I'll never advise resorting to violent and brutal measures. Will you believe that when Caballuco and some of his followers were talking of the armed uprising they couldn't get one word from me inciting them to bloodshed? No, not that … If Doña Perfecta wants to do it…'

'She doesn't want it either. I was talking with her for two hours this

dice que predicará la guerra, favoreciéndola por todos los medios, pero que no mandará a un hombre que hiera por la espalda a otro. Tendría razón en oponerse si se tratara de cosa mayor...; pero yo no quiero que haya heridas; yo no quiero más que un susto.

–Pues si doña Perfecta no se atreve a ordenar que se den sustos al ingeniero, yo tampoco, ¿entiendes? Antes que nada es mi conciencia.

–Bueno –repuso la sobrina–. Dígale usted a Caballuco que me acompañe esta noche... No le diga usted más que eso.

–¿Vas a salir tarde?

–Voy a salir, sí, señor. Pues qué, ¿no salí también anoche?

–¿Anoche? No lo supe; si lo hubiera sabido, me habría enfadado, sí, señora.

–No le diga usted a Caballuco sino lo siguiente: «Querido Ramos, le estimaré mucho que acompañe a mi sobrina a cierta diligencia que tiene que hacer esta noche y que la defienda si acaso se ve en algún peligro.»

–Eso sí lo puedo hacer. Que te acompañe..., que te defienda. ¡Ah, picarona!, tú quieres engañarme, haciéndome cómplice de alguna majadería.

–Ya..., ¿qué cree usted? –dijo irónicamente María Remedios–. Entre Ramos y yo vamos a degollar mucha gente esta noche.

–No bromees. Te repito que no le aconsejaré a Ramos nada que tenga visos de maldad. Me parece que está ahí...

Oyóse ruido en la puerta de la calle. Luego sonó la voz de Caballuco, que hablaba con el criado, y poco después el héroe de Orbajosa penetró en la estancia.

–Noticias, vengan noticias, señor Ramos –dijo el clérigo–. Vaya, que si no nos da usted alguna esperanza en cambio de la cena y de la hospitalidad... ¿Qué hay en Villahorrenda?

–Alguna cosa –repuso el valentón, sentándose con muestras de cansancio. Pronto se verá si servimos para algo.

Como todas las personas que tienen importancia o quieren dársela, Caballuco mostraba gran reserva.

–Esta noche, amigo mío, se llevará usted, si quiere, el dinero que me han dado para...

–Buena falta hace... Como lo huelan los de la tropa, no me dejarán pasar –dijo Ramos, riendo brutalmente.

–Calle usted, hombre... Ya sabemos que usted pasa siempre que se le antoja. ¡Pues no faltaba más! Los militares son gente de manga ancha..., y

afternoon, and she says she'll advocate war and help it by every means, but she won't order one man to stab another in the back. She'd be right in opposing it if it were a question of anything serious ... but I don't want any injuries; all I want is to give a fright.'

'Well, if Doña Perfecta doesn't dare order frights to be given to the engineer, I don't either, do you understand? My conscience comes before everything.'

'Very well,' replied his niece. 'Tell Caballuco to come with me tonight ... Don't tell him more than that.'

'Are you going out late?'

'I'm going out, yes, sir. Why, didn't I go out last night too?'

'Last night? I didn't realise. If I'd known, I'd have been angry; yes, señora.'

'All you have to say to Caballuco is the following: "Dear Ramos, I'll be much obliged if you'll accompany my niece on a certain errand which she has to do tonight, and if you'll defend her should she be in any danger."'

'I can do that. Let him accompany you ... let him protect you. Ah, you rogue! You want to deceive me and make me your accomplice in some piece of villainy.'

'Of course ... what do you suppose?' said María Remedios ironically. 'Between Ramos and me we're going to slit lots of throats tonight.'

'Don't jest! I tell you again that I won't advise Ramos to do anything that has a trace of evil. I think he's here ...'

A noise at the street door was heard. Then the voice of Caballuco speaking to the servant, and a little later the hero of Orbajosa entered the room.

'The news, give us the news, Señor Ramos,' said the priest. 'Come! If you don't give us some hope in exchange for your supper and our hospitality ...What's going on in Villahorrenda?'

'Something,' replied the bravo, sitting himself down with signs of fatigue. 'You'll soon see whether we serve any purpose.'

Like all people who are important or want to appear so, Caballuco showed great reserve.

'Tonight, my friend, you'll take with you, if you wish, the money they've given me for ...'

'There's good need of it ... Unless the soldiers get scent of it, they won't let me pass,' said Ramos with a brutal laugh.

'Be quiet ... We know already you pass whenever you please. Why, that would be a pretty thing! The soldiers are easy-going people ... and if

si se pusieran pesados, con un par de duros, ¿eh? Vamos, veo que no viene usted mal armado... No le falta más que un cañón de a ocho. Pistolitas, ¿eh?... También navaja.

–Por lo que pueda suceder –dijo Caballuco, sacando el arma del cinto y mostrando su horrible hoja.

–¡Por Dios y la Virgen! –exclamó María Remedios cerrando los ojos y apartando con miedo el rostro–. Guarde usted ese chisme. Me horrorizo sólo de verlo.

–Si ustedes no lo llevan a mal –dijo Ramos cerrando el arma–, cenaremos.

María Remedios dispuso todo con precipitación para que el héroe no se impacientase.

–Oiga usted una cosa, señor Ramos –dijo don Inocencio a su huésped cuando se pusieron a cenar–, ¿tiene usted muchas ocupaciones esta noche?

–Algo hay que hacer –repuso el bravo–. Ésta es la última noche que vengo a Orbajosa, la última. Tengo que recoger algunos muchachos que quedan por aquí, y vamos a ver cómo sacamos el salitre y el azufre que está en casa de Cirujeda.

–Lo decía –añadió bondadosamente el cura, llenando el plato de su amigo–, porque mi sobrina quiere que le acompañe usted un momento. Tiene que hacer no sé qué diligencia, y es algo tarde para ir sola.

–¿A casa de doña Perfecta? –preguntó Ramos. Allí estuve hace un momento; no quise detenerme.

–¿Cómo está la señora?

–Miedosilla. Esta noche he sacado los seis mozos que tenía en la casa.

–Hombre, ¿crees que no hacen falta allí? –dijo Remedios con zozobra.

–Más falta hacen en Villahorrenda. Entre cuatro paredes se pudre la gente valerosa, ¿no es verdad, señor canónigo?

–Señor Ramos, aquella vivienda no debe estar nunca sola –dijo el penitenciario.

–Con los criados basta y sobra. ¿Pero usted cree, señor don Inocencio, que el brigadier se ocupa de asaltar casas ajenas?

–Sí; pero bien sabe usted que ese ingeniero de tres mil docenas de demonios...

–Para eso... en la casa no faltan escobas –manifestó Cristóbal jovialmente–. ¡Si al fin y al cabo no tendrán más remedio que casarlos...! Después de lo que ha pasado...

they should turn troublesome, a couple of *duros* would do, eh? Come, I see you're not badly armed. All you need is an eight-pounder. Pistols, eh? And a knife too.'

'For all eventualities,' said Caballuco, taking the weapon from his belt and showing its deadly blade.

'In the name of God and the Virgin!' exclaimed María Remedios, closing her eyes and turning her face in terror. 'Put that thing away. Just the sight of it horrifies me.'

'If you don't mind,' said Ramos, closing the weapon, 'we'll have supper.'

María Remedios prepared everything quickly so the hero would not grow impatient.

'Listen, Señor Ramos,' said Don Inocencio to his guest as they sat down to supper. 'Have you got much to do tonight?'

'There is something,' responded the bravo. 'This is the last night I shall come to Orbajosa, the very last. I've got to get some boys who are still around, and we're going to see about getting the saltpetre and sulphur from the Cirujeda house.'

'I asked you,' added the priest amiably, filling his friend's plate, 'because my niece wants you to escort her for a short while. She's some errand or other to run, and it's rather late for her to go on her own.'

'To Doña Perfecta's?' asked Ramos. 'I was there a few moments ago, but I didn't want to stay.'

'How is the señora?'

'A little frightened. I took away the six young men she had in the house tonight.'

'Why, do you think they're not needed there?' said Remedios anxiously.

'They're needed more in Villahorrenda. Brave men languish inside four walls, isn't that so, Reverend Canon?'

'Señor Ramos, that house should never be left unprotected,' said the Confessor.

'With the servants there's more than enough. Do you believe, Señor Don Inocencio, that the brigadier is interested in attacking people's houses?'

'Yes, but you know very well that that diabolical engineer ...'

'For that ... there are plenty of brooms in the house,' said Cristóbal jovially. 'In the end, there'll be nothing for it but to let them marry. After all that's happened ...'

–Cristóbal –añadió Remedios, súbitamente enojada–, se me figura que no entiendes gran cosa en esto de casar a la gente.

–Dígolo porque esta noche, hace un momento, vi que la señora y la niña estaban haciendo al modo de una reconciliación. Doña Perfecta besuqueaba a Rosarito, y todo era echarse palabrillas tiernas y mimos.

–¡Reconciliación! Con eso de los armamentos has perdido la chaveta… Pero, en fin, ¿me acompañas o no?

–No es a la casa de la señora donde quiere ir –dijo el clérigo–, sino a la posada de la viuda de Cuzco. Estaba diciendo que no se atreve a ir sola, porque teme ser insultada…

–¿Por quién?

–Bien se comprende. Por ese ingeniero de tres mil o cuatro mil docenas de demonios. Anoche mi sobrina le vio allí y le dijo cuatro frescas, por cuya razón no las tiene todas consigo esta noche. El mocito es vengativo y procaz.

–No sé si podré ir… –indicó Caballuco–; como ando ahora escondido, no puedo desafiar al don José *Poquita Cosa*. Si yo no estuviera como estoy, con media cara tapada y la otra media descubierta, ya le habría roto treinta veces el espinazo. ¿Pero qué sucede si caigo sobre él? Que me descubro; caen sobre mí los soldados, y adiós Caballuco. En cuanto a darle un golpe a traición, es cosa que no sé hacer, ni está en mi natural, ni la señora lo consiente tampoco. Para solfas con alevosía no sirve Cristóbal Ramos.

–Pero, hombre, ¿estamos locos?… ¿Qué está usted hablando? –dijo el penitenciario con innegables muestras de asombro–. Ni por pienso le aconsejo yo a usted que maltrate a ese caballero. Antes me dejaré cortar la lengua que aconsejar una bellaquería. Los malos caerán, es verdad; pero Dios es quien debe fijar el momento, no yo. No se trata tampoco de dar palos. Antes recibiré yo diez docenas de ellos que recomendar a un cristiano la administración de tales medicinas. Sólo digo a usted una cosa –añadió, mirando al bravo por encima de los espejuelos–, y es que como mi sobrina va allá, como es probable, muy probable, ¿no es eso, Remedios?…, que tenga que decir algunas palabrejas a ese hombre, recomiendo a usted que no la desampare en caso de que se vea insultada…

–Esta noche tengo que hacer –repuso lacónica y secamente Caballuco.

–Ya lo oyes, Remedios. Deja tu diligencia para mañana.

–Eso sí que no puede ser. Iré sola.

–No, no irás, sobrina mía. Tengamos la fiesta en paz. El señor Ramos no puede acompañarte. Figúrate que eres injuriada por ese hombre grosero…

'Cristóbal,' said Remedios with sudden anger, 'I suspect you know very little about people getting married.'

'I say that because a moment ago this evening I saw that the señora and the girl were having a sort of reconciliation. Doña Perfecta was kissing Rosarito over and over again, and it was all nice, sweet words and caresses.'

'Reconciliation! With all this business about arms you've gone off your rocker. But, anyway, are you coming with me or not?'

'It's not to the señora's house that she wants to go,' said the priest, 'but to the widow Cuzco's inn. She was saying that she doesn't dare go alone, because she's afraid of being insulted …'

'By whom?'

'It's not difficult to understand. By that diabolical engineer. Last night my niece saw him there and said a few things, and for that reason she's uneasy tonight. The young fellow is vindictive and insolent.'

'I don't know if I'll be able to go,' said Caballuco. 'Since I'm in hiding now I can't challenge Don José *Piddling Thing*. If I weren't as I am – with half my face hidden and the other half uncovered – I'd have already broken his spine thirty times over. But what happens if I pounce on him? I'll be discovered, the soldiers will pounce on me, and goodbye Caballuco. As for giving him a treacherous blow, that's something I couldn't do. Neither is it in my nature, nor would the señora allow it. For cold-blooded beatings Cristóbal Ramos is not the man.'

'Are we crazy? … What are you saying?' said the Confessor with undeniable signs of astonishment. 'I wouldn't dream of advising you to mistreat that gentleman. I'd rather have my tongue cut out than countenance such villainy. The wicked will fall, it's true; but it's God who must fix the moment, not I. There's no question of giving a beating, either. I'd rather receive ten dozen blows myself than recommend the administration of such medicine to a Christian. I'll say one thing only to you,' he added, looking at the bravo over his spectacles, 'and that is that as my niece is going there, and as it's probable, very probable – isn't it, Remedios? – that she may have to say some choice words to that man, I advise you not to abandon her should she be insulted …'

'I have things to do tonight,' answered Caballuco, laconically and dryly.

'You heard him, Remedios. Leave your errand for tomorrow.'

'I can't do that. I'll go alone.'

'No, you won't go, my dear niece. Let's call a truce now. Señor Ramos can't accompany you. Just imagine if you were insulted by that lout …!'

–¡Insultada..., insultada una señora por ése...! –exclamó Caballuco–. Vamos, no puede ser.

–Si usted no tuviera ocupaciones..., ¡bah, bah!, ya estaría yo tranquilo.

–Ocupaciones, tengo –dijo el centauro levantándose de la mesa–; pero si es empeño de usted ...

Hubo una pausa. El penitenciario había cerrado los ojos y meditaba.

–Empeño mío es, señor Ramos –dijo al fin.

–Pues no hay más que hablar. Iremos, señora doña María.

–Ahora, querida sobrina –dijo don Inocencio entre serio y jovial–, puesto que hemos concluido de cenar, tráeme la jofaina.

Dirigió a su sobrina una mirada penetrante, y acompañándolas de la acción correspondiente, profirió estas palabras:

–Yo me lavo las manos.

28. De Pepe Rey a don Juan Rey

Orbajosa, 12 de abril

«Querido padre: Perdóneme usted si por primera vez le desobedezco no saliendo de aquí ni renunciando a mi propósito. El consejo y ruego de usted son propios de un padre bondadoso y honrado; mi terquedad es propia de un hijo insensato; pero en mí pasa una cosa singular: terquedad y honor se han juntado y confundido de tal modo que la idea de disuadirme y ceder me causa vergüenza. He cambiado mucho. Yo no conocía estos furores que me abrasan. Antes me reía de toda obra violenta, de las exageraciones de los hombres impetuosos, como de las brutalidades de los malvados. Ya nada de esto me asombra, porque en mí mismo encuentro a todas horas cierta capacidad terrible para la perversidad. A usted puedo hablarle como se habla a solas con Dios y con la conciencia; a usted puedo decirle que soy un miserable, porque es un miserable quien carece de aquella poderosa fuerza moral contra sí mismo, que castiga las pasiones y somete la vida al duro régimen de la conciencia. He carecido de la entereza cristiana que contiene el espíritu del hombre ofendido en un hermoso estado de elevación sobre las ofensas que recibe y los enemigos que se las hacen; he tenido la debilidad de abandonarme a una ira loca, poniéndome al bajo nivel de mis detractores, devolviéndoles golpes iguales a los suyos y tratando de confundirles por medios aprendidos en su propia indigna escuela. ¡Cuánto siento que no estuviera usted a mi lado para apartarme de este camino! Ya

'Insulted! A lady insulted by the likes of him …!' exclaimed Caballuco. 'Come, it can't be.'

'If you weren't busy …phooey! I'd have peace of mind.'

'I have things to do,' said the Centaur getting up from the table, 'but if you insist on it …'

There was a pause. The Confessor had closed his eyes and was meditating.

'I do insist, Señor Ramos,' he said at last.

'Then there's nothing more to say. We'll go, Doña María.'

'Now, my dear niece,' said Don Inocencio, half seriously, half jestingly, 'since we've finished supper bring me the bowl.'

He directed a penetrating glance at his niece, and accompanying it with the corresponding action uttered these words:

'I wash my hands.'[43]

28. *From Pepe Rey to Don Juan Rey*

Orbajosa, April 12

Dear Father,

Forgive me if I disobey you for the first time by not leaving here or giving up my plan. Your advice and request are becoming of a good, honourable father; my stubbornness becomes a foolish son. But a strange thing is taking place inside me: stubbornness and honour have merged and mingled in such a way that the idea of being deterred and yielding makes me ashamed. I have changed a lot. I never used to know these fits of rage which consume me. Before, I used to laugh at all violent acts, at the excesses of impetuous men as well as the brutal actions of the wicked. Nothing of this kind surprises me now, for I'm constantly finding within myself a terrible capacity for wickedness. I can speak to you as I would speak alone to God and my conscience. I can tell you that I am a wretch, for anyone who lacks that powerful moral force to rule himself, subdue his passions and submit his life to the harsh regime of conscience is a wretch. I have lacked the Christian fortitude which exalts the spirit of a wronged man over the offences he suffers and the enemies who inflict them. I have had the weakness of giving myself over to a mad rage, descending to the low level of my detractors, returning them blow for blow and trying to confound them by methods learned in their own unworthy school. How sorry I am that you were not at my side to

es tarde. Las pasiones no tienen espera. Son impacientes, y piden su presa a gritos y con la convulsión de una espantosa sed moral. He sucumbido. No puedo olvidar lo que tantas veces me ha dicho usted, y es que la ira puede llamarse la peor de las pasiones, porque, transformando de improviso nuestro carácter, engendra todas las demás maldades y a todas les presta su infernal llamarada.

»Pero no ha sido sola la ira, sino un fuerte sentimiento expansivo, lo que me ha traído a tal estado: el amor profundo y entrañable que profeso a mi prima, única circunstancia que me absuelve. Y si el amor no, la compasión me habría impulsado a desafiar el furor y las intrigas de su terrible hermana de usted, porque la pobre Rosario, colocada entre un afecto irresistible y su madre, es hoy uno de los seres más desgraciados que existen sobre la tierra. El amor que me tiene y que corresponde al mío, ¿no me da derecho a abrir como pueda las puertas de su casa y sacarla de allí, empleando la ley hasta donde la ley alcance y usando la fuerza desde el punto en que la ley me desampare? Creo que los rigurosos escrúpulos morales de usted no darán una respuesta afirmativa a esta proposición; pero yo he dejado de ser aquel carácter metódico y puro, formado en su conciencia con la exactitud de un tratado científico. Ya no soy aquel a quien una educación casi perfecta dio pasmosa regularidad en sus sentimientos; ahora soy un hombre como otro cualquiera; de un solo paso he entrado en el terreno común de lo injusto y de lo malo. Prepárese usted a oír cualquier barbaridad, que será obra mía. Yo cuidaré de notificar a usted las que vaya cometiendo.

»Pero ni la confesión de mis culpas me quitará la responsabilidad de los sucesos graves que han ocurrido y ocurrirán, ni ésta, por mucho que argumente, recaerá toda entera sobre su hermana de usted. La responsabilidad de doña Perfecta es inmensa, seguramente. ¿Cuál será la extensión de la mía? ¡Ah, querido padre! No crea usted nada de lo que oiga respecto a mí, y aténgase tan sólo a lo que yo le revele. Si le dicen que he cometido una villanía deliberada, responda que es mentira. Difícil, muy difícil me es juzgarme a mí mismo en el estado de turbación en que me hallo; pero me atrevo a asegurar que no he producido el escándalo deliberadamente. Bien sabe usted a dónde puede llegar la pasión favorecida en su horrible crecimiento invasor por las circunstancias.

»Lo que más amarga mi vida es haber empleado la ficción, el engaño y bajos disimulos. ¡Yo que era la verdad misma! He perdido mi propia hechura… ¿Pero es esto la perversidad mayor en que puede incurrir el alma? ¿Empiezo ahora o acabo? Nada sé. Si Rosario, con su mano celeste, no me saca de este infierno

turn me from this path! It is now too late. Passions have no patience. They are impatient and demand their prey with cries and with the convulsion of a terrible moral thirst. I have succumbed. I cannot forget what you have told me so many times: that anger may be called the worst passion because, by suddenly transforming our character, it breeds all the other sins and lends them all its own infernal fire.

However, it is not anger alone that has brought me to such a state, but a strong, all-embracing emotion: the deep and ardent love I feel for my cousin, the one and only extenuating circumstance. And if not love, pity would have impelled me to defy the fury and intrigues of your terrible sister; for poor Rosario, torn between an irresistible affection and her mother, is at the present moment one of the unhappiest beings on earth. Does not the love she has for me, and which matches mine for her, give me the right to open as best I may the doors of her house and take her away from it, using the law as far as the law reaches, and using force from the point where the law ceases to protect me? I think your rigorous moral scruples will not give an affirmative answer to this proposition; but I have ceased to be that upright and methodical character whose conscience was as exact as a scientific treatise. I am no longer that man whom an almost perfect upbringing gave amazing equilibrium to his feelings. Today I am a man like any other; with a single step I have entered the common terrain of the unjust and the wicked. Prepare yourself to hear of any dreadful act which will be my work. I will take care to notify you of all the ones I am committing.

But not even the confession of my faults will relieve me of the responsibility for the serious events which have taken and will take place, nor will this responsibility, however much I may argue, fall entirely on your sister. Doña Perfecta's responsibility is certainly very great. What will be the extent of mine! Ah, dear father, don't believe anything you hear about me, only what I myself say. If they tell you I have committed a deliberate piece of villainy, say it's a lie. It is difficult, very difficult, for me to judge myself in the state of mental disorder in which I find myself; but I dare assure you that I have not deliberately given cause for scandal. You know well to what extremes passion can lead when circumstances favour its dreadful, pervasive growth.

What embitters my life most is having used artifice, deception and low-down dissimulation – I who was truth itself! Everything about me has changed … But is this the greatest perversity which the soul can incur? Am I at the beginning now or the end? I have no idea. If Rosario with her angelic

de mi conciencia, deseo que venga usted a sacarme. Mi prima es un ángel, y padeciendo por mí, me ha enseñado muchas cosas que antes no sabía.

»No extrañe usted la incoherencia de lo que escribo. Diversos sentimientos me inflaman. Me asaltan a ratos ideas dignas verdaderamente de mi alma inmortal; pero a ratos caigo también en desfallecimiento lamentable, y pienso en los hombres débiles y menguados, cuya bajeza me ha pintado usted con vivos colores para que les aborrezca. Tal como hoy me hallo, estoy dispuesto al mal y al bien. Dios tenga piedad de mí. Ya sé lo que es la oración: una súplica grave y reflexiva, tan personal, que no se aviene con fórmulas aprendidas de memoria; una expansión del alma, que se atreve a extenderse hasta buscar su origen; lo contrario del remordimiento, que es una contracción de la misma alma, envolviéndose y ocultándose, con el ridículo empeño de que nadie la vea. Usted me ha enseñado muy buenas cosas; pero ahora estoy en prácticas, como decimos los ingenieros; hago estudios sobre el terreno, y con esto mis conocimientos se ensanchan y fijan… Se me está figurando ahora que no soy tan malo como yo mismo creo. ¿Será así?

»Concluyo esta carta a toda prisa. Tengo que enviarla con unos soldados que van hacia la estación de Villahorrenda, porque no hay que fiarse del correo de esta gente.»

14 de abril

«Le divertiría a usted, querido padre, si pudiera hacerle comprender cómo piensa la gente de este poblachón. Ya sabrá usted que casi todo este país se ha levantado en armas. Era cosa prevista, y los políticos se equivocan si creen que todo concluirá en un par de días. La hostilidad contra nosotros y contra el Gobierno la tienen los orbajosenses en su espíritu, formando parte de él como la fe religiosa. Concretándome a la cuestión particular con mi tía, diré a usted una cosa singular: la pobre señora, que tiene el feudalismo en la médula de los huesos, ha imaginado que voy a atacar su casa para robarla su hija, como los señores de la Edad Media embestían un castillo enemigo para consumar cualquier desafuero. No se ría usted, que es verdad; tales son las ideas de esta gente. Excuso decir a usted que me tiene por un monstruo, por una especie de rey moro herejote, y los militares con quienes hice amistad aquí no le merecen mejor concepto. En la sociedad de doña Perfecta es cosa corriente que la tropa y yo formamos una coalición diabólica y antirreligiosa para quitarle a Orbajosa sus tesoros, su fe y sus muchachas. Me consta que su hermana de usted cree a pie juntillas que yo voy a tomar por asalto su vivienda, y no es dudoso que detrás de la puerta habrá alguna barricada.

hand does not take me out of the hell of my conscience, I want you to come and fetch me. My cousin is an angel, and suffering as she has done on my account she has taught me many things I did not know before.

Do not be surprised at the incoherence of what I am writing. Diverse emotions inflame me. At times I am struck by ideas truly worthy of my immortal soul; but there are also times when I fall into a lamentable state of dejection and think of the weak and spineless men whose baseness you have vividly described in order that I might abhor them. As I am today, I am ready for good and evil. May God have pity on me! I know what prayer is: a solemn and reflective plea, so personal as to be incompatible with formulas learned by heart; an expansion of the soul which ventures to reach out and seek its origins; the opposite of remorse, a contraction of the soul which wraps and hides itself in the ridiculous hope that no one will see it. You have taught me wonderful things; but now I am learning the ropes as we engineers say; I am studying the terrain, and in this way my knowledge broadens and hardens … I am beginning to think that I am not so wicked as I myself believe. Can that be true?

I end this letter in haste. I must send it with some soldiers who are going towards the Villahorrenda station, for the mail here cannot to be trusted.

April 14

Dear Father,

It would amuse you if I could make you understand how the people of this wretched town think. You will already know that almost the whole region has risen up in arms. It was only to be expected and the politicians are wrong if they think it will all be over in a couple of days. Hostility towards us and the Government is innate in the Orbajosans' minds, and is part of them like religious faith. Confining myself to the specific issue of my aunt, I will tell you a strange thing: the poor lady, who has feudalism in the marrow of her bones, has taken it into her head that I am going to attack her house in order to carry off her daughter, as the lords in the Middle Ages attacked an enemy castle to carry out some outrage. Don't laugh, for it is the truth; such are the ideas of these people. Needless to say, she takes me for a monster, a sort of heretic Moorish king, and she thinks no more highly of the soldiers with whom I became friends. In Doña Perfecta's house it is common currency that the army and I form a diabolical and anti-religious coalition to rob Orbajosa of its treasures, its faith and its girls. I have evidence that your sister blindly believes I am going to take her house by assault, and behind the door there will doubtless be some kind of barricade.

»Pero no puede ser de otra manera. Aquí privan las ideas más anticuadas acerca de la sociedad, de la religión, del Estado, de la propiedad. La exaltación religiosa, que les impulsa a emplear la fuerza contra el Gobierno por defender una fe que ataca y que ellos no tienen tampoco, despierta en su ánimo resabios feudales; y como resolverían sus cuestiones por la fuerza bruta y a fuego y sangre y, degollando a todo el que como ellos no piense, creen que no hay en el mundo quien emplee otros medios.

»Lejos de intentar yo quijotadas en la casa de esa señora, he procurado evitarle algunas molestias, de que no se libraron los demás vecinos. Por mi amistad con el brigadier no les han obligado a presentar, como se mandó, una lista de todos los hombres de su servidumbre que se han marchado con la facción; y si se le registró la casa, me consta que fue por fórmula, y si le desarmaron los seis hombres que allí tenía, después ha puesto otros tantos, y nada se le ha hecho. Vea usted a lo que está reducida mi hostilidad a la señora.

»Verdad es que yo tengo el apoyo de los jefes militares; pero lo utilizo tan sólo para no ser insultado o maltratado por esta gente implacable. Mis probabilidades de éxito consisten en que las autoridades recientemente puestas por el jefe militar son todas amigas. Tomo de ellas mi fuerza moral, e intimido a los contrarios. No sé si me veré en el caso de cometer alguna acción violenta; pero no se asuste usted, que el asalto y toma de la casa es una ridícula preocupación feudal de su hermana de usted. La casualidad me ha puesto en situación ventajosa. La ira, la pasión que arde en mí, me impulsarán a aprovecharla. No sé hasta dónde iré.»

17 de abril

«La carta de usted me ha dado un gran consuelo. Sí; puedo conseguir mi objeto usando tan sólo los recursos de la ley, de indudable eficacia. He consultado a las autoridades de aquí, y todas me confirman en lo que usted me indica. Estoy contento. Ya que he inculcado en el ánimo de mi prima la idea de la desobediencia, que sea al menos al amparo de las leyes sociales. Haré lo que usted me manda, es decir, renunciaré a la colaboración un tanto incorrecta del amigo Pinzón; destruiré la solidaridad aterradora que establecí con los militares; dejaré de envanecerme con el poder de ellos; pondré fin a las aventuras, y en el momento oportuno procederé con calma, prudencia y toda la benignidad posible. Mejor es así. Mi coalición, mitad seria, mitad burlesca, con el Ejército ha tenido por objeto ponerme al amparo de las brutalidades de los orbajosenses y de los criados y deudos de mi tía. Por

But it could not be otherwise. Here the most antiquated ideas about society, religion, the state and property are all the rage. The religious exaltation which impels them to use force against the Government, to defend a faith which no one has attacked and which they do not possess, awakens feudal habits in their soul; and as they would settle matters with brute force and by fire and blood, butchering everyone who does not think as they do, they believe there is no one in the world who might use other methods.

Far from intending to perform quixotic deeds in this lady's house, I have managed to spare her certain annoyances from which the rest of the town has not escaped. Owing to my friendship with the brigadier she has not been required to present, as was ordered, a list of all the men in her service who have joined the rebels; and if they searched the house I have evidence that it was only for form's sake, and if they disarmed the six men she had there, afterwards she replaced them with the same number and nothing has been done to her. You can see what my hostility to the lady is reduced to.

It is true that I have the support of the military leaders; but I use it only to escape being insulted or ill-treated by these implacable people. My chances of success lie in the fact that the authorities recently appointed by the military commander are all my friends. From them I get moral strength and I intimidate opponents. I don't know whether I shall find myself compelled to commit some violent action. But don't be alarmed, for the storming and taking of the house is a ridiculous, feudal concern of your sister's. Chance has placed me in an advantageous position. The anger, the passion that burns inside me, will impel me to take advantage of it. I don't know how far I will go.

April 17

Your letter has given me great consolation. Yes; I can attain my object, using only the resources of the law, which are undoubdtedly effective. I have consulted the local authorities and they all make me more convinced about what you say. I am glad. Since I have put in my cousin's mind the idea of disobedience, let it at least be under the protection of the law. I will do what you tell me, that is to say I will renounce the rather dubious collaboration with Pinzón; I will destroy the terrifying solidarity I established with the soldiers; I will stop myself puffing up with their power. I shall put an end to adventures, and at the opportune moment proceed with calm, prudence and all possible kindness. It is better that way. The object of my coalition with the army, half-serious, half-jesting, was to protect me against the brutality

lo demás, siempre he rechazado la idea de lo que llamamos *intervención armada*.

»El amigo que me favorecía ha tenido que salir de la casa; pero no estoy en completa incomunicación con mi prima. La pobrecita demuestra un valor heroico en medio de sus penas, y me obedecerá ciegamente.

»Viva usted sin cuidado respecto a mi seguridad personal. Por mi parte, nada temo y estoy muy tranquilo.

20 de abril

«Hoy no puedo escribir más que dos líneas. Tengo mucho que hacer. Todo concluirá dentro de unos días. No me escriba usted más a este lugarón. Pronto tendrá el gusto de abrazarle su hijo

Pepe.»

29. De Pepe Rey a Rosario Polentinos

«Dale a Estebanillo la llave de la huerta y encárgale que cuide del perro. El muchacho está vendido a mí en cuerpo y alma. No temas nada. Sentiré mucho que no puedas bajar, como la otra noche. Haz todo lo posible por conseguirlo. Yo estaré allí después de medianoche. Te diré lo que he resuelto y lo que debes hacer. Tranquilízate, niña mía, porque he abandonado todo recurso imprudente y brutal. Ya te contaré. Esto es largo y debe ser hablado. Me parece que veo tu susto y congoja al considerarme tan cerca de ti. Pero hace ocho días que no nos hemos visto. He jurado que esta ausencia de ti concluirá pronto, y concluirá. El corazón me dice que te veré. Maldito sea yo si no te veo.»

30. El ojeo

Una mujer y un hombre penetraron después de las diez en la posada de la viuda de Cuzco y salieron de ella dadas las once y media.

—Ahora, señora doña María —dijo el hombre—, la llevaré a usted a su casa, porque tengo que hacer.

—Aguárdate, Ramos, por amor de Dios —repuso ella—. ¿Por qué no nos llegamos al Casino a ver si sale? Ya has oído… Esta tarde estuvo hablando con él Estebanillo, el chico de la huerta.

of the Orbajosans and of my aunt's servants and relatives. Otherwise, I have always rejected the idea of what we call *armed intervention*.

The friend who helped me out has had to leave the house, but I am not entirely cut off from communication with my cousin. The poor girl is displaying heroic valour in the midst of her sufferings and will obey me blindly.

Don't worry about my personal safety. For my part, I have no fear and I am very calm.

April 20

Today I can only write a couple of lines. I have a lot to do. Everything will be over within a few days. Don't write to me again in this miserable town. You will soon have the pleasure of embracing your son.

Pepe.

29. From Pepe Rey to Rosario Polentinos

Give Estebanillo the key to the garden and ask him to take care of the dog. The boy is on my side, body and soul. Don't be afraid of anything. I'll be very sorry if you can't come down, as you did the other night. Do everything you can to come. I'll be there after midnight. I'll tell you what I've decided and what you must do. Keep calm, my dear girl, for I've abandoned all imprudent and violent measures. I'll tell you all about it. It's a long story and needs to be told in person. I can picture your fear and anxiety at the thought of my being so near you. But it's been a week since we saw each other. I've sworn that this separation from you will end soon, and it will. My heart tells me I'll see you. I'll be damned if I don't see you.

30. Stalking the game

A man and a woman entered the widow Cuzco's inn after ten o'clock, and left it when the clock had struck half past eleven.

'Now, Señora Doña María,' said the man, 'I'll take you home, because I have things to do.'

'Wait, Ramos, for the love of God!' she replied. 'Why don't we go to the Casino to see if he comes out? You heard it … this afternoon he was talking with Estebanillo, the boy that works in the garden.'

–¿Pero usted busca a don José? –preguntó el centauro de muy mal humor–. ¿Qué nos importa? El noviazgo con doña Rosario paró donde debía parar, y ahora no tiene la señora más remedio que casarlos. Ésa es mi opinión.

–Eres un animal –dijo Remedios con enfado.

–Señora, yo me voy.

–Pues qué, hombre grosero, ¿me vas a dejar sola en medio de la calle?

–Si usted no se va pronto a su casa, sí, señora.

–Esto es…, me dejas sola, expuesta a ser insultada… Oye, Ramos: don José saldrá ahora del Casino, como de costumbre. Quiero saber si entra en su casa o sigue adelante. Es un capricho, nada más que un capricho.

–Yo lo que sé es que tengo que hacer, y van a dar las doce.

–Silencio –dijo Remedios–; ocultémonos detrás de la esquina… Un hombre viene por la calle de la Tripería Alta. Es él.

–Don José… Le conozco en el modo de andar.

Se ocultaron, y el hombre pasó.

–Sigámosle –dijo María Remedios con zozobra–, sigámosle a corta distancia, Ramos.

–Señora…

–Nada más sino hasta ver si entra en su casa.

–Un minutillo nada más, doña Remedios. Después me marcharé.

Anduvieron como treinta pasos a regular distancia del hombre que observaban. La sobrina del penitenciario se detuvo al fin, y pronunció estas palabras:

–No entra en su casa.

–Irá a casa del brigadier.

–El brigadier vive hacia arriba, y don Pepe va hacia abajo, hacia la casa de la señora.

–¡De la señora! –exclamó Caballuco, andando a prisa.

Pero se engañaban: el espiado pasó por delante de la casa de Polentinos, y siguió adelante.

–¿Ve usted cómo no?

–Cristóbal, sigámosle –dijo Remedios, oprimiendo convulsamente la mano del centauro–. Tengo una corazonada.

–Pronto hemos de saberlo, porque el pueblo se acaba.

–No vayamos tan de prisa… Puede vernos… Lo que yo pensé, señor Ramos: va a entrar por la puerta condenada de la huerta.

'Are you looking for Don José?' asked the Centaur bad-temperedly. 'What does it matter to us? The courtship with Doña Rosario ended where it was bound to end, and now the señora has no choice except to marry them. That's my opinion.'

'You're a fool!' said Remedios angrily.

'Señora, I'm off.'

'Why, you rude man, are you going to leave me alone in the middle of the street?'

'Yes, señora, unless you go home quickly.'

'That's it ... you'll leave me alone, exposed to any insult ... Listen, Ramos. Don José will leave the Casino in a moment as usual. I want to find out whether he goes to his house or carries straight on. It's a whim, nothing more than a whim.'

'All I know is that I've things to do and it'll soon be twelve.'

'Silence!' said Remedios. 'Let's hide round the corner ... A man is coming down the calle de la Tripería Alta. It's him.'

'Don José ... I know him by his walk.'

They hid themselves and the man passed by.

'Let's follow him,' said María Remedios anxiously. 'Let's follow him a short distance, Ramos.'

'Señora ...'

'Just enough to see if he goes into his house.'

'No more than a minute, Doña Remedios. Then I'm leaving.'

They walked on about thirty paces, keeping a constant distance behind the man they were watching. The Confessor's niece stopped finally and said these words:

'He's not going into his house.'

'He'll be going to the brigadier's house.'

'The brigadier lives up there, and Don Pepe's going down towards the señora's house.'

'The señora's!' exclaimed Caballuco, walking quickly.

But they were mistaken: the man on whom they were spying passed in front of the Polentinos house and carried on.

'Do you see you were wrong?'

'Cristóbal, let's follow him!' said Remedios, pressing the Centaur's hand convulsively. 'I've got a hunch.'

'We'll soon know, for it's the end of the town.'

'Let's not go so fast ... He might see us ... Just what I thought, Señor Ramos: he's going to enter the garden through the walled-up door.'

–¡Señora, usted se ha vuelto loca!

–Adelante, y lo veremos.

La noche era oscura, y no pudieron los observadores precisar dónde había entrado el señor de Rey; pero cierto ruido de bisagras mohosas que oyeron, y la circunstancia de no encontrar al joven en todo lo largo de la tapia, les convencieron de que se había metido dentro de la huerta. Caballuco miró a su interlocutora con estupor. Parecía lelo.

–¿En qué piensas?... ¿Todavía dudas?

–¿Qué debo hacer?... –preguntó el bravo, lleno de confusión–. ¿Le daremos un susto...? No sé lo que pensará la señora. Dígolo porque esta noche estuve a verla, y me pareció que la madre y la hija se reconciliaban.

–No seas bruto... ¿Por qué no entras?

–Ahora me acuerdo de que los mozos armados ya no están ahí, porque yo les mandé salir esta noche.

–Y aún duda este marmolejo lo que ha de hacer. Ramos, no seas cobarde y entra en la huerta.

–¿Por dónde, si han cerrado la puertecilla?

–Salta por encima de la tapia... ¡Qué pelmazo! Si yo fuera hombre...

–Pues arriba... Aquí hay unos ladrillos gastados por donde suben los chicos a robar fruta.

–Arriba pronto. Yo voy a llamar a la puerta principal para que despierte la señora, si es que duerme.

El centauro subió, no sin dificultad. Montó a caballo breve instante sobre el muro, y a poco desapareció entre la negra espesura de los árboles. María Remedios corrió desolada hacia la calle del Condestable, y cogiendo el aldabón de la puerta principal, llamó..., llamó tres veces con toda el alma y la vida.

31. Doña Perfecta

Ved con cuánta tranquilidad se consagra a la escritura la señora doña Perfecta. Penetrad en su cuarto, sin reparar en lo avanzado de la hora, y la sorprenderéis en grave tarea, compartido su espíritu entre la meditación y unas largas y concienzudas cartas que traza a ratos con segura pluma y correctos perfiles. Dale de lleno en el rostro, busto y manos la luz del quinqué, cuya pantalla deja en dulce penumbra el resto de la persona y la pieza casi toda. Parece una figura luminosa evocada por la imaginación en medio de las vagas sombras del miedo.

'Señora, you've gone mad!'

'Come on, and we'll see.'

The night was dark and the watchers could not see precisely where Señor de Rey had entered; but they could hear a certain noise of rusty hinges, and the fact they could not see the young man along the whole length of the garden wall convinced them that he had gone inside the garden. Caballuco looked at his companion with stupefaction. He seemed bewildered.

'What are you thinking about? ... Do you still doubt it?'

'What should I do?' asked the bravo, full of confusion. 'Shall we give him a fright? I don't know what the señora would think. I say that because I went to see her this evening, and it seemed to me that the mother and daughter were reconciled.'

'Don't be stupid ... Why don't you go in?'

'I remember now that the armed men are no longer there, because I ordered them to leave this evening.'

'And this block of marble still doubts what has to be done. Ramos, don't be a coward; go into the garden.'

'How can I if the little door is locked?'

'Jump over the wall ... What a fool! If I were a man ...'

'Well, then, up ... There are some broken bricks here where the children climb up to steal fruit.'

'Up quickly! I'm going to knock at the front door so the señora wakes up if she happens to be asleep.'

The Centaur climbed up, not without difficulty. He sat astride on the wall for an instant, and then disappeared among the black foliage of the trees. María Remedios ran desperately toward the calle del Condestable and, seizing the knocker on the front door, knocked ... knocked three times with all her heart and soul.

31. *Doña Perfecta*

See the calm with which Doña Perfecta devotes herself to her writing. Enter her room without paying attention to the lateness of the hour, and you will surprise her busily engaged, her mind divided between meditation and some long, painstaking letters she is writing with a steady pen and the right finishing touches. The light from the lamp falls full on her face, bust and hands, its shade leaving the rest of her body and almost all the room in soft shadow. She looks like a luminous figure evoked by the imagination amidst the vague shadows of fear.

Es extraño que hasta ahora no hayamos hecho una afirmación muy importante; allá va: doña Perfecta era hermosa, mejor dicho, era todavía hermosa, conservando en su semblante rasgos de acabada belleza. La vida del campo, la falta absoluta de presunción, el no vestirse, el no acicalarse, el odio a las modas, el desprecio de las vanidades cortesanas, eran causa de que su nativa hermosura no brillase o brillase muy poco. También la desmejoraba la intensa amarillez de su rostro, indicando una fuerte constitución biliosa.

Negros y rasgados ojos, fina y delicada la nariz, ancha y despejada la frente, todo observador la consideraba como acabado tipo de la humana figura; pero había en aquellas facciones cierta expresión de dureza y soberbia que era causa de antipatía. Así como otras personas, aun siendo feas, llaman, doña Perfecta despedía. Su mirar, aun acompañado de bondadosas palabras, ponía entre ella y las personas extrañas la infranqueable distancia de un respeto receloso; mas para las de casa, es decir, para sus deudos, parciales y allegados, tenía una singular atracción. Era maestra en dominar, y nadie la igualó en el arte de hablar el lenguaje que mejor cuadraba a cada oreja.

Su hechura biliosa y el comercio excesivo con personas y cosas devotas, que exaltaban sin fruto ni objeto su imaginación, habíanla envejecido prematuramente, y siendo joven, no lo parecía. Podría decirse de ella que con sus hábitos y su sistema de vida se había labrado una corteza, un forro pétreo, insensible, encerrándose dentro, como el caracol en su casa portátil. Doña Perfecta salía pocas veces de su concha.

Sus costumbres intachables y la bondad pública que hemos observado en ella desde el momento de su aparición en nuestro relato, eran causa de su gran prestigio en Orbajosa. Sostenía además relaciones con excelentes damas de Madrid, y por este medio consiguió la destitución de su sobrino. Ahora, como se ha dicho, hallámosla sentada junto al pupitre, que es el confidente único de sus planes y el depositario de sus cuentas numéricas con los aldeanos y de sus cuentas morales con Dios y la sociedad. Allí escribió las cartas que trimestralmente recibía su hermano; allí redactaba las esquelitas para incitar al juez y al escribano a que embrollaran los pleitos de Pepe Rey; allí armó el lazo en que éste perdiera la confianza del Gobierno; allí conferenciaba largamente con don Inocencio. Para conocer el escenario de otras acciones cuyos efectos hemos visto, sería preciso seguirla al palacio episcopal y a varias casas de familias amigas.

No sabemos cómo hubiera sido doña Perfecta amando. Aborreciendo,

It is strange that up until now we have not made one very important statement, namely this: Doña Perfecta was handsome, or rather she was still handsome, her face preserving the remains of great beauty. Life in the country, a total lack of vanity, her disregard for clothes and dressing up, her hatred of fashion, her contempt for the vanities of the court were all reasons why her native beauty did not shine or shone very little. The intense yellowness of her face, indicating a very bilious constitution, also detracted from her.

With her black, almond-shaped eyes, her fine, delicate nose and her broad, smooth forehead, all who saw her considered her a finished example of the human face; but in those features there was a certain expression of hardness and pride which caused antipathy. Just as other people, although ugly, attract, Doña Perfecta repelled. Her glance, even when accompanied by good-natured words, placed an impassable distance of distrustful respect between herself and strangers; but for those of her house – that is to say, her relatives, followers and allies – she possessed a singular attraction. She was supremely dominant and no one could equal her in the art of speaking the language best suited to each listener.

Her bilious temperament and excessive dealings with devout persons and things, which excited her imagination without purpose or result, had prematurely aged her, and although she was young she did not appear so. It might be said of her that with her habits and manner of life she had created an outer shell for herself, a stony, insensitive covering within which she shut herself like the snail in its portable house. Doña Perfecta rarely came out of her shell.

Her irreproachable habits and the outward benevolence we have observed in her from her first appearance in our story were the basis of her great prestige in Orbajosa. Moreover, she kept up relations with some excellent ladies in Madrid, and by this means she engineered her nephew's dismissal. Now, as we have already said, we find her seated at her desk, the only confidant of her plans and the depository of her numerical accounts with the villagers and her moral accounts with God and society. There she wrote the letters which her brother received every three months; there she composed the notes inciting the judge and notary to embroil Pepe Rey in lawsuits; there she pieced together the plot through which he lost the confidence of the Government; there she held long conferences with Don Inocencio. To become acquainted with the scene of other actions whose effects we have seen, it would be necessary to follow her to the bishop's palace and to her various friends' houses.

We do not know what Doña Perfecta would have been like if she had fallen

tenía la inflamada vehemencia de un ángel tutelar de la discordia entre los hombres. Tal es el resultado producido en un carácter duro y sin bondad nativa por la exaltación religiosa, cuando ésta, en vez de nutrirse de la conciencia y de la verdad revelada en principios tan sencillos como hermosos, busca su savia en fórmulas estrechas que sólo obedecen a intereses eclesiásticos. Para que la mojigatería sea inofensiva es preciso que exista en corazones muy puros. Es verdad que aun en este caso es infecunda para el bien. Pero los corazones que han nacido sin la seráfica limpieza que establece en la tierra un limbo prematuro cuidan bien de no inflamarse mucho con lo que ven en los retablos, en los coros, en los locutorios y en las sacristías, si antes no han elevado en su propia conciencia un altar, un púlpito y un confesonario.

La señora, dejando a ratos la escritura, pasaba a la pieza inmediata donde estaba su hija. A Rosarito se le había mandado que durmiera; pero ella, precipitada ya por el despeñadero de la desobediencia, velaba.

–¿Por qué no duermes? –le preguntó su madre–. Yo no pienso acostarme en toda la noche. Ya sabes que Caballuco se ha llevado los hombres que teníamos aquí. Puede suceder cualquier cosa, y yo vigilo… Si yo no vigilara, ¿qué sería de ti y de mí?…

–¿Qué hora es? –preguntó la niña.

–Pronto será medianoche… Tú no tendrás miedo…, yo lo tengo.

Rosarito temblaba; todo indicaba en ella la más negra congoja. Sus ojos se dirigían al cielo como cuando se quiere orar; miraban luego a su madre, expresando un vivo terror.

–Pero, ¿qué tienes?

–¿Ha dicho usted que era medianoche?

–Sí.

–Pues… ¿Pero es ya medianoche?

Quería Rosarito hablar; sacudía la cabeza, encima de la cual se le había puesto un mundo.

–Tú tienes algo… A ti te pasa algo –dijo la madre clavando en ella los sagaces ojos.

–Sí…, quería decirle a usted –balbució la señorita–, quería decir… Nada, nada: me dormiré.

–Rosario, Rosario. Tu madre lee en tu corazón como en un libro –dijo doña Perfecta con severidad–. Tú estás agitada. Ya te he dicho que estoy dispuesta a perdonarte si te arrepientes, si eres niña buena y formal…

–Pues qué, ¿no soy buena yo? ¡Ay, mamá, mamá mía, yo me muero!

Rosario prorrumpió en llanto congojoso y dolorido.

in love. In hatred, she had the fiery vehemence of a guardian angel of discord among men. Such is the effect of religious fervour on a character naturally hard and without innate goodness when, instead of nourishing itself on conscience and truth revealed in principles as simple as they are beautiful, draws its energy from narrow formulas which only obey ecclesiastical interests. For sanctimoniousness to be inoffensive, the heart in which it exists must be very pure. Of course even then it produces no good. But hearts that have been born without the seraphic purity which establishes an early Limbo on earth must be very careful not to become greatly inflamed with what they see on retables as well as in choirs, locutories and sacristies, unless they have first erected in their own consciences an altar, a pulpit and a confessional.

The señora, leaving her writing from time to time, went into the adjoining room where her daughter was. Rosarito had been ordered to sleep but the girl, already hurtling down the precipice of disobedience, was awake.

'Why aren't you asleep?' asked her mother. 'I don't intend to go to bed all night. You know that Caballuco has taken away the men we had here. Something might happen and I'm keeping watch … If I didn't keep watch, what would become of you and me?'

'What time is it?' asked the girl.

'It'll soon be midnight … Perhaps you're not afraid, but I am.'

Rosarito was trembling, and everything about her denoted the darkest dismay. Her eyes looked towards heaven like when she wanted to pray, and then turned to her mother with an expression of the utmost terror.

'What's the matter with you?'

'Did you not say it was midnight?'

'Yes.'

'Well … But is it already midnight?'

Rosario tried to speak, then shook her head, on which the weight of the world was pressing.

'Something's the matter with you … something's wrong,' said the mother, fixing her penetrating eyes on the girl.

'Yes … I wanted to tell you,' stammered the girl. 'I wanted to say … Nothing, nothing. I'll go to sleep.'

'Rosario, Rosario. Your mother can read your heart like a book,' exclaimed Doña Perfecta with severity. 'You're agitated. I've already told you I'm willing to forgive you if you'll repent and be a good and well-behaved girl …'

'Why, am I not good? Ah, Mother, Mother, I'm dying!'

Rosario burst into a flood of bitter and disconsolate tears.

–¿A qué vienen estos lloros? –dijo su madre abrazándola–. Si son las lágrimas del arrepentimiento, benditas sean.

–Yo no me arrepiento, yo no puedo arrepentirme –gritó la joven con arrebato de desesperación que la puso sublime.

Irguió la cabeza, y en su semblante se pintó súbita, inspirada energía. Los cabellos le caían sobre la espalda. No se ha visto imagen más hermosa de un ángel dispuesto a rebelarse.

–¿Pero te vuelves loca, o qué es esto? –dijo doña Perfecta, poniéndole ambas manos sobre los hombros.

–¡Me voy, me voy! –exclamó la joven con la exaltación del delirio.

Y se lanzó fuera del lecho.

–Rosario, Rosario… Hija mía… ¡Por Dios! ¿Qué es esto?

–¡Ay, mamá! Señora –prosiguió la joven, abrazándose a su madre–, áteme usted.

–En verdad, lo merecías… ¿Qué locura es ésta?

–Áteme usted… Yo me marcho, me marcho con él.

Doña Perfecta sintió borbotones de fuego que subían de su corazón a sus labios. Se contuvo, y sólo con sus ojos negros, más negros que la noche, contestó a su hija.

–¡Mamá, mamá mía, yo aborrezco todo lo que no sea él! –exclamó Rosario–. Óigame usted en confesión, porque quiero confesarlo a todos, y a usted la primera.

–Me vas a matar, me estás matando.

–Yo quiero confesarlo, para que usted me perdone… Este peso, este peso que tengo encima no me deja vivir…

–¡El peso de un pecado!… Añádele encima la maldición de Dios, y prueba a andar con ese fardo, desgraciada. Sólo yo puedo quitártelo.

–No, usted no, usted no –gritó Rosario con desesperación–. Pero óigame usted, quiero confesarlo todo, todo… Después arrójeme usted de esta casa, donde he nacido.

–¡Arrojarte yo!…

–Pues me marcharé.

–Menos. Yo te enseñaré los deberes de hija, que has olvidado.

–Pues huiré; él me llevará consigo.

–¿Te lo ha dicho, te lo ha aconsejado, te lo ha mandado? –preguntó la madre, lanzando estas palabras como rayos sobre su hija.

–Me lo aconseja… Hemos concertado casarnos. Es preciso, mamá, mamá

'What are these tears about?' said her mother, embracing her. 'If they're tears of repentance, bless them.'

'I don't repent, I can't repent!' cried the girl in a burst of sublime despair.

She lifted her head and a sudden, inspired energy showed on her face. Her hair fell down her back. Never has there been seen a more beautiful image of an angel about to rebel.

'Are you going mad or what?' said Doña Perfecta, putting both her hands on her daughter's shoulders.

'I'm going away, I'm going away!' exclaimed the girl with the exaltation of delirium.

And she sprang out of bed.

'Rosario, Rosario … My child! For God's sake, what is this?'

'Ah, Mother,' the girl went on, embracing the señora. 'Tie me up!'

'In truth you've deserved it … What madness is this?'

'Tie me up … I'm going away, I'm going away with him.'

Doña Perfecta felt a flood of fire rising from her heart to her lips. She controlled herself and answered her daughter only with her dark eyes, blacker than the night.

'Mother, Mother, I hate everything that's not him!' exclaimed Rosario. 'Hear my confession, for I want to confess it to everyone, and to you first of all.'

'You're going to kill me. You are killing me!'

'I want to confess it so that you'll forgive me … This weight, this weight on top of me won't let me live.'

'The weight of sin! … Add God's curse on top and then try to walk with that burden, you wretched girl. Only I can take it from you.'

'No, not you, not you!' cried Rosario with desperation. 'But listen to me, I want to confess everything, everything … Then throw me out of this house where I was born.'

'Throw you out!'

'Then I'll go myself.'

'No, you won't. I'll teach you a daughter's duties, which you have forgotten.'

'I'll flee, then. He'll take me with him!'

'Has he told you to, has he advised you to, has he ordered you to do that?' asked the mother, hurling these words like thunderbolts at her daughter.

'He advises me to … We've agreed to be married. We must, Mother, dear

mía querida. Yo amaré a usted… Conozco que debo amarla… Me condenaré si no la amo.

Se retorcía los brazos, y cayendo de rodillas, besó los pies a su madre.

–¡Rosario, Rosario! –exclamó doña Perfecta con terrible acento–. Levántate.

Hubo una pequeña pausa.

–¿Ese hombre te ha escrito?

–Sí.

–¿Has vuelto a verle después de aquella noche?

–Sí.

–¡Y tú…!

–Yo también le escribí ¡Oh!, señora. ¿Por qué me mira usted así? Usted no es mi madre.

–Ojalá no. Gózate en el daño que me haces. Me matas, me matas sin remedio –gritó la señora con indecible agitación–. Dices que ese hombre…

–Es mi esposo… Yo seré suya, protegida por la ley… Usted no es mujer… ¿Por qué me mira usted de ese modo que me hace temblar? Madre, madre mía, no me condene usted.

–Ya tú te has condenado; basta. Obedéceme y te perdonaré… Responde: ¿cuándo recibiste carta de ese hombre?

–Hoy.

–¡Qué traición! ¡Qué infamia! –exclamó la madre, antes bien rugiendo que hablando–. ¿Esperábais veros?

–Sí.

–¿Cuándo?

–Esta noche.

–¿Dónde?

–Aquí, aquí. Todo lo confieso, todo. Sé que es un delito… Soy muy infame; pero usted, que es mi madre, me sacará de este infierno. Consienta usted… Dígame usted una palabra, una sola.

–¡Ese hombre aquí, en mi casa! –gritó doña Perfecta, dando algunos pasos que parecían saltos hacia el centro de la habitación.

Rosario la siguió de rodillas. En el mismo instante oyéronse tres golpes, tres estampidos, tres cañonazos. Era el corazón de María Remedios, que tocaba a la puerta, agitando la aldaba. La casa se estremecía con temblor pavoroso. Hija y madre se quedaron como estatuas.

Bajó a abrir un criado y, poco después, en la habitación de doña Perfecta entró María Remedios, que no era mujer, sino un basilisco envuelto en un

Mother. I'll love you … I know I should love you … I shall be damned if I don't love you.'

She wrung her hands, and falling on her knees kissed her mother's feet.

'Rosario, Rosario!' exclaimed Doña Perfecta in a terrible voice. 'Get up.'

There was a short pause.

'Has that man written to you?'

'Yes.'

'And have you seen him again since that night?'

'Yes.'

'And you …!'

'I've written to him too. Oh, señora! Why are you looking at me like that? You're not my mother.'

'Would to God that I weren't! Enjoy the harm you're doing me. You're killing me, well and truly killing me,' cried the señora with indescribable agitation. 'You say that man …'

'Is my husband … I'll be his, protected by the law … You're not a woman … Why are you looking at me in that way? It makes me tremble. Mother, Mother, do not condemn me!'

'You've already condemned yourself. That's enough. Obey me and I'll forgive you … Answer me: when did you receive a letter from that man?'

'Today.'

'What treachery! What infamy!' cried her mother, roaring rather than speaking. 'Were you expecting to see each other?'

'Yes.'

'When?'

'Tonight.'

'Where?'

'Here, here. I'll confess everything, everything! I know it's a crime … I'm a wretch, but you who are my mother will get me out of this hell. Give your consent … Say one word, just one.'

'That man here in my house!' cried Doña Perfecta, springing back several paces towards the centre of the room.

Rosario followed her on her knees. At the same instant they heard three blows, three crashes, three detonations. It was María Remedios' heart knocking at the door, beating with the knocker. The house trembled with dreadful fear. Mother and daughter stood like statues.

A servant went down to open the door and shortly afterward María Remedios – who was not like a woman but a basilisk wrapped in a shawl –

mantón. Su rostro, encendido por la ansiedad despedía fuego.

–¡Ahí está, ahí está! –dijo al entrar–. Se ha metido en la huerta por la puertecilla condenada...

Tomaba aliento a cada sílaba.

–Ya entiendo –repitió doña Perfecta con una especie de bramido.

Rosario cayó exánime al suelo y perdió el conocimiento.

–Bajemos –dijo doña Perfecta, sin hacer caso del desmayo de su hija.

Las dos mujeres se deslizaron por la escalera como dos culebras. Las criadas y el criado estaban en la galería sin saber qué hacer. Doña Perfecta pasó por el comedor a la huerta, seguida de María Remedios.

–Afortunadamente, tenemos ahí a Ca... Ca... Caballuco –dijo la sobrina del canónigo.

–¿Dónde?

–En la huerta también... Sal... sal... saltó la tapia.

Exploró doña Perfecta la oscuridad con sus ojos llenos de ira. El rencor les daba la singular videncia de la raza felina.

–Allí veo un bulto –dijo–. Va hacia las adelfas.

–Es él –gritó Remedios–. Pero allá aparece Ramos... ¡Ramos!

Distinguieron perfectamente la colosal figura del centauro.

–¡Hacia las adelfas! ¡Ramos, hacia las adelfas!...

Doña Perfecta adelantó algunos pasos. Su voz ronca, que vibraba con acento terrible, disparó estas palabras:

–Cristóbal, Cristóbal..., ¡mátale!

Oyóse un tiro. Después, otro.

32. Final: De don Cayetano Polentinos a un su amigo de Madrid

Orbajosa, 21 de abril

«Querido amigo: Envíeme usted sin tardanza la edición de 1562 que dice ha encontrado entre los libros de la testamentaría de Corchuelo. Pago ese ejemplar a cualquier precio. Hace tiempo que lo busco inútilmente, y me tendré por mortal dichosísimo poseyéndolo. Ha de hallar usted en el *colophón* un casco con emblema sobre la palabra *Tractado*, y la segunda X de la fecha MDLXII ha de tener el rabillo torcido. Si, en efecto, concuerdan estas señas con el ejemplar, póngame usted un parte telegráfico, porque estoy muy inquieto..., aunque ahora me acuerdo de que el telégrafo, con

entered Doña Perfecta's room. Her face, flushed with anxiety, sent out fire.

'He's here, he's here!' she said as she entered. 'He's got into the garden through the little walled-up door …'[44]

She was panting with every syllable.

'I get it now,' said Doña Perfecta with a kind of bellow.

Rosario fainted on the floor and lost consciousness.

'Let's go downstairs,' said Doña Perfecta, without paying any attention to her daughter's swoon.

The two women glided downstairs like two snakes. The maids and manservant were on the veranda, not knowing what to do. Doña Perfecta passed through the dining room into the garden, followed by María Remedios.

'Fortunately we have Ca … Ca … Caballuco here,' said the canon's niece.

'Where?'

'In the garden too … He cli … cli … climbed over the wall.'

Doña Perfecta scanned the darkness with her wrathful eyes. Spite gave them the exceptional intuition of the feline race.

'I can see a shape there,' she said. 'It's going towards the oleanders.'

'It's him!' cried Remedios. 'But there goes Ramos … Ramos!'

They could make out the colossal figure of the Centaur perfectly.

'Towards the oleanders! Ramos, towards the oleanders!'

Doña Perfecta took a few steps forward. Her hoarse voice, vibrating with a terrible tone, fired out these words:

'Cristóbal, Cristóbal … kill him!'

A shot was heard. Then another.

32. Conclusion: From Don Cayetano Polentinos to a friend in Madrid

Orbajosa, April 21

My dear friend,

Send me without delay the 1562 edition which you say you found among the books from the Corchuelo estate. I will pay any price for that copy. I have long been searching for it in vain, and I shall consider myself the luckiest of mortals in possessing it. You should find on the colophon a helmet with an emblem over the word *Treatise*, and the X in the date MDLXII ought to be crooked. If, in fact, these signs tally with the copy send me a telegram, for I am very anxious … although now I remember that, on account of these

motivo de estas importunas y fastidiosas guerras, no funciona. A correo vuelto espero la contestación.

»Pronto, amigo mío, pasaré a Madrid con objeto de imprimir este tan esperado trabajo de los *Linajes de Orbajosa*. Agradezco a usted su benevolencia, pero no puedo admitirla en lo que tiene de lisonja. No merece mi trabajo, en verdad, los pomposos calificativos con que usted lo encarece; es obra de paciencia y estudio, monumento tosco, pero sólido y grande, que elevo a las grandezas de mi amada patria. Pobre y feo en su hechura, tiene de noble la idea que lo ha engendrado, la cual no es otra que convertir los ojos de esta generación descreída y soberbia hacia los maravillosos hechos y acrisoladas virtudes de nuestros antepasados. ¡Ojalá que la juventud estudiosa de nuestro país diera este paso a que con todas mis fuerzas la incito! ¡Ojalá fueran puestos en perpetuo olvido los abominables estudios y hábitos intelectuales introducidos por el desenfreno filosófico y las erradas doctrinas! ¡Ojalá se emplearan exclusivamente nuestros sabios en la contemplación de aquellas gloriosas edades para que, penetrados de la sustancia y benéfica savia de ellas los modernos tiempos, desapareciera este loco afán de mudanzas y esta ridícula manía de apropiarnos ideas extrañas, que pugnan con nuestro primoroso organismo nacional! Temo mucho que mis deseos no se vean cumplidos, y que la contemplación de las perfecciones pasadas quede circunscrita al estrecho círculo en que hoy se halla, entre el torbellino de la demente juventud que corre detrás de vanas utopías y bárbaras novedades. ¡Cómo ha de ser, amigo mío! Creo que dentro de algún tiempo ha de estar nuestra pobre España tan desfigurada que no se conocerá ella misma ni aun mirándose en el clarísimo espejo de su limpia historia.

»No quiero levantar mano de esta carta sin participar a usted un suceso desagradable: la desastrosa muerte de un estimable joven, muy conocido en Madrid, el ingeniero de caminos don José de Rey, sobrino de mi cuñada. Acaeció este triste suceso anoche, en la huerta de nuestra casa, y aún no he formado juicio exacto sobre las causas que pudieron arrastrar al desgraciado Rey a esta horrible y criminal determinación. Según me ha referido Perfecta esta mañana cuando volví de Mundogrande, Pepe Rey, a eso de las doce de la noche, penetró en la huerta de esta casa y se pegó un tiro en la sien derecha, quedando muerto en el acto. Figúrese usted la consternación y alarma que se producirían en esta pacífica y honrada mansión. La pobre Perfecta se impresionó tan vivamente que nos dio un susto; pero ya está mejor, y esta tarde hemos logrado que tome un sopicaldo. Empleamos todos los medios de consolarla, y como es buena cristiana, sabe soportar con edificante resignación las mayores desgracias.

annoying and troublesome disturbances, the telegraph is not working. I shall expect an answer by return of mail.

Soon, my friend, I shall go to Madrid for the purpose of having this long-awaited work on the *Genealogies of Orbajosa* printed. Thank you for your kindness, but I cannot accept any flattery in it. In truth my work does not deserve the splendid encomia you bestow upon it; it is a labour of patience and study, a rude but big and solid monument which I erect to the greatness of my beloved country. However plain and ugly the end result, the idea behind it is noble, which is solely to direct the eyes of this godless and arrogant generation towards the marvellous deeds and pure virtues of our forefathers. If only the studious youth of our country would take this step which I urge them with all my strength! Would that the abominable studies and intellectual habits introduced by philosophical licence and erroneous doctrines might be cast into perpetual oblivion! Oh that our learned men might devote themselves exclusively to the contemplation of those glorious epochs so that in our modern age – imbued with the substance and beneficial lifeblood of those times – this mad desire for change and this ridiculous mania for appropriating foreign ideas at odds with our fine national body might disappear. I fear greatly that my wishes won't be fulfilled, and that the contemplation of past perfections will remain confined to the narrow circle where it is now, amidst the turbulence of mad youth pursuing vain utopias and barbarous novelties. What is to be done, my friend? I think that before long our poor Spain will be so disfigured that she won't recognise herself, even if she looks into the bright mirror of her unblemished history.

I do not wish to close this letter without informing you of a disagreeable event: the shocking death of a commendable young man very well known in Madrid, the civil engineer, Don José de Rey, my sister-in-law's nephew. This sad event occurred last night in the garden of our house, and I have not yet ascertained exactly what could have impelled the unfortunate Rey to this horrible and criminal act. According to what Perfecta told me this morning on my return from Mundogrande, Pepe Rey entered the garden of this house at about midnight and shot himself in the right temple, dying instantly. Imagine the consternation and alarm it would cause in this peaceful and honourable house. Poor Perfecta was so greatly affected that she gave us a scare; but she is better now, and this afternoon we got her to take some broth. We are using every means to console her, and as she is a good Christian she knows how to endure the worst misfortunes with edifying resignation.

»Acá para entre los dos, amigo mío, diré a usted que en el terrible atentado del joven Rey contra su propia existencia debió de influir grandemente una pasión contrariada, tal vez los remordimientos por su conducta y el estado de hipocondría amarguísima en que se encontraba su espíritu. Yo le apreciaba mucho; creo que no carecía de excelentes cualidades; pero aquí estaba tan mal estimado que ni una sola vez oí hablar bien de él. Según dicen, hacía alarde de ideas y opiniones extravagantísimas; burlábase de la religión; entraba en la iglesia fumando y con el sombrero puesto; no respetaba nada, y para él no había en el mundo pudor, ni virtudes, ni alma, ni ideal, ni fe, sino tan sólo teodolitos, escuadras, reglas, máquinas, niveles, picos y azadas. ¿Qué tal? En honor de la verdad debo decir que en sus conversaciones conmigo siempre disimuló tales ideas, sin duda por miedo a ser destrozado por la metralla de mis argumentos; pero de público se refieren de él mil cuentos de herejías y estupendos desafueros.

»No puedo seguir, querido, porque en este momento siento tiros de fusilería. Como no me entusiasman los combates ni soy guerrero, el pulso me flaquea un tantico. Ya le impondrá a usted de ciertos pormenores de esta guerra su afectísimo, etc. etc.»

22 de abril

«Mi inolvidable amigo: Hoy hemos tenido una sangrienta refriega en las inmediaciones de Orbajosa. La gran partida levantada en Villahorrenda ha sido atacada por las tropas con gran coraje. Ha habido muchas bajas por una y otra parte. Después se dispersaron los bravos guerrilleros; pero van muy envalentonados, y quizá oiga usted maravillas. Mándalos, a pesar de estar herido en un brazo, no se sabe cómo ni cuándo, Cristóbal Caballuco, hijo de aquel egregio Caballuco que usted conoció en la pasada guerra. Es el caudillo actual hombre de grandes condiciones para el mando y, además, honrado y sencillo. Como al fin hemos de presenciar un arreglito amistoso, presumo que Caballuco será general del Ejército español, con lo cual uno y otro ganarán mucho.

»Yo deploro esta guerra, que va tomando proporciones alarmantes; pero reconozco que nuestros bravos campesinos no son responsables de ella, pues han sido provocados al cruento batallar por la audacia del Gobierno, por la desmoralización de sus sacrílegos delegados, por la saña sistemática con que los representantes del Estado atacan lo más venerando que existe en la conciencia de los pueblos: la fe religiosa y el acrisolado españolismo, que por fortuna se conservan en lugares no infestados aún por la asoladora

Here, between you and me, my friend, I shall tell you that in the fatal attempt on his own life, young Rey must have been greatly influenced by a hopeless passion, perhaps remorse for his conduct and the state of bitter melancholy into which his spirit had fallen. I thought very highly of him. I believe he was not lacking in excellent qualities; but he was held in such low esteem here that never once have I heard anyone speak well of him. According to what they say, he vaunted the most extravagant ideas and opinions; he mocked religion, entered the church smoking and with his hat on; he respected nothing, and in his world there was no purity, no virtues, no soul, no ideal, no faith; nothing but theodolites, squares, rulers, machines, spirit levels, pick-axes and spades. What do you think of that? In honour of the truth, I must say that in his conversations with me he always concealed such ideas, doubtless through fear of being destroyed by the artillery of my arguments; but in public myriad tales of his heretical ideas and stupendous excesses are related.

I cannot continue, my dear friend, for at this moment I hear gunfire. As I have no enthusiasm for fighting, nor am I a fighter, my pulse is growing a bit weak. I shall keep you informed about certain details of this war.

Yours affectionately, etc. etc.

April 22

My unforgettable friend,

Today there has been a bloody skirmish in the vicinity of Orbajosa. The large body of men raised in Villahorrenda was attacked by the troops with great fury. There were heavy losses on both sides. Afterwards the brave guerillas dispersed, but they are greatly emboldened and you may hear of wonderful feats. Cristóbal Caballuco, the son of that eminent Caballuco whom you knew in the last war, commanded them despite a wound in the arm received no one knows how or when. The present leader is a man well fit for the command, and honourable and simple besides. As in the end we must come to a friendly arrangement, I presume Caballuco will be a general in the Spanish army, from which both sides will greatly gain.

I deplore this war which is taking on alarming proportions; but I recognise that our valiant peasants are not responsible for it, since they have been provoked to the inhuman conflict by the audacity of the Government, by the demoralisation of its sacrilegious delegates, by the systematic fury with which the representatives of the State attack what is most venerated in the conscience of the people: religious faith and pure Hispanicism which fortunately still exist in places not yet contaminated by the devastating pestilence. When there is a

pestilencia. Cuando a un pueblo se le quiere quitar su alma para infundirle otra; cuando se le quiere descastar, digámoslo así, mudando sus sentimientos, sus costumbres, sus ideas, es natural que ese pueblo se defienda como el que en mitad de solitario camino se ve asaltado de infames ladrones. Lleven a las esferas del Gobierno el espíritu y la salutífera sustancia de mi obra de los *Linajes* (perdóneme usted la inmodestia), y entonces no habrá guerras.

»Hoy hemos tenido aquí una cuestión muy desagradable. El clero, amigo mío, se ha negado a enterrar en sepultura sagrada al infeliz Rey. Yo he intervenido en este asunto, impetrando del señor obispo que levantara anatema de tanto peso; pero nada se ha podido conseguir. Por fin hemos empaquetado el cuerpo del joven en un hoyo que se hizo en el campo de Mundogrande, donde mis pacienzudas exploraciones han descubierto la riqueza arqueológica que usted conoce. He pasado un rato muy triste, y aún me dura la penosísima impresión que recibí. Don Juan Tafetán y yo fuimos los únicos que acompañaron el fúnebre cortejo. Poco después fueron allá (cosa rara) esas que llaman aquí las Troyas, y rezaron largo rato sobre la rústica tumba del matemático. Aunque esto parecía una oficiosidad ridícula, me conmovió.

»Respecto de la muerte de Rey, corre por el pueblo el rumor de que fue asesinado. No se sabe por quién. Aseguran que él lo declaró así, pues vivió como hora y media. Guardó secreto, según dicen, respecto a quién fue su matador. Repito esta versión sin desmentirla ni apoyarla. Perfecta no quiere que se hable de este asunto y se aflige mucho siempre que lo tomo en boca.

»La pobrecita, apenas ocurrida una desgracia, experimenta otra que a todos nos contrista mucho. Amigo mío, ya tenemos una nueva víctima de la funestísima y rancia enfermedad connaturalizada en nuestra familia. La pobre Rosario, que iba saliendo adelante gracias a nuestros cuidados, está ya perdida de la cabeza. Sus palabras incoherentes, su atroz delirio, su palidez mortal, recuérdanme a mi madre y hermana. Este caso es el más grave que he presenciado en mi familia, pues no se trata de manías, sino de verdadera locura. Es triste, tristísimo, que entre tantos yo sea el único que ha logrado escapar, conservando mi juicio sano y entero y totalmente libre de este funesto mal.

»No he podido dar sus expresiones de usted a don Inocencio, porque el pobrecito se nos ha puesto malo de repente, y no recibe a nadie ni permite que le vean sus más íntimos amigos. Pero estoy seguro de que le devuelve a usted sus recuerdos, y no dude que pondrá mano al instante en la traducción de varios epigramas latinos que usted le recomienda… Suenan tiros otra vez. Dicen que tendremos gresca esta tarde. La tropa acaba de salir.»

will to take away the soul from a people to instil another one in it; when there is a will to denationalise a people, let us say, changing its feelings, its customs, its ideas, it is natural for this people to defend itself, like someone assailed by vicious thieves on a solitary road. Let the spirit and the salutiferous substance of my work on the *Genealogies* (forgive the lack of modesty) be brought into the sphere of the Government, and then there will be no more wars.

Today we have had a very disagreeable matter here. The priest, a friend of mine, refused to bury the unfortunate Rey in consecrated ground. I intervened in this case, beseeching the bishop to remove such a heavy anathema, but nothing was achieved. Finally, we buried the young man's body in a grave dug in Mundogrande, where my patient explorations have discovered the archaeological treasures you know about. It was a very sad moment and the painful impression it made on me still endures. Don Juan Tafetán and I were the only ones who accompanied the funeral cortege. A little later, strangely enough, those girls whom they call here the Troyas went and prayed for a long time over the mathematician's rustic tomb. Although this seemed ridiculously officious, it moved me.

With regards to Rey's death, there is a rumour going around the town that he was murdered, but by whom is not known. They maintain that he himself declared this to be the case, for he lived about an hour and a half. According to what they say, he kept his killer's identity secret. I repeat this version without either refuting or supporting it. Perfecta does not want this matter to be talked about, and she gets upset whenever I mention it.

Poor woman! No sooner had one misfortune occurred than she met with another which saddens us all greatly. My friend, we now have another victim of the age-old and fatal illness which is congenital in our family. Poor Rosario who, thanks to our care, was making progress, has now lost her mind. Her incoherent words, terrible frenzy, deadly pallor remind me of my mother and sister. This is the most serious case I have witnessed in my family, for it is not a question of mania but of true insanity. It is sad, terribly sad, that out of so many I should be the only one who has managed to escape, of sound mind and entirely free from this dreadful malady.

I have not been able to give your regards to Don Inocencio because the poor man has suddenly fallen ill and won't see anyone, nor let his most intimate friends see him. But I am sure that he returns your regards, and I do not doubt that he will soon set to work on the translation of the various Latin epigrams you recommend … I hear firing again. They say we shall have a skirmish this afternoon. The troops have just marched out.

Barcelona, 1.º de junio

«Acabo de llegar aquí, después de dejar a mi sobrina Rosario en San Baudilio de Llobregat. El director del establecimiento me ha asegurado que es un caso incurable. Tendrá, sí, una asistencia esmeradísima en aquel alegre y grandioso manicomio. Mi querido amigo, si alguna vez caigo yo también, llévenme a San Baudilio. Espero encontrar a mi vuelta pruebas de los *Linajes*. Pienso añadir seis pliegos, porque sería gran falta no publicar las razones que tengo para sostener que Mateo Díez Coronel, autor del *Métrico encomio*, desciende por la línea materna de los Guevaras y no de los Burguillos, como ha sostenido erradamente el autor de la *Floresta amena*.

»Escribo esta carta principalmente para hacer a usted una advertencia. He oído aquí a varias personas hablar de la muerte de Pepe Rey, refiriéndola tal como sucedió efectivamente. Yo revelé a usted este secreto cuando nos vimos en Madrid, contándole lo que supe algún tiempo después del suceso. Extraño mucho que no habiéndolo dicho yo a nadie más que a usted, lo cuenten aquí con todos sus pelos y señales, explicando cómo entró en la huerta, cómo descargó su revólver sobre Caballuco cuando vio que éste le acometía con la navaja, cómo Ramos le disparó después con tanto acierto que le dejó en el sitio… En fin, mi querido amigo, por si inadvertidamente ha hablado de esto con alguien, le recuerdo que es un secreto de familia, y con esto basta para una persona tan prudente y discreta como usted.

»¡Albricias; albricias! En un periodiquillo he leído que Caballuco ha derrotado al brigadier Batalla.»

Orbajosa, 12 de octubre

«Una sensible noticia tengo que dar a usted. Ya no tenemos penitenciario, no precisamente porque haya pasado a mejor vida, sino porque el pobrecito está desde el mes de abril tan acongojado, tan melancólico, tan taciturno, que no se le conoce. Ya no hay en él ni siquiera dejos de aquel humor ático, de aquella jovialidad correcta y clásica que le hacía tan amable. Huye de la gente, se encierra en su casa, no recibe a nadie, apenas toma alimento y ha roto toda clase de relaciones con el mundo. Si le viera usted no le conocería, porque se ha quedado en los puros huesos. Lo más particular es que ha reñido con su sobrina y vive solo, enteramente solo en una casucha del arrabal de Baidejos. Ahora dice que renuncia su silla en el coro de la catedral y se marcha a Roma. ¡Ay! Orbajosa pierde mucho, perdiendo a su gran latino. Me parece que pasarán años tras años y no tendremos otro. Nuestra gloriosa España se acaba, se aniquila, se muere.»

Barcelona, June 1

I have just arrived here after leaving my niece Rosario in San Baudilio de Llobregat. The director of the establishment has assured me that she is an incurable case. But she will have the greatest of care in that cheerful and magnificent lunatic asylum. My dear friend, if some day I too should succumb, let them take me to San Baudilio.[45] I hope to find the proofs of my *Genealogies* on my return. I am thinking of adding six pages, for it would be a great mistake not to publish my reasons for maintaining that Mateo Díez Coronel, author of the *Métrico Encomio*, is descended from the Guevaras on his mother's side, and not from the Burguillos, as the author of the *Floresta Amena* has erroneously stated.

I am writing this letter first and foremost to give you a warning. I have heard several people here speaking of Pepe Rey's death, describing it exactly as it happened. I revealed this secret to you when we saw each other in Madrid, telling you what I found out some time after the event. I am very surprised that, having told no one but you, they are relating it here in all its details, explaining how he entered the garden, how he fired his revolver at Caballuco when he saw the latter attacking him with a knife, how Ramos then fired with such a good aim that he killed him on the spot … In short, my dear friend, should you have inadvertently spoken of this to anyone, I remind you that it is a family secret, and that is enough for a person as prudent and discreet as you.

Hooray! I have read in a little paper that Caballuco has defeated Brigadier Batalla.

Orbajosa, December 12

I have a sad piece of news to give you. We no longer have the Father Confessor, not exactly because he has passed to a better life but because the poor man has been so grief-stricken, so melancholy, so taciturn since April that you would not know him. There is no longer in him even a trace of that Attic wit, that felicitous and classical joviality which made him so likeable. He shuns people, shuts himself up in his house, sees no one, hardly eats anything, and he has broken off all relations with the world. If you were to see him you would not recognise him, for he is just a bag of bones. The strangest bit is that he has quarrelled with his niece and lives alone, entirely alone, in a hovel in the suburb of Baidejos. They say now that he shall give up his chair in the Cathedral choir and go to Rome. Ah, Orbajosa is losing a lot in losing its great Latinist. I think many a year will pass before we see the likes of him. Our glorious Spain is finished, annihilated, dying.

Orbajosa, 23 de diciembre

«El joven que recomendé a usted en carta llevada por él mismo es sobrino de nuestro querido penitenciario, abogado con puntas de escritor. Esmeradamente educado por su tío, tiene ideas juiciosas. ¡Cuán sensible sería que corrompiera en ese lodazal de filosofismo e incredulidad! Es honrado, trabajador y buen católico, por lo cual creo que hará carrera en un bufete como el de usted... Quizás le llevará su ambioncilla (pues también la tiene) a las lides políticas, y creo que no sería mala ganancia para la causa del orden y la tradición, hoy que la juventud está pervertida por los *de la cáscara amarga*. Acompáñale su madre, una mujer ordinaria y sin barniz social, pero de corazón excelente y acendrada piedad. El amor materno toma en ella la forma algo extravagante de la ambición mundana, y dice que su hijo ha de ser ministro. Bien puede serlo.

»Perfecta me da expresiones para usted. No sé a punto fijo qué tiene; pero ello es que nos inspira cuidado. Ha perdido el apetito de una manera alarmante, y o yo no entiendo de males, o allí hay un principio de ictericia. Esta casa está muy triste desde que falta Rosario, que la alegraba con su sonrisa y su bondad angelical. Ahora parece que hay una nube negra encima de nosotros. La pobre Perfecta habla frecuentemente de esta nube, que cada vez se pone más negra, mientras ella se vuelve cada día más amarilla. La pobre madre halla consuelo a su dolor en la religión y en los ejercicios del culto, que practica cada vez con más ejemplaridad y edificación. Pasa casi todo el día en la iglesia y gasta su gran fortuna en espléndidas funciones, en novenas y manifiestos brillantísimos. Gracias a ella el culto ha recobrado en Orbajosa su esplendor de otros días. Esto no deja de ser un alivio en medio de la decadencia y acabamiento de nuestra nacionalidad...

»Mañana irán las pruebas... Añadiré otros dos pliegos, porque he descubierto un nuevo orbajosense ilustre, Bernardo Armador de Soto, que fue espolique del duque de Osuna, le sirvió durante la época del virreinato de Nápoles, y aun hay indicios de que no hizo nada, absolutamente nada, en el complot contra Venecia.»

33.

Esto se acabó. Es cuanto por ahora podemos decir de las personas que parecen buenas y no lo son.

Orbajosa, December 23

The young man I recommended to you in a letter brought by his own hand is our dear Father Confessor's nephew, a lawyer with some literary ability. Having been carefully educated by his uncle he has sensible ideas. How regrettable it would be if he should be corrupted in that quagmire of false philosophy and scepticism! He is honest, industrious and a good Catholic, for which reasons I believe his career will take off in an office like yours … Perhaps his ambition (for he has that too) will lead him into the political arena, and I think he would not be a bad acquisition for the cause of order and tradition, since the youth of today is perverted by those with radical ideas. He is accompanied by his mother, a commonplace woman without social graces but with an excellent heart and a fervent piety. Maternal affection takes in her the somewhat extravagant form of worldly ambition, and she says her son will one day be a minister. It is quite possible.

Perfecta sends you her regards. I don't know precisely what is wrong with her, but the fact is she is causing us concern. She has lost her appetite to an alarming degree, and either I know nothing about illnesses, or she has the first symptoms of jaundice. This house is very sad without Rosario, who brightened it with her smile and her angelic goodness. A black cloud seems to be over us now. Poor Perfecta speaks frequently of this cloud, which is growing blacker and blacker, while every day she turns more yellow. The poor mother finds consolation for her grief in religion and in exercising her faith, which she practises with a piety more and more exemplary and edifying. She is in church almost the whole day and spends her large fortune on splendid functions, novenas and brilliant ceremonies. Thanks to her, religious worship has regained its former glory in Orbajosa. This is one consolation in the midst of the decay and dissolution of our native land…

Tomorrow I will send the proofs … I shall add two more pages, for I have discovered another illustrious Orbajosan – Bernardo Amador de Sota, who was footman to the Duke of Osuna, whom he served when he was vice-regent of Naples; and there is even good reason to believe that he had nothing, absolutely nothing to do with the plot against Venice.

33.

This is finished. It is all we can say for the present about people who seem to be good and are not.[46]

NOTES

1 This detail caused certain critics to seek Orbajosa on the map and identify it variously as Soria or Burgo de Osma, even though, in chapter 18, Galdós refers to the indeterminate location of the town: '... *no está muy lejos ni tampoco muy cerca de Madrid, no debiendo tampoco asegurarse que enclave sus gloriosos cimientos al Norte, ni al Sur, ni al Este, ni al Oeste, sino que es posible esté en todas partes...*' [... is neither very near nor very far from Madrid. Nor can we be certain whether its glorious foundations are laid to the north, south, east or west; but that it is possibly everywhere ...]. Geographical location, then, is not what matters and, like Ficóbriga in *Gloria*, Orbajosa exists on the '*mapa moral*' [moral map] of Spain. The importance of Orbajosa is as a powerful symbol, an allegorical vision, a synthetic creation embodying fanaticism, intolerance and hypocrisy; in a word, the microcosm of backward, reactionary Spain. In *Galdós humorista y otros ensayos* (p. 125), C.A. Montaner says that the only thing Galdós invents is the name of the town because from the description that he makes of some of the inhabitants we may suppose that Orbajosa is the representative symbol of any of the small settlements of Spain; (*Galdós lo único que inventa es el nombre del pueblo porque por la descripción que hace de algunos de sus habitantes podemos suponer que Orbajosa es el símbolo representativo de cualquiera de las pequeñas poblaciones de España*).

Later in the novel, we are told about the conflicting etymologies for the name of this imaginary town, and this helps to perpetuate the sense of there being something objectively real to disagree about. Villahorrenda was originally called Villahórrida, and the chapter title '*El apeadero*' (the stopping place).

2 Solon was a great lawgiver of ancient Athens (died about B.C. 560), one of the Seven Sages of Greece. There is a jesting confusion here with Lycurgus – Licurgo – a legendary Spartan lawgiver of whom nothing certain is known. According to tradition he was the son of Eunomus, king of Sparta.

Licurgo was originally called '*el tío Tardío*'. Pepe Rey's confusion of his name with that of another Spartan legislator and his subsequent loquacity as he comments unfavourably on the countryside immediately show his lack of tact. They are also seen by B.J. Dendle as manifestations of 'the «insouciance» of one who is sure of his class superiority' ('Orbajosa revisited, or the complexities of interpretation', p. 56). This is reinforced by the fact that Pepe is the only passenger travelling first class, a detail which appears significant when we consider the fact that Galdós himself always travelled third class:

'*Cuando recorre España en ferrocarril viaja en tercera clase, sin importarle las incomodidades, el frío o el calor, el hacinamiento y el mal olor ...*' [When he travels around Spain by train he goes in third class, without bothering about the discomfort, the cold or the heat, the overcrowding and the bad smell...]. (Ricardo Gullón, *Galdós, novelista moderno*, pp. 21–22).

3   The name of this land measure in Spain comes from the Hispano-Arabic *faníqa*. Although the exact size varies in different regions, it is roughly the equivalent of 1.59 acres.

4   This is an allusion to the centuries of warfare lasting from 711, the beginning of Islamic domination of the Iberian peninsula, until the conquest of Granada by '*los reyes católicos*' (The Catholic Monarchs, Fernando and Isabel) in 1492.

In '*Doña Perfecta*, de Galdós, y *Padres e hijos*, de Turgueneff: dos interpretaciones del conflicto entre generaciones', Vernon A. Chamberlin and Jack Weiner show how both authors compare the countryside to a beggar as a prelude to the description of the poor inhabitants of the region. Pointing out the frequent references to Russian things in Galdós' historical novels between 1870 and 1876, they argue that it is probable that Galdós also knew Russian literature at the same time, possibly via Father Konstantin Lukich Kustodieff, the Russian Orthodox chaplain who was a member of the Ateneo at the same time as Galdós. If Galdós' early works reflect his interest in the conflict between the old and the new generation – the main theme of Turgenev's masterpiece – Pepe is his first hero interested in science, rather than politics, as a means of bringing about change. Chamberlin and Weiner believe that the obvious explanation lies in the fact that 1876, the year *Doña Perfecta* was published, marks the final defeat of Carlism, which symbolised for Galdós the old and dogmatic generation (p. 235). The article points out the various similarities between the two works.

5   St Christopher, meaning 'Christ-bearer', is the patron saint of travellers. A Christian martyr of the third century, he is said to have lived in Syria and is renowned for his exceptional size and strength. The saint's image was placed opposite the south door of churches in the belief that it would safeguard the passer-by from accident.

6   The uprisings mentioned here refer to the Carlist wars, the last major European civil wars in which pretenders fought to establish their claim to a throne. Several times during the period from 1833 to 1876 the Carlists – followers of Infante Carlos (later Carlos V) and his descendants – rallied to the cry of "God, Country, and King" and fought for the cause of Spanish tradition (Legitimism and Catholicism) against the liberalism, and later the republicanism, of the Spanish governments of the day.

When Fernando VII of Spain died in 1833, his fourth wife María Cristina became Queen regent on behalf of their infant daughter Isabel II. This splintered the country into two factions known as the Cristinos (or Isabelinos) and the Carlists. The Cristinos were the supporters of the Queen Regent and her government. The Carlists were the supporters of Carlos V, a pretender to the throne and brother of the deceased Fernando VII, who denied the validity of the Pragmatic Sanction of 1830 that abolished the Salic Law.

The First Carlist War lasted until 1839, when the Carlists were defeated, and the fighting spanned most of the country at one time or another, although the main conflict centered on the Carlist homelands of the Basque Country and Aragón. Isabel was declared of age in 1843, when she was thirteen, and reigned for twenty-five uncertain years – during which there was the Second Carlist War, a minor Catalonian uprising lasting two years from 1846 to 1849, when rebels tried to install Carlos VI on the throne – until *La Gloriosa* or *La Septembrina* of September 1868 toppled her from power and ushered in the First Republic (1868–1871). Although the word 'revolution' is a misnomer to describe the little that actually happened – a brief battle near Córdoba was the only obstacle in the revolutionaries' march on Madrid – there is no doubt that 1868 is an important watershed in nineteenth-century Spanish history.

Six years of confusion ensued. Parliament reassembled in 1869, decided in favour of a non-Bourbon monarch, and Prince Amadeo of Savoy, the Duke of Aosta and second son of King Victor Emmanuel of Italy, was elected king in November 1870, only to abdicate in February 1873. After a short period of anarchic republicanism, Alonso, Isabel's son, was proclaimed king of Spain in December 1874, restoring the Bourbons to the throne. The failure of the anti-monarchical liberal revolution of 1868 and of the extreme conservatives, the Carlists, now supporting the claims to the throne of Carlos's grandson, Carlos María, in the Third Carlist War of 1874 put the moderate conservatives, led by Cánovas del Castillo, in a dominant position.

7   This precise temporal reference indicates that the novel takes place after the *Gloriosa* (1868), and the date also establishes the First Vatican Council as an historical point of reference. In '*Doña Perfecta*: ¿El caso de un tío inocente?' (p. 549), Patricia McDermott argues that, by inverting the constitution of *Pastor Aeternus* (dealing with papal primacy and infallibility) and the view held by a number of prelates that the Pope was the incarnation of the Holy Spirit or the Son of God, Galdós represents the Son of Man in the fallible hero, Pepe Rey, a scientist who encapsulates the spirit of the century with his faith in the moral perfectibility of man.

8 *Gongorismo*, a movement and elaborate literary style which employs involved concepts and erudite allusions. It is virtually synonymous with *Culteranismo* and is named after the Spanish poet, Luis de Góngora y Argote (1561–1627), who created a style abounding in Latinisms, complex imagery and rhetorical figures such as euphemism and periphrasis.

9 In Portuguese-English dictionaries this word is usually rendered as 'nostalgia' or 'hankering' or 'yen'. A difficult word to translate, it is a key theme in Portuguese *fado* and refers to tender and happy recollections accompanied by thoughts of regret and a vague yearning.

10 The reference is to Fray Luis de León (1528–1591), one of Spain's greatest poets. Influenced by classical poets such as Horace, his poetry was first issued by Quevedo in 1631 as a counterblast to *Gongorismo* (see endnote 8). Pepe slightly misquotes the last line of this famous *décima*, 'Al salir de la cárcel':

Aquí la envidia y mentira
me tuvieron encerrado.
¡Dichoso el humilde estado
del sabio que se retira
de aqueste mundo malvado,
y, con pobre mesa y casa,
en el campo deleitoso,
con sólo Dios se compasa
y a solas su vida pasa,
ni envidiado, ni envidioso*!*

[Here envy and falsehood
Held me fast.
Blessed is the condition
of the sage who withdraws
from this malevolent world
and, frugally fed and housed,
the countryside his delight,
makes God his only measure,
spending his life in solitude,
neither envied nor envious.]

11 French spelling of Hernán Cortés, the conqueror of Mexico (1519), and Doña Marina (la Malinche), the Indian woman who became his interpreter and lover. *The Conquest of New Spain* by Bernal Díaz tells the story of their defeat of the Aztecs.

The clock with the pendulum perpetually saying 'No' symbolises a backward and reactionary community resistant to change. Likewise, Uncle Licurgo's first comment about Doña Perfecta – that the years don't seem to pass for her – suggests stasis and time standing still.

Wifredo de Ràfols, 'The House of Doña Perfecta', p. 42: 'While other dwellings in Orbajosa are personified as emaciated beggars who would stand to gain from economic and political reforms, Perfecta's mansion is a well-appointed, majestic structure whose personified core forever says "no" to the progress that would usher in those reforms.'

12   Juan Manuel de Manzanedo, a rich contemporary Madrid banker (later the Duke of Santoña).

Helmuth Karl Bernhard Graf von Moltke (1800–1891) was a German *Generalfeldmarschall*. The chief of staff of the Prussian Army for thirty years, he is often referred to as Moltke the Elder or *der große Schweiger* (the great silent man).

Adolphe Thiers (1797–1877), first President of the Third Republic, economist and historian (*Histoire de la Révolution française*).

Giuseppe Fortunino Francesco Verdi (1813–1901), one of the most influential nineteenth-century composers. His most famous operas include *La Traviata*, *Il Trovatore*, *Rigoletto*, *Otello* and *Aida*.

The Krupp family, a prominent 400-year-old German dynasty, became famous for their manufacture of ammunition and armaments. Friedrich Krupp (1787–1826) launched the family's metal-based activities, building a small steel foundry in Essen in 1811.

13   The reference is to the theories of the German philosopher, Johann Gottlieb Fichte (1762–1814), one of the founding figures of German idealism. The fact that the ego, the 'I', apprehends its own free activity brings it into an encounter with the 'not-I', the non-ego. Consciousness is this dynamic encounter between the 'I' and the 'not-I'.

14   *Ateneo* (Athenaeum in English) from Athena, the Greek goddess of wisdom – an intellectual centre established in Madrid in 1835. Created by liberal intellectuals for the discussion of progressive ideas, it was frowned upon in reactionary circles. Galdós joined it in 1865.

15   A trick-taking card game for three players which originated in Spain at the beginning of the 17th century. El Tresillo, or Hombre as it was also known, spread rapidly across Europe during the 17th and 18th centuries and became a very famous and fashionable game, enjoying a position of prestige similar to Bridge today.

16 The Council of Trent had reaffirmed the principle of celibacy for the clergy
    in the sixteenth century. The proverb '*A quien Dios no da hijos, el demonio
    le da sobrinos*' [To whomever God does not give children, the Devil gives
    nephews and nieces] is ironically applied to priests, whose illegitimate offspring
    automatically became nephews and nieces. Rodolfo Cardona (p. 121, footnote
    145) believes this irony is not directed towards Don Inocencio, but in '*Doña
    Perfecta*: ¿El caso de un tío inocente?' (p. 552), Patricia McDermott argues
    otherwise, claiming that reading between the lines suggests that the shoemaker's
    refrain from Sender's *Réquiem por un campesino español* – '*los curas son las
    únicas personas a quienes todo el mundo llama padre, menos sus hijos, que
    los llaman tíos*' [priests are the only people everyone calls father, except their
    children who call them uncle] – applies to the canon.
17 Marcus Tullius Cicero, Roman orator and writer of the first century B.C.
    Titus Livius Patavinus, Roman historian of the first century B.C.
    Camille Flammarion (1842–1925), French astronomer and author of works
    on science, especially *La pluralité des mondes habités* (1862) and *Astronomie
    populaire* (1880), which were highly popular in his day.
18 Otto von Bismarck (1815–1898), eminent Prussian statesman who was the
    architect of German unification and the first chancellor (1871–1890) of the
    united nation. Bismarck believed that German Catholics were subservient to
    the pope and a threat to his authority over the empire. Consequently, in the early
    1870s he initiated the so-called '*Kulturkampf*' [culture struggle] and passed
    several laws limiting the powers of the Roman Catholic Church in Germany.
    This ensured that his name was anathema to Catholics.
19 Jacinto's remark about pantheism or panentheism suggests, according to W.H.
    Shoemaker (*The Novelistic Art of Galdós*, p. 56 footnote 26), that Galdós was
    acquainted with Krausist doctrinal terminology. Karl Christian Friedrich Krause
    (1781–1832), a pupil of both Fichte (see endnote 13) and Schelling, rejected
    the latter's pantheism, preferring what he called '*Allingottlehre*' [panentheism
    or 'all things in God']. The curious phenomenon of '*krausismo*', which had
    a pervasive influence on Spanish scholars in the 1860s and later decades,
    combined the desire of liberal intellectuals to escape the cultural hegemony of
    France with an openness towards new ideas from abroad. It is fundamentally
    optimistic, relying on science and human intelligence to establish a system of
    ethics and find solutions to problems in life. The most likely channel of Krausist
    influence on Galdós was the *Ateneo* (see endnote 14).
    The pessimistic philosophy of Arthur Schopenhauer (1788–1860) taught that
    only the cessation of desire could solve the problems arising from the universal

impulse of the will to live. Eduard von Hartmann (1842–1906), a follower of Schopenhauer and Hegel, took the position that thought and reason are the ultimate reality, and life futile.

20 *La Traviata* is a well-known opera by Guiseppe Verdi (1813–1901), based on Alexandre Dumas's novel *La dame aux camélias*. In 'Orbajosa revisited, or the complexities of interpretation' (p. 59), B.J. Dendle argues that 'the criticism of the use of opera music in church […] would strike the post-«aggiornamento» critic as more revelatory of the cultural limitations of Pepe Rey than of the Orbajosans.' However, Gregorio Marañón wrote that Galdós heard a nun in a convent in Toledo playing *La Traviata* in one of the Holy Thursday Offices, and was surprised that the nuns in other convents were oblivious to its inappropriateness as church music:

> *… le encantaban las salmodias de los conventos solitarios y amados, en los que sorprendía a veces inesperados sucesos, como el vals de La Traviata, que de modo insuperable tocó en los Oficios del Jueves Santo una de las religiosas de Santa Isabel. Se lo contaba después a las monjas de otros conventos, entre el examen de reliquias o la elección de compotas, y siempre le sorprendía la tranquilidad con que unánimemente le contestaban que aquello no tenía nada de particular.* (*Elogio y Nostalgia de Toledo, Obras completas, tomo ix*, p. 561).

La Grande Duchesse is a light opera by Jacques Offenbach (1819–1880).

21 Named after the Zarzuela Palace in Madrid where they were first performed in the seventeenth century for the entertainment of Philip IV, zarzuelas are a kind of Spanish comic folk opera in one to three acts.

22 A mythological Roman robber, represented as a three-headed giant vomiting flames. In chapter 6 of *Don Quijote de la Mancha*, the Priest says he is familiar with the book *Espejo de caballerías*:

> *Ahí anda el señor Reinaldos de Montalbán con sus amigos y compañeros, más ladrones que Caco* … [Therein are Lord Rinaldo and his friends and companions, worse thieves than Cacus …]

Miguel de Cervantes Saavedra, *Don Quijote de la Mancha (volumen uno)*, edición de Juan Alcina Franch (Bruguera: Barcelona, 1971), p. 143.

23 A Moorish prince, brother to the emperor of Morocco, who visited Madrid shortly after the war between Spain and Morocco (1859–1860).

24 With the reign of Isabel II and the return of liberals to power, anti-clerical legislation was systematically enacted in Spain. In 1834 there was a decree to suppress monasteries and convents that had supported the Carlists during the

war, and in 1836–37 the prime minister, Mendizábal, extended this to nearly all communities of religious orders. With this process of '*desamortización*' [dissolution of Church wealth] lots of churches and monasteries vanished, and many of the monks became priests.

25 Probably a reference to Jean-Jacques Auguste Nicolas (1807–1888), French lawyer and writer, who was an ardent defender of the Catholic faith. Le Père Lacordaire said that Nicolas '*a vu en théologien, pensé en philosophe, écrit en artiste.*' [saw as a theologian, thought as a philosopher, wrote as an artist.].

26 A model of manly beauty. He was the page of Hadrian, the Roman emperor.

27 The word '*tenorio*' in the original Spanish is a reference to Don Juan Tenorio, a protagonist of Tirso de Molina's drama *El burlador de Sevilla y convidado de piedra*. The name Don Juan has become synonymous with a heartless libertine.

28 In July 1854 the people of Madrid revolted against a corrupt and reactionary government, and several days of street fighting ensued.

29 The girls' mispronunciation of Nominative [*Nominativo*]. The pattern is continued with Genivite [*Genivito*] for Genitive [*Genitivo*], Davite [*Davito*] for Dative [*Dativo*], Accusavite [*Acusavito*] for Accusative [*Acusativo*].

30 Jean-Joseph Gaume (1802–1879), a French writer of works on theology, history and education.

31 *Apostólicos*: a federation of the most reactionary elements in Spain aroused certain of the provinces to revolt.

The Seven Years' War refers to the first of the Carlist Wars (see endnote 6).

1848: a year of revolution in all Europe, which in Spain manifested itself in liberal uprisings against the dictatorial regime of General Narvaez.

The Peninsular War (1808–1814), in which the British, Spanish and Portuguese joined forces to defeat Napoleon, who had invaded Spain.

32 Doña Perfecta's words in Spanish – '*¡Oh escándalo y libertinaje...!*' – are the title of Act I of Zorrilla's *Don Juan Tenorio* (see endnote 27). The development of this chapter, according to B.J. Dendle, is 'a stylized parody of Romantic drama. Rey's dignified courage is presented ironically; Doña Perfecta's convulsive shrieking is that of a heroine of tragedy. The dialogue and gestures are those of melodrama.' (*op. cit.*, p. 61).

33 This detail suggests, in the context of the images built up throughout the novel – especially the link between Rosario, compared to a bird set free (chapter 8), a dove in the talons of an eagle (chapter 17) and the white handkerchief like a white bird flapping its wings (chapter 16) – that Doña Perfecta, whose eyes have '*la singular videncia de la raza felina*' [the exceptional intuition of the feline

race], will, in order to prevent the marriage to Pepe, do to her own daughter, helped by Caballuco (who uses a handkerchief to mop his brow in chapter 21), with his *'ojos verdes, animados por extraño resplandor felino'* (his green eyes animated by a strange, feline glow), what a cat does to a bird. (See Chad C. Wright for a full analysis of the network of images related to enclosure).

There are frequent and specific references to the mouth and teeth as well as the acts of eating, smiling, devouring, and conversation itself. In addition to his false smiles and laughs, the portrayal of Don Inocencio as devourer is made clear in chapter 7 when, after 'relentlessly pursuing his victim even to his most hidden refuge', the narrator interrupts the priest's speech to show him savouring his kill: '*–Usted –observó el penitenciario metiéndose el palillo en la última muela– se inclinará más a los estudios de controversia...*' ['You,' remarked the confessor, sticking the toothpick into his last molar, 'are no doubt more inclined to controversial studies…'].

34 The Frenchman Hippolyte-Leon Denizard Rivail (1803–1869), better known by his pseudonym Allan Kardec, was the author of numerous works on spiritualism. He is buried at the Cimetière du Père Lachaise and the eulogy was delivered by Camille Flammarion (see endnote 17).

35 The words *'Desperta ferro'*, which translate as 'Awake the iron!', were the battle cry of the Almogavars, a class of soldiers from the Crown of Aragón well known during the Christian reconquest of the Iberian peninsula.

36 Brumaire: in the calendar month introduced by the French Revolution the second month beginning October 22 and ending November 20. On November 9, 1799, Napoleon overthrew the Directory by a coup d'état and made himself head of the French government. The armies of Charles V, under the Constable of Bourbon, sacked Rome in 1527. The Roman emperor Titus besieged and laid waste Jerusalem in 70 A.D.

37 Rodrigo Díaz de Vivar, the Cid, an historical figure whose exploits, some true and some legendary, were recounted in a number of medieval and Renaissance epics and ballads. Although he was probably first called *Cid* (Arabic: *sayyid*, 'lord' or 'master') by the Moorish mercenaries in his legion, the term is not recorded in writing until the *Poema de Almería* of 1147–9. People identified the astute, wilful Rodrigo with the spirit of Castile and he became the national hero of Spain.

38 This determined utterance – *'yo soy quien soy'* – echoes ironically the words of a number of *'Siglo de oro'* (Golden Age) characters, like Sancho Ortiz de las Roelas in *La Estrella de Sevilla* and Leonor in *Valor, agravio y mujer*.

39 During the Carlist wars many priests took up arms in support of the Pretender

Don Carlos. Merino, a renegade Castilian priest, led 11,000 Carlists from Logroño towards Madrid, and Batanero led a Carlist cavalry from Vizcaya across the Ebro.

40 These are fragments from an old Spanish ballad which recounts episodes from the epic legends of France.

41 In the Colegio de San Agustín in Las Palmas, Galdós came under the influence of Graciliano Afonso, a priest who had translated Horace's *Ars poetica* and published translations of Virgil's *Aeneid* and the *Eclogues*. *Doña Perfecta* is steeped in classical references and, in 'The Sources of B. Pérez Galdós' *Doña Perfecta*', Alexander Haggerty Krappe shows that Lucretius' treatise *De rerum natura* is the basis of Pepe's declaration in chapter 6 that Jupiter 'doesn't dispatch lightning'.

42 A mocking expression for the lugubrious chant of the priest at funeral services. A similar reference is made by La Poncia at the beginning of Lorca's *La casa de Bernarda Alba*. In 'Paralelo entre *Doña Perfecta* y *La casa de Bernarda Alba*', Emma Susana Speratti Piñero discusses various coincidences between the two works, and Gonzalo Sobejano argues that characters such as Doña Perfecta and Pepe Rey had a profound and lasting effect on the playwrights who followed him: '*García Lorca recrea en Bernarda Alba a Doña Perfecta, dando una dimensión sobrerrealista a este mito español de la imperatividad, la clausura y el resentimiento vengativo.*' [In Bernarda Alba García Lorca recreates Doña Perfecta, giving a super-realistic dimension to this Spanish myth of imperativeness, seclusion and vindictive resentment.], ('Razón y suceso de la dramática galdosiana', p. 52). Jaroslav Rosendorfsky also discusses similarities between the two works in 'Algunas observaciones sobre *Doña Perfecta* de B. Pérez Galdós y *La casa de Bernarda Alba* de F. García Lorca.'

43 According to Chad C. Wright ('"Un millón de ojos": visión, vigilancia y encierro en *Doña Perfecta*,' p. 155), Pepe's entrance throught the walled-up door '*significa la seducción de Rosario, definido en términos espaciales*' [signifies the seduction of Rosario, defined in spatial terms]. However, in a novel so full of images of enclosure – where everyone is watching each other – it can also be seen to represent an imprisonment where all means of escape for Pepe have been bricked up. The whole novel abounds in contrasting images of freedom and enclosure: if '*el sellar la puerta del jardín es sólo un ejemplo de la manera en que doña Perfecta controla el espacio*' [closing up the garden door is just one example of how Doña Perfecta controls space] (ibid., p. 153), Pepe Rey represents spatial freedom, an engineer who acts as a bridge between the enclosed world of Orbajosa and Rosario's unchecked, overflowing emotions

referred to in chapter 4: '*allí faltaba materia para que la persona fuese completa: faltaba cauce, faltaban orillas. El vasto caudal de su espíritu se desbordaba, amenazando devorar las estrechas riberas.*' [the material to make a complete person was lacking there: the channel was lacking, the banks were lacking. The torrent of her spirit overflowed, threatening to devour the narrow banks].

Vernon A. Chamberlin comments on the significance of the garden. When Pepe arrives in Orbajosa, he first catches sight of Rosario standing in the *huerta* behind Doña Perfecta's house. It is there that Pepe first declares his love for Rosario, and later it is the place where they meet when Rosario is able to slip out of the house at night. However, the *huerta* ultimately becomes the setting for the tragic and brutal act which denies the possibility of love fulfilled. ('*Doña Perfecta*: Galdós' reply to *Pepita Jiménez*', p. 15).

44 In chapter 16 Don Cayetano states that he is the only person to have escaped the terrible illness which has claimed so many victims in his family. Whilst this, in view of Don Cayetano's behaviour, is ironic, what is also interesting is the fact that, as A. H. Clarke and E. J. Rodgers point out in *Galdós' House of Fiction*, nothing about the family failing contributes to the tragic outcome of the novel and, in Galdós' own dramatisation of *Doña Perfecta* – first performed in 1896 – there is no suggestion of madness in Rosario or Cayetano.

Mental illness, with both its humanitarian and scientific overtones, is something which obsessed Galdós. *La desheredada* opens with scenes in a mental institution. In *Nazarín,* a central theme is a dementia which may, or may not, be the explanation of the vision of Christ, and in *Miau* an epileptic child sees, or imagines, God during a seizure.

45 Cf Pontius Pilate's words when he handed over Christ (see Matthew: 27, 24).

46 This, according to A.N. Zahareas, is 'the narrator's deliberate corrective and a reminder that, unlike in classic tragedies, Spaniards, even in the midst of disaster, do not understand but instead confuse appearances for realities. Without awareness of what goes on there is no catharsis.' ('Galdós' *Doña Perfecta*: Fiction, History and Ideology', p. 34, endnote 68).